KNAUR

Über dieses Buch:
Zwischen Berlin und Bayern liegen fünfhundert Kilometer, und das findet Tosca Schierlinger auch gut so. Sie lebt in der Hauptstadt ein ganz anderes Leben als der Rest der Familie in Bayern, glaubt jedoch, den elterlichen Hang zu Beziehungspleiten geerbt zu haben. Doch da lernt sie Ron, einen feinsinnigen Osteopathen aus gutem Hause, kennen. Ausgerechnet beim ersten Date mit ihm erreicht sie ein Anruf ihres Bruders: Die Mutter hatte einen tödlichen Unfall, der Vater liegt im Koma. Sie muss nach Bayern. Ron bietet an, sie zu begleiten, und ahnt nicht, worauf er sich da einlässt.
Tosca und ihre drei Brüder packen alte Geschichten aus und streiten sich ausgerechnet um die Jukebox der Mutter – das einzige Erbstück von Wert. Der Vater erwacht aus dem Koma, ist jedoch vollkommen verwirrt. Er hält sich wieder für jung und seine schöne polnische Wirtin für höchst lebendig. Und niemand traut sich, ihm die Wahrheit zu sagen.
Für Tosca wird der Besuch bei ihrer Familie mehr und mehr zu einer Reise in die Vergangenheit - und zu einem Härtetest für ihre neue Liebe …

Über die Autorin:
Isolde Peter wurde 1968 in Bayern geboren und ist dort auch aufgewachsen. Sie lebt als Schriftstellerin und Psychologin in Berlin. Von ihrer polnischen Mutter hat sie die Lust am Erzählen, von ihrem bayerischen Vater den Humor geerbt. Die Kennenlerngeschichte ihrer Eltern hat sie immer schon fasziniert. Den Roman hat sie trotzdem frei erfunden.

ISOLDE PETER

Die Jukebox meiner Mutter

ROMAN

KNAUR

Besuchen Sie uns im Internet:
www.droemer-knaur.de

MIX
Papier | Fördert gute Waldnutzung
FSC® C014496

Originalausgabe Juni 2024

Ein Imprint der Verlagsgruppe
Droemer Knaur GmbH & Co. KG, München

Redaktion: Regine Weisbrod
Covergestaltung: Sabine Kwauka
Coverabbildung: Collage von Sabine Kwauka unter Verwendung von Motiven von Shutterstock.com
Satz und Layout: Adobe InDesign im Verlag
Druck und Bindung: GGP Media GmbH, Pößneck
ISBN 978-3-426-53088-7

2 4 5 3 1

Nie erfahren wir unser
Leben stärker
als in großer Liebe
und in tiefer Trauer.

Rainer Maria Rilke

A word is dead
When it is said,
Some say.
I say it just
Begins to live
That day.

Emily Dickinson

Prolog

Mein achtzigjähriger Vater tänzelte durch die Cafeteria des Krankenhauses und bildete sich ein, er wäre in einer bayerischen Gastwirtschaft. Ted, mein älterer Bruder, spielte auf der Gitarre alte Schlager aus der Jukebox meiner Mutter. Stolz kündigte mein Vater an, die Frau, die er in den Armen hielt, bald zu heiraten, ob das seiner Familie nun passe oder nicht. Ihm fiel nicht auf, dass er bloß einen alten Pyjama und einen Bademantel trug. Niemand von uns brachte es fertig, meinem Vater zu sagen, dass er sich täuschte und die Sechzigerjahre der Vergangenheit angehörten. Die schöne polnische Wirtin, die er heiraten wollte, war meine Mutter. Sie war längst schon von ihm geschieden. Wir hatten sie vorhin beerdigt. Mein Vater dachte, er wäre wieder jung und hätte noch eine strahlende Zukunft vor sich. Das alles war tragisch und komisch zugleich, genau wie die Geschichten aus der Zeit, als meine Eltern sich kennengelernt haben. Die klangen immer, als prallten Hollywood und Komödienstadel mit voller Wucht aufeinander.

Hochmut kommt vor dem Fall

Eigentlich begann alles auf der Geburtstagsparty meiner Freundin Nele in Berlin. Einige Gäste wollten unbedingt »Wahrheit oder Pflicht« spielen, obwohl wir viel zu alt dafür waren. Als »Wahrheit« sollten wir eine indiskrete Frage beantworten, »Pflicht« bedeutete, einen peinlichen Auftrag erfüllen zu müssen. Ich hatte das zuletzt als Teenager gespielt, was lange her war. Lust hatte ich keine, aber Spielverderberin wollte ich auch nicht sein. Als ich an der Reihe war, wählte ich lieber die »Wahrheit« als die »Pflicht«. Ein Gast wollte wissen, wie ich zu meinen Vornamen gekommen bin. Es wunderte mich nicht, dass er dabei grinste.

Ich heiße Tosca Schierlinger. In meiner Jugend wurde viel über diesen überkandidelten Namen gespottet. Inzwischen werde ich oft gefragt, ob meine Eltern mich nach der gleichnamigen Oper benannt haben. Der Einfachheit halber antworte ich meistens mit Ja. Auf der Geburtstagsparty nahm ich mir jedoch Zeit und erzählte ausführlich, wie sehr meine Eltern die Oper von Puccini geliebt hatten, wie mein bayerischer Vater vor meiner Geburt an einem Flügel gesessen und die ersten Takte von »Vissi d'arte« angestimmt hatte, der bekanntesten Arie aus *Tosca,* während meine polnische Mutter, hochschwanger, in einem silberdurchwirkten Cocktailkleid mit einer hohen Soubrette-Stimme und in perfektem Italienisch »Vissi d'arte, vissi d'amore, non feci mai male ad anima viva!« zu singen begann. Und dann strich der Vater der Mutter über den schwangeren Bauch und sagte: »Lass uns dieses Kind, sollte es doch kein Junge werden, Tosca nennen, du weißt, wie sehr ich Puccini liebe. Und dich natürlich auch.«

»Ich weiß, mein Liebster«, ließ ich meine Mutter hauchen. »Das ist eine gute Idee. Sollte das Baby eine Tochter werden, nennen wir sie Tosca.«

Das Verrückte ist, dass mir alle diese Geschichte sofort glaubten, einer klatschte sogar. Ihn wählte ich als nächsten Kandidaten für »Wahrheit oder Pflicht« aus. Der Arme musste die Frage »Wurdest du schon mal in einer Beziehung betrogen?« beantworten. Er berichtete, wie er seine Ex-Frau mit ihrem Ex-Freund im Bett erwischt hatte. Es wirkte zum Fremdschämen ehrlich, aber wer weiß, vielleicht war er einfach nur ein guter Lügner. So wie ich.

In der Wohnung, in der ich aufgewachsen bin, wäre beim besten Willen kein Platz für einen Flügel gewesen. Meine Eltern wissen bis heute nicht, wer Puccini ist. Irgendein Italiener halt, würde mein Vater sagen. Keiner meiner Eltern spricht Italienisch oder spielt Klavier. Mein Vater redet bairisch, meine Mutter hat einen leichten polnischen Akzent. Auf jeden Fall habe ich sie niemals »Mein Liebster« zu meinem Vater sagen gehört, auch nicht vor ihrer Scheidung. Das einzige Körnchen Wahrheit an der Geschichte ist, dass meine Eltern mich Tosca tauften, weil mein Vater auf einen Stammhalter gehofft hatte. So wurde es mir jedenfalls erzählt. Die Namenswahl für eine Tochter überließ er dann lieber meiner Mutter.

Wie sie auf Tosca kam, ist mir ein Rätsel. Ich habe immer vermutet, dass das gleichnamige Parfüm eine Rolle gespielt haben könnte. *»Mit Tosca kam die Zärtlichkeit«* hieß einer der Werbeslogans. Mein Bruder Ted verarscht mich bis heute damit. Aber eigentlich benutzt meine Mutter nur teure Parfüms. Preiswerte Düfte wie Kölnisch Wasser oder Tosca betrachtet sie als unter ihrer Würde. Sie sagt, das rieche nach alten Omis und Gesundheitsschuhen.

Dieses Jahr wird sie neunzig Jahre alt. Vielleicht erzähle ich nächstes Mal bei »Wahrheit oder Pflicht« die Version mit dem Parfüm, aber die Geschichte mit Puccini und der Oper gefällt mir besser.

Am Morgen nach der Party stehe ich also unter der Dusche, erinnere mich an das Spiel und summe die Arie. Beim Einschäumen gleitet mir das Duschgel aus den Händen, und die Flasche landet am Boden. Ich bücke mich, da schießt mir ein gleißender Schmerz in die Lendenwirbelsäule. Gebeugt steige ich aus der Duschkabine, dabei komme ich mir vor wie eine alte Oma, die sich schon bald mit Tosca parfümieren und Gesundheitsschuhe tragen muss. Zu beidem wäre ich bereit, wenn nur der Schmerz vergeht. Aber er nimmt an Intensität noch zu.

Zusätzlich ist mir, als ob meine Mutter hinter mir steht und sagt: *»Hochmut kommt vor dem Fall!«*. Sie hat für jede Situation ein Sprichwort parat. Passen würde zum Beispiel auch: *»Der Mensch schießt, doch Gott lenkt die Kugel.«* Polnische Sprichwörter sind vom Tonfall her oft noch einen Zacken schärfer als deutsche. Geschossen hat in meinem Fall jedoch nicht Gott, sondern eine Hexe, und zwar direkt in den Rücken. Vielleicht ist das die Strafe dafür, dass ich auf der Party eine Geschichte über meine Eltern erfunden, mich aber schon ewig nicht mehr bei ihnen gemeldet habe. Gebeugt vor Schmerz gehe ich in die Küche, um mich bei meiner Chefin telefonisch wegen Krankheit zu entschuldigen. Kaum lege ich auf, ruft mich Nele an, um mitzuteilen, dass ich meinen Seidenschal bei ihr habe liegen lassen. Ich schildere ihr meine Misere. Sie empfiehlt mir einen Osteopathen. Ich vereinbare sofort einen Termin.

Seine Praxis liegt im Erdgeschoss eines hochherrschaftlichen Charlottenburger Altbaus. Der Hinterhof ist als

Zen-Garten mit Bambus und Kies angelegt. Ein Springbrunnen plätschert leise vor sich hin. Der Osteopath heißt Ron Ferber. Mir fallen sofort seine Hände auf, filigran und kräftig zugleich. Er duftet nach frisch gewaschener Bettwäsche und Lavendel, als er sich über mich beugt. Ich liege angezogen da und werde trotz meiner Schmerzen von Fantasien geplagt, die ich zu zensieren versuche, aus Sorge, er könne in den Fingern spüren, was ich mir da ausmale. Immer wieder bittet er mich, die Muskeln locker zu lassen. Wegen des Kopfkinos fällt mir das schwer, und ich verkrampfe, aber nach ein paar Terminen kann ich zum Glück schon wieder aufrecht gehen.

Beim letzten Behandlungstermin bittet er mich, noch mal in einem der Ledersessel mit Blick auf den Zen-Garten Platz zu nehmen. Draußen sickert das Wasser auf die Kieselsteine, drinnen befürchte ich, dass Ron Ferber mir nun sagen wird, er wisse genau, was ich mir wünsche, aber er werde nie etwas mit Patientinnen anfangen, denn er lebe asketisch und zölibatär. Ich bin katholisch aufgewachsen. Männer, die etwas Mönchisches, Unerreichbares an sich haben, ziehen mich magisch an.

»Loslassen ist wichtig, Frau Schierlinger, körperlich und seelisch loslassen. Weniger sitzen. Vielleicht eine Entspannungstechnik lernen. Mehr Bewegung«, rät Ron Ferber.

Beim Wort Bewegung denke ich an einen Strand und wie wir ganz kitschig gemeinsam in die Fluten laufen, dem Sonnenuntergang entgegen. Bei der Vorstellung muss ich lächeln. Er lächelt zurück und fragt, ob ich Musik möge, und ich sage Ja, und ob ich Rilke möge, und ich sage wieder Ja. Er habe zwei Karten geschenkt bekommen. Experimentelle Musik und Rilke-Gedichte. Ob ich so was möge? Ich nicke. Und dann lädt er mich zu einem Konzert ein, und ich sage sofort zu, obwohl ich keine Ahnung habe, was mich da erwarten wird, musikalisch, poetisch und überhaupt.

Die Wahrheit ist: Mit Ron Ferber würde ich auf jedes Konzert gehen, sogar zu Heavy Metal oder in Musicals, obwohl ich beides nicht mag. In dem Fall setze ich eben Ohrenschützer auf. Bei diesem Mann spüre ich endlich wieder ein Kribbeln im Bauch und ein gewaltiges Herzflattern, wenn ich nur an ihn denke.

In den Stunden vor dem Konzert ziehe ich mich dreimal um, bis ich schließlich in eine schwarze Seidenhose mit einer dazu passenden Bluse schlüpfe. Wie ein überdrehter Teenager flüstere ich immer wieder »Ron Ferber! Ron Ferber!« vor mich hin. Ein Name, der genauso überkandidelt ist wie meiner, aber auch geheimnisvoll klingt. Da haben wir also schon mal eine Gemeinsamkeit. Am liebsten würde ich unsere Namen wie früher in der Pubertät auf Papier schreiben und mit Herzchen einkringeln. Mir geht es miserabel, ich habe keinen Appetit, mein Herz rast wie bei einer Panikattacke. Ich hatte ganz vergessen, wie schrecklich es sich anfühlt, wenn ich verliebt bin.

»Es geht doch wirklich nur um ein Konzert«, versuche ich, mir gut zuzureden, und habe nicht die geringste Ahnung, was noch alles auf mich zukommen wird.

Ziggy Stardust gibt ein Konzert

Die Leute im Publikum schauen mich an, als hätte ich gerade vor ihren Augen süße kleine Welpen ertränkt. Selbst Ron Ferber wirft mir einen enttäuschten Blick zu. Er deutet mit dem Zeigefinger auf meine Handtasche, aus der »There's a starman waiting in the sky« tönt. Das ist der Refrain eines Songs von David Bowie aus seinem legendären Ziggy Stardust-Album.

Bis Ron mich eben anstupste und auf meine Handtasche zeigte, dachte ich, dieser musikalische Einspieler wäre Teil des Konzerts. Wir sitzen seit einer Dreiviertelstunde im Kammermusiksaal der Philharmonie. Die Sängerin trägt gefühlt seit Stunden Rilke-Gedichte vor und untermalt sie mit Musik und Geräuschen aus ihrem Laptop.

Ich mag Gedichte. Aktuell gebe ich an der Hochschule ein Seminar über amerikanische Dichterinnen. Ich bin auch offen für jede Art von Musik, aber das Geschrei vom Laptop ging mir zunehmend auf die Nerven. Am Anfang hat sie noch gesungen und sich mit einer mongolischen Pferdekopfgeige begleitet, um dann dazu überzugehen, abwechselnd Gedichte vorzulesen und das Publikum Geräuschen auszusetzen, die sie durch ihr Laptop erzeugt. Es waren bereits Kuhglocken, Donnerhall und Vogelzwitschern zu hören. Dann folgte menschliches Geschrei, als ob jemand in der Dusche mit einem Messer traktiert würde, schließlich war es kurze Zeit ganz still, bis Bowie mit »There's a starman waiting in the sky« folgte und ich einfach nicht sofort gemerkt habe, dass das nicht gewollt ist, sondern schlicht und ergreifend mein Handy klingelt.

Und nun tippt Ron mit seinen schönen Fingern ungeduldig auf meine Tasche, damit ich endlich etwas tue, um David Bowie alias Ziggy Stardust zum Schweigen zu bringen. Ich suche fieberhaft und finde das Handy in den Tiefen der Tasche. Der Anrufer ist ausgerechnet mein Bruder. Er ist ein echter Boomer und hat Probleme, sein Smartphone richtig zu bedienen. Ich vermute, das ist einer der vielen sogenannten »butt calls«, die er tätigt, wenn sein Smartphone in der Hosentasche steckt. Also drücke ich den Anruf schnell weg.

Auf der Bühne ertönt gerade ein Geräusch, als ob jemand Betonbrocken auf den Boden wirft. Sehr harte Brocken, die auf Metall fallen. Das ist laut und hat den Vorteil, dass das »Pling« meines Handys nicht zu hören ist. Keine Ahnung, warum sich das nicht abstellen lässt, aber gleich mehrere Nachrichten hintereinander ploppen auf. »Pling, Pling, Pling.«

»Ruf mich zurück.«

Das ist die erste Nachricht. Die zweite lautet ebenfalls:

»Ruf mich zurück.«

Es folgt eine dritte Nachricht, die etwas ausführlicher ist:

»Mama ist tot. Den Schierlinger hat der Schlag getrofen.«

Mir fällt sofort auf, dass er das f bei getroffen weggelassen hat. Erst ein paar Sekunden später kapiere ich, was er da schreibt. Ich habe das Gefühl, einer der akustischen Betonbrocken der Sängerin wäre mir direkt auf den Kopf gefallen. Das Handy hat sich wieder beruhigt und ist still, aber ich nehme alles nur noch durch eine dicke Schicht Watte wahr.

Ron sieht mich entgeistert an, als ich einfach aufstehe. Die Leute, die Platz machen müssen, um mich durch die Reihen zu lassen, machen keinen Hehl daraus, dass ich mich unverschämt verhalte. Es kommt mir vor, als ob die Sängerin in diesem Moment mit Absicht von den Betonbrocken wieder zu den spitzen Schreien des Mordopfers unter der Dusche wechselt, um meine Nerven zusätzlich zu reizen. Ich entschuldige mich, stolpere über ein Bein, mein Handy fällt runter, ich gehe in die Knie und hebe es in Zeitlupe auf, schwebe dem Ausgang zu und drücke die Türklinke herunter. Dann bin ich endlich draußen und zittere am ganzen Körper.

Im Foyer habe ich das Gefühl, dass ich den Betonbrocken jetzt auf der Brust sitzen habe und nicht mehr richtig atmen kann.

Ein paar Minuten später öffnet sich die Tür und Ron kommt ebenfalls heraus.

»Was ist denn los?«, fragt er. Der genervte Blick von vorhin ist einer besorgten Stirnfalte gewichen. »Du bist ja ganz blass!«

Ich fühle mich wie unter einer Glasglocke. Vom Verstand her weiß ich, dass genügend Luft zum Atmen um mich herum ist. Ich stehe im Foyer der Philharmonie in Berlin. Ich lebe, ich atme. Das alles weiß ich. Trotzdem kommt es mir vor, als würde ich gleich ersticken oder umfallen, wenn ich mich nicht an Ron festhalte und mein Gesicht an seine Schulter lehne. Meine Tränen färben den rosa Stoff seines Hemdes dunkelrot.

»Meine Mutter«, sage ich. »Sie ist tot.«

Gin ist auch keine Basis

Das Wichtigste in so einer Situation ist, weiterzuatmen«, sagt Ron. »Einfach immer weiteratmen, egal, was passiert.«

Das hat er mir auch während der Behandlungen ans Herz gelegt. Die Ausatmung zu verlängern, beruhigt das Nervensystem. Ich atme immerhin schon wieder gleichmäßiger als vorhin im Foyer. Wir haben eine Bar in der Potsdamer Straße gefunden, da ist es dunkel genug, damit ich als heulendes Elend nicht allzu sehr auffalle. Ich sitze vor einem Glas Wodka Tonic und bin immer noch fassungslos, dass der Barkeeper meine Getränkewahl mit mir hat diskutieren wollen. Wodka Tonic sei doch total *old school*. Warum ich keinen Cocktail auf Gin-Basis wolle, das sei ein Geheimtipp in dieser Bar. Dieser Barkeeper-Sprech regt mich auf, und so geheim kann dieser Tipp wohl auch nicht sein, wenn er ihn den Gästen ständig aufdrängt. Ich will bloß Wodka mit ein bisschen Tonicwater. Alkohol mit Limonade, die so bitter ist, wie das Leben sein kann. Ist das denn so schwer zu verstehen?

Es könnte sein, dass ich ein bisschen laut geworden bin.

Ron hat beim Barkeeper sehr freundlich einen *Tom Collins* bestellt und mir ins Ohr geflüstert: »Nur zur Deeskalation.« Dazu hat er, ganz gesundheitsbewusst, eine Flasche Wasser geordert. »Du solltest den Alkohol zwischendurch auch ein bisschen verdünnen.«

Ich bestelle einen zweiten Wodka Tonic. Dann einen dritten. Der Barmann spart sich einen weiteren Kommentar.

Hochprozentiges trinke ich eher selten. Mir ist ein bisschen schummrig und flau im Magen. Im Kopf sowieso.

»Willst du deinen Bruder nicht endlich zurückrufen?«, fragt Ron.

»Mein Handy ist kaputt.«

Auf dem Glas des Displays sind tiefe Risse, die sich wie ein Spinnennetz ausbreiten. Das Handy gibt keinen Mucks mehr von sich. Der Akku war schon seit geraumer Zeit unzuverlässig.

Ich versuche, meine Gedanken zu ordnen. Mein Bruder hat also geschrieben, dass meine Mutter tot ist und er um Rückruf bittet. *Der Schierlinger*, den anscheinend zeitgleich der Schlag getroffen hat, ist mein Vater. Normalerweise sagen meine Brüder *der alte Schierlinger* zu ihm, obwohl mein Vater fast zehn Jahre jünger als meine Mutter ist. Aber in dieser Situation wollte Willy sich wohl ein Adjektiv sparen.

Mein Handy lässt sich nicht mehr einschalten. Das ist meine Schuld. Im Glas war bereits ein kleiner Riss. Ich hatte keine Zeit, es zur Reparatur zu bringen. Den Akku habe ich auch nicht auswechseln lassen. Genau wie ich keine Zeit hatte, meine Mutter anzurufen und zu fragen, ob sie mich nach einem Parfüm benannt hat. Nun ist es zu spät. Für so ziemlich alles.

»Ich weiß die Nummer meines Bruders nicht auswendig«, sage ich. »Ich weiß nicht mal meine eigene.« Mein ganzes Leben ist in meinem Smartphone. Alle Telefonnummern, alle Adressen, alle E-Mails. Es ist ein ausgelagerter Teil meines Gehirns. Wenn das Handy kaputt und meine Daten verloren sind, bin ich für alle Zeiten aufgeschmissen. Ich habe kein Back-up gemacht. Allein das ist schon wieder ein Grund, einfach nur loszuheulen.

»Wie heißt dein Bruder denn?«, fragt Ron.

»Willy.«

Er tippt in sein Handy. »Einen Willy Schierlinger finde ich nicht.«

»Willy Novak. Mit einem V in der Mitte.«

Ron tippt noch mal und lächelt zufrieden. »Das muss er sein. Die Nummer habe ich eingefügt«, sagt er. »Kannst ihn damit anrufen.« Er reicht mir sein Handy.

»Eigentlich geht Willy so spät nicht mehr ans Telefon«, wende ich ein. »Er legt sich früh schlafen.«

»Ich bin sicher, in dieser Situation macht er eine Ausnahme.«

»Er telefoniert bestimmt gerade mit den beiden anderen.«

»Wie viele seid ihr insgesamt?«, fragt Ron.

»Vier. Drei Brüder aus der ersten Ehe und dann noch ich aus der zweiten Ehe. Meine Mutter hat schon Patchwork gemacht, als das noch gar nicht üblich war. Sepp ist der Älteste, Willy der Mittlere und Ted der Jüngste. Ich bin die Nachzüglerin.«

In meiner Familie ist immer alles kompliziert. Es fängt bei den Namen an. Meine Brüder waren zuerst polnisch, bevor sie bayerisch wurden. Sepp heißt ursprünglich Józef, war allerdings immer Mamas Joscho, geschrieben wird das Jozio. Willy heißt eigentlich Wojciech, die deutsche Variante davon ist Albert, so steht es auch auf der Einbürgerungsurkunde und in seinem Ausweis, aber Mama hat ihn immer Wojtek gerufen, wir anderen nennen ihn Willy. Das kann man sich besser merken. Ted heißt Tadeusz und wurde von ihr Tadek gerufen. Zu mir sagte sie als Kind Toschki, es sei denn, sie war sauer auf mich, dann hieß ich Tosca – mit drei Ausrufungszeichen.

Beim Gedanken daran, dass sie mich nie wieder »Toschki« oder wenigstens »Tosca!!!« rufen wird, vergesse ich schon wieder das Atmen und muss weinen. Ron hält meine Hand und reicht mir ein frisches Taschentuch.

»Hast *du* Geschwister?«, frage ich.

Er schüttelt den Kopf. »Ich bin Einzelkind.«

»Leben deine Eltern noch?«

»Mein Vater ist letztes Jahr gestorben. Meine Mutter lebt noch. Sie wohnt in einem Seniorenstift. Margaux Lipinski. Vielleicht hast du mal von ihr gehört?«

»Margaux Lipinski!«, rufe ich aus. »Natürlich kenne ich sie. Hab sogar eine Platte von ihr.« Das bringt mich erst recht zum Weinen. Als ich wieder reden kann, habe ich auf einmal ein komisches Kieksen in der Stimme. Ich höre mich wie ein kleines Mädchen an.

»Ich wünschte, ich wäre ein netterer Mensch.«

»Inwiefern?«, fragt Ron.

»Ich wünschte, ich wäre netter zu meiner Mutter gewesen, aber ich habe laut Musik gehört und sie damit provoziert. Daran war *deine* Mutter schuld.«

Er sieht mich ratlos an.

»Ihre Schallplatte. Ich habe sie rauf- und runtergehört. Da war das Klavierkonzert von Rachmaninow Nummer 3 in C-Dur drauf.«

»Ich glaube, das ist in d-Moll.«

»Das ist doch egal. Depressiv ist die Musik so oder so. Ich habe die Lautstärke immer ganz hochgedreht, dabei wusste ich genau, wie sehr das meiner Mutter auf die Nerven geht. Sie hat dann immer gegen meine Tür gehämmert. Einmal hat sie mich angeschrien, sie würde am liebsten die Platte zertreten.«

»Das ist aber auch keine nette Drohung.«

»Was sollte sie denn tun? Ich habe sie mit Rachmaninow terrorisiert!« Ich schniefe ins Taschentuch.

»Wir waren alle mal jung und rebellisch«, sagt Ron.

Ron wirkt auf mich nicht wie jemand, der in seiner Jugend sonderlich rebellisch war. Er ist bestimmt ein guter Sohn, der seine Mutter regelmäßig im Seniorenstift besucht. Ich dagegen bin damals nach dem Abi sofort nach Berlin gezogen und fahre so selten wie möglich zu meiner Familie nach Bayern. Es ist mir nicht unbedingt peinlich, Tochter einer ehemaligen Gastwirtin und ihres ehemals besten Gastes zu sein, aber gegenüber dem Sohn einer französischen Weltklassepianistin ist das jetzt auch nicht das Allererste, was ich von mir preisgeben mag. Ich lebe in einer der interessantesten Städte der Welt, mich trennen fünfhundert Kilometer von meiner Familie, und das ist auch alles gut so. Es ist nur blöd, dass ich einfach solche Angst davor habe, was mein Bruder zu mir sagen wird.

»Ruf an«, sagt Ron. »Komm. Dann hast du es hinter dir.«

Er hat ja recht.

Vier Vorwürfe und ein Todesfall

Es war ein Unfall.«

Mein Bruder Willy ist kein Mann vieler Worte. Sein Bericht bleibt erst mal bei den nüchternen Fakten.

Ich stehe im Dämmerlicht der Straßenlaternen mit Rons Handy vor der Bar. Dort ist der Empfang besser. Ich höre, wie Willy erklärt, dass unsere Mutter von einem Lastwagen überrollt wurde und im Krankenhaus trotz aller Bemühungen an den Verletzungen starb. Er hat sie dort noch kurz sehen können. Natürlich hat er sofort uns Geschwister zu erreichen versucht. An dieser Stelle höre ich einen ersten Vorwurf an mich heraus, weil ich ihn als Letzte zurückgerufen habe. Selbst Ted hat sich sofort bei Willy gemeldet. Und Ted ist von uns vieren der Unzuverlässigste.

»Es ist besser so«, sagt Willy. Seine Stimme klingt ruhig, man könnte auch sagen: emotionslos. Vor seiner Rente hat er als Krankenpfleger auf der Intensivstation gearbeitet und ist an Krankheiten, Unfälle und tote Menschen gewöhnt. »Sie hatte innere Blutungen, eine schwere Kopfverletzung, Quetschungen an den Organen. Wenn man ihr Alter bedenkt, hat sie sowieso kaum eine Chance gehabt. Sie wäre ein Pflegefall geworden, und das hätte sie nicht gewollt.«

Da hat Willy natürlich einen Punkt. Für meine Mutter waren Wörter wie »Altersheim« oder gar »Pflegeheim« Schimpfwörter. Nie wäre sie wie Margaux Lipinski freiwillig in ein Seniorenstift gezogen. Mama schien ohnehin ewig jung zu bleiben, egal wie alt sie war. Die Männer liefen ihr mit sechzig, siebzig und sogar mit achtzig immer noch in Scharen hinterher – oder versuchten es wenigstens. Sie ging bis ins hohe Alter tanzen, und ihre hochhackigen Schuhe hat sie erst vor ein paar Jahren gegen flacheres Schuhwerk und einen Gehstock getauscht. Ihr Hausarzt machte sich einen Spaß daraus, seine Praktikanten zu fragen, wie alt sie meine Mutter schätzten. Sie lagen meistens mindestens um zehn Jahre daneben. Darauf war Mama sehr stolz. Den Rollator, den Willy ihr gekauft hatte, ließ sie oft stehen.

»Aber wieso war sie abends noch allein unterwegs?«, frage ich meinen Bruder. Es ergibt für mich keinen Sinn. Offenbar ist sie auf die Straße gelaufen, ohne auf den Verkehr zu achten. Den Lastwagenfahrer trifft laut Polizei keine Schuld.

»Es war gar nicht so spät«, sagt Willy. »Es wird halt schon früh dunkel. Und sie lässt sich nie was sagen. Du weißt doch, wie dickköpfig sie ist.« Nach einer kleinen Pause sagt er: »War.«

Ja. Dickköpfig. Das war sie. Sie ließ sich keine Vorschriften machen. Selbst dazu, sich in ihrer Wohnung von einer Frau helfen zu lassen, hatte sie mühsam überredet werden müssen. Kasia, die auch aus Polen stammt, kam ein paarmal in der Woche zu ihr. Willys Frau Marija hat heute Mittag als Letzte mit Mama telefoniert. Da war alles wie immer.

»Es macht dir ja niemand Vorwürfe«, will ich meinen Bruder trösten.

»Das würde ich mir auch verbitten. Gerade von dir oder von Ted!«, sagt Willy und spricht damit Vorwurf Nummer zwei aus, denn Ted und ich leben unser eigenes Leben.

»Kümmere du dich lieber um den Schierlinger«, sagt Willy.

Das ist Vorwurf Nummer drei. Der Schierlinger ist schließlich *mein* Vater, nicht seiner.

»Hast du ihn im Krankenhaus sehen können?«

»Er liegt auf der Intensivstation und ist nicht ansprechbar«, sagt Willy. »Auf die Ärzte hat er ja nie hören wollen, jetzt hat er den Salat.«

Vor einem halben Jahr musste mein Vater schon mal ins Krankenhaus. Da war ich für ein Wochenende angereist, nur um von ihm belehrt zu werden, dass die Ärzte schamlos übertrieben. Diese »Bader und Kurpfuscher« ohne jegliche Ahnung kamen ihm mit Fremdwörtern wie Angina Pectoris, Arteriosklerose, Hypertension, Diabetes und so einem Schmarrn und behaupteten, er müsse sein Leben sofort ändern, nicht mehr rauchen, kein Alkohol mehr, sonst drohe ihm bald ein tödlicher Schlaganfall oder Herzinfarkt. Mein Vater fand es überflüssig, dass ich ihn überhaupt besucht hatte. Unkraut vergehe schließlich nicht. Einige Wochen später rief er mich an, und ich erfuhr, dass er sich gegen den Rat der Ärzte selbst entlassen hatte. Eine Reha sei überflüssig. »An irgendwas stirbt man sowieso«, behauptete er. Jetzt hat er den Salat, obwohl er doch kein Grünzeug mag.

»Also ein weiterer Schlaganfall?«

»Ja, und diesmal ist es ernst. Verwirrt war er wohl schon seit Tagen, aber jetzt liegt er im Koma«, erklärt Willy. »Seine Freundin hat ihn viel zu spät einweisen lassen. Mir hat sie heute Abend Bescheid gegeben, dass er im Krankenhaus liegt.«

»Wieder mal typisch für diese Frau. Warum hat sie nicht schon früher und dann gleich *mich* angerufen?«

»Der alte Schierlinger wollte nicht, und sie hat deine Nummer wohl nicht mehr gefunden. Du weißt doch selber, wie dickköpfig er ist.«

Ja, genauso dickköpfig wie unsere Mutter war.

»Schon ein merkwürdiger Zufall«, sage ich. »Mama hat einen Unfall, und der Schierlinger liegt zeitgleich im Koma.«

»Merkwürdig ist vor allem, dass er noch lebt, und sie tot ist«, sagt Willy. Das klingt nach Vorwurf Nummer vier, der aber im Grunde nicht an mich, sondern an meinen unvernünftigen Vater gerichtet ist.

Unsere Mutter hat nie geraucht, kaum getrunken, alle Medikamente brav eingenommen, war zu jeder ärztlichen Untersuchung bereit, hat immer noch jeden Tag selbst für sich gekocht und ist jetzt trotzdem tot. Der Schierlinger dagegen raucht seit seinem vierzehnten Lebensjahr wie ein Schlot, trinkt viel zu viel, lebt vorwiegend von Schweinebraten mit Knödeln und würzt sein Essen mit irren Mengen von Maggi. »Wenn's Arscherl brummt, is's Herzerl gsund, und bei mir brummt ois, wie es soll«, lautet eine seiner kühnen Selbstdiagnosen. Offensichtlich war sie zu optimistisch, sonst läge er jetzt nicht auf der Intensivstation. Aber wenigstens schlägt sein Herz noch, während das von meiner Mutter aufgehört hat, ihr Blut durch den Körper zu pumpen.

»Die Beerdigung kann wahrscheinlich schon nächste Woche stattfinden. Ich spreche morgen mit dem Pfarrer wegen dem Gottesdienst«, sagt Willy.

»So schnell geht das?«

»Es ist eine Erdbestattung.«

Ich verspreche, so rasch es geht zu kommen. Er gibt mir die Nummer der Station, auf der mein Vater liegt. Dann ist irgendwie alles gesagt, und wir legen auf.

Zurück in der Bar sieht Ron mich fragend an. Ich gebe ihm eine kurze Zusammenfassung von wegen Mutter, Unfall, Tod, Vater, Schlaganfall, Intensivstation.

»Und nun?«, fragt er.

»Die Beerdigung meiner Mutter ist nächste Woche. Ich muss, sobald es geht, nach Bayern fahren.«

»Das tut mir alles so leid.«

»Mir auch.«

Ron Ferber nimmt mich in die Arme und drückt mich an sich. Ich schluchze und lehne den Kopf an seinen Hals und seine Schulter. Keine Ahnung, wie er es schafft, dort nach Lavendel zu duften, jedenfalls möchte ich für immer das Gesicht in seiner Halskuhle versenken. Nur auf diese Weise kann ich einigermaßen ruhig weiteratmen. Wir bleiben eine Weile eng umschlungen, dann sagt er: »Ich fahre dich natürlich nach Hause.«

Ein ablehnbares Angebot

Selbst in meinen kühnsten Vorstellungen auf der Behandlungsliege in Rons Praxis wäre ich nie auf die Idee gekommen, dass wir ausgerechnet dann miteinander ins Bett steigen, nachdem ich von einem Todesfall, einem Koma und einer baldigen Beerdigung erfahren habe. Natürlich haben dabei die vielen Wodka Tonics eine Rolle gespielt, das möchte ich mir zumindest gerne einreden, aber ich erinnere mich leider zu gut daran, dass ich Ron förmlich angefleht habe, er möge mich in seine Wohnung mitnehmen. Ich könne auf keinen Fall allein bleiben. Er hätte schon sehr abgebrüht sein müssen, um mich als heulendes Elend zu Hause abzusetzen und dann zu verschwinden.

Als ob mein letztes Stündchen geschlagen hätte und ich nun schnell noch aus diesem letzten Moment, der mir bleiben würde, alles herausholen müsste, habe ich mich ihm aufgedrängt. Mein Kopf war in der Nacht komplett ausgeschaltet, aber heute Morgen rattern leider wieder alle Räder im Gehirn. Ich werde überflutet von Gedanken wie dem, dass Ron mich vermutlich *wirklich* nur nicht allein lassen wollte und ich ihn im Grunde dazu gezwungen habe, mit mir die Nacht zu verbringen. Mein Gott, wie peinlich.

Ron kommt mit einem Tablett aus der Küche und stellt es auf einen kleinen Beistelltisch neben dem Bett. Seine Wohnung ist direkt über der Praxis, und vom Fenster aus sind die Bambuspflanzen und der Springbrunnen im Hinterhof zu erkennen. Auf dem Tablett stehen Porridge mit Obst und Joghurt, eine Flasche Orangensaft, eine Glaskanne mit grünem Tee und eine Karaffe mit Wasser, in dem Zitronenscheiben schwimmen. In seinem Schlafzimmer dominieren helle Farben. Alles hier strahlt Ruhe und Gelassenheit, Reinheit und Klarheit aus. So wie er ja auch.

»Danke, dass du mich noch ein bisschen hast schlafen lassen«, sage ich. »Ich muss zum Glück erst am Nachmittag an der Hochschule sein.«

»Ich habe ab heute zwei Wochen Urlaub. Wir können in Ruhe frühstücken.«

»Hast du vielleicht auch Kaffee?«

Er nickt, steht auf und kommt nach kurzer Zeit mit einer Tasse Espresso zurück. Der Mann ist eine Wucht.

Ich kuschle mich zurück ins Bett. Auch seine Laken duften, als ob ich durch ein Lavendelfeld in der Provence schreite.

»Denkst du, das war gesund?«, frage ich ihn.

»Das Frühstück?«

»Ich meine eher die Nacht.«

Ist an sich nicht meine Art, nach Unglücksfällen sofort mit jemandem ins Bett zu steigen. Er wird mir vermutlich sowieso gleich sagen, dass das ein Fehler war, ein Ausrutscher, und dass er sich im Allgemeinen nicht mit Patientinnen einlässt. Das hoffe ich sogar. Ich habe ihn dazu gebracht, seinen beruflichen Ehrenkodex zu verletzen. Es war eben reiner Mitleidssex.

Aber er sagt nichts, sondern streicht mir einfach über den Arm, davon bekomme ich eine Gänsehaut.

»Ich wünschte, wir hätten einen besseren Moment gefunden, um uns …« Mein Herz rattert komisch, und ich bringe den Satz nicht zu Ende.

Er sieht mich an und lächelt. »Weißt du, ab Mitte nächster Woche bin ich im Allgäu. Ich habe überlegt, ob wir vielleicht zusammen Richtung Süden fahren können.«

Ich bin mir nicht sicher, ob ich ihn richtig verstanden

habe. »Du bist nächste Woche im Allgäu und willst mit mir fahren?«

»Genau.«

»Aber ich nehme den Zug.«

»Ich fahre mit dem Auto.«

»Aber ich muss doch schon morgen los, nicht erst nächste Woche.«

»Das ist kein Problem. Wir können losfahren, wann immer du willst.«

»Du bietest mir also eine Mitfahrgelegenheit an?«

»Wenn du magst, bleiben wir ein paar Tage zusammen, und ich fahre dann weiter ins Allgäu.«

Ich warte ab, ob er noch etwas hinzufügt, zum Beispiel eine Erklärung, warum er mir das vorschlägt, aber er schweigt. Erst als es ein bisschen unbehaglich zu werden droht, räuspert er sich, bevor er einen weiteren Satz spricht. »Das ist jetzt nicht ganz die Reaktion, mit der ich gerechnet habe.«

Ich weiß nicht, mit welcher Reaktion ein Mann wie Ron Ferber rechnet, wenn er einer Frau nach einem Todesfall, einem verpatzten Konzertabend und einer gemeinsamen Nacht ein solches Angebot unterbreitet. Vermutlich mit Dankbarkeit. Vor ein paar Tagen wollte ich Herzchen um unsere Namen malen, nun spüre ich ein gewisses Misstrauen. Was stimmt nicht mit Ron Ferber? Vielleicht ist er wieder mal einer von den Männern, die zu gut sind, um wahr zu sein. Hat ein Helfersyndrom. Ist ein Masochist oder ein sadistischer Serienkiller. Ein Beziehungsjunkie mit einer Vorliebe für Todesfälle und Beerdigungen. Vermutlich ist *Harold und Maude* sein Lieblingsfilm.

Welche Macke er auch immer hat, er wartet auf eine Antwort, aber das Einzige, was ich sagen kann, ist: »Ich weiß nicht, was ich sagen soll.« Das ist die Wahrheit. Alles andere wäre gelogen.

Zeit der Zärtlichkeit

Als ich mittags in einem Café in Mitte sitze und meinen Bruder Ted auf dem Laptop-Bildschirm sehe, bin ich gerührt. Er ist der jüngste meiner Brüder und sieht unserer Mutter am ähnlichsten. Auch er wirkt alterslos und ewig jung. Seine leicht angegrauten Schläfen und die Lachfältchen an den Augen füttern das Klischee, dass Männer angeblich durch das Alter noch attraktiver werden.

Ich dagegen, darin sind sich alle einig, komme eher nach den Schierlingers. In jungen Jahren sah mein Vater laut meiner Mutter ganz gut aus. Dunkle Locken und blaue Augen sind eine durchaus attraktive Kombination, aber Haare werden irgendwann dünner und weißer, und die Augen sind bei einigen Schierlingers kurzsichtig, so auch bei mir. Und leider habe ich zudem die Schierlinger-Nase geerbt, auf der bei mir ab dem zehnten Lebensjahr eine Brille saß. Das war nur einer der Gründe, weshalb ich mich als Jugendliche nach der Schule oft aufs Bett warf und Rachmaninow auflegte, damit mein Unglück durch die Wohnung schallte.

Als Teenager plante ich fest, eine Nasenoperation durchführen zu lassen, sobald ich genügend Geld für den chirurgischen Eingriff gespart hätte. Als Erwachsene entdeckte ich dann allerdings, dass es Kontaktlinsen gibt, und begann einzusehen, dass mir ein Stupsnäschen nicht stehen würde.

Teds lange Wimpern und seine perfekt proportionierte Nase finde ich trotzdem ungerecht. Mit seiner Coverversion von »Love me tender« brachte er früher Männer und

Frauen zum Kreischen und Tanzen. Das ist aber auch schon eine Weile her. Seine Fans sind wie er älter und ein bisschen hüftsteifer geworden.

Ich schildere ihm, wo ich gestern war, als mich Willys Anruf erreichte, und wo ich danach war und was Ron mir vorhin angeboten hat, denn wer mag schon über Tod und Krankheit und Gefühle reden, wenn erste Dates und One-Night-Stands viel dankbarere Gesprächsthemen sind und so wunderbar ablenken.

»Das ist garantiert der Mann deines Lebens«, sagt Ted. »Vielleicht kommt für Tosca jetzt endlich mal die Zärtlichkeit.«

»Wahnsinnig lustig«, entgegne ich.

»Bestimmt hat er Mitleid mit dir.«

»Nett von dir, das auch noch zu betonen.«

»Hoffentlich ist er nicht schwul wie dieser Flo.«

»Ist er definitiv nicht.«

Flo ist einer meiner ältesten und besten Freunde in Berlin. Ich wünschte allerdings, er hätte mir früher gesagt, dass er auf Männer steht, und nicht erst, als ich mich in ihn verliebt hatte. Wir hatten wohl beide zu sehr ausgeblendet, dass bei uns im Bett Flaute herrschte, wir aber zusammen gerne alte Filme mit Barbra Streisand guckten. Das tun wir heute noch, rein freundschaftlich.

»Oder ein Muttersöhnchen wie dieser Rechtsanwalt, dem seine Mutter immer die Wohnung aufgeräumt und die Socken sortiert hat«, fährt Ted fort.

»Da kann ich dich beruhigen. Ron Ferbers Mutter wohnt in einem Seniorenstift und spielt lieber Klavier, als seine Socken zu sortieren.« Zudem gehe ich davon aus, dass die Familie früher sowieso Personal fürs Sockensortieren besaß. »Sie heißt übrigens Margaux Lipinski, falls dir der Name was sagt«, füge ich hinzu.

Ted nickt anerkennend. »Auch noch ein Sohn aus gutem

Hause! Sechser im Lotto würde ich sagen. Hauptsache, er findet, dass du gut genug für ihn bist.«

Eine fiese Anspielung auf Steven. Amerikaner. Ich wollte ihn heiraten, als die biologische Uhr langsam tickte, aber er fing was mit einer reichen amerikanischen Erbin an, deren Ehemann er schließlich wurde. Hört sich wie ein Filmplot an, ist jedoch leider wahr.

»Das ist doch schon ewig her«, sage ich. Es tut manchmal trotzdem noch weh.

»Oder der Engländer, der sich keine Namen merken konnte und mich immer mit Tom ansprach, wie hieß der noch?«, fragt Ted.

»Nigel!« Selbst mich nannte er manchmal versehentlich Tasha oder Tara. Im Nachhinein erstaunlich, dass wir trotzdem sieben Jahre zusammen waren.

»Komisch, dass du immer noch weißt, was alles in *meinen* Beziehungen schieflief«, sage ich zu Ted. »Fass dich mal lieber an die eigene Nase.« Die wohlproportionierte, wohlgemerkt.

»Geht es etwas leiser?«, zischt eine blonde Frau am Nebentisch. Das Café ist leer, von draußen rauscht der Straßenlärm durch das Fenster.

»Sorry«, sage ich.

»Gott, in Berlin sind die Leute immer so unentspannt«, tönt Ted fröhlich und laut aus dem Laptop. Ich regle die Lautstärke runter.

In einer besseren Welt wäre aus Ted vielleicht ein berühmter Musiker geworden. Er hat sich das Gitarrespielen selbst beigebracht und konnte bald alle seine Lieblingssongs nachspielen. Weder meine Eltern noch das bayerische Schulsystem haben sein Talent erkannt, sonst hätte er eine Musikhochschule besucht, statt mit Ach und Krach seinen Hauptschulabschluss zu machen. Später ist er oft von daheim ausgerissen, mehrmals brachte ihn die Polizei zurück. Als er volljährig wurde, zog er endgültig in die weite Welt. Heute lebt er in Hamburg, gibt Gitarrenunterricht und hält sich mit kleinen Auftritten in Clubs und Bars über Wasser.

»Wenn er dich zur Beerdigung begleiten will, lass ihn doch«, sagt Ted.

»Du findest nicht, dass ich das Angebot ablehnen muss?«

»Wieso denn?«

»Ich weiß nicht viel über ihn.«

»Dann lernst du ihn jetzt eben kennen.«

»Wieso bist du auf einmal so verständnisvoll?«

»Ich komme auch nicht allein.«

Daher weht der Wind. Wusste ich es doch!

»Wer ist *sie*?«

»Unsere neue Sängerin. Es hat sofort gefunkt.«

Ted ist der Meister des schnellen Ver- und Entliebens. Im Vergleich zu ihm bin ich beziehungsmäßig fast schon solide mit meinen Lebensabschnittspartnern. Immerhin hat meine längste Beziehung sieben Jahre gedauert.

»Sofort gefunkt«, wiederhole ich und spotte dann: »Was Ernstes also.« Für die nächsten Wochen vielleicht, denke ich insgeheim. »Und dann gleich Härtetest in Bayern?«

»Ganz genau.«

Vermutlich bringt er sie mit, um Sepp und Willy zu zeigen, dass er es immer noch draufhat und kein Spießer geworden ist wie sie.

»Es tut mir übrigens leid, dass der alte Schierlinger im Koma liegt. Das hat er nicht verdient.«

»Lieb von dir, das zu sagen.«

Mein Bruder und der alte Schierlinger mögen sich nicht besonders. Mein Vater hat in Teds Augen üble Vorurteile und einen miesen Musikgeschmack. Der alte Schierlinger wiederum findet, dass Ted keinen richtigen Beruf gelernt hat und ein Versager ist. In seinen Augen macht einen »echten Mann« vor allem harte körperliche Arbeit aus, mindestens das berufliche Nutzen eines Presslufthammers, eines Baggers oder einer Straßenwalze. Holzfäller ginge vielleicht auch noch, aber nur Weicheier werden Musiker.

»Halt jedenfalls die Ohren steif, Toschki«, sagt Ted.

»Du auch, Teddyboy.«

Vielleicht liegt es daran, dass ich mit großen Brüdern aufgewachsen bin: mir sind familiäre Gefühlsausbrüche unangenehm. Spott und Frotzeleien sind kein Problem, aber Schwäche zeigen oder Zuneigung bekunden, indem wir unsere alten Kosenamen »Toschki« und »Teddyboy« benutzen, das ist fast schon zu viel an Emotion. Ich wische mir versteckt ein paar Tränen aus den Augenwinkeln, und da die innere Sintflut naht, verabschiede ich mich schnell von Ted und klappe das Laptop zu, bevor die Heulerei wieder anfängt. Ich muss sowieso dringend los. Mein Handy vom Reparaturdienst abholen, mein Seminar halten, meiner Chefin sagen, dass ich ein paar Tage freinehmen muss, meine Koffer packen, ein Zugticket und ein Hotelzimmer buchen. Ich habe zu tun. Ablenkung tut gut, Ablenkung ist wichtig, sonst denke ich ständig an meine tote Mutter oder meinen Vater, der im Koma liegt, oder womöglich sogar noch an Ron Ferber.

Kierkegaard hat keine Ahnung

Seit meiner Pubertät trage ich fast nur Schwarz. Als es losging, konnte meine Mutter nicht verstehen, warum ich die adretten Blusen und Faltenröcke, die sie mir aussuchte, nicht mehr anziehen wollte. Mein Vater zog mich ständig mit der Frage auf, ob ich vorhätte, auf eine Beerdigung zu gehen. Diese Frage kann ich seit gestern mit einem eindeutigen Ja beantworten. Klamotten, die farblich für den Anlass passen, habe ich also mehr als genug, aber kaum was Adrettes, das meiner Mutter gefallen würde. Wenn ich jedoch eine Jeans zur Beerdigung trage, selbst wenn sie schwarz ist, wird sie mir das nie verzeihen, was rein rational gesehen Blödsinn ist, weil sie es natürlich nicht mehr mitbekommen wird. Sie ist tot. Aber ich höre sie trotzdem mahnen: »*Tosca*! Zieh was Anständiges an, es ist immerhin meine Beerdigung!«

Ich schlüpfe in ein schwarzes Etuikleid, das ich noch nie anhatte, das Preisschild hängt noch dran. Es sitzt etwas eng. Das ist vermutlich auch der Grund, weshalb es sein Dasein in den hintersten Ecken des Kleiderschranks fristet. Es war von Anfang an sehr unbequem, der Stoff ist viel zu starr, darin kann ich nicht atmen.

Wenn ich mich im Spiegel betrachte, sehe ich nur wenig, das mich an meine Mutter erinnert. Sie hat mich mit vierzig Jahren bekommen. Ich bin inzwischen ein ganzes Stück älter, als sie damals war, und sehe genauso alt aus, wie ich bin. Optisch bin ich Mittelmaß und habe traurige Mundwinkelfalten. Meine Mutter dagegen hatte eine alterslose Haut mit ein paar adretten Lachfältchen.

Da ich als junge Frau auf keinen Fall wie meine Mutter werden wollte, fand ich es in Ordnung, dass ich die Kluge und nicht die Schöne war. Aber klar, manchmal habe ich mich auch gefragt, wie es wäre, wenn ich so gut aussähe wie sie. Wäre ich dann Schauspielerin oder Schlagerstar geworden, wie ich mir das als Kind manchmal ausgemalt habe? Wären mir Männer in Scharen hinterhergelaufen, so wie ihr? Hätte mich das anders werden lassen, glücklicher oder oberflächlicher? Wäre mein Leben leichter oder schwerer?

Wenn das Wörtchen »wenn« nicht wär, wär ich längst schon Millionär! Auch ein Sprichwort, das meine Mutter gerne zitierte, vor allem wenn sie wieder mal darüber nachdachte, was gewesen wäre, wenn alles ganz anders gekommen wäre. Wenn die Deutschen nicht in Polen einmarschiert wären und einen Krieg begonnen hätten. Wenn meine Mutter nach dem Krieg nicht in Polen geblieben wäre. Oder wenn sie mit ihrem polnischen Mann und den Kindern nicht nach Bayern, sondern nach England oder Australien ausgewandert wäre, wo ein paar ihrer Freundinnen lebten, von denen manchmal Briefe kamen. Was wäre gewesen, wenn sie später statt meines Vaters einen richtigen Traummann geheiratet hätte, einen mit Tonnen von Geld, einen Gentleman, der sie nach Strich und Faden verwöhnte? Was hätte nicht alles aus ihr werden können, wenn das Wörtchen wenn nicht wär!

Irgendwann, als sie wieder mal mit dem »Was wäre, wenn« anfing, habe ich ihr erklärt, dass man das Leben nur vorwärts leben und rückwärts verstehen kann. Sören Kierkegaard, ein dänischer Philosoph, habe das gesagt, und er liege ganz richtig damit, er sei schließlich ein kluger Kopf gewesen. Meine Mutter, die weder von Kierkegaard noch Puccini jemals gehört hatte, sah mich spöttisch an und schüttelte dann den Kopf über mich, aber auch über diesen

Mann mit dem komischen Namen, der keine Ahnung vom Leben haben konnte, sonst hätte er doch nicht so einen Blödsinn erzählt. Wusste er nicht, dass der Mensch über manche Dinge eben nie hinwegkommt und sich deshalb ausmalen muss, wie alles hätte auch anders kommen können?

Ich nahm diese Infragestellung eines Philosophen persönlich und fing eine Diskussion mit ihr an, die damit endete, dass ich ihr ihre fehlende Bildung und sie mir meine Arroganz vorhielt. Wir sprachen ein halbes Jahr lang nicht mehr miteinander. In Wahrheit, aber das wird mir eben jetzt erst klar, ist es so, dass ich über Vergangenes, das sich nicht mehr ändern lässt, genauso gerne nachdenke wie meine Mutter.

Ich stelle die Boombox lauter und beginne im Takt der Musik herumzutänzeln. Tanzen ist die Bewegungsart, die die meisten Muskeln beansprucht. Das habe ich mal irgendwo gelesen. Ich tanze am liebsten allein. Mit Grauen denke ich an den Tanzkurs in der Kleinstadt zurück, wo ich mit Jungs, deren Hände genauso schweißnass waren wie meine, auf der Tanzfläche herumschwanken musste. Meine Mutter dagegen war die Königin des Standardtanzes. Sie schwebte graziös übers Parkett und ließ sich wie eine Feder von ihren Tanzpartnern führen.

Wenn ich schon nicht so schön bin wie meine Mutter, hätte ich zumindest eine steile berufliche Karriere hinlegen können. Das war jedenfalls die Vorstellung meiner Mutter. »Mach was aus dir, Tosca!« Doch wenn ich ehrlich bin, habe ich mich lediglich in das unterbezahlte akademische Prekariat Berlins eingereiht. Zur Professorin habe ich es nie gebracht, sondern nur zur Lehrbeauftragten an einer unangesehenen Hochschule, was meine eigene Schuld ist. Ich habe nie meine Doktorarbeit zu Ende geschrieben. Da ist es wieder. Das »Was wäre, wenn«. Was hätte aus mir werden können, wenn ich nur diese verdammte Arbeit fertig geschrieben hätte!

Ich lasse mich aufs Bett sinken und schließe die Augen.

Der Nachmittag an der Hochschule war anstrengend. Es fiel mir nicht leicht, mich zu konzentrieren. Bei aller Liebe zur Lyrik und zu Emily Dickinson empfand ich es als Schwerstarbeit, einem Referat zu lauschen, dem der fehlende Enthusiasmus anzumerken war. Der Vortrag der Studentin sickerte zäh dahin wie der Springbrunnen in Ron Ferbers Hinterhof, bis jemand rief: »Ich kann diese Scheiße nicht mehr hören!« Die Bemerkung kam von Pia, der Studentin, die mir in diesem Seminar schon seit Semesterbeginn am meisten auf die Nerven geht. Heute sprach sie mir fast aus der Seele. Trotzdem antwortete ich ganz automatisch: »Lass deine Kommilitonin bitte weiter referieren.« Woraufhin sie mich wissen ließ, dass das Wort »Kommilitonin« militaristische Sprache sei. Mein Seminar sei sowieso völlig veraltet und aus einer weißen Perspektive gestaltet. Peng! Emily Dickinson sei extrem uninteressant. Peng! Und dann sagte sie zum Abschluss: »Du bist eben eine total veraltete Altachtundsechzigerin, Tosca.« Peng! Peng! Peng!

Sätze wie Pistolenschüsse, und jeder traf mich und rieb noch mehr Salz in die Wunde, dass ich auf ganzer Linie gescheitert bin. Wie dumm, dass ich ihnen allen das Du angeboten hatte. Leider holte ich nicht erst einen tiefen Atemzug, sondern sagte: »Sehe ich so aus, als ob ich Rudi Dutschke persönlich kannte?« Das löste Gelächter unter den Studierenden aus, dabei wussten sie wahrscheinlich nicht mal genau, wer das überhaupt war. Pia, der ein Teil des Spotts galt, denn sehr beliebt ist sie nicht, hatte mal wieder bewiesen, dass sie keine Ahnung hatte. So alt war ich nun wirklich nicht, dass ich ein Altachtundsechziger hätte sein können!

Ich hätte es bei dem einen Satz belassen sollen, aber stattdessen hielt ich Pia dann noch vor, dass sie doch selbst weiß sei und mit hoher Wahrscheinlichkeit aus einer privilegierten Akademikerfamilie stamme, während ich mich aus der Arbeiterschicht hochgearbeitet habe. Für einen Hungerlohn müsse ich mir nun ihr Gesülze an dieser Hochschule anhören. Peng. Peng. Peng. Statt sachlich zu argumentieren, triefte ich vor Selbstmitleid.

Pia wurde rot, stand auf und schmiss wütend die Tür zu. Vielleicht hätte ich mich entschuldigen und erklären sollen, dass meine Mutter gerade gestorben ist und ich neben der Spur bin. Aber ich hatte keine Lust und auch keine Energie mehr, ihr nachzulaufen.

Nach dem Seminar ging ich zu meiner Chefin und bat sie um Sonderurlaub wegen der Beerdigung. Louise kondolierte mir mit den Worten: »Das ist natürlich schwierig.«

Zuerst dachte ich, sie meinte meine Situation, also dass es nicht leicht ist, die eigene Mutter zu verlieren. Mein zweiter Gedanke war, dass sich der Zwischenfall mit Pia schon rumgesprochen hatte. Dann erst dämmerte mir: Louise passt es nicht, dass ich eine ganze Woche Sonderurlaub brauche.

Als ich danach mein Handy vom Reparaturdienst abholte, heulte ich vor Erleichterung los und konnte gar nicht mehr damit aufhören, weil man Menschen eben nicht so einfach wieder ganz machen kann wie ein Handy. Der Gefühlsausbruch war mir peinlich, deshalb erklärte ich dem Mann im Laden, dass meine Mutter gerade gestorben ist. Er sah aus wie ein Bodybuilder und sprach einen Satz, von dem sich Louise eine Scheibe hätte abschneiden können: »Wallah, das tut mir voll leid für Sie.«

Das Einzige, was Louise dagegen beschäftigt, ist, ob mein veraltetes Altachtundsechziger-Seminar stattfinden wird oder nicht. Wenn ich daran denke, muss ich mich davon abhalten, ihr nicht sofort meine Kündigung per SMS zu schicken.

Ich hieve mich vom Bett und suche ganz hinten in meinem Schrank nach Pumps, die ich mir mal für eine Feier gekauft habe. Sie liegen noch im Originalkarton. Als ich hineinschlüpfe, spüre ich einen vertrauten Schmerz an der Ferse. Das ist der Grund, weshalb ich sie nie trage. Meine Mutter konnte mit solchen Schuhen sogar Walzer tanzen. Ich bin froh, wenn ich damit nicht am Friedhof umkippe. Nein, ich kann sie unmöglich tragen.

Meine Beine fangen schon wieder an zu zittern.

Ich mag keine Friedhöfe. Ich mag keine Krankenhäuser. Ich mag nicht, dass Menschen sterben. Was soll ich bloß tun? Ich könnte Flo anrufen. Oder Nele. Flo ist ein guter Zuhörer, Nele kennt die Lösung für fast alle Probleme. Sie hat mich zu Ron geschickt. Warum nur habe ich zu ihm gesagt, dass ich nicht weiß, was ich sagen soll? Das war gelogen. Ich wusste es heute Morgen, und ich weiß es auch jetzt: Ich will nicht allein sein, ich will zu Ron Ferber. Und zwar sofort.

Puccini trällert auf der Autobahn

Mein Bruder Ted findet, es ist für die Menschheit ein Segen, dass ich die Berliner Straßen nicht noch unsicherer mache, indem ich Auto fahre. Tatsächlich habe ich drei Anläufe gebraucht, um den Führerschein zu schaffen, und als ich ihn endlich hatte, war meine Karriere als Autofahrerin auch schon wieder vorbei. In der Großstadt braucht man kein Auto. Was jedoch selbst mir, die ich mich nicht für Automarken interessiere, auffällt, ist, dass Ron Ferber einen ziemlich protzigen Wagen fährt, auf dessen Beifahrersitz ich Platz nehmen durfte.

Meine Brüder sind weitaus bescheidener motorisiert. Sepp fährt einen alten Lieferwagen, den er für die Wirtschaft braucht, Ted einen rostigen VW, der kränkelt. Willy radelt am liebsten in eng anliegender Stretch-Kleidung kilometerweit auf seinem teuren Rennrad über Bayerns Straßen.

Ich habe Ron von meinen Brüdern bis jetzt vor allem die Story erzählt, wie Mama mit den beiden Ältesten und ihrem damaligen Ehemann aus Polen nach Bayern kam und später meinen Vater heiratete. Er hat mir verraten, dass er als Sohn der Weltklassepianistin Margaux Lipinski viel herumgekommen ist, aber von Bayern nur die großen Städte – Nürnberg, Würzburg, Augsburg, München – kennt. Frankreich ist dagegen wie eine zweite Heimat für ihn.

»Dann kannst du bestimmt fließend Französisch?«, frage ich.

»Klar, ich bin zweisprachig aufgewachsen. Du nicht?«

»Nein.« Bei uns ist alles eine Spur komplizierter und nicht ganz so mondän. Ich stelle mir zum Beispiel vor, dass der zweisprachige Ron zu seiner Mutter »Maman« sagt. Mit Betonung auf der zweiten Silbe. »*Maman, spiel noch einmal Rachmaninow für mich.*« Das passt zu einer französischen Mutter, die Rachmaninow auf dem Klavier spielen kann. Meine Brüder und ich sagen *Mama* mit Betonung auf der ersten Silbe. Das klingt zwar mehr nach Italien als nach Polen, aber sie kochte uns schließlich auch Spaghetti mit Tomatensoße. Pastaschutta nannten wir das Gericht. Ted, der Weitgereiste unter uns, brachte Mama eines Tages sogar bei, die Nudeln al dente zu kochen.

»Das ist aber schade«, sagt Ron zum Thema Mehrsprachigkeit beziehungsweise deren Fehlen bei mir. »Gab es dafür Gründe?«

»Meine Mutter kam zwar aus Polen, hat aber einfach auch gerne Deutsch gesprochen«, gebe ich die einfachste aller Erklärungen. Die Abneigung meines Vaters gegenüber allem nicht Bayerischen zu schildern oder die Sorge meiner Mutter, sie oder ihre Kinder könnten nicht deutsch genug sein, wäre schon wieder so kompliziert.

»Spielt deine Mutter eigentlich noch Klavier?«, frage ich. Ob es in vornehmen Seniorenstiften Klaviere oder gar Flügel für die Senioren gibt?

»Als Papa gestorben ist, hat sie eine Zeit lang nicht mehr gespielt, sondern nur noch Lang Lang oder David Helfgott gehört. Irgendwann hat sie sich wieder ans Klavier gesetzt, da wusste ich, sie hat das Schlimmste hinter sich und neuen Lebensmut gefasst.«

Während ich noch überlege, ob zwei Weltklassepianisten tatsächlich ins Seniorenstift reisen, um Margaux Lipinski mit ihrem Spiel zu trösten, nimmt Ron die rechte Hand vom Lenkrad und legt sie auf meine linke. »Trauer braucht Zeit.«

Das hat er letzte Nacht auch ein paarmal gesagt. Wir haben viel geredet. Das war fast intimer als der Sex in der Nacht zuvor. Er erzählte, wie er seinen Vater im Hospiz immer weniger werden sah. Das war eine Erfahrung, die ihn das Leben umso mehr schätzen gelehrt hat. Weise klingt das, aber für mich ergibt der Tod überhaupt keinen Sinn. Ich finde einfach nach wie vor alles daran nur schrecklich und wünschte, das Leben würde nicht so enden, dass wir alle sterben müssen.

»Es ist gut, dass du Brüder hast«, sagt er. »Als Einzelkind habe ich niemanden außer meiner Mutter, mit dem ich Erinnerungen teilen kann.«

»Nur weil man miteinander verwandt ist, versteht man sich nicht automatisch gut«, kann ich darauf nur antworten.

Meine Mutter hatte auch dafür den passenden Spruch: *»Freunde kann man sich aussuchen, die Familie nicht.«*

»Steht dir denn keiner deiner Brüder nahe?«

»Am ehesten Ted. Er ist nur acht Jahre älter als ich. Wir verstehen uns ganz gut, aber er lebt eben in Hamburg, und wir sehen uns nicht oft.«

»Und dieser Willy, der dich angerufen hat?«

»Schwierig. Er trägt Barfußschuhe, selbst gestrickte Wollpullover, und außerdem ist er ein furchtbarer Moralapostel.«

»Und der dritte?«

»Mamas Liebling. Ihr Jozio. Der Älteste von uns. Wir nennen ihn Sepp. Er hat die Gastwirtschaft übernommen. Wie heißt es so schön: *›Wer nichts wird, wird Wirt.‹*«

»Gastronomie hat in eurer Familie also eine gewisse Tradition?« Er verzieht dabei keine Miene.

»So könnte man es auch ausdrücken«, antworte ich und denke insgeheim: Wenn man unbedingt vornehm daherreden oder sich über uns lustig machen möchte.

Nach einer kurzen Pause erkläre ich es ihm. »Meine Mutter ist aus Not Wirtin geworden. Sie und mein Vater haben sich in der Gastwirtschaft kennengelernt.«

»Das klingt spannend.«

»Wie man's nimmt.«

Er lächelt. »Sag mal, haben deine Eltern dich eigentlich wegen Puccini Tosca genannt?«

Ich zögere kurz, entscheide mich dann aber für ein Ja.

»Tosca ist die Oper, in der Puccini wirklich kein Klischee ausgelassen hat. Alle drei Hauptfiguren müssen sterben.«

»Ich habe Tosca, ehrlich gesagt, noch nie gesehen. Eigentlich kenne ich nur die Arie.«

»Magst du Opernmusik?«

»Doch, schon.«

»Dann mache ich dir zu Ehren mal was aus *Tosca* an.«

Aus den Lautsprechern des Autos tönt die Puccini-Oper. Die Stimme der Sopranistin trällert in ungewohnte Höhen. Ich schaue aus dem Fenster, obwohl es nichts Interessantes zu sehen gibt, nur die Autobahn und den Wald. Je lauter die Sopranistin singt, desto unwohler fühle ich mich. Ron kommt mir so naiv vor. Er stammt aus einer heilen Welt, in der man Kinder nach Opern und nicht nach Parfüms benennt und Gastronomie eine Tradition und nicht nur einfach eine Möglichkeit ist, sich über Wasser zu halten. Da wird er eine Überraschung erleben. Es sei denn, ich finde eine Möglichkeit, ihm meine Brüder erst gar nicht vorzustellen. Aber das ist doch absurd, denke ich, er wollte mich begleiten, da muss er nun eben durch. Und ich auch. Ich kann doch nicht die ganze Zeit so tun, als ob alles ganz anders wäre, als es nun mal ist.

»Ron.«

»Ja?«

»Das mit Puccini stimmt nicht.«

»Dass *Tosca* seine klischeereichste Oper ist?«

»Doch. Das glaube ich dir. Aber ich bin nicht nach der Oper benannt. Meine Familie ist keine typische Opern-Familie. Meine Eltern haben nie klassische Musik gehört. Und ich heiße nicht wegen *der Tosca* Tosca.«

»Sondern?«

»Ich weiß es nicht genau. Den Namen hat meine Mutter ausgesucht. Er hat ihr eben gefallen.«

»Aber dein Bruder ist doch Musiker?«

»Ja, aber er mag definitiv lieber Jimi Hendrix oder Elvis.«

»Das ist nicht schlimm. Die höre ich auch.«

»Meine Familie ist ein bisschen anders, als du das vielleicht gewohnt bist.«

Ron lacht. »Ich weiß schon, dass ich der Saupreiß bin, wie ihr da unten sagt. Damit habe ich überhaupt kein Problem. Ich bin es gewohnt, mich auf alle möglichen Menschen einzustellen.«

Das bezweifle ich ein bisschen, dass alle möglichen Menschen den Weg in seine Privatpraxis nach Charlottenburg finden, schon gar nicht die unteren Zehntausend. Ron wurde, und das merkt man ihm eben an, bestimmt nie von seiner Mutter mit einem Einmachglas voller Münzen zum Einkaufen geschickt, weil Monatsende und deshalb kaum mehr Geld in der Kasse war.

Die Wahrheit ist, ich habe mir immer gewünscht, aus einer Familie wie der von Ron Ferber zu stammen, mit einer Mutter am Flügel und einem Vater, der Professor für Kunstgeschichte war, mit Eltern, die sich »Liebste« nennen, statt wie meine am Ende kein Wort mehr miteinander zu reden. Wenn ich ehrlich bin, gebe ich meinen Eltern einen Teil der Schuld daran, dass alle meine Beziehungen im Fiasko endeten. Sie waren ein schlechtes Vorbild in Sachen Ehe.

In jedem Ratgeber und jeder Frauenzeitschrift steht aber auch, dass Ehrlichkeit die Grundvoraussetzung für eine Beziehung sein soll. Also sag ich mir, gestern hast du an der Hochschule mit deiner proletarischen Herkunft zu punkten versucht, Tosca, und jetzt druckst du so herum. Raus damit, steh dazu, aus welchem Stall du stammst.

Ich atme ein und atme aus und sage dann klar und deutlich zu Ron: »Du musst wissen, mein Vater heißt Adolf und hat Autobahnen in ganz Bayern und Österreich und manchmal auch weiter nördlich gebaut.«

Schwimmst du auf der Brennsuppn daher, ist das Leben oft sehr schwer

»Niemals! Niemals nie wird mein Bua Adolf heißen!« Ludwig Schierlinger war außer sich vor Wut. Dabei hatte es seine Josefine doch nur gut gemeint, als sie ihm vorhin im ehelichen Schlafgemach zuflüsterte: »I hob ma denkt, vielleicht tauf ma eam doch auf Adolf, damit a mal a Ruah is.«

Der neugeborene Sohn der Schierlingers schlummerte voller Unschuld in der selbst gezimmerten Wiege und ahnte nichts vom Weltgeschehen und schon gar nichts von der Abneigung seines Vaters gegen den »Führer« namens Adolf, den er inzwischen nur noch den »hergelaufenen Österreicher« nannte.

Ludwig Schierlinger galt als Hitzkopf und Weiberheld. Wegen seiner leuchtend blauen Augen und der gewellten Haare liefen die Weiber ihm scharenweise hinterher.

»Der Ludwig kann ja nix dafür, er ist halt so schön«, hatte Josefine ihren Ehemann gegenüber einer Nachbarin mal verteidigt. Die Ratschkattl hatte das sofort weitergetratscht, und seitdem wurde Ludwig Schierlinger in der Siedlung nur noch »der schöne Luggi« genannt.

Mehr als Luggis Erfolg bei den Weibsbildern bereitete Josefine der Dickschädel ihres Ehemanns Sorgen. Immer war er gegen alles und jeden und regte sich so schnell auf. Ihre Hoffnung war doch bloß, dass die Leute endlich mit ihrem Getratsche über die Schierlingers aufhörten, wenn der Bub Adolf heißen würde. Luggi tat grad so, als ob aus ihr, der Josefine, der Leibhaftige spräche.

»An Scheißdreck wird der Bua Adolf hoaßn!«, grantelte er. »Nur über meine Leich!«

»Psst, sei doch ned so laut …« Von seinem Geschrei würde am Ende der Bub aufwachen und weinen. Josefine seufzte.

Was für ein Ärger und ein Gfrett das immer mit ihm war! Seine Arbeit in der Fabrik hatte er schon lange wegen Aufwiegelung der Arbeiterschaft verloren. Acht Kinder waren es jetzt, und Ludwig brachte nur selten Geld nach Hause. Josefine musste für Herrschaften nähen und waschen, sonst wären sie nicht über die Runden gekommen. Früher hatte der Luggi allen im Wirtshaus offen seine Meinung sagen können. Oft hatte er von der Sowjetunion geschwärmt. Dort waren die Großkopferten endlich weg vom Fenster. Die Arbeiterschaft lebte drüben wie im Paradies, nicht so armselig wie hier in Bayern.

Aber jetzt warteten alle nur noch darauf, dass er was Falsches sagte, deswegen hielt er sich zurück, denn alles, was er hätte sagen wollen, konnte ihn sofort in Schwierigkeiten bringen. Seine Frustration über das erzwungene Schweigen ließ sich nur noch mit viel Bier abmildern, und auch das war gefährlich, weil, wenn er zu viele Halbe intus hatte, fing er doch wieder zu reden an.

Als ihm ein Nachbar damit gekommen war, dass der Führer für Arbeit sorge, denn ganz in der Nähe war ein Flugzeugwerk errichtet worden, da war dem Luggi der Kragen geplatzt: »Wos redst denn du für einen Schmarrn daher. Arbeit! Wozu braucht der Führer denn wirklich Jagdbomber?« Die Antwort gab er sich gleich selbst. »Da wirst schaun, wie schnell der Hitler einen Krieg anzettelt.«

Josefine hatte den Nachbarn anflehen müssen, ihren Mann nicht anzuzeigen.

»Der Name ist doch ned schlimm«, versuchte Josefine, ihn im Schlafgemach zu beschwichtigen. »Früher haben

auch alle immer Adolf geheißen. Das hat niemanden gejuckt. Auch dich nicht.«

»Aber jetzt juckt's mi«, schimpfte Luggi. »Mei Bua wird ned wie der herglaufene Österreicher hoaßn. Das wär ja no schöner! Und das Muttakreuz, das Glump, das kannst dene glei wieder vor d'Fiaß werfn, den Dreck.«

Das war das andere Problem. Josefine sollte das vom Führer gestiftete Ehrenkreuz der Deutschen Mutter erhalten. Sogar in Gold stand es ihr zu, weil der Kleine das achte Kind war. Allerdings bestand der Orden leider nicht aus echtem Gold, sonst hätte sogar der Luggi nicht widerstehen mögen.

»Luggi«, jammerte Josefine. »Tu es mir zuliebe! Damit a mal a Ruah ist.«

»A Ruah is erst, wenn der verdammte Österreicher und die ganze Bagage zum Deifi gejagt worden san und in der Hölle brennen«, fluchte Luggi.

Josefine bekreuzigte sich und flehte: »Versündige dich nicht, Luggi! Denk an den Fredl.«

»An den denk ich jeden Tag, und das verzeih i dene sowieso niemals nie.«

Den Fredl, Luggis kleinen Bruder, hatten die Nazis wegen Hochverrats zum Tod verurteilt, weil er Flugblätter gegen den Hitler verteilt hatte. Einer seiner »Freunde« hatte ihn verpfiffen. Luggi hatte den Fredl mit dem Moped an die Grenze zur Tschechei bringen müssen. Dort war er erst mal in Sicherheit.

Wenn er an den Fredl dachte, kam der Luggi erst richtig in Fahrt und fing an, über den lumperten Hitler, das Nazi-Gschwerl und den verdammten Krieg, der kommen würde, zu schimpfen. Als er dann endlich bei seinem Lieblingsthema war, nämlich, dass die Arbeiterschaft sich erheben und den Hitler stürzen müsse, merkte Josefine, dass ihm zum Glück langsam die Luft ausging. Bevor er zur

Verstaatlichung der Schlüsselindustrien und der Einführung des Kommunismus in Bayern kam, war er eingeschlafen und schnarchte mit offenem Mund.

Josefine begann in der Dunkelheit bei der Heiligen Jungfrau um den Schutz für die Familie und speziell auch um Einsicht beim Luggi zu beten. Möge er sich doch endlich dem Lauf der Welt fügen und den Sohn auf den Namen Adolf taufen lassen, damit niemand mehr die politische Unzuverlässigkeit der Schierlingers öffentlich anprangern könne.

Am nächsten Morgen, nachdem er seinen Rausch ausgeschlafen hatte, geschah tatsächlich ein kleines Wunder. Luggi gab nach. Der Sohn durfte Adolf heißen. Josefine nahm auch das Mutterkreuz entgegen, selbst wenn Luggi wetterte: »Das Glump is sowieso nix wert!«

In diesem Punkt täuschte er sich auch, denn Josefine würde diesen Orden, auf dem ein Hakenkreuz zu sehen war, Jahre später bei einem amerikanischen Soldaten gegen eine ganze Packung Nescafé eintauschen können. Mit seiner anderen Einschätzung behielt Luggi allerdings leider recht, denn im Jahr nach der Geburt des kleinen Adolf griff Hitler mit seiner Wehrmacht Polen an, und der Zweite Weltkrieg nahm seinen Lauf.

In der Hauptstadt Berlin wurden die Sirenen später als »Meiers Waldhörner« bezeichnet, weil Reichsmarschall Hermann Göring versichert hatte, dass er Meier heißen wolle, wenn jemals ein feindliches Flugzeug Berlin erreichen würde. Ab 1943 heulten jedoch auch in der bayerischen Kleinstadt, in der die Schierlingers lebten, die Sirenen. Die Amerikaner warfen ihre Bomben über dem nahe gelegenen Flugzeugwerk ab, und manche fielen natürlich daneben, aber dank der schützenden Hand der Heiligen Jungfrau landete wenigstens keine auf dem Haus der Schierlingers.

Nur beim Luggi half alles Beten nichts. Eines Tages wurde er nach vier Halben sehr lustig und erzählte folgenden Witz:

»Was ist hier los, was wird hier g'spielt, im ganzen Haus kein Hitlerbild? – Is gar ned woahr, im Scheißhaus drüben hängen zwoa.«

Da kassierten sie ihn endgültig ein, und er kam in Haft. Wenige Zeit später wurde er in ein Strafbataillon gesteckt, weil sie inzwischen auch politische Häftlinge als Kanonenfutter an die Front schickten. Zuerst kam er nach Frankreich, aber dann wurde er in den Osten verlegt und geriet in sowjetische Kriegsgefangenschaft. Das war für lange Zeit das Letzte, was sie von ihm hörten.

Wie Josefine es schaffte, sich mit ihren Kindern ohne Mann über Wasser zu halten, war auch wieder ein reines Wunder der Heiligen Jungfrau Maria. Ein Topf mit Brennsuppe, im günstigsten Fall noch ein paar Kartoffeln drin, war oft die einzige Mahlzeit, die sie auf den Tisch stellen konnte, aber irgendwie kamen sie durch. Jeden Abend betete sie dafür, dass ihr Luggi eines Tages wohlbehalten zurückkommen würde. Doch auf seine Heimkehr musste sie lange warten, und das lag bestimmt nicht daran, dass es ihm im sibirischen Workuta so gut gefallen hätte. Als er Mitte der Fünfzigerjahre endlich nach Hause kam, waren die Sowjetunion und der Kommunismus für den ausgemergelten Luggi erledigt.

Vielleicht hatte er erwartet, die Leute würden ihm auf die Schulter klopfen und endlich anerkennen, dass er den Hitler und seine Bagage durchschaut hatte, aber stattdessen erzählten manche in der Siedlung, dass der Luggi und sein kleiner Bruder Vaterlandsverräter gewesen seien. Der Fredl war lieber in die DDR gegangen, statt in die Heimat zurückzukehren. Der Luggi jedoch hing an seiner Familie und an Bayern, und so gern er den Fredl wiedergesehen hätte, aber vom Sozialismus hatte er die Nase voll. Vom Politisieren allerdings nicht, das nahm er genau wie seine Wirtshausbesuche bald wieder auf.

Genügend Themen, über die er sich aufregen konnte, gab es immer noch. Bayern hatte sich verändert, aber nicht so, wie Luggi es sich vorgestellt hatte. Die Wehrpflicht hatten sie in Deutschland eingeführt, und aufgerüstet wurde auch schon wieder! Bei seinem Jüngsten, dem Adolf, hatte Luggi es immerhin zu regeln gewusst, dass der nicht zum Barras musste. Leider wurde der Bub wie alle Jugendlichen immer amerikanischer. Die Madln schmierten sich roten Lippenstift ins Gesicht und trugen die Röcke so kurz, dass es eine Schande war. Die Buben kampelten sich die Haare nach vorne und schmierten sich was hinein, das der Luggi zuerst für Schweineschmalz gehalten hatte, bis er aufgeklärt wurde, dass das eine Pomade sei. Die amerikanischen Soldaten fuhren in ihren Jeeps herum und pfiffen den bayerischen Fräuleins nach.*

Der »kleine« Adolf war mittlerweile siebzehn und wurde von allen nur noch »Ade« genannt. Er war schon in der Lehre, kaute ständig »Tschuinggam« und trank eine Brühe, die in Luggis Augen wie Odlwasser ausschaute, aber Coca-Cola genannt wurde. Von seinem Lehrgeld gab Ade seiner Mutter Josefine selbstverständlich einen Anteil für Kost und Logis ab. Da die älteren Geschwister nach und nach alle heirateten und auszogen, hatte er ein Zimmer für sich. Daraus tönte die ganze Zeit dieser furchtbare Rock 'n' Roll, den die Amis eingeschleppt hatten und der dem Luggi in seinen Ohrwascheln heftigen Schmerz bereitete.

Anfang der Sechziger wohnten schließlich nur noch die beiden Nesthocker, die Liesel und der Ade, daheim. Das

* Kampeln (bairisch umgangssprachlich): sich mit einem Kampel (Kamm) frisieren, kämmen.

Madl hatte die blauen Augen vom schönen Luggi und dazu die blonden Haare von Josefine, jedoch leider nicht deren Tugendhaftigkeit geerbt. Wenn die Tochter sich nach ihrem anstrengenden Arbeitstag als Verkäuferin am Wochenende aufbrezelte, schüttelte der Vater den Kopf und rief: »Halleluja, wie schaugst denn du aus!« Und fügte gleich hinzu: »Wiera Amiflitscherl laufst umanand.«

Die Liesel gab jedoch schon lange nichts mehr auf die Meinung ihres Vaters. Er hatte doch keine Ahnung. In Wirklichkeit sah die Liesel wie eine Mischung aus Marlene Dietrich und Marilyn Monroe aus. Das hatte jedenfalls ein gewisser Joe aus Missouri ihr mehrfach versichert und versprochen, sie mit in die USA zu nehmen, wenn es so weit wäre. Die Liesel hatte bereits Ja gesagt. Aber davon wussten die Eltern natürlich nichts, sonst hätte der Vater sich aufgeregt und die Mutter geweint. Von ihren Plänen erzählte sie vorerst nur ihrem Bruder Ade. Der war ganz aus dem Häuschen, denn dadurch taten sich auch für ihn bis dahin ungeahnte Möglichkeiten auf.

»Wenn ich mich in Amerika erst eingewöhnt hab und du mit der Lehre fertig bist, dann hol ich dich nach!«, versprach Liesel ihm. Einen fleißigen Maschinenschlosser wie den Ade konnten sie in den USA überall gebrauchen. Statt wie jetzt Autobahnen in Bayern, Österreich und manchmal weiter nördlich zu teeren, würde er dann eben Highways in Amerika bauen.

Ade las viel und ging sehr gerne ins Kino, speziell in Westernfilme, folglich kannte er sich im Wilden Westen wie in seiner eigenen Westentasche aus. In den USA gab es Saloon-Damen, die den Cowboys Whiskey servierten und dann deren Colts zum Rauchen brachten. Von Jane Russell, einer Hollywood-Schauspielerin, die er schon lange bewunderte, besaß er ein Foto. Da trug sie einen Cowboyhut und eine Korsage, in der Hand hielt sie einen Colt. Den

Daumen auf dem Abzug lächelte sie ihn an, als wollte sie sagen: »I wart auf di, Ade!« Oder auf Englisch: »I wait for you, Ade!«

Solche Frauen lebten aber halt nicht in Bayern, die gab es nur in Amerika.

Eine »Motte« meldet sich

Jetzt weißt du's«, sage ich. »Früher haben auch alle immer Adolf geheißen. Das hat niemanden gejuckt, außer meinem Opa, aber der war eben ein Sozi, und sein Bruder hat Flugblätter gegen die Nazis verteilt.«

»Du kannst stolz auf deinen Opa sein. Sah er denn wirklich so gut aus?«

»Der schöne Luggi?« Der Spitzname lässt mich laut loslachen. »Auf alten Fotos sieht er eher wie der schiache Luggi aus, nicht wie ein bayerischer Gigolo.«

»Schiach?«, fragt Ron.

»Bairisch für nicht sehr attraktiv. Unschön.«

»Damals sind die Leute eben früh gealtert.«

»Kann sein. Vielleicht ist seine Schönheit aber auch bloß ein Familienmythos.«

»Mein deutscher Großvater war ein alter Nazi. Ich bin froh, dass ich nicht nach ihm, sondern nach meinem Opa mütterlicherseits genannt wurde.«

»Ron ist ein französischer Name?«

»Ronald.« Ron spricht es aus wie »Ronaahldö«.

»In Kurzform hört es sich besser an.«

»Das finde ich auch. Mein Vater war übrigens ein alter Achtundsechziger. Da kannst du dir vorstellen, wie gut sich der mit seinem Nazi-Vater verstanden hat.«

Ich nicke. Bei dem Stichwort »Altachtundsechziger« fallen mir sofort wieder Pias Bemerkung und meine unsouveräne Reaktion ein. Jetzt wüsste ich plötzlich bessere, klügere Antworten und wiederhole sie in meinem Kopf. Aus diesem Grund höre ich nur halb zu, als Ron mir von seinen deutschen und französischen Großeltern erzählt. Immerhin kapiere ich aber doch, dass die einen während des Zweiten Weltkriegs bei der Résistance waren und gegen die Deutschen gekämpft haben, während der deutsche Großvater von Ron es in der Wehrmacht ziemlich weit nach oben gebracht und nach dem Krieg keinerlei Schuldbewusstsein gezeigt hat. Die Hochzeit seiner Eltern, bei der die beiden Familien kein Wort miteinander sprachen, aber die Champagnerkorken knallten, weil Margaux Lipinskis Eltern ein Weingut besaßen, wäre auch ein guter Plot für einen Nouvelle-Vague-Film. In meiner Familie klingt dagegen das meiste eher nach Komödienstadel mit ein paar hollywoodreifen Momenten.

»Mein Vater und mein Opa sollen sich auch oft über Politik gestritten haben«, erkläre ich.

»Worüber genau?«

»Ach, mein Opa war eben der Überzeugung, dass man als Arbeiter nicht das Kapital wählen darf, also die CSU, oder den Klassenfeind, also die FDP.«

»Und dein Vater war Anhänger von Franz Josef Strauß?«

»Um Himmels willen«, sage ich und spüre eine gewisse Empörung. »Nein, mein Vater war Anhänger von Helmut Schmidt, doch der war meinem Opa zu konservativ.« Ich lache. »Der war eben früher mal Kommunist, auch wenn er partout nicht in die Ostzone wollte, wo sein Bruder war.«

»Was ist aus dem geworden?«

»Hat wohl in der DDR Karriere gemacht. Mehr weiß ich nicht.«

»Du könntest Nachforschungen anstellen.«

»Vielleicht mache ich das irgendwann mal. Meinen Opa habe ich mir jedenfalls immer wie Alois Hingerl vorgestellt.«

Ron wirft mir einen rätselnden Blick zu.

»*Ein Münchner im Himmel*?«, ergänze ich.

Er zuckt mit den Achseln.

»Das ist so ein Zeichentrickfilm nach einer Geschichte von Ludwig Thoma. Lief oft im Fernsehen. Hingerl, der Dienstmann 172 vom Münchner Hauptbahnhof, stirbt, kommt in den Himmel und verweigert sich, will vor allem nicht frohlocken. Sehr lustig, musst du mal gucken. Der Prototyp des bayerischen Grantlers.«

Bevor ich Ron noch weitere Erklärungen geben kann, klingelt mein Handy. Nummer unterdrückt.

»Sorry. Es könnte was mit meinem Vater zu tun haben. Das Krankenhaus vielleicht.« Mit dem Pfleger dort habe ich gestern telefoniert.

Ron nickt verständnisvoll.

Ich nehme den Anruf entgegen.

»Wer ist da, bitte?«, schreit eine Männerstimme, die ich nicht kenne.

»Tosca Schierlinger.«

»Wer?«

Ich wiederhole meinen Namen. Der laute und befehlsartige Tonfall dieses Mannes ist mir sofort unsympathisch. Seinen Akzent kann ich nicht einordnen. Er rollt das R, aber es klingt nicht bairisch.

»Sind Sie die Tochter von Ella Novak?«

»Ja.«

»Gut, genau *Sie* wollte ich sprechen. Kuntze ist mein Name. Mit tz. Ich bin ein Freund Ihrer Mutter und habe bereits mehrfach angerufen.«

»Bei mir?«

Kurzes, irritiertes Schweigen.

»Bei Ihrer Mutter natürlich.« Er zögert. »Ihre Mutter ist doch Ella Novak? Nur, weil Sie Schierlinger heißen.«

»Doch. Ich bin die Tochter. Meine Mutter hat nach der Scheidung von meinem Vater wieder ihren alten Namen angenommen.« Ich überlege. »Woher haben Sie überhaupt meine Nummer?«

»Ihre Mutter hat sie mir mal gegeben.«

Das kommt mir merkwürdig vor.

»Ich erreiche Ihre Mutter nicht. Wissen Sie, wo sie ist? Können Sie ihr bitte ausrichten, dass sie mich anrufen soll. Horst Kuntze. Mit tz. Sie hat meine Nummer.« Seine Stimme schnarrt laut aus dem Handy.

Ich atme tief durch. »Meine Mutter ist gestorben.«

Wieder ist es kurz still. »Gestorben?«, wiederholt er dann.

»Sie hatte einen Unfall.«

»Das ist ja furchtbar.« Er klingt nicht mehr ganz so schrill.

»Ja, das ist furchtbar«, wiederhole ich.

»Wann ist das denn passiert?«, fragt Kuntze.

»Vorgestern.«

»Dann ist es ja kein Wunder, dass ich Ella nicht erreiche.« Kurzes Räuspern. »Wann wird sie beerdigt?«

»Bald.« Ich zögere, ob ihn das was angeht, wo und wann sie beerdigt wird, aber gut, wenn er *ein Freund* ist, kann es wohl nicht schaden, wenn ich es ihm sage. »Am Dienstag, um neun Uhr. Auf dem Zentralfriedhof.«

»Warten Sie mal, ich schreibe mir das auf.« Es raschelt im Hintergrund. »Neun Uhr«, wiederholt er.

»Genau.«

»Danke, ich werde kommen, darauf können Sie sich verlassen.« Das wiederum hört sich fast wie eine Drohung an, aber ich bilde mir bestimmt nur was ein. Ihm fällt wohl selbst auf, dass er an seinen Manieren arbeiten muss, denn er fügt wesentlich freundlicher hinzu: »Mein herzliches Beileid.«

Ich bedanke mich und lege auf.

»Seltsam«, sage ich zu Ron.

Er sieht mich fragend an.

»Der hat gesagt, er wäre ein Freund meiner Mutter, ich habe aber noch nie von ihm gehört.«

»Wie alt war deine Mutter noch mal?«

»Fast neunzig.«

»Aha.«

»Alter schützt vor Torheit nicht«, zitiere ich eines der Sprichwörter meiner Mutter.

Immer wenn ich mich daran erinnere, dass meine Mutter wirklich nicht mehr da ist, fühlt es sich an, als ob ich einen Felsbrocken herunterschlucken muss. Jetzt existiert sie nur noch in meinen Gedanken. Die Erinnerung an sie sind kleine Filmausschnitte. In einem davon posiert meine Mutter in ihrem kleinen, mit Schrank und Bett vollkommen überfüllten Schlafzimmer vorm Spiegel. Sie dreht sich um die eigene Achse wie ein junges polnisches Mädchen, das zum Tanzball gehen wird, und fragt mich: »Was meinst du? Dieser Rock oder doch lieber ein Kleid?« Sie hält einen Faltenrock und ein über und über mit glitzernden Pailletten bestecktes Kleid in der Hand. Beides finde ich kitschig, aber um ihr eine Freude zu machen, antworte ich, als ob ich ihre Mutter oder ältere Schwester wäre: »Steht dir beides gut! Du wirst dich vor Männern, die dich zum Tanzen auffordern, kaum retten können.« Sie lacht und summt ein Lied. »Männer umschwirren mich wie Motten das Licht, aber wenn sie verbrennen …« Das sang sie gerne. Sie konnte auch nichts dafür, dass die Motten der Flamme oft zu nah kamen und verglühten. Männer neigten dazu, lästig zu werden, und sie musste die »Motten« daher oft abwimmeln. Manchmal erzählte sie mir von besonders hartnäckigen Exemplaren. »Der hält sich wohl für unwiderstehlich. Aber nicht mit mir.« Bis Gehstock und bequemere Schuhe hermussten, hatte sie immer viel mit Tanzcafés und »Motten« zu tun. Ich hoffe, dass sie den Kuntze abserviert hat und er ihr jetzt nachtrauert.

»Ich dachte eigentlich, im Alter herrscht Männermangel«, sagt Ron. »Im Seniorenstift meiner Mutter sind alleinstehende Herren sehr gefragt.«

»Meiner Mutter sind die Männer in jedem Alter nachgerannt.« Das Merkwürdige ist, dass mich das plötzlich mit Stolz erfüllt.

Von hinten fährt ein Auto viel zu dicht auf, und Ron muss in eine Lücke auf der rechten Spur einscheren, damit wir von diesem Wahnsinnigen nicht umgebracht werden.

»Eigentlich wollte meine Mutter nach zwei gescheiterten Ehen keinen Mann mehr«, nehme ich den Faden wieder auf, als sich die Verkehrslage beruhigt hat. »Aber sie hat eben gern geflirtet.«

»Wann haben sich deine Eltern scheiden lassen?«

Ich überschlage es grob. »Da war ich noch ein Teenager.«

»Und war die Scheidung schlimm für dich?«

»Ich konnte mir immer schon kaum zwei Menschen denken, die weniger zusammenpassten als meine Eltern.«

Ehe ich die Ehemisere meiner Eltern näher ausführen kann, klingelt mein Handy wieder. Diesmal ist klar, wer es ist. »Mein Bruder«, sage ich zu Ron und gehe sofort ran.

»Ja?«

»Ich bin's. Der Willy.«

»Weiß ich. Kann ich sehen.« Aber gut zu wissen, dass es kein versehentlicher Anruf aus der Hosentasche ist.

»Bist du schon unterwegs?«

»Ja.« Ich habe ihm doch erst vorhin eine Nachricht geschickt.

»Wann bist du ungefähr da?«

Ich schaue aufs Navi. Ankunftszeit: siebzehn Uhr. »Gegen Abend. Kann spät werden.«

»Wir treffen uns nachher beim Sepp in der Wirtschaft. Weißt du, wann Ted losgefahren ist?«

»Keine Ahnung.«

»Marija hat dir das Kinderzimmer hergerichtet.«

»Ich habe ein Hotelzimmer gebucht.« Es geht Willy nichts an, dass ich in Begleitung komme und ins Hotel gehe, aber ich rechtfertige mich trotzdem. »Ihr habt doch gar nicht so viel Platz, wenn Ola und Jan da sind.«

»Die kommen erst zur Beerdigung.«

Ola und Jan sind die Zwillinge meines Bruders, die einzigen Enkelkinder, die meiner Mutter geschenkt wurden. Aleksandra und Jan. Oder Ola und Janek, wie Mama sie genannt hat. Ola ist Anwältin, verheiratet und wohnt mit ihrem Mann in Würzburg. Ihr Bruder Jan ist so wie ich in jungen Jahren nach Berlin gezogen, hat mal studiert, es dann aber sein lassen. Offiziell nennt er sich Eventmanager. Die Details seiner Tätigkeit im Berliner Nachtleben hat er seinen Eltern gegenüber auf ein Minimum beschränkt. Zwischen Jan und mir gilt daher die Vereinbarung: What happens in Berlin, stays in Berlin.

»Jan geht nicht ans Telefon«, sagt mein Bruder. Das ärgert ihn wie so vieles an seinem Sohn. »Da geht nur der Anrufbeantworter an.«

»Das ist mir gestern auch schon aufgefallen.« Ich habe Jan mehrfach zu erreichen versucht. »Vielleicht ist sein Handy kaputt, meines ist mir vorgestern …« … *runtergefallen,* will ich ergänzen, aber er unterbricht mich ungeduldig. »Ja, gut, der wird sich schon irgendwann melden. Ruf an, wenn du da bist!« Dann legt er auf.

»Du mich auch!«, sage ich, um mich ein bisschen abzureagieren.

Ron sieht mich erstaunt von der Seite an. »Ärger?«

»Ach, das ist nur Frotzelei unter Geschwistern.«

»Witzig, dass du mit einem Bruder so bairisch sprichst. Hört sich automatisch ein bisschen ruppig an.«

»Das liegt nicht am Dialekt«, wende ich ein. »Willy und ich sprechen einfach nicht dieselbe Sprache.«

»Aber ihr sprecht doch beide Bairisch.« Ron lacht.

Das kenne ich schon aus Berlin. Alles Bayerische und der bairische Dialekt haben dort automatisch so was Komisches an sich. Ron hat natürlich keine Ahnung von Bayern, das ist klar, und auch nicht von mir. Für ihn bin ich letztlich ein unbeschriebenes Blatt. Und er für mich ja auch.

Schwarzeneggers Kinder

Ich wäre viel lieber ein Einzelkind gewesen«, sage ich, nachdem er zum Lachen aufgehört hat.

Ron schüttelt den Kopf. »Was meinst du, was für Erwartungen auf einem Einzelkind lasten.«

»Du Armer!«

»Doch. Ständig waren da zwei Erwachsene vor mir, die schon alles erreicht haben, was auf ihrem Gebiet möglich war.«

Mama Pianistin, Papa Professor, das muss wirklich schlimm gewesen sein! Jammern auf hohem Niveau mit goldenem Löffel im Mund. Ich kenne dieses undankbare Verhalten von vielen Freundinnen und Freunden. Tun dann so, als ob sie sich alles im Leben hart erkämpfen mussten.

»Mein Klavierlehrer hat zu meiner Mutter gesagt, dass ich nicht die Hände eines Weltklassepianisten habe.«

»Du hast doch tolle Hände, filigrane Finger und …« Ich stoppe, bevor ich damit anfange, ihm übertrieben detaillierte Komplimente zu machen.

»Mein kleiner Finger wurde beim Spielen immer taub. Wahrscheinlich lag das an meiner schlaksigen Körperhaltung. Der Klavierlehrer fand mich einfach nicht gut genug.«

»Das ist hart. Hast du dann komplett mit dem Klavierspielen aufgehört?«

»Nein, als Hobby spiele ich noch, aber in meiner Familie bin ich seitdem der Loser.«

»Du spinnst.«

Er lächelt und scheint selbst zu wissen, dass er übertreibt. »Immerhin bin ich durch meine eigene Misere neugierig auf all diese körperlichen Zusammenhänge geworden, warum ein Finger taub wird, nur weil man mit Rundrücken am Klavier sitzt. Ich habe mich auf die Behandlung von Musikern spezialisiert.«

Das erklärt vermutlich auch, warum er Karten für die Philharmonie geschenkt bekommt. Sehr praktisch.

»Was macht du eigentlich im Allgäu? Urlaub?«

»Ich nehme da an einem Retreat teil.«

»In einem Kloster?«, frage ich, dabei weiß ich doch, dass der Rückzug aus dem Alltag heutzutage nicht mehr auf Klöster beschränkt ist. Ich bin nur eben vom Mönchischen an sich und speziell bei Männern sehr fasziniert.

Ron fängt an, von diesem Studienzentrum, in das er will, um zu meditieren und zu schweigen, zu erzählen. Ich kann mich nicht richtig konzentrieren und hör nur halb hin, denn mein Magen knurrt und meine Blase drückt. Als ich dann das Schild »Brückenrasthaus Frankenwald« sehe, unterbreche ich ihn.

»Lass uns doch bitte hier eine Pause einlegen.« Dort kann ich das stille Örtchen aufsuchen und mir was zu essen besorgen. »Magst du auch was?«, frage ich. »Bevor du dich im Allgäu in Askese übst, willst du doch bestimmt noch alle bayerischen Spezialitäten durchprobieren. Wie wär's mit einer Leberwurstsemmel?«

Das bayerische Essen lieben erfahrungsgemäß alle. Mein Ex-Freund Nigel bestellte sofort immer Weißwürste und ließ sich von meinem Bruder Sepp sogar beibringen, wie man das Brät aus der Pelle saugt, statt die Wurst in kleine Stücke zu schneiden. Nur mit dem zugehörigen Wort »Auszuzeln« tat er sich furchtbar schwer und erheiterte uns mit seinen Versuchen, es richtig auszusprechen.

»Mir reicht eine Brezel und ein Kaffee«, sagt Ron.

»Mit oder ohne Butter?«

»Gerne mit. Und den Kaffee mit Milch.«

In der Raststätte höre ich beim Anstehen in der Schlange die Frau vor mir eine Brezn bestellen und merke, wie lange ich schon in Berlin wohne, dass mir solche Feinheiten gar nicht mehr auffallen. Sprachbegabt wie ich bin, stelle ich mich aber schnell um und sage zur Verkäuferin: »Grüß Gott, zwei Butterbrezn und einen Latte macchiato, bitte schön!«

Als wir wieder auf die Autobahn auffahren, durchqueren wir auch die Gegend, in der Tante Liesel mit ihrem Mann gelebt hat, in einem kleinen Dorf bei Hof. Wie zwei Turteltauben waren sie, der Onkel Heribert und die Tante Liesel. Die beiden gaben einander Kosenamen wie Liesimausi und Herbsischnerbsi, über die sich meine Mutter immer lustig machte. Meine Eltern nannten sich höchstens mal in seltenen Momenten der Schwäche »Schatz«. Als ich Tante Liesel bewusst wahrnahm, sah sie längst nicht mehr wie Marlene Dietrich oder ein Amiflitscherl aus, sondern war das Ebenbild von Oma Josefine geworden. Sie trug selbst genähte Kostüme aus Blümchenstoff und dazu einen Hut, ihre Haare steckte sie am Hinterkopf zu einem Dutt fest.

»Der Joe hat Tante Liesel nicht geheiratet und nach Amerika mitgenommen«, sage ich in die Stille hinein.

Ron sieht mich fragend an.

»Der Joe aus Missouri«, ergänze ich. »Der Amerikaner, mit dem meine Tante liiert war. Sie ist nicht mit ihm in die USA ausgewandert, sondern hat einen Metzger geheiratet und ist in Bayern geblieben.«

»Und dein Vater?«, fragt Ron. »Ist der in die USA?«

»Nein.«

»Weil er deine Mutter kennengelernt hat?«

Ich schüttle den Kopf. »Seine Träume hat er davor schon

aufgegeben. Schuld war die Oma, die ihn nicht hat gehen lassen wollen.«

»Bedauerlich, aber das hat ja auch sein Gutes.«

»Und das wäre deiner Meinung nach?«

»Wenn dein Vater nach Amerika gegangen wäre, gäbe es dich nicht.«

»Stimmt.« Das hatte ich ausgeblendet. Wäre er nach Amerika gegangen, hätte mein Vater amerikanische Kinder gehabt, mit denen er in einem Cadillac über die Highways gebrettert wäre.

»Vermutlich hätte er in Amerika wie Arnold Schwarzenegger geredet. *I'll be back!*«

Obwohl ich Schwarzeneggers Amerikanisch gut imitieren kann, schaut Ron mich rätselnd an. Er kennt sich eben mehr mit Rachmaninow und Puccini als mit popkulturellen Referenzen aus.

»Der Terminator«, sage ich. »Eine der wichtigsten Rollen von Schwarzenegger.«

»Ist der nicht Österreicher?« Erstaunlich, dass er den Film nicht kennt, aber weiß, woher Schwarzenegger stammt.

»Das stimmt«, bestätige ich. »Der Dialekt klingt aber doch ähnlich, und der Akzent erst recht.« Aus Berliner Perspektive macht das für die meisten sowieso keinen großen Unterschied. Ich werde in Berlin oft mit Schwäbinnen oder Fränkinnen in einen Topf geworfen. Mit Österreichern sowieso.

Eigentlich will ich Ron noch meine Gedanken darüber mitteilen, wie es sich als Bayer in den USA für meinen Vater gelebt hätte, und darüber spekulieren, wie die amerikanische Ehefrau meines Vaters wohl ausgesehen hätte, aber da klingelt schon wieder mein Handy. Diesmal ist es Ted.

»Gut, dass du anrufst«, sage ich. »Willy hat schon nach dir gefragt.«

»Was will der denn?«

»Wissen, wann du ankommst, und dich auch zum Treffen in der Wirtschaft einladen.«

»Wir sind noch unterwegs.«

»Du und deine Neue?«

»Sophia heißt sie. Wenn die Bahn mal wieder fährt, kommen wir irgendwann auch an.« Er zögert einen Augenblick. »Ich wollte dich um einen kleinen Gefallen bitten.« Seine Stimme ist zu einem Flüstern runtergeregelt. »Ich habe meine Kreditkarte verloren.«

»Was für ein Pech.«

»Allerdings. Ich habe es erst gemerkt, als ich das Hotel buchen wollte.«

»Bisschen spät«, werfe ich ein. Kreditkarte verloren! Die Wahrheit wird sein, dass auf seinem Konto nur Miese sind und die Kreditkarte vermutlich längst gesperrt ist. Ich ahne, worauf das hinausläuft, lasse ihn aber noch ein bisschen zappeln.

»Blöd für dich.«

»Das kannst du laut sagen.«

»Und was willst du nun machen?«

»Ich dachte, du hilfst mir vielleicht aus.«

Schon klar. Es ist nicht das erste Mal, dass er mich anpumpt. Ob ich das Geld je zurückbekomme, steht in den Sternen. Aber gut. Ich bin ja nicht aus Stein.

»Soll ich dir ein Zimmer buchen?«

»Das wäre toll.«

»Irgendwelche Sonderwünsche?«

»Bitte kein Hostel.« Ted kennt mich gut. Gerade noch habe ich überlegt, ob ich ihn nicht einfach mit seiner Sophia in einen Schlafsaal einmieten soll.

»Bei Willy ist ansonsten noch ein Etagenbett frei.«

»Nein danke.«

»Wie wär's mit dem Fremdenzimmer bei Sepp?«, ziehe ich ihn weiter auf.

»Sophia und ich …«, er wird noch leiser, »… wir hätten gerne ein bisschen Privatsphäre.«

»Warum zahlst du nicht einfach bar oder mit EC?« Es macht Spaß, ihn ein bisschen zu quälen und zu hören, welche Ausrede er sich einfallen lässt. Oder auch nicht.

»Tu mir doch einfach den Gefallen«, fleht er fast.

»Okay. Sobald ich gebucht habe, schicke ich dir eine Nachricht, Teddyboy.«

»Alles klar, Toschki.«

Ron guckt vom Lenkrad neugierig zu mir.

»Teddyboy?«

»Mein jüngster Bruder. Ted.«

»Klingt nach wahrer Geschwisterliebe.«

»Ja, die ist so groß, dass ich sogar ein Hotelzimmer für ihn und seine neue Freundin buchen darf.«

Ich öffne die App, mit der ich gestern das Hotel für Ron und mich herausgesucht habe, und sortiere die Liste nach Preisen. Die günstigen Hotels sind weit vom Zentrum entfernt oder als »enttäuschend« bewertet. Teuer sind sie trotzdem. Ein Hotel garni in der Nähe des Bahnhofs sieht zwar von außen heruntergekommen aus, kostet aber stolze einhundertvier Euro zuzüglich Frühstück. In einer Bewertung steht, dass auf der Bettwäsche Flecken zu sehen waren, aber manche Leute suchen doch immer das Haar in der Suppe. Bestimmt war das nur ein Einzelfall. Ich buche das Zimmer.

»Dann ist er im selben Hotel wie wir?«

»Ted will mehr Privatsphäre haben und steigt deshalb in einem anderen Hotel ab.«

Ich sehe nicht ein, Ted auch noch mit einem Hotelzimmer in der Kategorie »Luxus« zu belohnen. Er haut das Geld heraus, als ob es sich um Heu handelt. Kein Wunder, dass er nie welches hat.

Für Ron und mich habe ich eine Juniorsuite im renommierten Hotel »Odyssee« gebucht. Französisches Ambiente der Luxusklasse. Zweihundertvierundsechzig Euro kostet sie pro Nacht. Für fünf Nächte ergibt das eine Summe, die ich angesichts der miesen Bezahlung durch die Hochschule nicht gerade locker aus dem Ärmel schüttle. Aber als ich an meine nervigen Brüder, meinen Vater im Koma, meine tote Mutter und deren bevorstehende Beerdigung dachte, entschied ich, dass ich mit Ron Ferber lieber nicht in fleckiger Bettwäsche liegen möchte.

Leichen fahren Aufzug

Den Rest der Fahrt tauschen Ron und ich uns darüber aus, wie sich eine Jugend in der bayerischen Provinz vom Aufwachsen in Berlin unterscheidet. Leider werden wir immer wieder durch das Klingeln unserer Handys unterbrochen. Mein Bruder Sepp, sonst kein großer Telefonierer, lädt mich auch noch mal für den Abend in seine Gastwirtschaft ein, als ob er Angst hat, am Ende allein mit Willy dazusitzen. Dann will Nele wissen, wie es mir geht. Ich berichte, dass ich auf den Weg zur Beerdigung meiner Mutter bin, erwähne aber nicht, wer neben mir sitzt. Bislang hatte ich ihr gegenüber nur von Rons osteopathischen Künsten geschwärmt, die sie ja aus eigener Anschauung kennt, sonst hätte sie ihn mir nicht empfohlen. Ich war mir unsicher, wie sie darauf reagieren würde, dass er mich zu einem Konzert eingeladen hat und ich vor Freude Herzchen um unsere Namen malen wollte. Als ich ihr gestern Abend Bescheid gegeben habe, dass meine Mutter gestorben ist, hat sie natürlich mitfühlend reagiert. Aber was mit Ron und mir ist, habe ich nicht angesprochen. Irgendwie hatte ich Zweifel, ob sie es gut findet, dass ich mich ausgerechnet jetzt mit ihm eingelassen habe. Und er sich mit mir. Genau erklären kann ich meine Zurückhaltung nicht. Reines Bauchgefühl.

Zweimal hat Rons Handy geklingelt, jedes Mal hörte es sich nach was Beruflichem an, aber als nun noch mal ein Anruf eingeht, schaut er aufs Display, seufzt und sagt: »Jetzt ist mal genug.« Mehr nicht. Ich überlege, ob ich nachfragen soll, neugierig wäre ich schon, aber ich wäge ab, ob mich das was angeht, und entscheide, dass es das eigentlich nicht tut. Kurz danach klingelt es schon wieder bei mir und diesmal ist es Flo. Er wundert sich, warum ich auf seine Nachrichten nicht reagiert habe, ich erkläre kurz, was los ist und dass ich auf dem Weg nach Bayern bin, erläutere aber die näheren Umstände nicht. Normalerweise hätte ich mit Flo bereits gestern oder spätestens heute das Date mit Ron Ferber ausführlich besprochen, hätte Chancen und Risiken analysiert und wäre der Frage nachgegangen, ob ich, um meinen Bruder Ted zu zitieren, einen Sechser im Lotto erobert habe oder mir nur wieder mal was einbilde. Aber Flo kann zynisch und launisch sein, und ich wollte nicht, dass er mir irgendwas zerredet. Also habe ich nicht mal die kleinste Andeutung gemacht. Am Telefon erfährt er auch jetzt nur das Nötigste, und ich verspreche, dass ich mich ausführlicher melde, sobald ich zurück in Berlin bin. Da gucken wir dann *So wie wir waren*, unseren gemeinsamen Lieblingsfilm, in dem Robert Redford und Barbra Streisand wunderbar zusammenpassen, aber getrennte Wege gehen. Sehr traurig. Barbra singt den schönsten Titelsong ever: »The way we were«. Am Ende heulen wir immer.

»Noch ein Bruder?«, fragt Ron, als ich aufgelegt habe.

»Wie kommst du darauf?«

»Das klang sehr vertraut.«

»Flo ist einer meiner ältesten Freunde in Berlin und tatsächlich wie ein Bruder für mich.«

Über frühere Beziehungen haben wir bislang noch nicht gesprochen, und das scheint mir jetzt auch nicht der passende Moment, um auf meine nicht sehr schillernden Ex-Beziehungen zu sprechen zu kommen.

»Mein ältester Freund und ich kennen uns noch aus der Schule«, sagt Ron. »Wir waren beide Punks.«

»Punks!« Bei dieser Vorstellung muss ich lachen. »Hast

du nicht gesagt, du bist in Schlachtensee aufgewachsen? Dann wart ihr Edelpunks.«

»Wir trugen Lederjacken, die wir mit Nieten und Edding aufgepeppt hatten, und natürlich Doc Martens.«

»Die habt ihr vermutlich zerkratzt, damit sie alt aussehen.«

Ron lacht. »Du hast mich durchschaut. An einer Band haben wir uns übrigens auch versucht. Ich habe Synthesizer gespielt.«

»Da hat sich der Klavierunterricht doch ausgezahlt!«

»In gewisser Weise.«

»Eigentlich wäre das ein schönes Partyspiel«, überlege ich. »Raten, welcher Jugendkultur man früher angehört hat. Die meisten Ex-Punks, die ich kenne, sind entweder tot oder arbeiten in der IT-Branche.«

»Bei dir ist es schwer zu erraten. Bayerische Kleinstadt. Achtziger. Rachmaninow. Schwierig, das alles unter einen Hut zu bringen.«

»Es gab auch bayerische Punks.«

»Glaub nicht, dass du einer warst.«

»Ich geb dir einen Tipp. Irgendwann habe ich nur noch Schwarz getragen.«

»Existenzialistin?«

»War mir damals kein Begriff.«

»Gothic?«

»Ich mag Friedhöfe nicht.«

»Öko oder alternativ?«

»War schon mein Bruder Willy. Der trug Wollpullis, nahm an Friedensmärschen teil und hat Konstantin Wecker gehört.«

»Popper?«

»Seitenscheitel und schicke Klamotten? Nie im Leben!!«

»Okay. Ich gebe auf.«

»Mein Neffe sagt, ich könnte ein Emo gewesen sein, aber zu meiner Zeit gab es diese Kategorie noch nicht.«

Ron lacht, immerhin scheint er den Begriff zu kennen. Ich musste ihn erst googeln und fand mich dann in der Kombination aus jugendlichem Unglücklichsein, einer Vorliebe für schwarze Klamotten und trauriger Musik durchaus gut beschrieben.

»Meine Mutter wäre ausgeflippt, wenn ich einen Punk als Freund angeschleppt hätte.«

»Wäre das nicht gut gewesen? So als Provokation?«

»Schon, aber Punk war nicht so meins.«

»Meine Haare standen jedenfalls eins a durch das viele Zuckerwasser.«

Angesichts der angeregten Diskussion übersehe ich fast, dass wir in die Straße eingebogen sind, an deren Ende das Krankenhaus liegt. Ich schlage Ron vor, mich hier abzusetzen und schon mal im Hotel einzuchecken. Vielleicht habe ich noch Zeit, ihm die Stadt ein bisschen zu zeigen, bevor ich zu Sepp in die Wirtschaft gehe. Ob ich Ron wirklich gleich am ersten Abend zu meinen Brüdern mitnehmen soll, darüber bin ich noch unschlüssig. Aber zu meinem Vater ins Krankenhaus muss er wirklich nicht mitkommen.

Mit Krankenhäusern hatte ich immer schon meine Probleme. Als ich zehn war, wurde Ted genau in dieses Krankenhaus eingeliefert. Ein Motorradunfall. Meine Mutter erklärte mir, dass sein Bein mehrfach gebrochen und sein Hirn erschüttert sei. Sie gab sich zuversichtlich, aber es war nicht zu übersehen, dass sie sich große Sorgen machte. Als wir ihn besuchten, war Ted ansprechbar, und der Arzt sagte, er sei zäh und werde bald wieder ganz der Alte sein. Trotzdem heulte ich den ganzen Besuch über und wollte weder sein Gipsbein beschriften noch seine Hand anfassen. Wegen meines unmöglichen Benehmens durfte ich nicht noch mal mitkommen. Das war mir ganz recht.

Zwei Jahre später musste ich mit meinem Vater zusammen Tante Liesel besuchen. Ich wusste damals nicht genau, was Krebs ist, und stellte mir vor, dass sich ein Hummer bei Tante Liesel eingenistet hatte und sie mit seinen Scheren im Bauch zwickte, weshalb die Ärzte ihn herausoperieren mussten. Meine sonst so fröhliche und im Alter immer dicker gewordene Tante ruhte bleich und mager im Bett. Schläuche hingen ihr aus Nase und Arm. Ihre Augen lagen in dunklen Höhlen, dahinter schimmerte bereits ein Totenschädel durch. Jedenfalls meinte ich ihn zu sehen, weshalb ich dann den restlichen Besuch über auf den Boden starrte. Im Zimmer roch es eigenartig, irgendwie süßlich und scharf. Als wir wieder draußen waren, steckte mein Vater sich eine Zigarette an und sagte: »Die arme Liesel! Mit der ist es bald vorbei.« Und tatsächlich starb meine Tante kurz darauf.

Immerhin konnte ich diese Erfahrung in der siebten Klasse dann literarisch verwerten. Wir mussten in Deutsch einen Aufsatz zum Thema »Als ich mal was erlebt habe« schreiben. Da ich noch nichts Weltbewegendes erlebt hatte, ließ ich mir echt was einfallen, um die Krankenhausstory aufzupeppen. Die Deutschlehrerin sagte, als sie uns die Aufsätze zurückgab, die anderen sollten sich ein Beispiel an meinem guten Schreibstil nehmen, und las meine Geschichte sogar vor. Sie betonte, dass Sätze wie »Die strahlende Sonne schien erbarmungslos in das Zimmer und ließ den nüchternen Raum heller wirken« oder »Der Duft von Kampfer und Lysol stach in meine Nase« viel besser seien, als bloß zu schreiben »Es war hell« oder »Es stank«.

Allerdings fragte sie mich nach dieser Stilkunde, ob ich denn überhaupt wisse, was mit Kampfer und Lysol gemeint sei, und ich wusste es nicht. Diese Wörter kannte ich lediglich aus meinem Lieblingsbuch über eine Krankenschwester in London.

Auch das Ende der Geschichte fand sie nicht gelungen. Die Situation im Krankenhaus spitzte sich nämlich dramatisch zu, als ich mutterseelenallein mit dem Aufzug fahren musste, weil ich auf mysteriöse Weise verloren gegangen war. Die stählernen Wände schienen immer näher zu kommen, und eine dunkle Vorahnung überfiel mich. Erst als der Aufzug mit einem Ruck anhielt, fiel mein Blick auf eine Krankenbahre, die ich übersehen haben musste. Unter einem weißen Laken bewegte sich etwas, wobei mir sofort der Verdacht kam, es könne eine Leiche sein, zumal nun eine vom Leben gezeichnete, knorrige Hand unter dem Stoff hervorkroch und mich zu würgen versuchte. Leider fuhr der Aufzug aus ebenso mysteriösen Gründen nicht mehr weiter, sondern war stehen geblieben. Schreiend lief ich zur Aufzugstür und hämmerte wie von einem Dämon besessen mit meinen Fäusten dagegen.

So was passiere in einem bayerischen Krankenhaus nicht, behauptete die Lehrerin, mit der lebendig gewordenen Leiche sei mir wohl die Fantasie durchgegangen. Alle lachten, und für diesen Krankenhausthriller bekam ich dann doch nur eine Drei, wo ich sonst in Deutsch nur Einsen oder Zweien hatte.

Ich mag Krankenhäuser, speziell auch bayerische, einfach immer noch nicht. Die Enge im Brustraum und die Sorge, dass mir im Aufzug eine Leiche begegnen könnte, spüre ich auch jetzt, gute vierzig Jahre später, sofort wieder. Die abgestandene Luft, das grelle Licht, die Stockwerktasten, auf denen die Bakterien und Viren Party feiern, das erhöht meinen Puls sofort. Kaum habe ich den Aufzug betreten, schiebt ein Mann noch schnell einen Rollstuhl mit einer Frau darin hinein, bevor sich die Türen schließen. Als wir losfahren, schlägt die Frau sich immer wieder die Hände vors Gesicht und fängt zu schreien an: »Nein! Nein! Nein!«

Wenn ich mich nicht täusche, sind ihre Hände auch knorrig und vom Leben gezeichnet. Die Frau schreit wie vom Dämon besessen, und der Mann dreht sich zu mir und erklärt: »Sie ist ein bisserl verwirrt.«

Bisserl verwirrt ist gut. Es fehlt eigentlich nur noch eine echte Leiche im Aufzug, und meine Nerven wären endgültig durch.

Das blühende Leben

Vielleicht bin ich nach so vielen Befürchtungen vorab aber auch schon ein bisschen abgehärtet. Der Anblick meines Vaters ist jedenfalls nicht so schlimm, wie ich es mir ausgemalt habe. Wenn ich mir die vielen Kabel und Schläuche und den blinkenden Monitor wegdenke, sieht es fast so aus, als ob er einfach nur schläft. Mittlerweile ist er von der Intensivstation auf die Neurologische in ein Zweibettzimmer verlegt worden, weil er nicht beatmet werden muss. Ich wage zu hoffen, dass er friedlich in seinem Koma liegt, angenehme Träume hat und irgendwann aus ihnen erwacht.

Im zweiten Bett liegt ebenfalls ein Mann im Krankenhaushemdchen. Die beiden könnten Zwillinge sein. Allerdings ist der Zimmernachbar mit Gurten ans Bett gefesselt und versucht, sich davon zu befreien. Dabei nuschelt er ohne Zahnprothese vor sich hin. Es hört sich ungefähr so an wie: »Losts mi los, ihr Houndskrippi, ihr verreggtn, i mouse home.«

»Herr Preller, es ist alles in Ordnung. Sie sind im Krankenhaus und müssen noch auf Ihre Untersuchung warten, dann kommen Sie bald wieder heim«, sagt der Pfleger freundlich. Er ist ein bisschen jünger als mein Bruder Willy, hat aber auch schon graue Haare. Der Pfleger ist kein Pater und trägt keine Kutte, spricht jedoch in pastoralem Ton und in Wir-Form. »Liegen bleiben, gell, Herr Preller, wir bleiben liegen!«

Mir flüstert er zu: »Der Herr Preller ist aus dem Pflegeheim. Demenz, wenns verstehen, was ich meine.« Ich verstehe, aber wundere mich schon wieder, dass er mir diese Diagnose durchgibt. Und was ist mit der Schweigepflicht?

Im wachen Zustand würde mein Vater sich bestimmt über Herrn Prellers hinterwäldlerische Aussprache lustig machen und ihn nachäffen, wenn der ihn als »Houndskrippi« beschimpfte.

Herr Preller verstärkt seinen Versuch, sich von den Schlaufen zu befreien. Vermutlich würde er auch liebend gerne meinem Vater alle Schläuche und Kabel herausreißen, wenn er dürfte und könnte.

»Machen Sie sich keine Sorgen. Der Herr Preller kriegt gleich was, dann ist er wieder ruhig«, sagt der Pfleger. »Sobald ein anderes Bett frei wird, verlegen wir den Herrn Preller. Sie sehen ja selbst, was auf der Station los ist!«

»Ist das überhaupt sinnvoll, dass ich hierbleibe?«, frage ich. »Mein Vater ist doch sowieso nicht ansprechbar.«

Wenn der Pfleger jetzt mit »Nein« antwortet, wäre ich wirklich nicht böse, aber er deutet auf einen Stuhl am Krankenbett. »Freilich, bleibens ruhig ein bisserl hier.«

»Und wenn er aufwacht?«

»Schaut nicht so aus im Moment, aber es sind schon Zeichen und Wunder geschehen. Nehmen Sie den Herrn Preller! Bei dem haben wir gedacht, es ist alles aus, und jetzt ist er auf einmal wieder das blühende Leben.«

Er zieht den Vorhang zwischen den Betten zu und redet leise auf Herrn Preller ein. Keine Ahnung, ob er ihm zur Beruhigung eine Spritze in den Allerwertesten jagt, aber bis auf das Piepen des Monitors ist danach wieder Ruhe. Ich höre, wie der Pfleger zur Tür geht und sie hinter sich zuzieht. Dann bin ich mit den beiden schlafenden Männern allein.

Das Schweigen bedrückt mich schon nach kurzer Zeit so sehr, dass ich zu reden beginne. Mit wem, da bin ich mir selbst nicht so sicher. Ich erzähle von der Party in Berlin und wie ich gefragt wurde, warum ich so heiße, wie ich heiße, und dass ich immer noch nicht weiß, wieso ich eigentlich Tosca genannt wurde. Als Kind wollte ich viel lieber eine Jacqueline oder Natascha sein, was in Kombination mit dem Familiennamen Schierlinger auch nicht weniger überkandidelt geklungen hätte.

»Schon komisch, dass ausgerechnet ihr beiden euch gefunden und dann mich bekommen habt«, sinniere ich weiter.

Wie sich meine Eltern kennengelernt hatten, klang immer wie ein Märchen. Bei meiner Mutter hörte es sich im Laufe der Zeit allerdings eher wie eine paradoxe Version von »Der Froschkönig« an. Sie hatte gehofft, mein Vater wäre ein Prinz, doch er entpuppte sich später als Frosch. Mein Vater wiederum hatte einst geglaubt, die schönste Prinzessin des Königsreichs erobert zu haben, aber im Laufe der Zeit benahm sie sich immer mehr wie eine böse Hexe.

»Weißt du noch, wie ich geheult habe, weil ich in Deutsch nur eine Drei bekommen habe und die Lehrerin gesagt hat, ich hätte zu viel Fantasie?«, frage ich meinen Vater, der weiterhin schläft und nicht antwortet. »Da hast du zu mir gesagt, dass diese Frau keine Ahnung hat und dass einem selbstverständlich eine Leiche im Aufzug begegnen könnte, dich würde direkt wundern, dass dir das noch nie passiert ist.«

Mein Vater meinte damals sogar, man könne überhaupt nicht zu viel Fantasie haben, es wäre eher schlimm, dass manche Leute so wenig davon haben.

Ich versuche, die aufkommenden Tränen aufzuhalten, aber sie strömen einfach los. Aus meiner Tasche fische ich ein Tempo, um mich zu schnäuzen. Mit roten Augen sitze ich da, habe keine Ahnung, ob mein Vater jemals wieder mit mir sprechen wird, und verfalle in einen angenehmen Halbschlaf. Als die Tür aufgerissen wird, schrecke ich dann aber ganz schnell wieder auf. Vor mir steht ein sportlicher Mittdreißiger mit Nickelbrille und weißem Kittel. Dr. Fritsche, der Arzt, der sich beim letzten Mal über meinen Vater beschwerte, dass der nicht sehr »kooperativ« sei. Der Patient Schierlinger hatte eine Transösophageale Echokardiografie verweigert. Ein Endoskop sollte ihm in die Speiseröhre eingeführt werden, um das Herz per Ultraschall zu erkunden. Untersuchungen, bei dem ihm irgendwo irgendwas reingesteckt werden sollte, lehnte mein Vater jedoch aus Prinzip ab, und schlug vor, dass sich Dr. Fritsche, dieser junge Hupfer, den Schlauch selbst ins Maul oder, besser noch, seinen Anus stecken solle. Okay, mein Vater sagte »Arsch« zu Dr. Fritsche. Wir sind dem Arzt offenbar in Erinnerung geblieben, denn er begrüßt mich fast überschwänglich.

»Ah, die Frau Schierlinger aus Berlin!«

Es folgen Erklärungen zum Zustand meines Vaters. Ich weiß nicht, wie er auf die Idee kommt, dass ich solche Details spannend finde.

»Wann er aus dem Koma aufwacht und wie es ihm dann geht, können wir nicht voraussagen. Im MRT waren mehrere Läsionen zu erkennen. Er muss schon früher mehrere kleinere Schlaganfälle gehabt haben. Und aktuell eine starke Einblutung im Gehirn, die wir so gut es geht behandeln.«

»Er hat nicht erzählt, dass er Probleme hat.«

»Vielleicht hat er es nicht bemerkt. Wortfindungsstörungen, Schwindel, Erinnerungslücken oder Kopfschmerzen wären typisch. Lebt er allein?«

»Nein, er wohnt bei seiner Freundin.« Es wundert mich, dass die Pfister ihn nicht besucht und sich nicht kümmert. Da unser Verhältnis nicht gerade sehr innig ist, habe ich es vermieden, sie anzurufen. Und sie hat sich auch nicht bei mir gemeldet. Nur bei Willy.

»Er ist erstaunlich gut in Schuss für sein Alter und seinen Lebenswandel. Aber sonst macht er uns natürlich Sorgen.«

»Mir auch.«

»Positiv denken! Immer positiv denken, liebe Frau Schierlinger.«

Dr. Fritsche lächelt mir aufmunternd zu.

Er hätte wohl gerne noch weiter mit mir über die Krankheiten meines Vaters geplaudert, aber Herr Preller ist wieder zum blühenden Leben erwacht und fordert die ganze Aufmerksamkeit. Der Mann vom Land flüstert nicht mehr, sondern schreit, als ob ihm jemand eine heiße Nadel in den Allerwertesten gerammt hätte. Dr. Fritsche und der herbeigeeilte Pfleger müssen sich um ihn kümmern, mein Vater schläft ungerührt weiter. Ich nutze den Moment, um mich ganz schnell zu verabschieden, ohne wie eine Rabentochter zu wirken.

Wirtschaft mit Wunder

Das zweistöckige Gebäude, in dem sich die Wirtschaft meines ältesten Bruders befindet, steht unter Denkmalschutz. Aus dem Grund ist es dem Vermieter zu teuer, das Haus sanieren zu lassen. Dank eines alten Vertrags zahlt mein Bruder angeblich zu wenig Pacht. Nur die Fassade wurde vor ein paar Jahren in Leberwurstbraun gestrichen. Auch das war eine Auflage der Denkmalschutzbehörde.

Außen sieht das Gebäude nach Mittelalter aus, innen dagegen grüßt der verblasste Charme der Wirtschaftswunder-Jahre. Das meiste ist noch so wie damals, als meine Mutter das Gasthaus übernommen hat. Über der hellgrün gefliesten Theke hängt sogar noch ein altes Leuchtschild von Asbach Uralt.

Es riecht modrig, nach Keller, nach Bier und kaltem Rauch. Die Beleuchtung ist auf ein Minimum heruntergefahren. Meine beiden Brüder sitzen im Dunklen. An der Tür draußen hängt ein Schild, auf dem Sepp mit Kugelschreiber notiert hat: »Wegen Trauerfall geschlossen«.

Sepp und Willy sehen einander mit zunehmendem Alter immer ähnlicher, was auch an dem erblich bedingten Haarausfall liegt. Auseinanderhalten kann man sie an ihrem Kleidungsstil und der Körperform. Sepp ist der mit der Strickweste, dem karierten Hemd und dem dicken Bauch. Willy ist der Sportliche mit der Fleecejacke und den Barfußschuhen. Sepp riecht nach Bier und Zigaretten, Willy nach Fahrrad und Rasierwasser.

»Das ist Ron Ferber«, stelle ich meinen Begleiter vor.

Mein genauer Beziehungsstatus geht die beiden nichts an, und mittlerweile wissen sie auch, dass aufdringliche Nachfragen nichts bringen. Vorhin im Hotel habe ich Ron angeboten, dort zu bleiben oder auf eigene Faust die Stadt und ihre Sehenswürdigkeiten anzuschauen. Aber er meinte, er würde gerne die Wirtschaft sehen und meine Brüder kennenlernen. Es hat mich zwar gewundert, dass er sich das antun will, aber dann dachte ich, warum nicht, wird schon nicht so schlimm werden. Wir müssen ja auch nicht lange bleiben.

Mir ist von dieser Butterbrezn aus der Raststätte wirklich flau im Magen, deshalb konnte ich auch im Hotelrestaurant nicht viel essen. Ich bitte Sepp um einen Tee. Ron hat keine Beschwerden und bestellt ein Hefeweizen. Mein großer Bruder geht zur Theke und hantiert an Zapfhahn und Wasserkocher. Willy bleibt bei uns am Tisch sitzen.

»Hat sich Ted schon bei dir gemeldet?«, frage ich ihn.

Er verneint es.

»Und Jan?«

Er schüttelt den Kopf.

»Wie geht es Marija?«

»Die wollte früh ins Bett.«

»Kann ich verstehen.«

Sepp kommt mit dem dampfenden Teeglas, in dem ein Beutel Pfefferminztee schwimmt, und stellt Ron das Hefeweizen hin.

»Prosit«, sagt Ron. Preußischer geht es echt nicht. Meine Brüder lachen. Sepp hebt sein Weizenglas und sagt mit seiner tiefen, bauchigen Stimme: »Prost, Berliner!«

Er grinst mich an. »Wie läuft's bei euch in der Hauptstadt? Ich hoffe, du gehst nur mit schusssicherer Weste aus dem Haus. Bei dir in Neukölln ist doch ständig Polizeieinsatz wegen der vielen Kriminellen und der Demonstrationen.«

»Ja, die Schießereien auf dem Weg zum Einkaufen. Das ist schon lästig«, sage ich.

Von Ironie lässt sich Sepp nicht beeindrucken. »Im Berliner Fernsehen haben sie erst gestern wieder über eure Clans berichtet.«

»Das sind nicht *meine* Clans.«

»Ihr Geld waschen sie in Shishabars.«

»Du bist ja bestens informiert.«

»Ich schau das Berliner Fernsehen, damit ich weiß, warum ich auf keinen Fall zu dir rauffahren mag.«

»Im Bayerischen Rundfunk berichten sie auch oft über Crystal Meth in der Oberpfalz. Das muss ziemlich schlimm sein bei euch«, stichle ich zurück.

»Ah geh, das heißt bei uns doch Kristl Mett.« Sepp lacht über diesen Versprecher, der kurzzeitig Schlagzeilen machte, ein Witz, dessen Bart bis zum Boden reicht.

»Ich frag mich echt, wo ihr immer eure merkwürdigen Ministerpräsidenten und noch peinlicheren Stellvertreter auftuts«, bemerke ich. »Ich tipp auf Nürnberger Lebkuchenfabrik für den einen, und der andere klingt nach niederbayerischer Rindviehzucht.« Vor Ärger rede ich sogar halb im Dialekt. »Den Schmarrn, den die verzapfn, kann ich echt nimma hören.«

»Ah geh. Wo bei euch die Politiker keine Flughäfen fertigkriegen und sogar Wahlen wiederholt werden müssen.«

»Dafür tauchen bei euch vor der Wahl antisemitische Flugblätter auf, und der Bruder soll's dann gewesen sein.« Ich rede mich so in Rage, dass meine Backen glühen.

»Bei euch in Berlin wär das bestimmt die Bruder-in gewesen«, lacht Sepp.

»Das ist nicht lustig. Das ist ein ernstes Thema.«

»Zu viel Gendern tut auch nichts ändern.«

»Von dir lass ich mir das Gendern bestimmt nicht verbieten und von eurem Ministerpräsidenten schon gleich gar nicht.«

Schlimm, dass Ron das alles mit anhören muss, was mein Bruder da faselt. Kaum ein paar Minuten da, und schon führe ich völlig absurde Diskussionen. In Berlin gelte ich auf Partys als witzige Erzählerin glaubwürdiger Geschichten, wenn ich mit meinen Brüdern rede, mutiere ich dagegen zu einer Art verbaler Tischtennisspielerin, die einfach jeden Ball nur zurückschmettern will.

Die anderen beiden haben sich aus der Debatte rausgehalten. Ron muss sich wie auf einem anderen Planeten fühlen, bei Willy bin ich mir nicht sicher, ob er nicht vieles inzwischen wie Sepp sieht. Dabei war er mal links und friedensbewegt. Um ihn zu ärgern, haben Ted und ich früher oft »Gestern habens den Willy derschlagn, und heit und heit und heit wird er begrabn« von Konstantin Wecker angestimmt.

»Ich war vorhin im Krankenhaus«, sage ich, um von der Politik wegzukommen.

»Wie war's?«, fragt Willy.

»Deprimierend. Mein Vater teilt sich das Zimmer mit einem dementen Mann aus der ländlichen Oberpfalz.«

»Er kriegt ja zum Glück nichts mehr mit.«

Willy war immer schon ein bisschen kaltschnäuzig, und die Jahre als Krankenpfleger haben diesen Charakterzug eher noch verstärkt.

Ehe ich mehr über Herrn Preller und das Krankenhaus erzählen kann, geht die Tür auf. Ted hat seinen großen Auftritt. An seinem Arm hängt eine Frau, die mindestens seine Tochter, vielleicht sogar seine Enkelin sein könnte. Ihre Jugendlichkeit lässt ihn älter wirken, da nützt auch seine viel zu enge Jeans nichts. Im Gegensatz zu Sepp und Willy hat er noch volles Haar, lediglich die Geheimratsecken sind ein bisschen spitzer geworden.

Obwohl sie von Sepp und Willy ausgiebig gemustert wird, wirkt die junge Frau in keiner Weise eingeschüchtert, sondern reicht uns allen unbefangen die Hand. »Ich bin Sophia.« Unter ihrem weißen Wollmantel trägt sie eine Lederleggings und einen Mohairpullover, der so kurz ist, dass ihr Bauchnabel zu sehen ist, in dem ein Piercing steckt.

Sepp tut sehr zuvorkommend und fragt nach ihren Wünschen. Sie hätte gerne einen Gin Tonic oder einen Gin Martini, aber beides ist nicht verfügbar. Gin gibt es bei Sepp nämlich nicht, nur Bier. Nachdem er das serviert hat, knipst er die Lampe über dem Tisch an, damit sie wie ein Scheinwerfer Sophia erstrahlen lässt. Sie klimpert mit ihren voluminösen Wimpern, die wie kleine Pelztierchen aussehen.

»Grad wie die Mama«, sagt Sepp.

»Wie bitte?«, fragt sie.

»Wahnsinn.«

»Du siehst unserer Mutter ein bisschen ähnlich«, übersetze ich.

»Echt?«

»Ihr hat dieses Wirtshaus mal gehört.«

»Wirklich?«

»Die Mama hat auch so gut ausgeschaut wie du«, greift Sepp den Faden auf. »Die Männer waren alle verrückt nach ihr. Du hast aber doch bestimmt auch an jedem Finger zehn Verehrer!«

»Eher hundert«, bestätigt sie. »Und übrigens mein herzliches Beileid.«

»Danke«, sagt Sepp. »Woher kennts ihr euch?« Er hebt den Kopf in Richtung von Ted, der sich an seinem Bier festhält.

»Ich bin Sängerin in Teds Band.«

»Da schau her. Sängerin! Ich hätte gemeint, du bist ein Fotomodell.« Ihr Lächeln ermutigt Sepp, seine Charmeoffensive auszuweiten. »Was findest du bloß an so einem alten Sack wie unserem Ted?«

Teds Gesicht wird rot. »Jetzt werd mal bloß nicht ausfallend.«

»Lass doch«, beschwichtigt ihn Sophia. »Dein Bruder meint das nicht so. Ist doch lustig.«

»Der soll dich nicht blöd anquatschen.«

»Anquatschen«, äfft Sepp den Hamburger Einschlag nach. »Ich hoffe, die Sophia weiß, auf wen sie sich da einlässt.«

»Auf wen denn?«

»Auf einen Weiberheld und Taugenichts.«

Ted kneift die Augen zusammen, ich denke noch, er wird das an sich abprallen lassen, Sepp redet doch nur den üblichen Schmarrn, aber nein, er steht auf und packt Sepp am Kragen. »Wen nennst du hier einen Taugenichts?« Sepp bleibt sitzen, Teds Stuhl fällt krachend zu Boden. Es wirkt wie Slapstick oder als wären sie in einem dieser Filme aus den Fünfzigerjahren gelandet, in denen die Geschlechterrollen noch klar wie im Neandertal waren.

Wie der schlaksige Ted am nudeldicken Sepp herumzieht und der ihn zurückzuschieben versucht, als müsste er ein lästiges Insekt loswerden, ist fast komisch, aber niemand lacht.

»Hörts doch auf, ihr Kindsköpfe«, sagt Willy. Das scheint Sepp aus seiner Starre zu locken. Er stößt Ted weg, der stolpert, kann sich im letzten Moment fangen, hebt schnell den Stuhl auf und nimmt Platz, als ob nichts gewesen wäre. Sophia legt den Arm um ihm.

Ich blicke peinlich berührt zu Ron, aber er schaut interessiert zu wie ein Ethnologe, der sich einen Reim auf die soziale Interaktion meiner Brüder zu machen versucht.

»Kennt eigentlich jemand von euch einen gewissen Horst Kuntze?«, frage ich in die ungemütliche Schweigepause hinein. »Kuntze mit tz. Er hat behauptet, ein Freund von Mama zu sein.«

»Bestimmt ein alter Verehrer«, sagt Sepp.

»Er will zur Beerdigung kommen.«

»Schadet ja nix.«

»Aber müssten wir dann nicht auch Jorgos Bescheid geben?«

»Wüsste nicht, was der auf der Beerdigung zu suchen hat«, giftet Willy. Er konnte Mamas Ex-Freund nicht leiden.

»Das entscheidest wohl nicht du, wer zu Mamas Beerdigung kommen darf und wer nicht.«

Willy sieht mich an, als ob ich verrückt geworden bin, seine Autorität infrage zu stellen. Ich halte seinem Blick so gut es geht stand.

»Was ist eigentlich mit unserem Erbe?«, fragt Ted. Ich bin froh, dass er die Aufmerksamkeit auf sich zieht, aber ein anderes Thema wäre mir lieber. Das gibt doch auch bloß wieder nur Anlass zum Streit.

»Erbe!«, spottet Sepp sofort. »Mach dir keine falschen Hoffnungen.«

»Aber der Schmuck, die Pelzmäntel, die Schuhe und so. Das ist doch ein bisschen was wert. Und hat sie gar nichts auf dem Konto?«

»Den Schmuck bekommen die Frauen.« Willy hat die Ellbogen vor dem Brustkorb zusammengezogen, als müsse er sich schon mal gegen Angriffe wappnen.

»Gibt's da was Schriftliches?«

»Das musst du mir schon glauben.«

»Muss ich nicht.«

»Das hat Mama so gesagt, und damit basta.«

»Spar dir dein basta.«

Ich halte es nicht mehr aus und spreche den Elefanten im Raum an. »Müssen wir für Mamas Beerdigung noch irgendwas erledigen? Die Feier organisieren oder so?«

»Nein«, sagt Willy. »Alles schon geregelt.«

»Ich habe überlegt, dass ich was für Mama spielen könnte«, sagt Ted. »Einen ihrer Lieblingsschlager oder was von früher.«

»Das würde überhaupt nicht passen«, wiegelt Willy ab.

Ted sieht mich Hilfe suchend an. Normalerweise schlage ich mich auf seine Seite und unterstütze ihn. Und natürlich finde ich auch, dass wir anderen sehr wohl ein Wörtchen mitzureden haben, aber vielleicht nicht gerade jetzt. Willy hat sich nun mal um den ganzen Behördenkram gekümmert, da kann er von mir aus gerne darüber entscheiden, wie der Sarg aussieht, die Blumen, der Gottesdienst, das Grab. Mir ist das alles nicht besonders wichtig. Die Wahrheit ist, dass Ted und ich uns gerne aus allem raushalten. Familiäre Verpflichtungen liegen uns nicht so. Ich will es bloß hinter mir haben.

Aber Ted kann es nicht lassen. »Was ist mit Mamas Wohnung?«, fängt er wieder an.

»Mietvertrag zum Monatsende gekündigt«, erklärt Willy. »Wer noch irgendwas haben will, kommt am Montag vorbei. Der Rest landet beim Trödler oder im Müll.«

»Ich möchte mich am Wochenende umsehen.«

»Wozu?«

»Ich will Sophia die Wohnung zeigen. Gib mir einfach den Schlüssel.«

»Dir?« Willy sieht ihn ungläubig an. »Das kommt überhaupt nicht infrage. Vergiss es. Nicht nach dem, was du dir damals geleistet hast.«

Willys Grinsen zeigt, wie sehr ihn das freut, den Jüngeren zu maßregeln. Ted denkt jedoch gar nicht daran, klein beizugeben oder zu deeskalieren, selbst wenn das heißt, dass alte Geschichten aufgewärmt werden, die ihn in keinem guten Licht zeigen. Volles Risiko, ohne vorher mal zu überlegen, ob ihm das was bringt. So war es immer schon bei Ted. Wenn wir Karten spielten, erhöhte er den Einsatz, selbst wenn er wusste, dass er kein gutes Blatt hatte. Das sah man ihm auch immer an. Er verlor dann meistens das Spiel und die Nerven.

Nur weil Sepp mit Sophia auf seine unbeholfene Weise zu flirten versucht hat, prügelt er sich fast, und jetzt ist es ihm auf einmal egal, was Sophia über ihn denken könnte, wenn Willy erst mal anfängt auszuteilen.

»Spuck es nur aus«, zischt Ted. »Komm, ich wart schon drauf.«

Er verhält sich wie ein Boxer, der seinen Gegner immer mehr reizt, aber doch wissen müsste, dass er der Schwächere ist und der nächste Treffer direkt in seinem Gesicht landen wird.

Dreckwäsche wird gewaschen

Dein Freund hat seine eigene Mutter bestohlen«, sagt Willy mit Blick auf Sophia, bevor er sich an Ted wendet. »Du glaubst doch nicht im Ernst, dass ich dir den Schlüssel zu Mamas Wohnung gebe.«

Er schaut so selbstgefällig drein, dass ich fast befürchte, Ted wird eine weitere Prügelei anfangen. Wenn er mit Argumenten nicht weiterkam, ließ er schon als Kind die Fäuste sprechen, obwohl er den Älteren körperlich unterlegen war und deshalb meistens den Kürzeren zog.

Ted scheint seine Chancen, einen Zweikampf zu gewinnen, inzwischen realistischer einzuschätzen, und gibt sich plötzlich resigniert: »Es hat alles keinen Sinn. In dieser Scheißfamilie halte ich es keine Sekunde länger aus!« Er steht auf. »Komm, wir gehen! Das hör ich mir nicht länger an.« Dabei wollte er doch vorher, dass Willy es einfach ausspuckt, und der hat die Chance natürlich genutzt, Ted mal wieder eins überzubraten.

Sophia hat noch nicht mal Zeit, in ihren Mantel zu schlüpfen. Sie stolpert Ted hinterher, der sie mit sich zieht. An der Türschwelle dreht er sich noch mal kurz um.

»Ihr seht mich bei der Beerdigung«, sagt er und wirft die Tür fast so theatralisch zu, wie er vorhin gekommen ist.

An sich war klar, dass der Abend so enden würde. Ted hat mal wieder den großen Macker gespielt, großer Auftritt, nur um dann schnellstmöglich abzuhauen, wenn es brenzlig für ihn wird. Und die anderen beiden haben natürlich auch einen gewissen Spaß daran, ihn zu provozieren und abzuwarten, wie weit er geht, bis es dann knallt und er es doch nicht aushält. Ich hätte allerdings gehofft, dass sie sich heute mal zusammenreißen. Ich tue das ja auch. Immerhin ist unsere Mutter gerade gestorben.

»Hat das sein müssen?«, sage ich zu Willy.

»Er hat doch gesagt, er wartet nur darauf, dass ich es ausspucke.«

»Du hast ihn vor seiner Freundin blamiert. Und überhaupt: Wer hier ohne Sünde ist, fasse sich an die eigene Nase.«

»Werfe den ersten Stein.«

»Wie bitte?«

»Der werfe den ersten Stein. Das meinst du doch.«

»Deine ewige Besserwisserei nervt auch.«

»Er soll doch einfach dazu stehen, was er gemacht hat.«

»Du bist aber nicht der liebe Gott, sondern sein Bruder.« Sein überheblicher, moralisierender älterer Bruder. »Lass die alten Geschichten endlich ruhen. Das ist alles ewig her.«

Willy zuckt mit den Schultern. Das Nachtragende hat er von Mama. Sie hat es Ted auch nie ganz verziehen, dass er zum »Verbrecher« wurde, wie sie es ausdrückte. Sie war damals außer sich, als eine Kette in ihrem Schmuckkästchen fehlte. Das einzige Schmuckstück, das ihr der polnische Ex-Mann je geschenkt hatte, war weg. Außerdem fehlte Geld.

Mama hatte als Vertriebene einen sogenannten Lastenausgleich erhalten. Obwohl sie es hasste, Formulare auszufüllen, hatte sie alles beantragt und dann auch einen positiven Bescheid erhalten. Wie viel Geld es genau war, erzählte sie niemandem. Sie bezahlte Schulden und kaufte sich einen Persianermantel mit Nerzkragen. Was übrig blieb, steckte sie in einen Briefumschlag und legte ihn unter ihre Matratze, wo ihn Einbrecher niemals finden würden. Das hatte sie jedenfalls gedacht, bis der Umschlag und auch die Kette eines Tages weg waren.

Sie unterzog jeden aus der Familie intensiven Verhören. Alle beteuerten, nichts von dem verschwundenen Geld und der Kette zu wissen. Schließlich kam sie zu dem Schluss, jemand müsse heimlich in die Wohnung eingebrochen sein und sie bestohlen haben. Sie steigerte sich in ihre Wut hinein und stellte den unbekannten Dieb auf eine Ebene mit den Russen, die ihr nach dem Krieg auch alles weggenommen, sogar die Ohrringe aus den Ohrläppchen gerissen hatten. Mama liebte starke Vergleiche. Zur Polizei ging sie allerdings nicht. Es gab auch keine Einbruchsspuren. Das war so ein bisschen die Schwäche an der Theorie, das wusste sie selbst.

Knapp ein halbes Jahr später hatte Ted seinen Motorradunfall Die Polizei übergab Mama seine Lederjacke, und in der fand sich die lang vermisste Kette. So kam es heraus. Von den Scheinen in dem Umschlag hatte Ted sich das Motorrad gekauft. Uns hatte er erzählt, er habe sich das Geld dafür von einem Freund geliehen. Später hat er mir mal gesagt, er habe die Kette auch erst verkaufen wollen, sie dann aber aufgehoben, weil sie ihn an seinen Vater erinnern sollte. Irgendwann wollte er sie mal der Frau seines Lebens schenken. Das fand ich irgendwie romantisch, und er nahm mir das Versprechen ab, es niemanden weiterzuerzählen, also behielt ich es für mich. Vielleicht hat er mir diese rührende Version nur erzählt, um wenigstens bei mir gut dazustehen. Vielleicht hat er keinen guten Preis für die Kette bekommen und sie deshalb erst mal behalten. Bei Ted weiß man nie.

Mama war zwar froh, dass Ted lebte und die Kette wieder da war, aber trotzdem war sie enttäuscht von ihm. Er bot an, ihr das Geld in Raten zurückzuzahlen, und hoffte wohl, sie würde Nein sagen, aber sie nahm den Vorschlag an, und er zahlte es ihr Rate für Rate zurück. In anderen Familien wäre der Vorfall irgendwann als Jugendsünde abgehakt worden, aber nicht bei uns.

»Ich schau nach Ted«, sage ich.

»Lass ihn doch die beleidigte Leberwurst spielen«, meint Willy. »Der kriegt sich schon wieder ein.«

»Nein, ich guck mal, ob er noch da ist und sich vielleicht wieder beruhigt hat.«

»Ich komme mit«, sagt Ron. Das wäre natürlich eine Chance, um einfach zu verschwinden und meine beiden Brüder sich selbst zu überlassen. Aber ich möchte mit Ted lieber allein sprechen.

»Es dauert nicht lange. Bin gleich wieder da.«

Ich blicke ihn bittend an und gehe nach draußen. Wie ich es erwartet habe, steht Ted rauchend vor der Wirtschaft. Auch Sophia hat eine Zigarette im Mund. Er wirkt ein bisschen fahrig, sie eher besorgt, aber als sie mich sieht, lächelt sie. Irgendwie scheint Ted doch erwartet zu haben, dass ihn jemand reinholt und Willy sich entschuldigt. Das würde der nie tun, also übernehme ich das.

»Tut mir leid«, sage ich. »Willy hat es bestimmt nicht so gemeint.«

»Schon gut. Das ist bloß der Neid, weil *er* nur so ein mieses kleines Leben hat.«

»Ich kann ihn bestimmt überreden, dir den Schlüssel zu geben.«

»Das musst du nicht. Ich will eh nichts von dem Plunder haben. Soll Willy sich alles nehmen. Mir hat in dieser Familie noch nie jemand was geschenkt.«

»Ich habe dir das Hotel bezahlt.«

»Ich zahl es dir zurück.«

»Betrachte es als Geschenk«, erkläre ich und bin fast ein wenig gerührt über meine Großzügigkeit.

Ted schweigt und raucht zu Ende. Er tritt auf den Stummel. »Ist schon okay. Wir sehen uns bei der Beerdigung.«

»Ist alles ein bisschen viel. Für uns alle.«

»Mach dir keine Gedanken, Toschki. Mir geht es gut. Ich habe nichts anderes erwartet.«

Das glaube ich ihm nicht, aber er tätschelt mich an der Schulter und sagt: »Lass uns morgen telefonieren. Wir können Sophia und deinem Freund die Stadt zeigen. Müssen ja nicht die ganze Zeit einen auf Trauer machen.« Dann legt er den Arm um Sophia, und sie gehen los. Von hinten betrachtet fällt der Altersunterschied gar nicht auf, nur ihre unterschiedliche Art zu gehen. Sie stöckelt in hochhackigen Stiefeln, und er läuft federnd in Sneakers neben ihr her.

Hätte ich nicht mit dem Rauchen längst aufgehört, würde ich mir jetzt eine Zigarette anstecken und hier noch eine Weile herumstehen, aber mir tut Ron leid, der mit den beiden ganz allein dasitzt. Ich will ihn von meinen Brüdern erlösen und drehe mich zur Tür, um wieder reinzugehen, da hält mich von hinten jemand fest. Im ersten Augenblick denke ich, dass Ted vielleicht doch zurückgekommen ist, aber es ist nicht mein eingeschnappter Bruder, der Mann ist viel größer und schlaksiger und jünger.

»Jan«, rufe ich und umarme ihn.

»Was machst du denn hier draußen?«, fragt er.

»Mich erholen«, seufze ich. »Schon wieder großes Drama.«

»Was war denn?«

»Das Übliche. Alte Geschichten. Ach, ist nicht so wichtig. Wieso hast du dich nicht gemeldet? Wo hast du denn die ganze Zeit gesteckt?«

»Ich war verreist und habe mein Handy geschrottet. Musste nach meiner Rückkehr erst mal ein neues organisieren.«

»Weißt du schon, dass …« Ich zögere. Es tut mir leid, wenn er hier vor der Wirtschaft zwischen Tür und Angel vom Tod seiner Großmutter erfahren muss.

Aber er nickt. »Deshalb bin ich doch da. Meine Mutter hat es mir gesagt.« Er hat Tränen in den Augen. »Ich bin vom Bahnhof gleich hierher.«

»Schade, jetzt hast du Ted und seine neue Freundin verpasst.«

»Schon wieder eine neue?«

Ich nicke.

»Dafür lernst du gleich Ron kennen.«

»Ron?«

»Mein Osteopath.«

»Hast du den vorbeugend mitgebracht?«

»Ich hatte vor Kurzem erst einen Hexenschuss, da kann ich nicht vorsichtig genug sein. Außerdem wollte er mich unbedingt begleiten.«

Noch bevor Jan was dazu sagen kann, öffne ich die Tür. Augen zu und durch. Von drinnen kommt uns ein Schwall modriger Luft entgegen, und die laute Stimme von Sepp ist zu hören.

»Ah, so was wie ein Krankengymnast bist du! Da kannst du mir gleich die Schulter wieder einrenken, die ist schon seit Ewigkeiten kaputt.«

»Ich mache mittlerweile eigentlich nur noch osteopathische Behandlungen, also renke nichts ein. Aber ich kann mir die Schulter gerne mal ansehen. Da müsstest du in meine Praxis kommen.«

»Nach Berlin!«, ruft Sepp. »Nur für meine Schulter? Na, das ist mir zu weit.«

»Lass ihn doch mit deiner blöden Schulter in Ruhe«, sagt Willy.

Als Jan und ich am Tisch stehen, gucken sie alle drei hoch. Sepp steht auf und umarmt seinen Neffen.

»Ist das Mode, wie du rumläufst, oder hast du dich in der Altkleidersammlung umgeschaut?« Die Ballonseidenjacke und die Adiletten, die Jan trägt, wirken hier in der Wirtschaft, als hätte er sich in die Neunzigerjahre zurückgebeamt.

»Mode«, antwortet Jan. »Und secondhand natürlich.«

Willy begrüßt seinen Sohn zurückhaltend, als ob er sich zu einer Umarmung aufraffen muss.

Jan setzt sich zu mir auf den frei gewordenen Stuhl von Sophia. Er reicht Ron die Hand. »Du bist also der Osteopath meiner Tante.«

»Endlich sagst du Tante!«, scherze ich und erkläre Ron: »Er hat sich als Kind geweigert, mich Tante Tosca zu nennen.«

»Tante Tosca hört sich auch bescheuert an«, meint Jan.

»Mehr Respekt bitte.«

»Tante hört sich noch älter an, als du sowieso schon bist.«

Ich rolle mit den Augen, muss aber auch lachen.

»Schön, dich kennenzulernen«, sagt Ron. Jan mustert ihn.

»Das muss echt Liebe sein, wenn du sie freiwillig hierherbegleitest. Höre ich da etwa schon die Hochzeitsglocken läuten?«

»Jan!«, rufe ich. Manchmal merkt man echt, dass er Willys Sohn ist. Sein Humor ist heute jedenfalls echt drüber.

»Was denn, du weißt doch, wie gerne ich auf Hochzeiten gehe.« Zu Ron gewandt fügt er hinzu: »Ich habe schon als kleiner Junge davon geträumt, Blumenkind oder Ringträger zu sein, aber Tosca hat mir ja leider nicht den Gefallen getan, zu heiraten.«

»Ich halte Heiraten für überschätzt«, sage ich. »Es gaukelt einem eine Romantik vor, die in der Ehe meistens leider nicht hält.«

»Das sehe ich anders.«

»Dann läuten ja vielleicht bei dir irgendwann die Hochzeitsglocken. Zeit wäre es langsam mal.«

»Genau, die läuten eher, als ihr vielleicht denkt.«

Er wedelt mit seinem Ringfinger. »Echt Silber. Mein Verlobungsring. Ihr wisst, wie viel Wert ich auf Traditionen lege. Ich habe endlich den Mann meines Lebens gefunden und werde ihn heiraten.«

Die Zaubermaschine

Gratulation.«

Sepp ist der Erste, der sich berappelt. Ron beglückwünscht Jan ebenfalls. Willy schweigt. Ich brauche einen kleinen Moment, nicht, weil ich irgendwie geschockt wäre, das kann ich getrost Willy überlassen, der bestimmt auch noch nichts davon wusste. Ich verspüre nur einen kleinen Stich, dass Jan mir nichts vom Mann seines Lebens erzählt hat. Nicht mal eine Andeutung hat er gemacht.

»Das ist ja eine Neuigkeit!«, sage ich schließlich. »Deine Oma hätte sich gefreut.«

»Meinst du?«

»Klar. Sie liebte Hochzeiten. Genau wie du.«

»Wir überlegen noch, wo wir heiraten.«

»Eine bayerische Hochzeit wäre doch schön«, sage ich. »Zwei fesche Mannsbilder im Trachtenanzug.«

»Du hast wohl vergessen, dass wir übermorgen Mama beerdigen«, fährt Willy mich an.

Jan und ich werfen uns einen Blick zu und denken vermutlich dasselbe, dass Willy eine tickende Zeitbombe ist und wieder kurz vor der Explosion steht, weil sein Gefühlshaushalt so absolut in Schieflage ist.

»Wisst ihr noch, wie sich Mama immer Sorgen um Willy gemacht hat, dass er nie heiraten wird?« Der Seitenhieb kommt von Sepp. »Bei unserem Ted hat sie immer Angst gehabt, dass dem eins von seinen Weibern ein Kind anhängt.«

»Das war bei dir ja nicht zu befürchten«, sagt Willy.

»Was soll das heißen?«

»Dich haben alle abblitzen lassen.«

»Gar ned wahr.« Sepp nimmt einen Schluck Bier. »Ich hätte sie alle haben können, aber ich wollte mich nicht binden.«

Der letzte Teil seines Satzes klingt so aufgesetzt, dass er damit von uns allen einen Lacher erntet. Sogar Willy grinst.

»Krieg ich eigentlich mal was zu trinken?«, fragt Jan und folgt seinem Onkel an den Tresen. Er bleibt stehen und sieht sich in der Wirtschaft um. Mit dem Bier, das ihm Sepp gezapft hat, geht er in die dunkle Nische zwischen Gastraum und Küche und sucht den Lichtschalter.

»Was ist denn da unter dem Laken?«, fragt Jan.

Als ich neugierig zu ihm trete, findet er den Lichtschalter, und eine Neonröhre an der Decke geht an. Er zieht das Laken herunter und hustet, weil dicke Staubflocken aufwirbeln.

»Die Zaubermaschine meiner Kindheit«, sage ich gerührt. »Habe fast vergessen, dass es die Jukebox noch gibt.«

»Es sind sogar Platten drin.«

»Richtig viele.«

Wir sind beide ganz aufgeregt.

»Funktioniert das Teil?«, fragt Jan.

»Läuft die Jukebox noch, Sepp?«, rufe ich zum Tresen rüber.

»Ich glaub, da geht nix mehr«, antwortet mein Bruder. »Die hat mal einen Kurzen gehabt, danach habe ich sie nie mehr eingeschaltet.«

»Da hängt ein Stecker an der Seite.«

»Geh, lass es lieber sein, am Ende holst du dir noch einen elektrischen Schlag«, warnt Sepp, aber Jan hört nicht hin und steckt die Jukebox ein. Er findet den Schalter, mit dem man sie zum Leben erwecken kann. Als er ihn drückt, gehen in ihrem Inneren Lichter an. Aus dem Lautsprecher ist ein statisches Rauschen zu hören.

»Und nun?«

»Man muss ein Markstück reinwerfen«, erkläre ich. »Oder ein Fünfzigpfennigstück. Ich glaube nicht, dass ein Euro passt.«

Die Jukebox stand früher an einer Wand im Gastraum, bis Mama oder Sepp sie irgendwann in diese Nische gestellt haben müssen, wo sie vor sich hinstaubte.

Ich fahre mit dem Finger über das Glas, hinter dem die Platten und der Plattenteller zu sehen sind. Eine graue Staubschicht bleibt auf meiner Fingerkuppe zurück. Auf der Jukebox sind Schlieren zu erkennen.

Jan hat das Geldrückgabefach entdeckt und fingert darin herum. Er holt eine Münze heraus. Fünfzig Pfennig.

»Was muss ich tun?«

»Du wirfst die Münze ein und wählst ein Lied aus.«

Ron kommt auch dazu und sieht sich die Jukebox aus der Nähe an. »Ein echter Wurlitzer«, meint er.

»Kennst du dich damit aus?«, frage ich.

»Ich habe einen Freund, der solche Musikboxen sammelt.«

»Was soll ich denn nun drücken?« Jan studiert die Liste hinter dem Glas.

»Ich glaube nicht, dass sie noch läuft«, sage ich. »Die ist innen bestimmt längst verrostet.«

Aber Jan wirft das alte Fünfzigpfennigstück in den Schlitz und drückt dann eine Taste.

Das Geräusch, wenn die Münze in die Jukebox rollte, klang für mich als Kind wie eine magische Verheißung. Das war viel schöner, als Platten auf dem Schallplattenspieler im Wohnzimmer anzuhören. Auch jetzt klickt es, als die Münze rollt, dann knackt es, schließlich ächzt die Jukebox und stöhnt wie eine alte Dame, die mühselig zurück ins Leben finden muss. Doch in ihrem Inneren regt sich eine geheimnisvolle Mechanik, und wie von Geisterhand wird eine Platte auf den Plattenteller gehoben, und der Tonarm senkt sich auf die Rillen. Es knistert, schließlich legt schmetternd eine Trompete los, ein paar Sekunden später folgen Klavier und Schlagzeug. Eine Frauenstimme fängt an, mit italienischem Akzent zu singen.

»*You wannabe americano, americano, americano,*
You were born in Italy …«

»Ausgerechnet dieses Lied!«, sage ich.

»Du kennst es?«, fragt Jan.

»›Tu vuò fà l'americano‹.«

»Was ist das denn?«, fragt Jan. »Die Stimme kommt mir bekannt vor.«

»Sophia Loren ist das.«

Meine Rührung versuche ich wie einen alten Kaugummi herunterzuschlucken, auch wenn meine Halsmuskeln dabei verkrampfen. Als Kind habe ich Ted oft dazu überredet, dieses Lied auf der Gitarre für mich zu spielen, damit ich dazu tanzen konnte. Ich weiß nicht, warum, aber ich war damals überzeugt davon, dass meine Eltern sich bei diesem Lied kennengelernt und verliebt hatten. Vor allem, nachdem ich den Film *Es begann in Neapel* gesehen und mir vorstellt hatte, dass mein Vater wie Clark Gable und meine Mutter wie Sophia Loren aussahen, als sie sich getroffen hatten. Ich war mir damals jedenfalls sicher, dass ich ohne die Jukebox meiner Mutter und die Lieder, die aus ihr tönten, nie auf die Welt gekommen wäre. Meine Eltern hatten zu solchen Schlagern getanzt, und dabei musste es passiert sein, dass sie sich verliebten und eine Romanze begannen. Wie ein Wunder kam mir das vor.

Noch heute finde ich es erstaunlich, dass sie sich über den Weg gelaufen sind, da meine Mutter doch aus Polen und mein Vater aus Bayern stammte. Es trennten sie Welten, und doch hat sie das Schicksal zusammengeführt.

»Das ist das Lied, bei dem meine Mutter und mein Vater sich kennengelernt haben«, erkläre ich Jan und zeige ihm, wie man dazu tanzen kann.

Schenkt man Whiskey dir ein, sag nicht Nein

»Wirtin, gell, machst ma no a Halbe!«, sagte der alte Mann. »Und a Sauers Lingerl kannst ma a bringa. Des soll recht guad sei bei dir.«

»Sehr wohl, der Herr«, antwortete Ella Novak.

Es war schon das dritte Glas Bier, das der Alte bestellte. Seine Hose war geflickt, das Hemd an Manschetten und Kragen angeschmutzt, aber seine Augen strahlten himmelblau und blitzten freundlich. Sie hatte ihn vorher noch nie hier gesehen, und er tat ihr ein bisschen leid, aber eine Wirtin musste vor allem an den Umsatz denken. Und den machte Ella nun mal in erster Linie mit dem Bier, das sie ausschenkte, da musste ihr egal sein, ob einer mehr trank, als ihm guttat.

Sie ging zur Theke und gab die Bestellung an ihren Kellner weiter. »Und bitte ordentlich einschenken, Herr Latzke!«, rief sie laut genug, um das Gedudle der Jukebox und die Gespräche der Gäste zu übertönen. Ihre Anweisung sollte ruhig für alle im Gastraum gut zu hören sein. Erst vorhin hatte ein Mann sich beim Bezahlen darüber beschwert, dass Latzke das Glas nicht richtig vollgezapft hätte. Der Gast war zwar angetrunken gewesen, also waren durchaus Zweifel an seiner Aussage angebracht. Eine Wirtin durfte jedoch nicht den Eindruck erwecken, sie würde die Gäste übervorteilen.

»So is richtig, Wirtin! Sag eam ruhig Bscheid. Der Tschechnbeidl soll ned allaweil bscheißn«, rief der große Blonde vom Stammtisch.

Herr Latzke, der Kellner, war ein Vertriebener aus dem Sudetenland und hatte sich schon mehrfach über diesen diskriminierenden Spitznamen beschwert. Das machte ihn bei den Gästen nicht beliebter.

Auf dem Weg zur Küche kam Ella am großen Blonden und den anderen Männern vom Stammtisch vorbei. Sie trafen sich jeden Sonntag zum Frühschoppen und Kartenspielen, schauten aber auch sonst oft rein, seit Ella die Wirtschaft übernommen hatte.

Sie räumte Gläser und Teller ab und fragte beiläufig: »Kennen Sie den alten Mann da vorne?«

»Fralle«, sagte der Blonde, der ein ziemliches Großmaul war. »Das ist der Schierlinger Luggi. Da muasst aufbassn bei dem, Wirtin, weil der ist ein Kommunist, der frisst si durch und zahlt ned. Den lassens scho nirgendwo mehr eini.« Er lachte tief aus dem Bauch heraus.*

»Also ein Zechpreller!«, seufzte Ella Novak. Das fehlte ihr gerade noch. Und sie hatte Mitleid mit dem Alten gehabt!

»Sei Oide muass jede Mark zwoamal umdrehn, der lässt oiwei oschreibn und macht de Weiba scheene Augn, da muasst doppelt aufbassn bei dem, Wirtin, weil der lässt nix anbrenna.«

Der Blonde zwinkerte wild mit dem rechten Auge. Ella Novak ignorierte das anzügliche Lachen. Schon seit ihrer Jugend umschwirrten Männer sie wie Motten das Licht. Sie erhielt viele Komplimente, aber auch unmoralische Angebote, die sie natürlich ablehnte. Eine Frau und erst recht eine Wirtin musste auf ihren guten Ruf achten, besonders in einer so kleinen Stadt.

Die Neuigkeit, dass Ella die Wirtschaft »Beim Sepp« übernommen hatte, aus Polen kam und geschieden war,

* fralle = freilich

hatte sich rasend schnell verbreitet. Wie ein Filmstar schaue die neue Wirtin aus, hatte es geheißen, wie die Sophia Loren oder die Gina Lollobrigida, darüber gab es unterschiedliche Meinungen unter ihren Bewunderern. Auch darüber, warum der Ehemann diese attraktive Frau mit drei Söhnen hatte sitzen lassen, zerrissen sich alle das Maul.

Durch eine Schwingtür verschwand Ella mit den Tellern und den Gläsern in der Küche. Dort spülte ihre Freundin Margot gerade das Geschirr. Die beiden Frauen hatten sich bei der Arbeit in der Fabrik kennengelernt. Margot war jünger als Ella, trotzdem wirkten sie fast gleichaltrig. Sie trugen beide weiße Kittelschürzen. Margot hatte rotblonde Haare, die sie zu einem Pferdeschwanz band, der Pony war zu lang und stach ihr fast in die Augen. Sie war blind wie ein Maulwurf und trug eine Brille mit Gläsern, die dick wie Glasbausteine waren. Ella dagegen hatte hochtoupierte dunkle Haare und trug ein elegantes Kleid, auch wenn das wegen der Kittelschürze im Moment nicht zu sehen war. Sie achtete auf ihre Kleidung, denn als Frau und Wirtin durfte man sich nicht gehen lassen.

»Wenn ich dich nicht hätte!«, sagte Ella zu Margot. Ihrer Freundin hatte sie die Wirtschaft letztlich sogar zu verdanken. Margot hatte Ella erzählt, dass eine Pächterin gesucht wurde, und ihr Mut gemacht, sich als Wirtin zu versuchen, statt weiter in der Fabrik zu arbeiten.

»Jetzt muss ich aber wirklich los«, sagte Ella.

»Geh ruhig«, versicherte Margot, die nach einem arbeitsreichen Tag extra noch hergekommen war, um auszuhelfen. Zu Hause wartete nur ihre Großmutter, deshalb verbrachte sie lieber Zeit bei der Freundin in der Wirtschaft.

Als Ella ihre Schürze auszog und an einen Haken hängte, kam endlich ihr neues lila Kleid zum Vorschein. Es war hochgeschlossen, betonte aber ihre Figur auf sehr günstige

Weise, dank dem Korsett kamen ihre Kurven gut zur Geltung. Jedenfalls sah man Ella die drei Söhne, die sie geboren hatte, nicht im Geringsten an, und sie wurde auf höchstens Ende zwanzig geschätzt.

»Machst du mir schnell einen Teller Lunge zurecht? Dann bring ich das noch zum Gast raus.«

»Lunge!«, lachte Margot. Sie stammte vom Dorf und amüsierte sich immer über Ellas Hochdeutsch. Aus dem großen Topf ließ sie die weich gekochte und klein geschnittene Schweinelunge in brauner Soße zu zwei Semmelknödeln plumpsen und streute ein bisschen Petersilie drüber.

Ella warf noch schnell einen Blick in den kleinen Spiegel, der über dem Handwaschbecken hing, und zog ihren Lippenstift nach. Es war ein warmer Spätsommertag, eine Jacke zog sie trotzdem über. Ihre fliederfarbene Tasche hängte sie sich an den rechten Ellenbogen, mit der anderen Hand griff sie den Teller und balancierte ihn geschickt auf der Armbeuge. Mit der Hüfte versetzte sie der Schwingtür einen Schubs, so konnte sie elegant in den Gastraum schlüpfen.

Ihr Jüngster, Tadeusz, stand mal wieder an der Jukebox und tippte an den Tasten herum. Er ging in die zweite Klasse und war heute zu Hause geblieben, weil er über Zahnschmerzen geklagt und ein bisschen Temperatur hatte. Nun war auch seine Backe komisch geschwollen. Die anderen beiden Söhne waren noch nicht da, der eine hatte Unterricht, der andere wollte sich bei einer Lehrstelle vorstellen. Sie musste also selbst mit Tadek zum Zahnarzt fahren. Noch im Vorübereilen mahnte sie ihn, seine Finger von der Jukebox zu lassen, und gelangte an den Tisch dieses Schierlinger, der die Lunge bestellt hatte.

»Guten Appetit!«, sagte sie, als sie ihm den Teller hinstellte. »Wenn Sie fertig sind, müssen Sie aber zahlen und gehen. Bier kriegen Sie heute keines mehr!« Eine Wirtin

musste auch mal durchgreifen, sonst tanzten ihr die Gäste auf der Nase herum, besonders die, die das Bier so lieben. Sein Glas war bereits leer. Erst auf den zweiten Blick fiel ihr der junge Mann auf, der sich zu dem Alten gesetzt hatte. Er hatte pechschwarze Locken und sah aus wie ein Italiener. Vermutlich war er ein Gastarbeiter. Auch das noch! Früher oder später gab es fast immer Ärger zwischen Einheimischen und Zugereisten, besonders den Ausländern. Die Bayern nannten die Italiener abfällig »Katzlmacher«, weil sie angeblich so viele Kinder hatten.

Der Italiener starrte sie mit großen Augen an, als hätte er noch nie eine deutsche Frau gesehen. Ella überlegte, wie sie diesem ungebetenen Gast nahelegen konnte, ihre Wirtschaft sofort zu verlassen, ohne dass er einen Streit vom Zaun brach. Man kannte ja das hitzige Temperament dieser Südländer! Doch ehe ihr ein passender Satz einfiel, sagte der Alte: »Das is mei Bua. Der Ade. Der hat Geld, der zahlt ois.«

Der junge Mann nickte, und auf den zweiten Blick erkannte sie tatsächlich eine gewisse Ähnlichkeit zwischen ihm und dem glatzköpfigen Schierlinger. Die blauen Augen.

»Wollen Sie auch was trinken?«, fragte Ella. Der junge Mann wurde rot wie eine Tomate und schien erst überlegen zu müssen, jedenfalls sagte er ein paar Sekunden überhaupt nichts, ehe er dann doch antwortete. »An Whiskey hätt i gern!« Seine Stimme stotterte ein bisschen, als er noch hinzufügte: »Mit Eis. On the rocks halt.«

Fast hätte Ella gelacht. Was war denn mit dem los? Wie kam der auf die Idee, Whiskey zu bestellen. Sie waren hier doch nicht im Wilden Westen! Ella Novak ließ sich jedoch nichts anmerken, denn eine Wirtin musste in jeder Situation einen kühlen Kopf bewahren.

»Ich kann in der Küche nachschauen, ob wir noch welchen haben«, sagte sie, obwohl sie natürlich wusste, dass sie

keinen Whiskey dahatten. Bevor Latzke sich einmischen konnte, deutete sie ihm schnell an, dass sie sich selbst darum kümmern würde. Auf dem Weg zur Küche hörte sie, wie das Großmaul vom Stammtisch spöttelte: »An Whiskey hat er bestellt, der Depp!« Woraufhin alle vier Männer in ein wieherndes Lachen ausbrachen.

Als Ella per Hüftschwung mit einem Glas Weinbrand wieder in den Gastraum zurückkam, warf der kleine Tadek trotz der vorherigen Mahnung, die Finger von der Jukebox zu lassen, eine Münze hinein und drückte eine Taste. Eine Trompete schmetterte los, und dann sang eine Frauenstimme die ersten Töne von »Tu vuò fà l'americano«.

Adolf Schierlinger hätte sich vorhin auf die Zunge beißen wollen, als ihm das Wort Whiskey rausgeschlüpft war. Eigentlich hatte er doch einfach nur ein Bier bestellen wollen, aber der Anblick der Wirtin hatte ihn vollkommen durcheinandergebracht. Danach war in seinem Hals dieser dicke fette Frosch gewesen, wegen dem er den Rest seines Satzes sowieso nur noch hatte stammeln können. Und jetzt war da auch noch dieses Lied. Er hatte den Film gesehen, in dem Sophia Loren genau zu dieser Musik in einem lila Leibchen mit türkisfarbenem Rock wild umhertanzte. Ein kleiner Italiener war auch im Film dabei gewesen, der genauso aussah wie der Bub, der ihn vorhin um Geld für die Jukebox angebettelt hatte.

Die Wirtin warf dem Jungen einen strengen Blick zu und kam zurück an den Tisch von Vater und Sohn Schierlinger. Sie stellte ein Glas mit einer bernsteinfarbenen Flüssigkeit vor Ade auf den Tisch. Er hatte noch nie eine dermaßen attraktive Frau so nah vor sich gespürt, noch dazu eine, die der Loren so ähnlich sah. Ihm war, als wäre sie aus dem Film direkt in die Gastwirtschaft gestiegen. Und wie gut sie roch!

»Ihr Whiskey!«, sagte die Wirtin.

Er bedankte sich und kippte, ohne zu zögern, den Whiskey in einem Zug herunter, bis die Eiswürfel klirrten, danach blickte er ihr hinterher, wie sie mit dem Buben an der Hand Richtung Ausgang ging. Ihr Hintern wiegte sich in dem engen Kleid hin und her.

»Gell, die is a Wahnsinnsweib, die Wirtin«, sagte der schöne Luggi, dem der Blick seines Sohnes nicht entgangen war. Ade konnte nicht antworten. Sein Herz klopfte wild. Ihm blieb fast die Luft weg.

Irgendwas stimmte mit diesem Whiskey nicht. Zuerst kam ihm alles wie in Zeitlupe vor und er hatte mit eigenen Augen die Wirtin gesehen, wie sie mit ihrem Sohn an der Hand in hochhackigen Schuhen ganz langsam Schritt für Schritt zur Tür gestöckelt und dann verschwunden war. Aber jetzt kam sie auf einmal allein zurück und begann direkt vor der Jukebox zu tanzen. Umgezogen hatte sie sich auch. Auf einmal hatte sie ein lila Leibchen mit türkisfarbenem Rock an, wie die Loren, sie tanzte auch genauso, immer wilder und aufreizender. Ihm kam es fast vor, als ob der Film, in dem er gelandet war, im falschen Tempo abgespult wurde, viel zu schnell, immer schneller. Ihm wurde fast schwindlig, obwohl er ja gar nicht tanzte. Die Wirtin schaute ihn an, nur ihn, dass er wieder ganz rot wurde, und sie rief dabei »Ade«, ganz laut, dass es alle hören konnten: »Ade«. Er spürte eine Hitze in sich aufsteigen, heiß wie die Sonne in der Sierra Nevada.

»Ade! Du bist ja ganz rot im Gsicht. Was ist denn los mit dir?«, fragte sein Vater. »Geht's da ned guad?«

»Nix is«, sagte Ade. »Mit mir is nix.«

Das stimmte natürlich überhaupt nicht. Es war was passiert mit ihm, grad so, als ob er sich einen Schlag geholt hätte, einen elektrischen. In Wahrheit war das, was er gespürt hatte, aber natürlich der Pfeil Amors, der ihn pfeilgrad ins Herz getroffen hatte.

Dean Martin ohne Gesangstalent

Gegen Ende des Liedes zieht das Tempo an, und die Loren und ihr männlicher Gesangspartner wiederholen immer wieder »Whisky e soda e rock 'n' roll, Whisky e soda e rock 'n' roll, Whisky e soda e rock 'n' roll …«

Jan und ich versuchen, dazu so was wie Rock 'n' Roll zu tanzen. Er kann es besser als ich, da haben die Tanz-Gene von Ella Novak wohl eine Generation übersprungen. Ich hample herum und bin froh, als das Lied zu Ende ist.

»Einen Petticoat bräuchte ich. Dann könnte ich es«, behaupte ich.

»Der würde dir auch nicht helfen«, lacht Jan.

»Den Film muss man einfach gesehen haben. Clark Gable und Sophia Loren, ein fast so schönes Paar wie Ella Novak und Ade Schierlinger«, sage ich und hole mein Handy aus der Tasche. Als ich das Video endlich bei YouTube finde, spiele ich Ron und Jan die Tanzszene vor.

Mein Neffe nickt anerkennend, bemerkt aber zu Recht, dass Clark Gable ein ganzes Stück älter war als Sophia Loren. Also eher ein Altersunterschied wie bei Ted und seiner Sophia. Bei meinen Eltern war es andersherum, meine Mutter war die Ältere, was aber optisch nie auffiel. Und später wirkte mein Vater immer wesentlich älter als meine Mutter, die nicht nur die Tanz-Gene, sondern auch die Gene der ewigen Jugend für sich gepachtet zu haben schien.

Jan widmet sich erneut der Jukebox und ihrem geheimnisvollen Innenleben. Er drückt die Taste am Geldrückgabefach, und die Münze rollt heraus, er wirft sie noch mal ein und wählt ein weiteres Lied. Es knistert, bevor eine Kinderstimme mit holländischem Akzent ein lautes »Mama« in die Wirtschaft schallen lässt.

»Bloß weg vom Lautsprecher«, sage ich und ziehe Ron zurück an den Tisch zu meinen Brüdern. Ich rolle mit den Augen. »Heintje. Oh Gott.«

»Der war doch der Mama ihr Lieblingssänger«, ruft Sepp.

»Ja, leider.« Und füge hinzu, denn Jan ist zu jung, um das zu wissen, und bei Ron gehe ich nicht davon aus, dass er ausgerechnet Heintje kennt: »Das war ein niederländischer Kinderstar, der mit dieser Hymne an alle Muttersöhnchen einen Hit in den Sechzigerjahren landete.«

Zum Glück ist das Lied sehr kurz. Jan drückt erneut an der Geldrückgabe herum, aber diesmal klemmt sie wohl. »Schade«, seufzt er und kommt zurück zu uns an den Tisch.

»Der Klang der Jukebox ist immer noch richtig gut.«

»Stimmt«, sage ich und blicke zu Sepp. »Wenn du das Teil loswerden willst: Ich nehme die Jukebox gerne mit nach Berlin.«

»Das Riesentrumm?«

»Ich kriege sie schon irgendwo unter.« Meine Wohnung ist zwar nicht besonders groß, aber wenn ich ein bisschen umräume, würde sie in die Küche passen. Dann muss eben das alte Küchenbuffet raus. Schwieriger und teurer dürfte der Transport sein. Aber wo ein Wille ist, findet sich ein Weg.

»Ach geh, die funktioniert doch gar nicht mehr richtig.«

»Die könnte man reparieren lassen. Kannst du nicht deinen Freund fragen, ob er das machen würde?«, frage ich Ron.

Er nickt. »Jetzt gleich?«

»Ist vielleicht ein bisschen zu spät. Aber morgen?« Ich

sehe die Jukebox schon als funkelndes Prunkstück bei mir in der Wohnküche glänzen.

Sepp schüttelt den Kopf. »Die Mama hätte bestimmt nicht gewollt, dass ich sie hergebe. Die gehört doch hierher.« Das kann ich jetzt kaum glauben, dass er plötzlich so an der Jukebox hängt, wo er sie jahrzehntelang in dieser Ecke hat verstauben lassen. »Die hat ihr damals der Vertreter von der Plattenfirma aufgeschwatzt, eigentlich hat sie sich das gar nicht leisten können, sie hat doch schon so viel Geld in die Wirtschaft gesteckt gehabt. Aber er hat sie damit gelockt, dass die Leute mit Musik mehr trinken und essen.«

»Als ob es dafür die Jukebox gebraucht hätte«, wende ich ein und habe dann doch noch eine Frage: »Wo ist eigentlich das alte Album mit den Schallplatten aus der Jukebox, die ich immer gehört habe?« Darin habe ich als Kind stundenlang geblättert und mir die Platten angeschaut, die Lieder angehört und überlegt, wie ich selbst eines Tages in der *Hitparade* auftreten würde. Auf dem Cover aus Plastik war eine schulterfreie Dame mit Federboa und einem Diadem im schwarzen Haar abgebildet. Sie trug etwas tief Ausgeschnittenes und hielt ein Glas Sekt in der Hand. Mir kam es so vor, als wäre sie die drittschönste Frau der Welt – nach meiner Mutter und Sophia Loren.

»Das Album ist doch bestimmt in ihrer Wohnung«, meint Sepp.

Willy schüttelt den Kopf.

»Woher willst du das so genau wissen?«

»Als sie umgezogen ist, hat sie gründlich aussortiert.«

»Aber doch nicht das Album.«

»Mach dir keine Hoffnung, das Album ist weg.«

Mir fehlt die Energie, mit Willy darüber zu streiten, wie er sich da so sicher sein kann. Es schmerzt, dass das Album verschwunden ist. Warum habe ich es nicht nach Berlin mitgenommen, als ich weggezogen bin? Damals lag es noch im Wohnzimmer herum. Es wäre so einfach gewesen, jetzt ist es zu spät. Wieder mal.

»Haben die sich echt bei dem Lied kennengelernt?«, fragt Jan.

»Ach geh, das ist ein Schmarrn, den die Tosca erzählt.« Sepp tippt sich an die Stirn. »So was hat die sich schon als Kind immer ausgedacht. Der alte Schierlinger hat ganz sicher nicht ausgeschaut wie einer vom Film und schon gar nicht wie der Dings, der da mitspielt, der, weiß nimmer, wie er heißt.«

»Clark Gable?«

»So hat der alte Schierlinger sicher nicht ausgeschaut.«

»Nicht wie der Clark Gable, aber wie der ...« Jetzt leide auch ich plötzlich unter Wortfindungsstörungen. »Wie der Sänger, der mit Frank Sinatra und Sammy Davis, Jr. zum Rat Pack gehört hat.«

»Dean Martin«, ergänzt Ron. Erstaunlich, dass er den kennt. Aber Dean Martin ist natürlich musikalisch eine ganz andere Liga, jedenfalls im Vergleich zu Heintje.

»Genau. Wie Dean Martin sah mein Vater als junger Mann aus. Er hat nur nicht so gut singen können.«

»Du spinnst doch«, sagt Sepp. Aber das ist nur der Neid, weil sein Vater, der erste Ehemann, auf alten Fotos aussieht wie der glatzköpfige Mussolini. Meiner dagegen wie Dean Martin.

»Aus der Jukebox könnte man echt was machen«, sagt Jan.

»Aus der muss man nix machen«, hält Sepp sofort dagegen.

»Könnte man aber. Aus der Wirtschaft auch. Eine Bar zum Beispiel.«

»Die würde Sepp auch runterwirtschaften«, sagt Willy.

Ich würde meinen ältesten Bruder gerne verteidigen,

aber zum Optimismus besteht wahrlich kein Anlass. Sepp hat schon einiges in seinem Leben in den Sand gesetzt. Eine Ausbildung nach der anderen hat er abgebrochen, und als er pleite war, ließ Mama ihn bei sich einziehen und für sich arbeiten. Später hat er die Wirtschaft übernommen. Natürlich war es in den Jahren der Coronapandemie nicht leicht, aber es lief auch davor schon nicht gut. Es wundert mich, wie er überhaupt über die Runden kommt.

Sepp ist rot angelaufen und sieht aus, als ob er explodieren könnte. Ich blicke zu Willy. »Hör doch auf mit dieser selbstgerechten Tour.«

»Wegen Trunkenheit am Steuer den Führerschein verloren.« Willy lässt sich nicht davon abbringen, die Sünden seiner Brüder aufzuzählen. »Wie der alte Schierlinger.«

»Und du bist ein Langweiler«, kontert Sepp.

Mir ist es egal, wenn Willy jetzt auch noch eins reingewürgt kriegt. Er hat es verdient. Das Problem ist nur, dass als Nächstes in der Regel ich dran bin. So ist es immer. Erst streiten sich die Brüder untereinander, und dann fällt einem von ihnen ein, dass ich auch nicht ungeschoren davonkommen soll. Geeignete Vorwürfe, die mich betreffen, gibt es genug. Woke Berlinerin, verwöhnte Prinzessin, die nie in der Wirtschaft mithelfen musste, weil sie doch aufs Gymnasium ging. Tosca bekam Zucker in den Arsch geblasen, hat sich nach Berlin abgesetzt, bildet sich was ein, weil sie studiert hat, denkt, sie ist was Besseres, dabei hat sie nicht mal einen soliden Job oder einen Ehemann und Kinder, wo Mama sich doch so sehr weitere Enkelkinder gewünscht hat. Und so weiter und so fort. Ich ziehe die Reißleine: »Ron und ich gehen jetzt.«

Tolstois Familientherapie

An der frischen Luft rege ich mich ab, hoffe ich, deshalb habe ich einen Umweg vorgeschlagen. Tagsüber ist es hier am Flussufer sehr idyllisch. Jetzt, in der Dunkelheit, fühlt es sich im Schein der wenigen Laternen eher an, als ob wir durch eine Suppe aus Nebel waten.

In meinem Kopf formuliere ich ständig Sätze, die ich sagen könnte, wie zum Beispiel, dass meine Familie furchtbar ist und Ron es bestimmt längst bereut, mitgekommen zu sein. Irgendwie wäre mir aber lieber, dass er als Erster zu reden anfängt, doch ihn scheint das Schweigen nicht zu stören. Oder er braucht noch eine Weile, um sich von dem Schock zu erholen. Also sage doch ich zuerst was.

»Vielleicht stimmt es ja, was Tolstoi schreibt, dass alle glücklichen Familien sich ähneln und dass alle unglücklichen Familien auf ihre eigene Art unglücklich sind.«

Als der Satz noch in meinem Kopf war, kam er mir klüger vor, ausgesprochen klingt er wie ein Kalenderspruch. Ich weiß selbst nicht mal, was ich damit sagen will.

»Tolstoi, der berühmte Familientherapeut?«, fragt Ron.

»Der russische Schriftsteller«, füge ich hinzu.

Er lächelt, und ich atme auf, weil er das mit dem Familientherapeuten offensichtlich nicht ernst meint.

»Der Satz hört sich gut an«, sagt Ron. »Ich bin mir bloß nicht sicher, ob er stimmt. Ich habe Tolstoi allerdings auch nie gelesen.«

Ich schon, aber wenn nicht, hätte ich an seiner Stelle gelogen und eher eine Floskel wie »Ach ja, der gute alte

Tolstoi, da sollte ich auch mal wieder reinschauen« benutzt. Zugegebenermaßen ist es lange her, dass ich Tolstois *Anna Karenina* gelesen habe, den Roman, aus dem dieser Satz stammt. Da steht er glücklicherweise gleich am Anfang.

»Meinst *du* denn, das stimmt?«, fragt Ron.

»Da ich in keiner glücklichen Familie aufgewachsen bin, wie du bestimmt schon festgestellt hast, kann ich es nicht beurteilen.« Meine Stimme klingt ein bisschen wehleidiger, als mir lieb ist. »Ich bin halt ein Scheidungskind mit nervigen Brüdern. Willy tut, als ob er unfehlbar wäre, Sepp rückt die Jukebox nicht heraus, und Ted spielt die beleidigte Leberwurst.«

»Nach einem Todesfall kochen eben die Emotionen hoch.«

Ich mustere ihn zweifelnd.

»Wenn man aus einer dieser glücklichen Familie stammt, die sich laut Tolstoi alle ähneln, sieht man das wahrscheinlich alles etwas gelassener.«

»Woher willst du wissen, dass ich aus einer glücklichen Familie komme?«

»Kommst du nicht?« Mama Pianistin, Papa Professor, behütetes Einzelkind. Ich sehe da wenig Anlass zum Unglücklichsein.

»Niemand ist doch immer nur glücklich«, sagt Ron.

Das stimmt. Irgendwas muss auch bei ihm mal schiefgelaufen sein, sonst stünde er nicht mit mir hier unter einer Laterne im Nebel. Aber das spreche ich nicht aus, das klingt schon in meinem Kopf nicht sehr nett.

»Dir kommt das bestimmt alles wahnsinnig exotisch vor!«, sage ich stattdessen.

»Exotisch?« Ron zieht rätselnd die Stirn in Falten. »Wie kommst du darauf? Ach wegen Bayern.«

Nicht nur wegen Bayern, denke ich, sondern auch wegen all der anderen Unterschiede zwischen ihm, dem Sohn einer berühmten Pianistin, und mir, der Tochter einer Gastwirtin.

Er geht auf die Frage nach der Exotik nicht weiter ein, sondern zieht mich an sich, um mich zu küssen. In einer Atempause flüstert er schließlich: »Ich habe mich einfach in dich verliebt.«

Für einen kleinen Moment komme ich mir wie die Darstellerin in einem romantischen Film vor, der in Paris spielen könnte, denn die Laterne lässt das Kopfsteinpflaster silbern schimmern, die arme Tochter des Chauffeurs, in die sich der reiche Millionärssohn, der sie lange nicht beachtet hat, dann doch noch verliebt. Aber Humphrey Bogart fand ich nie wirklich attraktiv, ich bin nicht so grazil wie Audrey Hepburn, und außerdem spielt *Sabrina* nicht in Paris, sondern in den USA. Und wir befinden uns schließlich in *meinem* Leben und in der Stadt, in der ich aufgewachsen bin, also werden wir nach wenigen Minuten erst von Schritten und dann von Gebell, das in den Gassen widerhallt, unterbrochen. Schließlich spüre ich auch noch, wie mich was in die Wade zwickt.

Wir drehen uns um und sehen eine Frau mit drei Hunden, braune tuffige, katzengroße Fellbündel, die mühelos in jede größere Handtasche passen würden. Sie hüpfen auf und ab und scheinen aus unerklärlichem Grund wütend auf mich oder die Welt oder auf ihr Frauchen zu sein. Einer von ihnen hat sich in meine Hose verbissen und wird von seinem eigenen Halsband gewürgt, so sehr zieht er an der Leine. Die anderen beiden Hündchen spornen ihn durch ihr Bellen regelrecht an, sich endlich selbst zu strangulieren. Die Rudelführerin wirkt völlig hilflos.

»Mei, das tut mir leid, aber die rote Jacke macht die Hunde aggressiv!«, sagt sie. Nun, ihr neongelber Mantel wirkt vermutlich auch nicht gerade deeskalierend. Ihre rosa Mütze leuchtet förmlich im Dunklen. Die Hunde müssten angesichts des grellen Erscheinungsbilds ihres Frauchens eigentlich vollkommen abgestumpft sein.

»Sie haben Ihre Pinscher nicht im Griff«, sage ich. »Das ist wohl eher das Problem.«

»Es sind Chihuahuas.«

»Mir doch egal.« Mit einem kräftigen Schütteln des Beines versuche ich, den Hund loszuwerden, der sich immer noch bemüht, mit den Zähnen durch die Jeans zu gelangen. Er jault auf, lässt kurz locker, schnappt aber gleich wieder zu. Ron schafft es, ihn abzuzupfen wie eine lästige Klette. Als Trost und zur Belohnung nimmt die Hundebesitzerin ihren Liebling auf den Arm und streichelt sein Fell. Sie schaut mich neugierig an.

»Kennen wir uns nicht?«

Und es stimmt, irgendwas an ihr ist mir vertraut, vor allem ihre Stimmlage. Als ich ihr Gesicht noch mal mustere, fällt mir ihr Name ein: Manuela Klötzl.

»Tosca Schierlinger«, ruft sie so laut, dass ihre Hunde vor Schreck erneut zu bellen beginnen. »Wir waren doch miteinander auf der Schule.«

Ich nicke bloß und weiß auf einmal wieder, dass sie von ihren Freundinnen »Manu« genannt wurde. Manu Klötzl. Genau der Typ Frau, die sich später mal drei Chihuahuas anschafft, die zu Kampfhunden mutieren.

»Tut mir leid«, lüge ich trotzdem, einfach, weil ich es kann. »Mir fällt dein Name nicht mehr ein.«

»Manuela Rösner. Früher hieß ich Klötzl.« Sie scheint sich wirklich über unsere Begegnung zu freuen. »Mein Gott. Da geht man ahnungslos noch schnell eine Runde Gassi mit den Hunden und dann so was! Wohnst du hier in der Gegend?«

Ich schüttle den Kopf, sie redet einfach weiter. »Wir haben die Hunde erst seit ein paar Monaten, die Kinder haben sie unbedingt gewollt, und wie es immer ist, jetzt habe ich die drei am Hals.«

Ich lächle, so gut ich kann, und bin mir sicher, dass ihre Kinder bestimmt genauso gut erzogen sind wie ihre Chihuahuas.

»Ja, sehr schön«, sage ich. »Du, wir müssen jetzt weiter.«

Die Hunde ziehen kläffend an der Leine. »Die haben auch keine Geduld mehr«, sagt Manu Klötzl. »Ist ja auch spät.«

Ist es wirklich. Sie zögert kurz, als ob sie doch noch was sagen will, wünscht uns dann aber eine gute Nacht und verschwindet mit ihrer Hundemeute nach rechts in die Gasse. Ron und ich biegen nach links in Richtung Hotel.

Kurze Zeit später stehen wir beide unter der Dusche und versuchen, an den romantischen Moment von vorhin anzuknüpfen. Wohliges Wasser umschwärmt unsere nackten Körper. Alles Schwere, sämtliche Unglücksfälle der letzten Zeit, meine Brüder und selbst Manu Klötzl samt ihren Kampfhunden fließen mit dem Wasser in den Abfluss.

Als wir endlich im Bett liegen, fragt Ron dann ausgerechnet: »Wer war diese Frau mit den Hunden vorhin eigentlich?«

»Sie war mit mir zusammen auf dem Gymnasium.«

»Eine Schulfreundin also?«

»Eher eine Feindin. Sie hat alle gegen mich aufgehetzt und sich ständig über meinen Namen lustig gemacht.«

»Deinen Namen?«

»Schierlinger Roggen hat sie mich genannt.«

»Schierlinger Roggen?«

»So hieß damals ein Weizenbier.«

»Verstehe.«

»Außerdem hat sie so Sachen wie ›Wirtshausschlampe‹

oder ›Schierlingsbecher‹ zu mir gesagt und ›schiache Schierlinger‹.«

»Schiach?«

»Habe ich doch schon erklärt.«

»Ach so. Der schiache Luggi.«

»Genau. Nicht schön.«

Ich hoffe, dass die Hündchen ihr gerade zu Hause ihre Federbetten in Stücke reißen oder auf den Teppich scheißen. Das wäre schön. Nur sinke ich mit solchen Gedanken auf das Niveau von Manu Klötzl, was wiederum nicht besonders schön ist. Sie ist mir seit der Schulzeit nie mehr über den Weg gelaufen, warum also gerade heute Abend? Das stand nicht auf meinem Plan, das versaut mir alles.

Tagsüber alles Unangenehme, insbesondere meine Familie, bis zur Beerdigung so gut wie möglich aushalten und die Nächte mit Ron verbringen, uns noch näher kennenlernen, bevor er ins Allgäu fährt. Das war mein Plan. Seinen kenne ich nicht. Ich bin mir nicht sicher, ob die Begegnung mit meinen Brüdern eventuell dazu führen könnte, dass er früher ins Allgäu fahren will. Morgen schon. Oder übermorgen. Umso mehr möchte ich die Zeit mit ihm genießen. Wir liegen zu zweit unter der Bettdecke. Er hält mich in seinen Armen, es könnte so schön sein mit uns, aber ich werde von Heulanfällen geschüttelt, die immer nur kurzzeitig abebben, um dann von vorne zu beginnen. Ich kann nicht anders. Eine dunkle Woge nach der anderen kommt angerollt. Ich muss zwischendurch nach Luft schnappen, damit ich nicht zu atmen aufhöre. Es geht immer wieder von vorne los. Ich fürchte schon, nie wieder zu weinen aufhören zu können, aber irgendwann schlafe ich vor Erschöpfung ein.

Moneten zum Frühstück

Am Morgen lassen sich meine Augen nur schwer öffnen. Durch zwei schmale Schlitze kann ich verschwommen Ron erkennen, wie er ins Bad geht. Ich bin noch viel zu müde, um aufzustehen, und schlafe wieder ein. Als ich zum zweiten Mal aufwache, steht Ron angezogen vorm Bett, küsst mich und deutet auf die Sonne, die durchs Fenster scheint. Obwohl ich gestern nichts Alkoholisches getrunken habe, fühlt sich mein Körper an, als hingen an allen Gliedern Bleigewichte. Ich gähne und hieve mich mühevoll aus dem Himmelbett. Ohne eine heiße Dusche und einen Kaffee bin ich nicht ansprechbar.

Sobald ich meine Kontaktlinsen eingesetzt und mich angezogen habe, rufe ich bei Ted an. Er geht ran und hört sich gut gelaunt an. Ich schlage ihm vor, in unserem Hotel gemeinsam zu brunchen. Als er hört, dass ich bezahle, sagt er sofort zu.

»Kommen die anderen auch?«

»Natürlich nicht.«

»Dann bis gleich.«

Aus dem »gleich« wird eine Stunde. Dafür sind Ted und Sophia ein prächtiger Anblick: Sein Hemd ist so tief aufgeknöpft, dass die grauen Brusthaare auf der gebräunten Haut zu sehen sind. Um den Hals hängt eine silberne Kette. Sophia trägt unter ihrer Lederjacke ein trägerloses Top. Ihr Bindegewebe ist fest genug, dass ihre Brüste auch ohne BH kompakt zur Freiheit, zur Sonne streben. Beide tragen überdimensionierte Sonnenbrillen von irgendwelchen teuren Designern. Dafür hat mein Bruder also durchaus Geld übrig.

Es ist warm genug, um draußen zwischen einer Menge Kübelpflanzen zu sitzen, die den Hinterhof wie einen Garten wirken lassen sollen. Drinnen ist das Buffet aufgebaut. Ted und Sophia haben alles, was es gibt, kunstvoll auf ihre Teller gehäuft und schieben sich gegenseitig Häppchen in den Mund. Ständig reden sie sich mit »Teddybär« und »Sophiamausi« an.

Auf einmal kann ich meine Mutter sehr gut verstehen, warum sie über Tante Liesel und ihren »Herbsischnerbsi« so spottete. Das Getue geht einfach auf die Nerven, besonders, wenn es sich um die eigene Verwandtschaft handelt.

Ab und zu verstellt Sophia ihre Stimme und haucht »Tadä-usch«. Danach wirft sie ihm einen Kussmund zu. Ted gibt für sie den Latin Lover, spricht mit italienischem Akzent, wobei sich sein Wortschatz auf »Mi amore« oder »Bellissima« beschränkt. Normalerweise würde ich ihn darauf hinweisen, dass er sich wie ein Idiot benimmt, aber der Brunch soll eine Geste der Versöhnung sein, also schweige ich.

»Edler Laden, dieses Hotel«, sagt Ted. »War es ja immer schon. Ich weiß gar nicht, ob es in unserer Absteige überhaupt Frühstück gibt.«

»Ist es echt so schlimm?« Ich gehe im Geiste die miesen Bewertungen im Internet noch mal durch. Neben der fleckigen Bettwäsche will jemand auch eine benutzte Unterhose unterm Bett gefunden sowie ein Bündel Haare im Waschbecken entdeckt haben. Manche Menschen machen sich auch regelrecht einen Sport daraus, Horrorgeschichten zu erfinden, um ihre negative Bewertung zu unterfüttern. Wer weiß also, ob es stimmt.

»Es ist schon okay, Toschki«, beruhigt mich Ted. »Nicht gerade Luxusklasse wie hier, aber danke, dass du für mich eingesprungen bist.«

»Immer wieder gerne, Teddyboy.«

»Tut mir leid, dass ich gestern so ausgeflippt bin.«

»Längst Schnee drüber gewachsen.«

»Gras«, lacht er.

»Schnee, Gras, egal, Hauptsache Schwamm drüber. Wir müssen einfach bis Dienstag durchhalten. Alles lockerer nehmen.«

»Wenn das mal so einfach wäre.«

Ted weiß, dass ich genau wie er das Gegenteil von Lockerheit bin. Er tätschelt mich brüderlich am Oberarm.

Wir blicken zu Ron und Sophia, die sich nun angeregt unterhalten. Seit sie weiß, dass er der Sohn von Margaux Lipinski ist, sind sie in einen regen Austausch über Klavierlehrer und deren Sonderlichkeiten vertieft. Er hat ihr bereits die Geschichte von seinem kleinen Finger, der immer taub wurde, berichtet, was mir einen leichten Stich verpasst hat, weil ich nun überlege, ob er das jeder Frau erzählt.

Ted und ich lassen den gestrigen Abend noch mal Revue passieren und ziehen über die bucklige bayerische Verwandtschaft her.

»Gab übrigens noch einen Vorfall.« Ich warte ein paar Sekunden, um die Spannung zu erhöhen. »Jan will heiraten.«

»Gratulation.«

»Du hättest Willys Gesicht sehen sollen.«

»Kann ich mir vorstellen.«

»Mama hätte sich bestimmt gefreut, dass ihr Enkel heiratet.«

»Hast du seinen Zukünftigen schon kennengelernt?«

»Nein, er hat ihn nicht in die Wirtschaft mitgenommen.«

»Klug von ihm.«

»Sein Freund ist bestimmt jung und schön.«

Ted lacht. »Meine Freundin auch, jung und knackig, wie ich es mag.«

Ich rolle mit den Augen.

Er greift Sophia um die Taille, die sich davon aber nicht unterbrechen lässt, sondern weiter mit Ron spricht.

»Du bist furchtbar«, sage ich. »Ein richtig alter Lustmolch. Mit Betonung auf alt.«

»Alter ist nur eine Zahl.«

Ich ignoriere die Bemerkung einfach. »Jan hat die Jukebox wiederentdeckt. Sie ließ sich sogar noch einschalten, und er hat ausgerechnet das Lied ausgesucht, bei dem sich meine Eltern kennengelernt haben. Weißt du noch?«

Ted überlegt. »›Der weiße Mond von Barbados‹ oder wie das hieß?«

»Nein. ›Tu vuò fà l'americano‹.«

»Ach das«, sagt Ted. »Ich erinnere mich dunkel.«

Es gibt mir einen Stich, dass dieses Lied in Teds Erinnerung offensichtlich keine so große Rolle spielt wie in meiner. Er hat es doch immer für mich gespielt. Aber es waren natürlich nicht seine Eltern, die sich dabei kennenlernten.

»Sepp gibt die Jukebox übrigens nicht her.«

»Das alte Ding?«

»Ich würde sie gerne haben, aber Sepp will sie nicht rausrücken.«

»Ja klar, weil sie noch was wert ist.«

»Er behauptet, Mama hätte nicht gewollt, dass er sie weggibt.«

Ted lacht höhnisch. »Die Jukebox bringt bestimmt noch zehntausend Euro oder so.«

Das kommt mir ein bisschen viel vor. »Ron?« Ich zupple an Rons Arm, aber er reagiert nicht gleich, weil er in seine Unterhaltung mit Sophia vertieft ist. »Ron«, sage ich einen Tick lauter. »Können wir deinen Freund fragen, wie viel die Jukebox noch wert ist?«

»Jetzt gleich?«

Wie immer klingelt mein Handy im ungünstigsten Moment, und ich gehe ran, bereue es aber sofort, als ich die rostige Altherrenstimme von gestern wieder höre.

»Wer ist da bitte?«, schreit dieser Kuntze.

»Tosca Schierlinger.«

»Die Tochter von Ella Novak?«

»Ja.«

»Hier Kuntze mit tz. Der Freund Ihrer Mutter.«

»Ich weiß.«

»Ich wollte Ihnen nur sagen, dass ich zur Beerdigung komme.«

»Gut zu wissen.«

»Eine Sache ist da allerdings noch.«

»Was denn?«

»Die Moneten, die ich Ella gegeben habe.«

»Welche Moneten?«, wiederhole ich laut. Allein wegen dieses furchtbar altmodischen Wortes ernte ich neugierige Blicke.

»Vielleicht ist Ihre Mutter vor ihrem Tod nicht dazu gekommen, Ihnen was zu sagen. Ich habe ihr in gutem Glauben einen Haufen Geld gegeben, und das hätte ich jetzt gerne zurück.«

»Um was für eine Summe geht es denn?«

»Darüber kann ich am Telefon nicht reden.«

»Und wieso haben Sie ihr diese Moneten gegeben?« Kaum zu glauben, dass ich das Wort jetzt auch noch mal benutzt habe. Der Mann ist doch ein Spinner.

»In gutem Glauben habe ich es ihr gegeben.«

»Das haben Sie schon gesagt. Wissen Sie was, am besten, Sie rufen meinen Bruder Willy an und klären das mit ihm. Seine Nummer steht im Telefonbuch.« Er hat auch noch einen Festnetzanschluss.

»Gut. Das werde ich tun.«

Problem gelöst. Als ich aufgelegt habe, blicken mich die drei am Tisch neugierig an.

»Wer war das denn?«, fragt Ted. »Und um was für Moneten ging es?«

»Das war wieder dieser Horst Kuntze. Mit tz. Er behauptet, er hätte Mama Geld gegeben, das er zurückhaben will. Ein merkwürdiger Kerl.«

»Vielleicht versucht er den Enkeltrick?«

Ich blicke Sophia irritiert an. »Er hat sich doch nicht als Enkel ausgegeben, dafür wäre er auch etwas alt.«

»Ein Trickbetrüger kann er trotzdem sein«, beharrt sie.

»Wenn sie irgendwo Geld gebunkert hat, verstehe ich, warum Willy mich auf keinen Fall in die Wohnung lassen wollte«, sagt Ted.

»Der Kuntze wirkt auf mich nicht ganz richtig im Kopf. Sophia hat recht, der will uns bestimmt nur abzocken.«

Ansonsten denke ich mittlerweile, dass die Jukebox vielleicht wirklich wertvoll ist. Ich bin mir nach genauerem Nachdenken allerdings nicht mehr ganz so sicher, ob das Riesentrumm in meine Wohnung passt. Und ob es sich lohnt, sie überholen zu lassen.

»Ich bin gespannt, was dein Freund von der Jukebox hält«, sage ich zu Ron. »Willst du ihn nicht endlich mal kontaktieren?«

»Er braucht bestimmt ein Foto«, antwortet Ted an Rons Stelle. Der nickt. »Das wäre hilfreich.«

»Da muss wohl heute einer von uns in der Wirtschaft vorbeigehen und die Jukebox fotografieren.«

»Ich nicht«, wehrt Ted ab. »Bis zur Beerdigung will ich da bestimmt nicht mehr hin. Das musst schon du machen.«

Ich schüttle den Kopf. »Keine Zeit. Wie du dich vielleicht erinnerst, liegt mein Vater immer noch im Koma, und ich muss mich mit der Pfister in Verbindung setzen.«

»Wer ist die Pfister noch mal?«

Schöne Frau in Öl

Die Pfister steht vor dem Haus und beobachtet Ron und mich, wie wir zwei große Kartons ins Auto packen. Nach dem Brunch habe ich sie endlich angerufen und nachgehakt, was mit ihr los ist. Es hat sich rausgestellt, dass sie den alten Schierlinger nicht mehr will. Falls er je aus dem Koma erwachen sollte, könne er nicht mehr bei ihr wohnen. Das täte ihr leid, aber es ginge einfach nicht mehr mit ihm. Sie hat am Telefon angefangen, alle seine Fehler aufzuzählen, aber die kenne ich ja schon, also habe ich das abgekürzt und gefragt, was ich machen soll. Die Pfister hat mir dann bloß nahegelegt, baldmöglichst seine Sachen abzuholen. Ich wäre mit dem Taxi hierhergefahren, aber Ron hat angeboten, mich in dieses Neubaugebiet zu kutschieren.

Es ist nicht das erste Mal, dass ihn eine Frau nicht behalten will, aber so herzlos, sich zu trennen, wenn er hilflos im Krankenhaus liegt, war noch keine. Bei der Pfister hatte ich große Hoffnungen, dass es funktionieren könnte mit den beiden, als er vor ein paar Jahren zu ihr zog. Sie verwitwet, er geschieden. Beide bayerisch. Sie zehn Jahre jünger als er und Hausbesitzerin. Match made in heaven. Spätes Glück. Da habe ich mich wohl getäuscht.

Die Pfister hat vorhin an der Tür ein paar Sätze übers Wetter gesagt, ihr Bedauern über meinen komatösen Vater ausgedrückt und dann auf die zwei Kisten gedeutet. Es sind nicht mal richtige Umzugskartons. In dem länglichen Paket war vorher ein Staubsauger drin, der andere stammt von einem Versandhandel für Mode. Der muss von ihrer

Schwiegertochter sein, die mit ihrer Familie im Obergeschoss wohnt, denn die Pfister trägt eine beige Hose und eine braune Bluse aus Polyester, die vermutlich in den Siebzigerjahren mal angesagt waren. Was mein Vater je an dieser Frau fand, ist mir ein Rätsel, wo er doch mal mit der polnischen Sophia Loren zusammen war.

Wenigstens hat mein Vater die Pfister nicht geheiratet, sonst hätte diese Person bestimmt längst sein Konto geplündert. Ich gratuliere mir selbst dazu, klug genug gewesen zu sein, ihm beim letzten Krankenhausaufenthalt gut zuzureden, mir eine Vollmacht für seine Bankgeschäfte zu geben. Da hat er mir dann auch gestanden, dass er seinen Bausparvertrag aufgelöst hat, um damit die diesjährige Umgestaltung des Gartens von Familie Pfister zu finanzieren. Wenn nächstes Jahr im Sommer alles blühen und sprießen würde, wollte er rauchend auf einer Bank sitzen und die Ernte genießen. So hat er sich das jedenfalls vorgestellt.

Stattdessen liegt er im Krankenhaus und hat kaum mehr Geld auf dem Konto. Seit seinem sechzehnten Lebensjahr hat er sich den Buckel auf den Autobahnbaustellen krumm gemacht. Seine Rente ist nicht schlecht, aber er hat das Geld mit vollen Händen rausgeworfen und der Pfister vor die Füße geschmissen, da bleibt eben nicht viel übrig.

Die Pfister hat uns bestimmt absichtlich nicht ins Haus gelassen. Vermutlich hat sie Angst, ich würde drinnen nach den Sachen suchen, die mein Vater mitfinanziert hat, den DVD-Player, den Fernseher, die Einbauküche, die Polsterlandschaft und den furchtbaren Wohnzimmertisch mit der Nixe aus Messing, die eine Glasplatte mit bloßen Armen nach oben stemmt.

Die zwei Pappkartons stehen jetzt auf der Rückbank des Autos. Goldbarren dürften keine drin sein, sonst wären die Kartons schwerer. Aber das ist alles, was mein Vater nun hat. Seine Möbel hat er damals zum Sperrmüll gegeben. Seine Klamotten hat die Pfister ins Krankenhaus bringen lassen.

»Ein Leben in zwei Pappkartons«, sage ich mit gedämpfter Stimme zu Ron, obwohl uns die Pfister nicht hören kann. »Wie kann man nur so raffgierig sein. Und das Bild fehlt natürlich auch. Ein Ölgemälde meines Vaters.«

»Vielleicht ist es in einer der Kisten?«

Ich schüttle den Kopf. »Dafür ist es viel zu groß.«

Das Gemälde hing früher im Schlafzimmer meiner Eltern. Nach der Scheidung nahm es mein Vater an sich. Ich bin mir sicher, dass er es behalten möchte. Er liebt dieses Bild. Ich darf es der Pfister nicht kampflos überlassen. Also steige ich noch mal aus und gehe zum Haus zurück. Die Pfister steht immer noch da und lächelt, aber zieht ihre rechte Augenbraue ein bisschen hoch.

»Das Bild«, sage ich. »Das hätte ich auch noch gerne.«

»Welches Bild?«

»Das Gemälde.«

»Was denn für ein Gemälde?«

»Die schöne Frau in Öl.«

»Ach, dieses Weib. Das ist weg.«

»Es hing doch bei Ihnen im Haus.«

Die Pfister hatte dafür gesorgt, dass das Bild ein Schattendasein in einer dunklen Ecke fristen musste. Ich bin mir sicher, dass ich es bei einem meiner wenigen Besuche im Hause Pfister gesehen habe.

»Da hast du dich verschaut.«

Meine Stimme wird lauter. »Das Bild soll im Familienbesitz bleiben.«

Die Pfister ist nicht beeindruckt. »Das war doch eh nichts wert. Außer vielleicht der Rahmen.« Interessant, dass sie das so genau vor Augen hat.

»Es hat einen ideellen Wert«, sage ich, aber da zieht sie nur eine Grimasse.

»Weg ist weg«, behauptet sie und wechselt in einen süßlichen Tonfall. »Ich bete jeden Tag für Ihren Vater, dass er wieder gesund wird.«

»Ja, beten Sie ruhig. Hätten Sie ihn mal lieber früher ins Krankenhaus gebracht.«

»Er hat halt ums Verrecken nicht auf mich hören wollen. Sie wissen doch, wie er ist.« Weiß ich, und wenigstens hat sie mit der Duzerei aufgehört.

»Melden Sie sich, wenn Sie das Bild doch noch finden, sonst schalte ich einen Anwalt ein«, sage ich in der kühlsten Stimmlage, zu der ich fähig bin.

Als ich wieder im Auto sitze und Ron den Motor startet, kann ich nicht aufhören zu jammern. »Die Pfister hat meinen Vater ausgenommen wie eine Weihnachtsgans. Und dann rückt sie das Bild nicht raus. Ich möchte sie am liebsten verklagen.«

Vom Beifahrersitz werfe ich einen letzten Blick zurück auf das Pfister'sche Anwesen, das es erst seit zwei Jahren gibt. Vorher haben sie in einem alten Haus an der Landstraße gewohnt. Die Dame des Hauses steht immer noch da und will wohl erst hineingehen, wenn ich ganz sicher weg bin. Sie winkt, aber ich tue so, als ob ich es nicht sehe.

»Wirst du einen Anwalt einschalten?«

»Natürlich nicht. Das wäre viel zu teuer. Das Bild ist ja auch nichts wert.«

»Du hast doch gesagt, es wäre ein Ölgemälde.« Nach ein paar Sekunden dämmert es Ron dann wohl, dass nicht jeder einen Rembrandt oder Botticelli zu Hause hängen hat. »Kunstdruck oder Fälschung?«

»Handgemalt ist es schon. Meine Mutter kannte den Künstler und hat ihm Essen und Getränke spendiert. Dafür hat er ihr ein paar Bilder gemalt.«

»Wie am Montmartre.«

»Fast.«

»Und das Motiv?«

»Kennst du bestimmt. Eine Frau im Trägerhemdchen, dunkle Haare, ein bisschen wie im Film *Der Glöckner von Notre Dame*.«

Ron deutet mit einem Achselzucken an, dass er nicht weiß, welchen Film ich meine.

»Komm, den kennst du doch! Ein Klassiker.«

»Beschreib mal kurz, worum es da geht.«

»Gina Lollobrigida spielt eine Sinti-Frau in Paris, natürlich ist sie wunderschön. Der Glöckner von Notre Dame verliebt sich in sie.«

»Und wer spielte den?«

»Anthony Quinn. Der hat auch den Alexis Sorbas gespielt.« Ich gucke zu Ron, ob er diesen anderen Klassiker der Filmgeschichte auch nicht kennt, aber er nickt. Wenigstens Sorbas ist ihm ein Begriff. »Der Glöckner will Esmeralda retten, aber am Ende sterben sie beide. Sorry, jetzt habe ich dich gespoilert, falls du ihn doch mal schauen willst.«

»Ich glaube, das muss nicht sein. Dein Vater hat also ein Ölbild malen lassen, auf dem deine Mutter als Gina Lollobrigida in dieser Rolle zu sehen ist?« Ja, und sich selbst hat er dann als Glöckner verewigen lassen, bin ich versucht zu sagen, lache aber nur und schüttle den Kopf.

»Nein, mein Vater hat sich bei der Motivwahl eher an diesem klischeehaften Bild einer Sinti-Frau orientiert. Das gab es als Massenware. Hast du vielleicht schon mal auf Trödelmärkten gesehen.«

»Ich glaube, ich weiß jetzt, was du meinst. Dieses kitschige Motiv aus den Fünfzigerjahren, sehr beliebt bei …«

»Beliebt in kunsthistorisch nicht allzu bewanderten Kreisen«, vervollständige ich seinen Satz. »Genau das meine ich. Mein Vater hat es als Ölbild in Auftrag gegeben und meiner Mutter zum Geburtstag geschenkt.«

»Was für eine schöne Idee.«

»Sagst du. Meine Mutter hat das Bild nicht leiden können. Sie fand, dass die Frau auf dem Bild ihr überhaupt nicht ähnlich sah.« Außerdem war ihr das Oberteil zu weit ausgeschnitten. Der Faltenwurf sah zwar perfekt aus, und unter dem Stoff waren die Brustwarzen nur angedeutet, doch niemals, sagte meine Mutter, niemals würde sie solch ein offenherziges Hemdchen tragen, und selbst wenn, dann hätte sie darunter einen BH an, wie es sich gehörte. Nach ihrer Trennung stritten meine Eltern dennoch um das Bild. Mama pochte auf ihrem Besitz. Geschenkt sei schließlich geschenkt. Mein Vater flehte sie an, ihm wenigstens dieses Bild zu lassen, damit er sie so in Erinnerung behalten könne, wie sie vermutlich auch früher nie war. Am Ende überließ sie ihm die »Frau ohne BH«, damit sie ihn und »dieses Flittchen« nicht mehr sehen müsse.

»Aber wenn es wertlos ist, warum behält die Ex-Freundin es dann?«

Nicht nur Ron ist darüber verwirrt. Welcher Mensch außer der Pfister klammert sich an ein wertloses Ölgemälde, das die Ehefrau eines Mannes zeigt, den man loswerden will?

»Vermutlich ist sie neidisch, weil niemand sie in Öl verewigt hat.«

»Wie lange war dein Vater denn mit ihr zusammen?«

»Die letzten drei Jahre ungefähr. Aber es ist nicht das erste Mal, dass er von einer Frau rausgeworfen wird.«

»Wirklich?«

»Den Anfang hat meine Mutter gemacht. Danach wollte ihn keine mehr dauerhaft behalten. Er hat kein Händchen für längerfristige Beziehungen.«

»Und deine Mutter?«

»Die hatte nach der Scheidung fast ein Happy End gefunden, aber sie wollte den Mann nicht heiraten.«

»Ist das der, den du zur Beerdigung einladen willst, aber dein Bruder nicht?«

»Genau der.«

Da fällt mir ein, dass ich ihn anrufen sollte, damit er überhaupt mal erfährt, dass meine Mutter tot ist. Ich entschuldige mich bei Ron, dass ich schon wieder telefonieren muss, und wähle die Festnetznummer, die ich irgendwann mal eingespeichert habe. Keine Ahnung, ob sie noch gültig ist. Vielleicht ist er auch schon gestorben.

Nach dreimaligem Klingeln meldet Jorgos sich und weiß sofort wieder, wer ich bin. Mir tut es leid, diesem alten Mann vom Tod meiner Mutter zu berichten. Er schweigt zuerst, dann redet er mit belegter Stimme darüber, was für eine wunderbare Frau meine Mutter war, elegant, schön, warmherzig und humorvoll. Die letzten beiden Adjektive erstaunen mich, immerhin hat sie ihn damals kurz vor der geplanten Hochzeit abserviert, aber schließlich habe auch ich vor Rührung Tränen in den Augen. Er verspricht, zur Beerdigung zu kommen. Mir ist egal, was Willy dazu sagen könnte. Jorgos hat jedes Recht, sich von meiner Mutter am Grab zu verabschieden.

»Das klang sehr bewegend, wie du mit ihm geredet hast«, sagt Ron, nachdem ich aufgelegt habe.

Ich tupfe mir die Tränen mit einem Papiertaschentuch ab. »Jorgos ist ein wirklich netter Mann.« Mama hat ihn mir damals erst als »Jürgen« vorgestellt. Willy klärte mich auf, dass »dieser Mann« in Wirklichkeit Jorgos hieß und Grieche war. Meine Mutter hatte vertuschen wollen, dass sie mit »einem Ausländer« zusammen war.

»Fürsorglich war er«, sage ich. »Kochen konnte er. Seine gefüllten Weinblätter schmeckten wunderbar. Er tanzte gerne und ging mit ihr stundenlang in Boutiquen einkaufen. Sie trugen manchmal sogar Partnerlook. Eigentlich war er der perfekte Ehemann für sie.«

»Warum sind sie dann nicht zusammengeblieben?«

Berechtigte Frage.

»Vielleicht war er *zu* perfekt.«

»Nobody is perfect.«

Ich bin begeistert, als Ron das sagt. Das ist ein Zitat aus *Manche mögen's heiß*. »Ich liebe diesen Film.«

»Welchen Film?«

Er hat es wohl eher mit experimenteller Musik als mit Kinoklassikern, und ich hatte schon gehofft, neben unseren überkandidelten Namen hätten wir eine weitere Gemeinsamkeit, einen Film, den auch er so sehr mag, dass er daraus zitiert. Aber er kennt ihn nicht. Schade.

»Das ist aus der Szene am Schluss. Der Millionär, der sich in Jack Lemmon verliebt hat, sagt das, als Lemmon ihm offenbart, dass er ein Mann ist. Den Film müssen wir unbedingt mal zusammen gucken. Jack Lemmon und Tony Curtis spielen zwei Musiker, die vor Gangstern aus dem Chicago der Zwanzigerjahre fliehen müssen. Ist von Billy Wilder.«

»Ah doch, ich ahne, welchen Film du meinst. Ist in Schwarzweiß oder?« Ich nicke und schöpfe wieder Hoffnung, dass Ron doch nicht ganz so unbeleckt in Sachen Hollywood ist.

Die Beziehungsmisere meiner Eltern fasse ich noch kurz in einen Satz zusammen: »Meine Mutter hatte wahrscheinlich Angst, dass es mit Jorgos auch wieder schiefläuft.«

Ich habe es lange Zeit nicht verstanden, dass sie sich so verhalten hat. Sie hatte versucht, meinen Vater zu ändern, und als sie dann in Jorgos jemanden fand, der alle Eigenschaften besaß, die sie an meinem Vater vermisst hatte, ließ sie ihn trotzdem fallen und weigerte sich, ihn zu heiraten.

Meinen Vater habe ich allerdings auch nie verstanden. Er wollte sich nicht ändern, das kapierte ich ja noch, aber dass er so gar nicht auf die Idee kam, das Scheitern seiner Beziehungen könne auch an ihm liegen, fand ich eigenartig. Es gehören doch mindestens zwei dazu. Das sehe selbst ich ein, für die funktionierende Beziehungen letztlich auch eher ein Mysterium sind.

Eine Nachricht meines Bruders unterbricht meine Gedanken. Willy signalisiert mit ein paar Sätzen und vielen unpassenden Emojis, wie dem Affen, der sich die Augen zuhält, eine überraschende Versöhnungsbereitschaft. Er lädt uns zum Abendessen ein. Ich gebe Ron die Info weiter, antworte aber erst mal nicht auf die Nachricht, denn wir sind im Parkhaus angekommen.

»Können wir die Kartons im Auto lassen?«, frage ich.

Auch wenn der Weg zum Hotel nicht weit ist, habe ich keine Lust, sie mitzuschleppen. Vielleicht kann Willy sie erst mal bei sich im Keller unterstellen. Ein bisschen neugierig bin ich aber doch, und deshalb öffne ich die hintere Tür. Beim kleineren Karton hat sich das Klebeband schon fast gelöst. Ich ziehe es ab, und der Deckel geht von selbst auf. Ein Blick genügt, um zu erkennen, dass die Pfister Bücher hineingeworfen hat. Jede Menge alte Bücher. Deshalb war der Karton schwerer als der andere. Da liegen Konsaliks *Liebesnächte in der Taiga* und *Heiß wie der Steppenwind*, *Der Pate* von Mario Puzo, *Papillon* von Henri Charrière, Simmels *Es muss nicht immer Kaviar sein* und noch ein paar andere dicke Schmöker. Die sind alle noch aus seiner Junggesellenzeit.

Meine Mutter hat sich später beschwert, wenn mein Vater Geld für »Schundromane« ausgab, deshalb kaufte er keine teuren Bestseller mehr. Stattdessen beauftragte er mich, für ihn Lesestoff auszuleihen, wenn ich in die Bücherei ging. Ich kannte seinen Geschmack sehr gut. Wichtig war ein männlicher Protagonist, der in einer Männerwelt Abenteuer erlebte und Gefahren überstand, um weibliche Schönheiten zu erobern, die so aussahen wie meine Mutter auf dem von der Pfister konfiszierten Ölbild. Eigentlich bin ich dadurch eine ziemliche Männerversteherin geworden, allerdings in erster Linie für die Altersgruppe meines Vaters, für die Möchtegerncowboys, die in Wirklichkeit ziemliche Romantiker sind.

»Die Bücher sind ein Fall für die Altpapiersammlung«, seufze ich. »Oder ein öffentliches Bücherregal, falls es hier in der Stadt so was gibt.«

»Will dein Vater sie nicht behalten?«

»Ich kann ihn momentan schlecht fragen, aber ich denke nicht, dass er sie jemals wieder lesen wird. Mal sehen, ob im anderen Karton was Nützlicheres drin ist.«

Mit dem Fingernagel löse ich das Klebeband von der Pappe und falte den Deckel auf. Oben liegen Kleidungsstücke. Ein Morgenmantel, der intensiv nach Weichspüler riecht, und weinrot, blau, weiß und silbergrau gestreift ist. Mein Vater hat manchmal gewitzelt, der Mantel habe länger als seine Ehe gehalten. Er stammt noch aus den Sechzigerjahren. Ebenso der blassgelbe Pyjama. Echte Kunstseide. Als Junggeselle ließ es mein Vater eben modisch noch richtig krachen, während er seine Schundromane las. In den letzten dreißig Jahren hat er sich immer mehr zum bayerischen Senior entwickelt. Er trägt je nach Anlass einen Jogginganzug aus Ballonseide mit Adiletten oder Trachtenjanker, Bundhose und einen grauen Tirolerhut mit einem Gamsbart dran.

Als ich Pyjama und Morgenmantel hochhebe, sehe ich darunter die Frau mit Diadem und Sektglas in der Hand.

»Das Album!«, rufe ich so laut, dass es im Parkhaus ein Echo gibt. »Von Polydor. Aus der Jukebox.«

Vor Freude küsse ich Ron überschwänglich. Meine Laune hat sich schlagartig gebessert. Ich nehme das Album vorsichtig aus der Kiste. Es riecht nach Staub und Keller und liegt wie ein dickes Baby aus Plastik auf meinen Armen.

»Das nehmen wir mit ins Hotel.« Und dann füge ich hinzu: »Sag bitte heute Abend nichts von dem Album, wenn wir bei Willy sind.«

Falls er die Geheimniskrämerei merkwürdig findet, lässt sich Ron zumindest nichts anmerken.

Willkommen in Mittelerde

Mein Bruder Willy und seine Frau Marija frönen einer Art Schuhfetischismus, den man ihnen angesichts ihres sportlich-unauffälligen Äußeren auf den ersten Blick gar nicht zutrauen würde. Im engen Flur ihres Reihenhauses stehen zwei Holzregale mit Kartons, auf die Polaroidfotos geklebt wurden. Sie dokumentieren den jeweiligen Inhalt. Barfußschuhe von Willy (fünf Paar), seine Trekkingsandalen (drei Paar), seine Laufschuhe (sechs Paar), Marijas Stiefel (zehn Paar), elegante Sandalen (elf Paar), sportliche Sandalen (zwei Paar), Pumps (mindestens zwanzig Paar) und die Sneakers von beiden (jeweils zehn Paar). In einem kleineren Regal warten Lammfellpuschen in allen Größen darauf, von den Gästen angezogen zu werden.

Das ist ein wichtiger Bestandteil der polnischen Gastfreundschaft, die sehr ritualisiert abläuft. Marija duldet keine Gäste ohne Hausschuhe. Auf keinen Fall möchte sie das Risiko eingehen, dass jemand sich an den Füßen verkühlt. Ausreden wie eine völlige Unempfindlichkeit gegen Bodenkälte oder tiefes Mitleid mit den Lämmchen, denen ihr Fell abgezogen wurde, lässt Marija nicht gelten. Die Tiere sind sowieso tot, kalte Füße sind viel schlimmer, lautet ihr Credo.

Der einzig akzeptable Grund, Hausschuhe abzulehnen, ist, eigene Schuhe mitzubringen. Da ich jedoch vergessen habe, die Frotteeslipper aus dem Hotel einzupacken, tragen Ron und ich nun polnische Folklorepuschen mit aufwendigen Stickereien. Sie machen einen unattraktiv breiten Fuß, und die Ledersohle ist extrem rutschig. Um nicht zu stolpern, schlurfen wir mit hängenden Schultern ins Esszimmer, wo die anderen Gäste schon warten.

Sepp, Ted und Sophia sitzen am festlich gedeckten Tisch. Aus Neugier blicke ich auf ihre Füße und stelle befriedigt fest, dass niemand Marijas Gastfreundschaft entkommen ist.

»Willkommen in Mittelerde«, sagt Ted. Er hat recht, wir sehen alle aus wie Hobbits, aber außer uns beiden versteht niemand diese Anspielung oder findet sie lustig.

»Psst!«, flüstere ich meinem Bruder ins Ohr. »Wir wollen doch, dass der Abend harmonisch bleibt.« Ich drücke ihm ein Küsschen auf die Wange. »Schön, dass ihr gekommen seid.«

»Ich bin nur wegen dem Essen da«, stellt Ted klar.

Noch bevor ich mich setzen kann, klingelt es, und nach ein paar Minuten kommen Jan und sein Zukünftiger herein. Er stellt ihn uns als Malik vor. Sein Freund ist sichtbar jünger als mein Neffe. Jan hat die sportliche Drahtigkeit seines Vaters und die semmelblonden Strohhaare seiner Mutter geerbt. Malik hat lange schwarze Haare, die er sich zu einem Dutt gesteckt hat. Bei Jan lichtet sich der Haaransatz an den Ecken bereits, und er ist brav in die Lammfellpuschen geschlüpft. Malik dagegen hat seine Stiefel angelassen. Wie er geschafft hat, sich den Novak'schen Hausschuhregeln zu widersetzen, ist mir ein Rätsel, spricht aber für eine immense Willenskraft.

Jan überreicht Willy eine Flasche Rotwein. Sie wird auf das Sideboard zu den anderen Gastgeschenken gestellt. Dreimal Rotwein. Wir waren wohl alle nicht sehr einfallsreich.

Die Stühle an den Kopfenden des Tisches sind für Willy und Marija reserviert. Mir gegenüber sitzen Ted und Sophia, neben mir ist Marija, und links von mir kommen

Ron und Sepp. Neben Willy sitzen sein Sohn und dessen Freund.

Ich bemühe mich, Sophia nicht allzu sehr zu mustern, aber ich kann nicht verstehen, warum sie sich dermaßen viel Schminke ins Gesicht schmiert und ihre Augenbrauen wie schwarze Balken nachgezogen hat. Andersherum wirft auch sie mir einen kritischen Blick zu und wundert sich wahrscheinlich, warum ich mir so wenig Mühe gegeben habe, meine Augenringe zu überpinseln.

Willy schwirrt immer wieder vom Tisch in die Küche und bringt schließlich eine Terrine aus Thermoplastik ins Esszimmer. Im Haushalt der Novaks wird zwischen Nutzen und Schönheit abgewogen. Willy ist mehr für Ersteres, Marija für Letzteres zuständig. Die Stickereien auf dem Tischtuch – Blümchen und Sterne – stammen von Marija. Das Geschirr mit Goldrand muss per Hand abgewaschen werden. Es gibt auch noch handbestickte Stoffservietten, die perfekt gebügelt sind. Das vergoldete Besteck war ein Hochzeitsgeschenk, genau wie die Weingläser aus Bergkristall. Eine weitere Regel der polnischen Gastfreundschaft lautet nämlich, dass für die Gäste nur das Beste auf den Tisch gestellt wird. Das gilt erst recht fürs Essen.

»Żur«, sagt Marija und hebt den Deckel der Terrine. »Wie bei Mama Ella.« Bei Żur, das wie »Schur« klingt, handelt es sich um eine Suppe aus gesäuertem Roggenmehl. Sie schmeckt meiner Meinung nach vor allem sauer. Damit niemand verhungert, schwimmen nicht nur Speckstückchen und Kartoffeln in der Suppe, sondern auch Pilze und Krakauer Wurst. Marija wäre eine schlechte Gastgeberin, wenn sie ihren Gästen den Teller nicht fast bis zum Überschwappen füllen würde.

»Ähm, ist das Speck?«, fragt Malik, nachdem ihm der dickflüssige Żur in den Teller geschöpft wurde.

»Nur ganz wenig«, beschwichtigt Marija.

»Ähm, da schwimmt auch Wurst.«

»Kleines Stückchen Wurst, wirst du nicht gleich sterben!«

Marija hat erst Deutsch gelernt, als sie nach der Heirat zu Willy und nach Bayern zog. Da war sie über dreißig Jahre alt und galt in ihrer Familie und auch in meiner als alte Jungfer, die großes Glück hatte, meinen Bruder gefunden zu haben. Meine Mutter hatte sogar Bedenken, ob Marija nicht einfach nur per Heirat nach Deutschland wollte, aber letztlich war sie froh, dass Willy, der ebenfalls als Ladenhüter galt, doch noch jemanden gefunden hatte. Marija war in Polen Chemielaborantin und hat es nicht so mit Sprachen. Ihr Deutsch weist zwar sogar eine bairische Färbung auf, aber sobald sie sich ärgert oder aufgeregt ist, vereinfacht sich ihr Satzbau.

Jan wirft seiner Mutter einen Blick zu, der sie an ihre gastgeberischen Pflichten mahnen soll. Der Gast ist bei Marija König, aber nur, solange er nicht versucht, sich der Bevormundung durch die Gastgeberin zu entziehen und auf Lammpuschen zu verzichten. Oder wenn er denkt, dass nicht gegessen wird, was auf den Tisch kommt.

»Warum du isst kein Fleisch?«, fragt sie.

»Weil ich nichts esse, das Augen hat«, antwortet Malik.

»Hast du auch Schuhe mit Leder an.«

»Meine Stiefel sind vegan. Das ist kein echtes Leder, sondern Plastik.«

»Plastikschuhe!«, sagt Marija. »Kriegt man Stinkefüße.«

Sepp nutzt die Gelegenheit und schließt sich dem Verhör an.

»Bist du Moslem?«

»Nö«, antwortet Malik genervt. »Ich bin nicht religiös und lebe aus ethischen Gründen vegan. Sonst noch Fragen?«

»Kommst du aus Berlin?«

»Ja, woher denn sonst? Ich lebe da.«

»Und deine Eltern, woher kommen die?«

»Mein Vater ist gebürtiger Berliner. Meine Mutter ist zum Studieren nach Berlin gezogen.« Malik rollt mit den Augen. Das kann ich gut verstehen. Mein Bruder scheint es allerdings nicht zu bemerken.

»Wo kommt deine Mutter denn her?«

»Aus Stuttgart.«

»Aber …«

»Tut mir leid, dass ich die Suppe nicht essen kann«, sagt Malik, wendet sich demonstrativ von Sepp ab und blickt zu Marija. »Ich habe meine Prinzipien.«

Die hat Marija allerdings auch. »Musst du warten. Mach ich dir später Nudeln.«

»Schieb mir den Teller rüber«, flüstert Sepp und gießt sich den Żur von Maliks Teller in seinen eigenen. Dann beginnt er schnell die zweite Portion zu löffeln. Kaum ist sein Teller wieder leer, bekommt er von Marija eine weitere Ladung Suppe. Selbst schuld. Er kennt das Spiel.

Mama war als Gastgeberin nicht viel anders als Marija und nahm es persönlich, wenn Gäste es wagten, nicht genug zu essen. Wir, ihre Kinder, haben diverse Überlebensstrategien im Umgang mit der polnischen Gastfreundschaft entwickelt. Sepp macht es sich leicht und isst einfach alles auf, ohne Rücksicht auf sein Übergewicht und den erhöhten Blutdruck. Willy ist sportlich und kann viel essen, ohne zuzunehmen. Er ist ein Naturtalent, sonst hätte seine Ehe wohl auch nicht so lange gehalten. Ted behauptet meistens, auf seine Linie achten zu müssen, und lässt Spott an sich abprallen. »Bist du doch alt, brauchst du nicht mehr dünn sein«, pflegt Marija nämlich auf seine Ausrede zu erwidern. Mama versuchte es eher mit passiv-aggressiven Klagen: »Jetzt bin ich den ganzen Tag in der Küche gestanden, und dann isst du nichts! Was soll ich mit dem vielen Essen machen! In den Müll schmeißen?«

Bei mir weiß jeder um meinen empfindlichen Magen. Den habe ich seit meiner Kindheit. Ich vertrage bayerisches und polnisches Essen nicht gut, und schon gar nicht in diesen riesigen Mengen. Als Kind ekelte ich mich vor Knorpeln und Fetträndern. Ich mag Fleisch einfach nicht besonders, was ungünstig ist, weil eben gerade die polnische und bayerische Küche äußerst fleischlastig sind. Es gibt Leute, die sich darüber aufregen, dass ich so langsam esse, aber das war meine einzige Chance, neben all den Problemen, die ich als Teenager hatte, nicht auch noch als Moppel gehänselt zu werden oder eine Essstörung zu entwickeln.

Ich hätte Ron vorher über all diese Regeln der polnischen Gastfreundschaft aufklären sollen. So denkt er jetzt, es reicht, nach der ersten Portion Żur freundlich die Hand über den Teller zu halten und zu behaupten, er wäre satt. Damit kommt er bei Marija nicht durch.

»Bisschen Suppe, bist du doch ein Mann«, sagt sie und hält den Schöpflöffel wie eine Waffe in der Hand.

»Ich esse ehrlich gesagt auch nicht so gerne Fleisch«, wagt Ron zu sagen.

»Ist nur bisschen Speck.«

»Ich bin Vegetarier.«

Seine Hand zieht er schnell wieder weg, damit ihm die heiße Suppe aus dem Thermoplastik nicht die Haut verbrüht.

»Bald ist Winter, braucht man Reserven.«

Auch das eine eiserne Regel: Der Gast wird behandelt wie ein Zweijähriger. Immerhin füttert Marija ihn nicht Löffel für Löffel, obwohl ihr das zuzutrauen wäre, wenn er noch weitere Bedenken äußert.

»Warum hast du nicht gesagt, dass er isst kein Fleisch?«, fragt mich Marija, als sie wieder auf ihrem Platz sitzt.

»Ich wusste das nicht.«

Nur weil Ron und ich miteinander im Bett waren, frage ich doch nicht sofort, welche Vorlieben beim Essen er hat.

Als Hauptgericht gibt es passenderweise auch noch Rindsrouladen. Ebenfalls zum Gedenken an Ella Novak. Meine Mutter beherrschte neben der polnischen Küche natürlich auch die bayerische Küche. Als Wirtin einer Gastwirtschaft und Ehefrau meines Vaters, der keine ausländischen Gerichte aß, schon gar nichts Polnisches, blieb ihr nichts anderes übrig.

Malik bekommt ein Ersatzgericht. Ron bittet ebenfalls um Nudeln mit Tomatensoße. Wenn er eine Ahnung von den Regeln polnischer Gastfreundschaft hätte, würde ihm Marijas Seitenblick zu denken geben. Sonderwünsche sind möglich, aber gelten als unhöflich. Wir anderen kriegen Rindsrouladen mit Speckfüllung. Als Sättigungsbeilage gibt es Salzkartoffeln mit Dill und Rotkohl, der in Rotwein gekocht und mit Nelken gewürzt wurde.

Die Rouladen sind butterweich, die Unterhaltung eher zäh. Nachdem Malik und Jan auf Teds Frage hin erzählt haben, wie sie sich kennengelernt haben – bei einem Festivalbesuch –, ist dieses Gesprächsthema bald erschöpft. Meine Brüder schweigen vor sich hin. Ron und Jan tauschen sich über die Jukebox aus, rätseln, wie lange solche Musikboxen noch in Gastwirtschaften im Einsatz waren. Sophia und Malik beteiligen sich an der Diskussion, und alle vier tauchen in ein Gespräch über Musik ab.

Marija und ich, die wir ein bisschen isoliert am anderen Tischende sitzen, tun uns schwer, zu zweit einen eigenen Gesprächsfaden zu finden. Zwischen uns stehen viele Fettnäpfchen, bereit zum Reintreten. Sie ist gläubige Katholikin und hat von ihrem Idol, Karol Wojtyla, ein Bild am Treppenaufgang hängen. Für mich war das der Papst, der es Mädchen untersagte, zu ministrieren. Ich halte die jungfräuliche Geburt Mariens für ein Märchen und Homosexualität nicht für eine Sünde, sondern glaube, dass der liebe Gott die LGBTQIA+ Community besonders lieb hat. Marija hat geweint, als ihr Jan mitteilte, er liebe Männer, und es ist vermutlich schon eine große Leistung für sie, dem veganen Freund ihres Sohnes kein Kruzifix vor die Nase zu halten.

Als sie mich nach einer langen Schweigepause fragt, wie es meinem Vater geht, bin ich erleichtert, denn über Krankheiten kann man mit Marija gut reden.

»Er liegt immer noch im Koma. Der Arzt hat heute Nachmittag gesagt, die Blutwerte sind nicht gut.«

»Traurig. Traurig. Dein Vater. Mama Ella tot. War sie immer so tapfer. Hat sie überlebt den Krieg, den Hunger, die Flucht, die Scheidungen, das Corona, und nun sie wird überfahren. Traurig. War sie beste Schwiegermutter, die ich mir kann wünschen.«

Das klingt fast nach posthumer Heiligsprechung. Dabei gab es zwischen den beiden durchaus Reibungspunkte. Mama hatte zu Willy nämlich mal gesagt: »Warum willst du eine Polin heiraten! Findest du keine Deutsche?« Das nahm Marija Mama jahrelang sehr übel. Erst nachdem die Zwillinge geboren wurden, kamen sie sich näher. Aber als Marija später Mama bat, Jan wegen seines flatterhaften Lebens in Berlin auch mal ins Gewissen zu reden, wurde sie mit den Worten abgekanzelt: »Marija, wir leben hier nun mal in Deutschland, und da ist es normal, dass nicht jeder heiratet. Schau Tosca an, die hat auch keinen Mann. Jan möchte keine Frau. In Berlin ist das eben so. Du musst mal ein bisschen moderner werden. Wir sind hier nicht in deinem Polen.«

Vermutlich würde Mama sich, säße sie mit am Tisch, glänzend mit Malik und Jan unterhalten, und am Ende würden sie Zarah-Leander-Lieder singen und mit Federboas um den Hals herumtänzeln, wenn es im Hause der Novaks Federboas gäbe. Jan war immer schon ihr Liebling.

»Hab ich Mama Ella immer Mehl für Żur aus Polen mitgebracht«, fährt Marija mit der Heiligsprechung fort. »Haben wir zusammen gekocht. Hat sie immer gesagt, bist du wie eine Tochter für mich! Und dein Żur ist besser als meiner.«

Mir gegenüber hat Mama heimlich betont, dass Marijas Żur viel zu sauer sei. Kein Wunder: »Marija kommt eben aus dem Osten!« Mit Osten war der Teil Polens gemeint, der an der Grenze zur Ukraine liegt. Mama dagegen stammte mehr aus dem Westen Polens. »Bei uns kochte man ganz anders als im Osten.«

»Warum fährst du nicht mal selbst mit Willy und Marija nach Polen?«, habe ich Mama oft gefragt.

»Was will ich im Osten?«

»Dann fahr eben in deine Heimat nach Schlesien.« Dort hat sie mit ihrem Mann und den zwei ältesten Söhnen gelebt, bevor sie nach Bayern zog.

»Schlesien ist nicht meine Heimat«, beendete Mama solche Diskussionen.

Sie kam aus einem kleinen Nest irgendwo bei Posen. Ihre Familie hatte sich da mal vor Jahrhunderten angesiedelt. Nach dem Krieg wurde sie, kaum volljährig, von ihrer Familie getrennt und landete allein in Schlesien. Ihre Geschwister und die Eltern kamen als Flüchtlinge in die Oberpfalz.

»Ist so traurig und furchtbar.« Marija tupft sich die Augen.

Ich nicke. »Beides furchtbar. Der Tod von Mama und das Koma von meinem Vater.«

»Wir besuchen deinen Papa.«

»Wie lieb.«

»Ich habe gesagt zu Willy, ist der Mann doch dein Stiefvater, hast du keinen anderen. War sie so liebe Schwiegermutter, und niemand kann kochen wie Mama Ella.«

»Ihr Schweinsbraten war einmalig«, stimmt Sepp zu. »Und erst ihre Reiberknödel! Da haben sich die Gäste in der Wirtschaft die Finger danach geleckt und gesagt, das glauben wir nicht, dass das eine Polin so hinkriegt. Der alte Schierlinger hat sie doch sowieso nur deswegen geheiratet, weil sie so gut gekocht hat.«

»Da irrst du dich aber gewaltig«, sage ich. »Erstens hat sie doch sagenhaft gut ausgeschaut, und zweitens lag es nicht am Schweinsbraten mit Kartoffelknödel, dass er sich in sie verliebt hat.«

»Woran denn sonst?«

»An der Sauren Lunge natürlich.«

Sepp lacht. »A Sauers Lingerl hoaßt des bei uns. Das hat der Schierlinger aber gar nicht so gerne mögen. Saures Lingerl war das Lieblingsessen vom schönen Luggi.«

Gibt es Sauers Lingerl à la polonaise, wird der Gast oft sehr nervös

Ella Novak übergoss den Schweinebraten im Ofen noch mal mit Bier, bis es zischte. Als Nächstes mussten die Semmelknödel und die Reiberknödel fertig gemacht werden. Die würden nachher ins siedende Wasser wandern. Zwei ihrer Arbeitskräfte waren heute leider ausgefallen. Ihr Kellner, Herr Latzke, hatte morgens angerufen und sich wegen einer Magen-Darm-Geschichte krankgemeldet. Ellas Mutter, die sonst am Wochenende oft in der Küche mithalf, lag angeblich mit einer Gallenkolik darnieder. Und das, wo doch heute am Sonntag Hochbetrieb in der Wirtschaft war!

Nur Margot, die treue Seele, war da und formte mit Ella zusammen aus der Teigmasse Semmel- und Kartoffelknödel.

»Wenn mir das früher in Polen jemand erzählt hätte, dass ich später mal in Bayern im Wirtshaus stehe und Schweinebraten mit Knödel kochen werde, ich hätte dem einen Vogel gezeigt«, sagte Ella zu ihrer Freundin. »Knödel aus rohen Kartoffeln! Die haben wir dort gar nicht gekannt. Ich esse bis heute lieber Pellkartoffeln mit Quark oder eine Hühnerbrühe mit Suppennudeln. Die Bayern wissen nicht, was gut ist.«

»Ich schon«, beteuerte Margot. »Mir schmeckt deine Hühnerbrühe auch. Wo hast du überhaupt so gut kochen gelernt?«

»Na, wo schon«, sagte Ella. »Bei meiner Mutter. Ich

musste als Älteste auf unserem Bauernhof in Polen immer mithelfen, im Stall und in der Küche. Und später kam das Pflichtjahr, da musste ich auch ständig kochen und putzen. Also Köchin wollte ich auf keinen Fall werden.«

»Was denn dann?«

»Hebamme.« Ella kicherte wie ein Schulmädchen. »Die Hebamme ging bei uns ein und aus, so oft, wie meine Mutter im Wochenbett lag. Die Frau ließ sich von niemandem was sagen. So wollte ich auch werden. Aber meine Mutter hat mir das ausgeredet.« Kurz verfinsterte sich Ellas Blick. »Meine Freundinnen haben immer zu mir gesagt, du wirst mal Filmstar, Ella. Bei deinem Aussehen! Sogar einen Künstlernamen haben sie sich für mich ausgedacht.«

Margot stimmte in ihr Lachen ein. »Welchen denn?«

»Helene von Engel.«

»Des hätt doch gut gepasst zu dir!«

»Eigentlich sollte ich ja auch Helene getauft werden, aber mein Vater hat vor lauter Freude, dass er nach zwei Söhnen endlich eine Tochter bekommen hat, zu viel getrunken, stell dir vor, auf dem Standesamt ist ihm der Name dann nicht mehr eingefallen. Da hat er einfach Ella eintragen lassen. Meine Mutter hat ihm das bis zu seinem Tod nicht verziehen.«

»Ja, so was«, sagte Margot.

Die Frauen arbeiteten eine Weile schweigend weiter, bis Ella den Faden wieder aufnahm. »Mein Vater ist gestorben, als ich noch ganz klein war. Wer weiß, was aus mir geworden wäre, wenn er noch gelebt hätte, vielleicht wäre ich nicht so blöd gewesen, den falschen Mann zu heiraten. Oder ich wäre wirklich Schauspielerin geworden.« Sie seufzte aus tiefem Herzen. »In der Jugend hat man noch Träume, und dann wacht man eines Tages auf, ist geschieden mit drei Söhnen und wird Wirtin.«

»Aber das läuft doch gut mit der Wirtschaft«, versuchte

Margot sie aufzumuntern. »Die Mannsbilder sind ganz narrisch nach dir. Du könntest an jedem Finger zehn Stück haben. Mich will keiner.«

Ella hatte tatsächlich bereits mehrere Heiratsanträge erhalten, seit sie die Wirtschaft führte. Margot dagegen war zwar eine liebe Person, aber hatte es schwer, einen Mann zu finden. Sie hätte sich allerdings auch ein bisschen mehr Mühe mit ihrem Äußeren geben können. Das hatte Ella ihr schon ein paarmal gesagt. Ein bisschen Lippenstift auftragen oder wenigstens ein schickes Kleid anziehen. Sogar Margots Speckrollen ließen sich durch einen guten Schnitt kaschieren, das war doch nicht so schwer. Wenn die Freundin bloß nicht immer diese Rollkragenpullis zu grauen Faltenröcken anziehen würde! Damit wirkte sie noch plumper und kleiner, als sie ohnehin schon war. Eine neue Frisur, die rotblonden Haare toupieren, bloß nicht dieser Topfschnitt mit Ponyfransen! An der Brille ließ sich nichts ändern, aber vielleicht ein schickeres Modell. Optisch war bei Margot noch ordentlich Luft nach oben.

Die Freundin legte die Reiberknödel auf einem Brett bereit, Ella machte dasselbe mit den Semmelknödeln. Bald würden sie die Knödel in die großen Töpfe mit Salzwasser geben. Im Ofen brutzelte der Schweinebraten, auf dem Herd köchelten in weiteren Töpfen die Saure Lunge in brauner Soße, das Rotkraut mit Nelken und Rotwein sowie das Sauerkraut mit einem Stück Wammerl obenauf langsam vor sich hin. Die Lunge ließ sich tagelang immer wieder aufwärmen, dann schmeckte sie sogar noch besser. Die Knödel durften jedoch nur im Wasser ziehen, sonst verkochten sie und wurden matschig.

Momentan war Frühschoppenzeit. Normalerweise kümmerte sich Herr Latzke um den Ausschank. Heute musste das Ellas ältester Sohn übernehmen. Jozio hatte seine Lehre als Konditor bereits nach ein paar Monaten hingeschmis-

sen. Bis er was Neues fand, konnte sie ihn hier dringend als Arbeitskraft gebrauchen. Wojciech lernte oben in der Wohnung für die Mittlere Reife. Ihr Jüngster, Tadeusz, räumte die Gläser ab, brachte sie dem Bruder zum Spülen und leerte die Aschenbecher aus. Eigentlich sollte er auch die Tische abwischen, aber das machte er nicht gerne. Er ekelte sich vor dem Spülwasser.

»Ich schau dann mal wieder nach den Gästen«, sagte Ella. »So voll, wie das ist, schafft Sepp das nicht.«

»Ich halt hier die Stellung«, versicherte Margot.

»Du bist die Beste. Ich komm gleich wieder, dann machen wir die Knödel fertig, der Braten ist auch bald durch.«

Ella schob einen der beiden Türflügel beiseite, um in den Gastraum zu schlüpfen. Während es in der Küche nach Braten und Kraut roch, quollen ihr jetzt Zigarettenrauch und Bierdunst entgegen. Das Stimmengewirr wurde ab und zu von lauten Schreien unterbrochen. Am Stammtisch spielten sie Karten. Merkwürdige Worte wie »Drumpf oder narrisch« oder »Gehst oder zoagstma, wosd host!« tönten durch den Raum.

In einer dunklen Ecke saß wie immer Ludwig Schierlinger. Der Sohn des schönen Luggi war schon länger nicht mehr aufgetaucht. Er ging wohl lieber in eine andere Wirtschaft. Nicht, dass es Ella sonderlich interessierte, wo er war, es hatte sie nur gewundert. Verheiratet war der junge Schierlinger jedenfalls nicht. Das hatte ihr der großmäulige Blonde vom Stammtisch sofort gesagt, als sie ihn ganz beiläufig gefragt hatte, ob er wisse, was der Sohn vom Schierlinger eigentlich für einer sei.

»Der Schierlinger Ade, Wirtin?« Der Blonde hatte gegrinst. »Mit dem is nix los, der wohnt no dahoam bei seine Eltern.«

»Was arbeitet der denn?«

Der alte Schierlinger hatte ihr zwar stolz erzählt, dass

sein Sohn Autobahnen in ganz Bayern, Österreich und manchmal weiter nördlich baute, aber das kam Ella komisch vor.

»Der Ade ist meistens auf Montage«, hatte der Blonde ihr erklärt. Als Ella ihn fragend ansah, hatte er hinzugefügt: »Der arbeitet auf der Baustelle und kommt unter der Woche gar ned hoam, der bleibt da, wo er teert.«

»Und am Wochenende?«

»Da ist er mit seine Spezln unterwegs und muss seinen Rausch ausschlafen. Geh weida, was willstn mit dem Schierlinger, Wirtin! Geh doch liaba mal mit mir aus. Ich zeig dir, wo die Puppen für mi tanzn.«

»Nein danke«, sagte Ella. »Dafür habe ich wirklich keine Zeit.«

Das Angebot, ihr zu zeigen, wo die Puppen für ihn tanzten, wiederholte der Blonde mehrmals. Ella hatte zuerst gar nicht kapiert, was er damit meinte. Ihr Jozio hatte sie dann aufgeklärt: »Mama, der meint nackte Frauen in Nachtlokalen. Das sind dem Loidl seine Puppen. Ein Schwein ist der.« Ella war schockiert gewesen über die Unverfrorenheit dieses Mannes und behandelte den Stammgast von da ab noch kühler als vorher. Wenn es irgendwie ging, ignorierte sie ihn.

»Ich freu mich auf des Saure Lingerl«, sagte der alte Schierlinger, als Ella ihm wie gewünscht ein weiteres Helles brachte. Das leere Glas nahm sie mit. »Wann gibt's denn endlich Mittagessen, Wirtin?«

»Bisschen Geduld brauchen Sie schon noch, Herr Luggi, eine halbe Stunde vielleicht, dann sind die Knödel fertig. Kommt Ihr Sohn eigentlich auch irgendwann mal wieder?«

»Freilich, Wirtin, der kommt und zahlt ois.« Der Alte ließ nämlich viel anschreiben. Das ergab jeden Monat eine hübsche Summe. Ade Schierlinger hatte schon ein paarmal

die Schulden des Vaters beglichen. Er schien es sich leisten zu können.

»Mama!« Ellas Jüngster, Tadeusz, ihr kleiner Tadek, zog an ihrer Kittelschürze.

»Ja, mein Engelchen?«

»Ich war oben Pipi machen, und aus dem Bad ist eine Frau gekommen.«

»Eine Frau?«

»Ja, sie hat gesagt, sie ist eine Tante von Herrn Bachmeier.«

An Herrn Bachmeier hatte Ella ein möbliertes Zimmer vermietet. Er war Anfang dreißig und Vertreter von Miederwaren. Unter der Woche war er meistens auf Reisen, also eigentlich ein sehr angenehmer Untermieter. Sie hatte ihm von Anfang an klargemacht, dass sie Damenbesuch nicht dulden würde. Schließlich konnte sie wegen Kuppelei angezeigt werden, falls sie einem unverheirateten Paar gestattete, gemeinsam in einem Zimmer zu übernachten. Aber Herr Bachmeier nahm Ellas Mahnungen offenbar nicht ernst. Sie würde mal wieder ein Wörtchen mit ihm reden müssen.

»Mama!« Teds Stimme klang bittend und quengelig zugleich. Darin war er ein Meister.

»Ja, ja, mein Engelchen. Die Tante von Herrn Bachmeier.«

»Herr Bachmeier hat gemeint, das bleibt unter uns. Bin ich jetzt ein Verräter?«

»Nein, Tadek, Schätzelchen, das ist richtig, dass du es mir erzählt hast.«

»Mama!«

»Was denn noch? Ich muss in die Küche zurück, Engelchen.«

»Kann ich ein bisschen Geld für die Jukebox haben?«

Ella seufzte. Ihr war es unangenehm, dass ihr Junge die

Gäste oft wegen Münzen für die Jukebox anbettelte. Sie hatte Tadek auch in Verdacht, sich heimlich am Kleingeld zu bedienen, das sie in einem Einmachglas hinter der Theke sammelte. Er war verdächtig oft an der Jukebox und wählte dabei sehr viel mehr Platten aus, als er sich von seinem bisschen Taschengeld leisten konnte.

»Also gut, komm.« Ella zog das Glas hervor und drückte Ted ein paar Münzen in die Hand. »Aber du hilfst danach wieder deinem Bruder!«

»Ja, Mama.« Ted raste sofort zur Jukebox.

Auf dem Weg zur Küche hörte Ella ein Lied, das ihr bekannt vorkam. Der Titel fiel ihr aber nicht ein, und zum Nachdenken hatte sie wirklich keine Zeit. Die Knödel mussten endlich ins Wasser.

Kaum war sie in der Küche verschwunden, sah Ted, wie Ade Schierlinger die Wirtschaft betrat. Er winkte den Männern vom Stammtisch und noch ein paar anderen Bekannten zu und nahm am Tisch seines Vaters Platz. »Ist die Wirtin ned da?«, fragte er.

»Die macht grad das Essen fertig. Glei bringt sie es, des Lingerl«, schwärmte sein Vater. »Mir läuft scho das Wasser im Mei zamm.«

Der schöne Luggi lobte inzwischen auch daheim so oft das Lingerl von Ella Novak, dass es Mutter Josefine neulich zu viel gewesen war. Sie selbst ging natürlich wie jede anständige Frau lieber in die Kirche als in die Wirtschaft, folglich konnte sie Luggis Behauptung nicht überprüfen, war aber der Überzeugung, dass eine Polin ganz bestimmt nicht so gut kochen könne, wie er immer tat. Da Luggi sie aber beharrlich vom Gegenteil zu überzeugen versuchte, hing der häusliche Segen seit geraumer Zeit gewaltig schief, wenn der Luggi seinen Mund nicht hielt.

»Woaßt wos, Babba, heit probier ich auch amal das Lin-

gerl«, sagte Ade. Bei seiner Mama beklagte er sich, wenn es Innereien gab. Der Krieg und die Rationierung waren doch längst vorbei. Er bezahlte ihr einen festen Monatsbetrag fürs Essen, da konnte sie auch mal gutes Fleisch kaufen, nicht immer nur das Billigste vom Billigen. Hirn, Milz, Herz, Magen oder eben auch Lunge. Pfui Deifi. Doch da der Vater gar so von Ella Novaks Kochkunst schwärmte und angesichts der Vorstellung, dass es ihre Hände waren, die den Kochlöffel rührten, war Ade offen dafür, dem Lingerl eine Chance zu geben.

»Da wirst schaugn, Bua, wia da des schmeckt.« Luggi klatschte in die Hände und rief dem kleinen Sohn der Wirtin zu: »Du, Datschi oder wiasd hoaßt, komm amal her zu mir!«

Ted wusste natürlich, was sich den Gästen gegenüber gehörte. Ella hatte ihm eingeschärft, immer höflich zu sein. Er kam von der Jukebox herüber an den Tisch der Schierlingers und sagte in einem sehr erwachsenen Tonfall: »Ich heiße Tadeusz, aber für meine Freunde bin ich der Ted, wie Ted Herold.« Den Spitznamen hatten sich seine Brüder für ihn ausgedacht, weil er so gerne Rock 'n' Roll hörte. Bei Willy waren es die Schulkameraden gewesen, die ihm den Namen verpasst hatten. Wojciech war ihnen viel zu schwer auszusprechen. Und seit Mama die Wirtschaft »Beim Sepp« führte, hatten Ted und Willy den Ältesten der Einfachheit halber auch nur noch Sepp genannt. Das war schließlich die Kurzform von Josef. Nur Mama benutzte noch die polnischen Namen.

»Was wünschen Sie, meine Herren?« Herr Latzke, der früher in Prag in den besten Häusern tätig gewesen war, hatte Ted erzählt, dass man das als Kellner eigentlich so sagte, nur hier im Wirtshaus wäre es wie Perlen vor die Säue werfen, wenn man sich beim Service ein bisschen Mühe gab. Was er damit genau meinte, hatte Ted nicht kapiert, sich aber den Spruch gemerkt.

»Verarschen könn ma uns selba«, feixte Luggi Schierlinger. »Werd fei bloß ned frech, du Datschi, du.« Und dann sagte er zu seinem Sohn gewandt: »Der redt scho genauso wie der Tschechnbeidl daher.« Beide Schierlingers lachten. »Für den Ade bringst a Halbe, für mi a glei no oane, und dann sagst deiner Mama in der Küche Bscheid, dass mei Bua heit a Sauers Lingerl probiern möcht.«

»Wird sofort erledigt, meine Herren!«

Da mussten die Schierlingers schon wieder lachen.

»Was ist das eigentlich für ein komisches Lied?«, fragte Ade den Buben. Die Frauenstimme, die aus der Jukebox erklang, war sehr rauchig und tief. Eine Balalaika war zu hören.

»Das ist die Alexandra«, erklärte Ted.

»Ist die Deutsche?«

»Ich glaub, die ist Russin. Das ist jedenfalls eine ganz neue Scheibe. Der Vertreter war gestern da und hat Platten gebracht. Von den Beatles ist auch was dabei.«

Zu Teds Leidwesen wählten die Gäste im Wirtshaus bevorzugt deutsche Schlager oder Volksmusik. Die Beatles, die Beach Boys, Dean Martin oder Elvis, die er gerne hörte, sollte er auf Anweisung seiner Mutter nicht so oft auflegen, um die Gäste nicht zu stören. Er sparte deshalb für einen eigenen Kofferschallplattenspieler, mit dem er endlich hören konnte, was er wollte, und außerdem hoffte er darauf, zu Weihnachten eine Gitarre geschenkt zu bekommen.

An der Theke gab er seinem Bruder wegen dem Bier für die Schierlingers Bescheid und ging in die Küche zu Margot und seiner Mutter.

Am Tisch der Schierlingers schwärmte währenddessen Luggi weiter von dem sauguadn Lingerl und der Wirtin, und Ades Gedanken begannen zu wandern. Das Lied stimmte ihn seltsam sentimental. Die Stimme dieser Ale-

xandra klang exotisch. Was sie sang, verstand er nicht genau. Irgendwas mit »Jablublubub« und auf Deutsch »ich liebe dich«. Diese Frauen aus dem Osten. Er hatte gelesen, dass sie leidenschaftlich und heißblütig, ab und zu melancholisch, aber vor allem wild und ungezähmt wären, so wie die sibirischen Weiten dieses unermesslich großen Landes.

»Ich versteh ned, wie ein Mann eine so rassige Frau wie die Wirtin hat sitzen lassen«, sinnierte Luggi derweilen. »Also ich wenn a paar Jahre jünger wär und ledig und ned mit der Josefine verheiratet …« Er führte nicht weiter aus, was dann wäre, sondern seufzte und nahm einen kräftigen Schluck Bier, verlor den Faden und kam wieder auf das Essen zu sprechen. »Was macht denn die Wirtin noch so lange? Hoffentlich kommt etz bald mei Lingerl.«

Ade begann sich auszumalen, wie Ella Novak in riesigen Töpfen rührte und sich dann vorm Herd hinunterbeugte, um den Schweinsbraten aus dem Ofenrohr zu holen. Bei dieser Vorstellung wurde ihm ganz heiß.

Absichtlich hatte er die Wirtschaft der polnischen Wirtin in letzter Zeit gemieden. Das Gehabe seines Vaters war schon peinlich genug. Aber er fühlte sich in Gegenwart der Wirtin wie ein Schulbub, dem sie den Kopf gehörig waschen würde, wenn er was Falsches sagte. Er fing doch schon zu stottern an, nur wenn sie ihn fragte, was er trinken wollte.

Heute fühlte er sich lockerer. Er war mit seinen Spezln beim Frühschoppen gewesen und hatte bereits ein paar Halbe intus, allerdings begannen die Bilder in seinem Kopf auch mehr und mehr zu verschwimmen. Er sah zum Beispiel Ella Novak immer noch in der Küche stehen, aber auf einmal trug sie statt der Kittelschürze eine Uniformbluse und ein Käppi mit Hammer und Sichel drauf, wie eine sowjetrussische Kommissarin. Wegen der Affenhitze in der

Küche, die Ade im Gastraum zu spüren meinte, knöpfte sich Ella bestimmt die Bluse auf, um ein bisschen durchzulüften. Darunter trug sie ein Hemdchen, dessen Träger ihr an der einen Schulter herunterrutschte. Gott bewahre, wenn der andere auch noch herabgleiten würde, da stünde sie am Ende oben ohne da. Ade stockte der Atem bei dieser Vorstellung. Er nahm gleich noch einen Schluck Helles, um seinen Kopf zu kühlen.

Der Loidl, das blonde Großmaul vom Stammtisch, hatte Ade oft damit aufgezogen, dass er sich bei den Weibern nichts zutraue und ein Burschi ohne jede Erfahrung sei. Der Loidl tat so, als ob ihm alle Weiber nachliefen, dabei hatte die polnische Wirtin ihn eiskalt abblitzen lassen. Ade fand, das geschah ihm nur recht. Doch auch andere in der Siedlung fragten sich natürlich langsam, warum der junge Schierlinger mit fast dreißig immer noch nicht verheiratet war. Das Gerede war seiner Mama unangenehm, sie hatte mehrfach nachgefragt, ob er denn keine eigene Familie wollte. Doch schon, hatte er geantwortet, aber er hatte eben noch nicht die Richtige gefunden. Bis jetzt.

»Könnt ich einmal nur …«, sang die Russin. Könnt ich einmal nur so ein Draufgänger wie der Loidl sein, dachte Ade. Der holt sich eine Abfuhr nach der anderen von der Wirtin, scheint sich jedoch nichts draus zu machen. Aber gut, der Loidl hatte natürlich seine Puppen in München.

Als die Schwingtür von der Küche zum Gastraum aufging, kam Ella Novak heraus und balancierte auf jedem Arm zwei Teller mit Saurem Lingerl, Rotkohl und Semmelknödel. Bei ihrem Anblick wurde es Ade schon wieder so heiß, wie die Liebesnächte in der Taiga sein mussten. Röte schoss ihm ins Gesicht, aber auch seine Entschlossenheit wuchs, er würde sie endlich fragen. Bei dem Gedanken, sie anzusprechen, wurden seine Hände feucht und fingen sogar an zu zittern.

Ella Novak stellte zwei Teller beim Stammtisch ab, warf dem Loidl einen eiskalten Blick zu und näherte sich dem Tisch der Schierlingers. Ade nahm einen ordentlichen Schluck Bier aus dem Glas, das vor ihm stand. Er redete sich selbst gut zu. Wenn man es genau nahm, war es doch gar nicht so schlimm. Mehr als abzublitzen bei der Wirtin, wie es dem Loidl ergangen war, konnte ihm auch nicht passieren. Blöd war nur, dass er genau davor eine so große Angst hatte, dass ihm schwindlig wurde und ihm das Herz fast aus dem Brustkorb zu springen drohte. So schnell schlug es auf einmal. Jetzt oder nie, dachte er.

Hochbegabte Schlagersängerin

Kaum habe ich zu Ende erzählt, beginnen Marija und Willy auf einmal, hektisch den Tisch abzuräumen und das Geschirr in die Küche zu tragen. Ebenso unvermittelt stehen Jan und Malik auf und sagen, sie müssen los.

»Jetzt auf einmal!«, klage ich. »Hab ich euch so gelangweilt?«

»Der Freund, wo wir übernachten, gibt eine WG-Party«, erklärt Jan. »Der feiert seinen Geburtstag.«

Ich nicke. WG-Party ist sicher besser, als mit der Tante, den Onkeln und den eigenen Eltern herumzusitzen und alten Geschichten lauschen zu müssen. Verstehe schon.

Marija beschwert sich bei der Verabschiedung im Flur noch mal darüber, dass die beiden so wenig gegessen haben und so kurz da waren. Jan sagt was auf Polnisch zu ihr, dann fällt die Haustür ins Schloss.

Ron ist vermutlich der Einzige, der mir überhaupt richtig zugehört hat. Ted und Sophia turteln die ganze Zeit miteinander und stecken die Köpfe zusammen. Sepp starrt allein vor sich hin. Marija und Willy klappern in der Küche mit dem Geschirr.

»Gab es diese Sängerin wirklich?«, fragt Ron.

Ich nicke. »Alexandra war ihr Künstlername.«

»War sie Russin?«

»Nein, Deutsche.«

»Wieso hat sie auf Russisch gesungen?«

»Gute Frage. So genau weiß ich das auch nicht. Sie ist wohl aus dem Osten geflohen. Wie meine Mutter.«

»Woher kam deine Mutter noch mal?«

»Aus der Nähe von Posen.« Ich stupse meinen Bruder an. »Ted, wie heißt das Nest, aus der Mama kommt?« Ted reagiert nicht, sondern küsst Sophia. Dafür antwortet Sepp. »Aus Schlesien kommen wir.«

»Ich meine doch die Gegend, wo Mama geboren und aufgewachsen ist. Wo liegt das genau?«

»Keine Ahnung. So was musst du Willy fragen.«

Der hantiert immer noch in der Küche herum. Marija und er müssen vermutlich ihren Ärger über das frühe Verschwinden ihres Sohnes und dessen Freund abreagieren.

»Warum interessiert dich das überhaupt?«, fragt Sepp. »Du fantasierst dir doch sonst immer alles zusammen, grad, wie es dir passt.«

Sein überheblicher Älterer-Bruder-Tonfall bringt mich sofort auf Hundertachtzig. Demonstrativ wende ich mich ab und sehe Ron an: »Es gab jedenfalls etliche Schlagersänger, die nach dem Krieg so taten, als wären sie Russen. Die Deutschen haben halt immer schon ein merkwürdiges Verhältnis zu Russland. In der Nachkriegsliteratur zeigt sich das ja auch.«

»Nachkriegsliteratur«, mischt sich Sophia unerwartet ein. »An wen denkst du da? Wolfgang Koeppen oder Arno Schmidt?«

Ted kratzt mit den Finger an seinem Weinglas herum. Es ist ein unangenehmes Geräusch und soll vermutlich auf passiv-aggressive Weise seine Langeweile ausdrücken, da Sophia ihm nicht mehr ihre volle Aufmerksamkeit schenkt.

»Ich denke an Konsalik«, sage ich.

»Konsalik«, wiederholt Sophia ungläubig.

»*Liebesnächte in der Taiga* zum Beispiel.«

»Klingt nach Softporno.«

Ich lache. »Kommt auch hin. Deutscher, der sich als Russe ausgibt, verliebt sich in Sowjetkommissarin, sie müssen fliehen, haben aber heiße Nächte in der Taiga.«

»Ist es in der Taiga nicht eher kalt?«, fragt Ron.

»Das weiß ich nicht, ich bin noch nicht dort gewesen. Das ist übrigens eines der Bücher aus der Kiste, die wir heute abgeholt haben.«

»Der Schund der frühen Jahre«, sagt Sophia. »So heißt ein Film über Konsalik und seine Romane.«

Ted küsst sie auf die Wange und blickt sie stolz an wie ein Vater sein hochbegabtes Kind. »Sophia schreibt eine Doktorarbeit. Was hast du noch mal studiert, Sophiamausi?«

»Germanistik.«

»Sophia ist nämlich nicht nur schön, sondern auch wahnsinnig klug.« Ted küsst sie noch mal und grinst.

»Ted hat gesagt, du hast auch mal eine Doktorarbeit geschrieben?«, fragt Sophia und legt den Finger in die Wunde.

»Ich hatte mal angefangen.«

»Das ist ja schade. Warum hast du sie nicht zu Ende geschrieben?«

»Mir ist das Geld ausgegangen.« Das ist die offizielle Version, die ich auch bei Vorstellungsgesprächen präsentiere.

»Worum ging es in deiner Diss?«, fragt Sophia.

»Ach«, wehre ich ab, »das würde die anderen doch nur langweilen.«

»Du kannst ja eine neue schreiben.« Sie kichert. »Zum Beispiel über Konsalik.«

»Dann lieber über Schlager.«

»Das Russlandbild in Schlagertexten der Nachkriegsjahre.« Sophias Vorschlag amüsiert mich, und mir fällt gleich noch ein weiteres verschrobenes Dissertationsvorhaben ein. »Kulturelle Aneignung im deutschen Nachkriegsschlager am Beispiel von Alexandra und Ivan Rebroff.« Sophia und ich lachen. Ted rollt mit den Augen.

»Wer ist Ivan Rebroff?«, fragt Ron. »Klärt mich bitte auf, ich kenn mich in der Welt des Schlagers leider überhaupt nicht aus.« Nicht nur dort. Wahrscheinlich durfte Ron als Kind nicht so viel fernsehen wie ich, das erklärt seine Bildungslücken, wenn es um Kino, Literatur und Schlager geht.

»Da bist du nicht allein, ich kenn den Typen auch nicht«, kommt Sophia ihm zu Hilfe.

»War das der, der immer in Pelzmütze gesungen hat?«, stöhnt Ted. »Ich hätte schwören können, der war Russe.«

»War er nicht, er kam aus Berlin-Spandau«, erkläre ich.

»Na ja, Schlagersänger haben sich immer schon verstellt«, sagt Ted. »Nimm doch Roy Black. Der hieß Ludwig Franz Hirtreiter und liebte Männer. Hat er aber verheimlicht und extra seine Cousine geheiratet.«

»Woher willst du das wissen?«

»Das schließe ich aus seinem Hüftschwung.«

Nun bin ich an der Reihe, mit den Augen zu rollen.

»Ted und ich haben den Film von Rosa von Praunheim über Roy Black im Fernsehen geguckt«, erklärt Sophia.

»Ich wusste gar nicht, dass mein Bruder Bildungsfernsehen schaut.«

»Teddybär ist offen für alles.«

»Nur für Schlager nicht. Die hasse ich«, widerspricht Ted.

»Früher nicht«, sage ich. »Da hast du mich öfter auf der Gitarre begleitet.«

»Weil du mich gezwungen hast.« Ted lacht und schaut Sophia und Ron an. »Sie wollte nämlich als Schlagersängerin in die *Hitparade* kommen.«

»Die *Hitparade* war so eine Sendung im Fernsehen, in der Leute auftraten und Schlager sangen«, erkläre ich Ron.

»Die kenne ich«, sagt Sophia.

»Leider nie gesehen.« Ron zuckt mit den Schultern.

»Das darf doch nicht wahr sein!«, ruft Ted. »Na, dann demonstriere ich euch das mal, wie furchtbar das war.«

Er springt auf, hält sich die Faust als Mikro vor den Mund und redet wie ein Ansager vom Fernsehen. »Guten Abend, meine Damen und Herren, heute von null auf Platz fünf die kleine Tosca Schierlinger aus Bayern. Ein Naturtalent, ein echter Kinderstar, hören Sie einen ihrer selbst geschriebenen Schlager über ...« Er überlegt. »Herz, Schmerz, die Liebe und ihr seltsames Spiel. Für Sie, live bei uns – Tosca Schierlinger!«

Sophia klatscht heftig Applaus, Ron gibt sich ein bisschen verhaltener.

Ted lässt sich zurück auf den Stuhl plumpsen und grinst. »Ja, so war das in den guten alten Zeiten der *Hitparade*. Ich habe Tosca dann auf der Gitarre begleiten müssen, wenn sie für ihren Auftritt üben wollte, der allerdings nie stattfand.« Er schaut mich provozierend an: »Na, komm schon, Tosca, lass mal was hören, das ist deine Chance!«

Drei Rotweinflaschen sind schon leer. Ted hat einiges intus, sonst wäre er nicht so aufgedreht. Ich schüttele den Kopf.

»Sei keine Spielverderberin.«

Da denke ich, na gut, was soll's, und stehe auf, schnappe mir einen Löffel und halte ihn wie ein Mikro. »Zum Gedenken an Konsalik, die Liebesnächte in der Taiga und weitere Werke, die das Russlandbild der Deutschen entscheidend geprägt haben, hier ein Lied von Alexandra.«

Ich räuspere mich, der erste Ton kommt prompt ein bisschen schräg und viel zu hoch heraus. Die Stimmlage von Alexandra ist sowieso zu tief und zu dunkel für mich. Außerdem komme ich nie über die ersten Liedzeilen hinaus. Das war immer schon mein Problem. Ich kann mir keine Texte merken. Deshalb improvisiere ich jetzt und schustere irgendwas zusammen, erfinde völlig neue Zeilen, die mehr oder weniger zur Melodie passen.

»Sehnsucht heißt das alte Lied der Taiga, das sehr gerne

meine Mutter sang, heiß sind all die Nächte in der Taiga, aber nur, wenn man die Liebe und eine dicke Decke fand.« Am Ende komme ich silbentechnisch ins Stolpern.

»Zu-ga-be! Zu-ga-be!«, ruft Ted, als ich fertig bin.

»Also gut, ein weiteres Lied von Alexandra, das im Jahr meiner Geburt herauskam. Es geht um einen Baum und dessen trauriges Schicksal.«

Ich probiere ein bisschen herum, bis ich einen besonders tiefen Ton in meiner Kehle finde. Leider beherrsche ich auch dieses Lied nur lückenhaft und lasse den Refrain enden mit: »Mein Freund, der Baum, ist tot, er starb und ist jetzt wirklich tot.«

»Hab es anders in Erinnerung, aber scheißegal!«, schreit Ted. »Und jetzt noch was über Liebe.«

Also versuche ich mich an dem Liebeslied, das allein wegen der russischen Wörter schwer zu merken ist.

»Ja tjubjulublu heißt: ich liebe dich, ach drei Worte nur, doch unaussprechlich, schöne Melodie, weiß nicht mehr, wie sie geht, doch ein Liebeslied braucht sowieso keinen Text. La-lalala-lalalala …« In den Refrain aus lauter Lalala stimmen die anderen dann wenigstens mit ein.

Ich lasse mich erlöst auf den Stuhl plumpsen. Ted, Sophia und Ron klatschen. Sepp hält sich demonstrativ die Ohren zu. Ted schreit immer wieder: »Zu-ga-be! Zu-ga-be!« Ich zeige ihm einen Vogel. Sophia hält ihm schließlich den Mund zu. Als er es schafft, ihre Hand wegzuschieben, sagt er noch: »Meine Damen und Herren, das war die kleine Tosca Schierlinger mit einem Potpourri aus beliebten Schlagermelodien.«

Dann will er wieder mit diesen blöden »Zu-ga-be, Zu-ga-be!«-Rufen anfangen, aber Marija kommt mit einem Tablett voller Kristallschälchen ins Wohnzimmer zurück. Willy bringt Tassen und eine Thermoskanne. Zeit für Kaffee und Dessert.

Es gibt Makówki. Das ist ein polnisches Schichtdessert aus einer Mohncreme und zerbröckelten und in Milch eingeweichten Hefebrötchen. Das Rezept stammt aus Marijas Familie. Es schmeckt süß und bitter.

Marija holt eine weitere Flasche mit Wein und eine mit einer durchsichtigen Flüssigkeit. Darin ist der polnische Spiritus, den ihr Vater in Polen aus Kartoffeln herstellt. Ob er eine Lizenz hat, weiß niemand. Der genaue Alkoholgehalt ist ebenso unbekannt. Sie gießt ihn in Gläser, und wir müssen anstoßen. »Auf Mama Ella.«

Ich nippe nur. Ron trinkt einen Schluck und schnappt nach Luft. Sophia ebenso. Sepp und Willy nippen ebenfalls nur. Ted gießt sich gleich noch einen zweiten ein. Der will es heute echt wissen.

»Jetzt kann ich es dir ja sagen, Toschki.« Zwischen Teds Zähnen sind Mohnkörnchen zu erkennen. »Du singst grässlich. Ich glaube nicht, dass du es mit deinem Gesang in die *Hitparade* geschafft hättest. Aus dir wäre nie eine zweite Andrea Jürgens geworden. Wir haben dir das immer nur eingeredet.«

»Tut mir leid, dass ich immer wieder nachfragen muss, aber wer ist Andreas Jürgens?«, fragt Ron.

»*Andrea* Jürgens. Ein Kinderstar«, erkläre ich. »Sie hat einen Schlager gesungen, der von ihrem Leben als Scheidungskind handelt.«

»Toscas Vorbild«, sagt Ted lachend. »Meine kleine Schwester wollte einen eigenen Hit schreiben und damit reich und berühmt werden.«

Wahr ist, dass ich damals an Schlagertexten arbeitete und Ted mir versprach, irgendwann die passende Musik zu komponieren. Natürlich hat er sein Versprechen nicht gehalten. Meine Texte wurden allerdings auch nie ganz fertig.

»Mama hat mich gezwungen, dich in dem Glauben zu

lassen«, erzählt Ted und wendet sich verschwörerisch an Ron, als müsse er ihn in ein düsteres Familiengeheimnis einweihen. »Wir wollten Tosca nicht die Hoffnung nehmen, dass sie mal ein Star wird. Sie war doch so zart besaitet.« Dann sieht er mich direkt an. »Mama hat oft gesagt: Wenn *du* Schlagersängerin wirst, dann könnte Margot auch zum Film gehen.«

Ted lacht, als wäre das alles furchtbar lustig, eine amüsante Anekdote aus unserer gemeinsamen Vergangenheit.

»Und dann hat sie noch gesagt, es sei ein Glück, dass du gut in der Schule bist, weil du mit deiner dünnen Stimme nie im Leben Schlagersängerin hättest werden können.«

»Wollte denn Margot zum Film gehen?«, fragt Ron.

»Das ist alles völliger Blödsinn«, sage ich, aber Ted mischt sich sofort ein.

»Margot war pummelig und hat eine dicke Brille getragen. Also die hat ausgesehen ...« Ted legt Zeigefinger und Daumen wie eine Brille an die eigenen Augen. »Glasbausteine waren das. Ein echtes Mauerblümchen. Nie hätte die zum Film gehen können, genauso wenig wie Tosca zur *Hitparade*.«

»Sie war sehr lieb«, sage ich.

»Tosca hatte immer Kleidchen an und eine Zahnspange und einen Mittelscheitel«, fährt Ted ungerührt fort. »Sie sah aus wie einer der Zwillinge aus *Shining*, nur gruseliger und mit Brille. Und gesungen hat sie wie ein Spatz. Aber nicht wie der Spatz aus Avignon, sondern immer Piepiepiep.«

»Der Spatz aus Avignon war eine Sängerin aus Frankreich namens Mireille Mathieu«, kläre ich Sophia und Ron vorsichtshalber auf. Ted könnte ich an die Gurgel gehen. »Jetzt ist aber mal gut«, mahne ich.

Aber mein Bruder kann nicht aufhören. »Oh Gott, wie sie immer mit der Haarbürste im Wohnzimmer gestanden ist.« Er hält sich den Bauch. Da Lachen nun mal ansteckend wirkt, fallen die anderen mit ein.

»Sei doch nicht so humorlos.« Ted stupst mich an der Schulter. Normalerweise würde ich vielleicht sogar mitlachen, aber jetzt entschuldige ich mich und verschwinde im Gästeklo.

Da stehe ich nun vor dem Spiegel und schäme mich, dass die kleine Tosca Schierlinger so naiv war und glaubte, sie würde Schlagerstar in der *Hitparade* werden. Mama saß in ihrem Schaukelstuhl, während ich sang. Ted begleitete mich auf der Gitarre. Ich hatte keinen Zweifel daran, dass Mama an mich glaubte und dachte, aus mir würde mal was werden. Was Großes. Aber hinter meinem Rücken hat sie gelacht. Und Ted war ihr Komplize. Dieser Verräter!

Auf meiner Märchenplatte kullerten die Tränen der Prinzessin als Perlen auf den Boden und machten sie reich, bei mir sind sie nur salzig und tropfen ins Waschbecken. Die kleine Tosca Schierlinger tut mir leid. Sie wollte das alles für Mama tun. Schlagerstar werden, um damit viel Geld zu verdienen, ganz viel Geld, damit Mama nicht mehr in der Wirtschaft arbeiten muss, weil sie eine reiche und berühmte Tochter hat, die in der *Hitparade* auftritt und Applaus bekommt und Platten verkauft. Ja, ihre Stimme war piepsig, und sie konnte sich ihre eigenen Liedtexte nicht richtig merken. Sie wäre vor Aufregung gestorben, wenn sie in einem Fernsehstudio hätte singen sollen, sie wurde ja schon rot, wenn der Mathelehrer sie an die Tafel holte oder die Deutschlehrerin ihren Aufsatz vorlas. Das hätte sie aber alles in Kauf genommen.

»Aus dir soll mal was Besseres werden, du bist die Klügste von meinen Kindern, du kannst Anwältin oder Ärztin werden.«

Das hat Mama zu mir gesagt. Ich habe es ihr echt geglaubt, obwohl ich nichts davon geworden bin. Die Wahrheit ist, Tosca Schierlinger war gar nicht so klug, wie Mama dachte. Immer gab es Klügere als sie, die viel mehr wussten. Selbst ihre Doktorarbeit wurde ja nie fertig.

Ich muss eine einzige Enttäuschung für Mama gewesen sein. Nichts habe ich aus mir gemacht. Eine Heulsuse bin ich. Auf meinen Augen schwimmen die Kontaktlinsen wie kleine Glassplitter in einem Meer aus Salzwasser. Ich kann nicht mehr richtig sehen, alles verschwimmt.

Es dauert eine Ewigkeit, bis der Sturm abebbt und ein bisschen Ruhe einkehrt. Ich tupfe mir kaltes Wasser ins geschwollene Gesicht und versuche, durch meine immer noch verstopfte Nase zu atmen. Da klopft es, und jemand ruft: »Tosca?«

Ich drehe den Wasserhahn zu und öffne die Tür.

Pack verträgt sich

Es ist Ron. Die anderen sitzen im Wohnzimmer, und ich höre sie lachen. Natürlich. Mein Verschwinden ist nicht weiter aufgefallen.

»Ich musste mal allein sein«, sage ich.

»Dein Bruder hat es ein bisschen übertrieben.«

»Bisschen übertrieben ist wohl eher untertrieben.«

Ron seufzt. »Ihr greift euch ständig gegenseitig an. Hast du nicht gesagt, dass Ted dein Lieblingsbruder ist?«

»Im Moment nicht.«

»Er hat zu viel getrunken.«

»Ich weiß.«

»Willst du gehen?«

Ich nicke.

Als wir zurück im Wohnzimmer sind, um uns zu verabschieden, stelle ich fest, dass der polnische Spiritus bei Ted ganze Arbeit geleistet hat. Seine Augen sind glasig. Er klopft Sepp gerade dermaßen fest auf die Schulter, dass ich befürchte, die nächste Rauferei steht ins Haus, aber Sepp schubst die Hand bloß zurück. Es geht offenbar um die Jukebox.

»Such mal endlich ein Foto«, fordert Ted.

Sepp setzt sich seine Lesebrille auf und scrollt durch die Fotogalerie auf seinem Handy, tippt mit seinen dicken Wurstfingern herum und findet eins. Er zeigt es uns. Die Aufnahme ist ziemlich dunkel. Ted ist trotzdem zufrieden.

»Das schickst du jetzt an Ron, und der schickt es an seinen Freund in Berlin, und der sagt uns dann, wie viel sie wert ist.«

»Es ist doch schon so spät«, werfe ich ein, aber das interessiert niemanden. Sepp ist allerdings mit so viel Technik sowieso erst mal überfordert. »Ich weiß doch die Nummer nicht!«

»Sag mir deine«, bietet Ron an. »Dann schicke ich dir eine SMS.« Aber natürlich weiß Sepp seine eigene Handynummer nicht und hat auch keine Ahnung, wie er sie finden soll. Er tippt wahllos herum und wird immer hektischer.

»Das macht einen ja total fertig!«, sagt Sophia und schnappt sich das Handy. Sie fragt Ron nach dessen Nummer, speichert sie bei Sepp ab und versendet dann das Foto. Das dauert nur ein paar Sekunden. Ron leitet das Bild nach Berlin an seinen Freund weiter. In der Runde wird wild spekuliert.

»Viel wird's nicht sein«, behauptet Sepp zum gefühlt hundertsten Mal.

»Das werden wir dann schon sehen, auf jeden Fall wird alles gerecht aufgeteilt. Ich lass mir doch mein Erbe nicht von euch stehlen.« Ted verschränkt die Arme vor der Brust.

»Erbe stehlen«, schnaubt Sepp. »Das musst gerade du sagen.«

»Sepp, ein guter Tipp: Halt die Fresse!«

»Die Jukebox kriegst du nur über meine Leiche.«

»Das wäre kein Problem.«

»Arschloch.«

»Selber Arschloch.«

Ron hat leider recht. Meine Brüder und ich haben den Hang, uns gegenseitig fertigzumachen. Stundenlang könnte das mit dem Beschimpfen zwischen den beiden noch weitergehen, aber Willy spricht ein überraschendes Machtwort. »Hört endlich auf. Wenn überhaupt, dann kommt die Jukebox sowieso zu Marija und mir!«

»Wo wollt ihr die denn hinstellen?«, fragt Ted. »In euer

Spießer-Reihenhaus? In dieses spießige Esszimmer hier? Oder in das spießige Kinderzimmer?«

Bei jeder Wiederholung des Wortes »spießig« wird seine Spucke als Aerosol in die Luft versprüht, selbst Sophia rückt ein Stück von ihm weg. Sie streckt den Arm nach ihm aus und streichelt ihn an der Schulter, als ob sie ein Pferd striegeln würde.

»Lass das mal unser Problem sein, wo wir die hinstellen«, sagt Willy.

»Ich schalte einen Anwalt ein«, lallt Ted. Reines Wunschdenken. Genauso wenig wie ich die Pfister verklagen werde, wird Ted einen Anwalt einschalten. Keiner von uns hat dafür Geld übrig, schon gar nicht Ted.

»Sauf einfach nicht so viel.« Willy guckt angeekelt.

»Mama hätte gewollt, dass die Jukebox bei mir bleibt«, schreit Sepp. »Mir hat sie auch die Wirtschaft überlassen.«

»Die geht sowieso den Bach runter«, keift Willy.

Sepp verzieht das Gesicht, als ob er eine Ohrfeige verpasst bekommen hätte, aber er schweigt.

»Was ist mit *mir*?«, frage ich. »Ich bin die Einzige, die emotional was mit diesen Schlagern und der Jukebox verbindet.«

»Emotional was verbindet!«, äfft Ted mich nach.

»Dir steht sie am allerwenigsten zu«, findet Willy. »Du warst nicht mal geboren, als sie angeschafft wurde.«

»*Meine* Eltern haben sich nur wegen der Jukebox kennengelernt.«

»Das glaubst auch bloß du.«

»Ich bin mir sicher, dass es so war«, beharre ich, obwohl ich natürlich als Kind alles Mögliche geglaubt habe, zum Beispiel, dass ich mal Schlagerstar werden würde.

»Ihr seid alte Neidhammel«, klage ich meine Brüder an.

»Worauf denn neidisch?«, sagt Willy. »Auf den alten Schierlinger?«

»Zum Beispiel.«

»Nichts gegen den Schierlinger, aber den kannst du gerne behalten.«

»Warum musst du immer gegen ihn sein?«

»Ich bin überhaupt nicht gegen ihn. Wer hat ihn denn ins Krankenhaus einliefern lassen, als die Pfister angerufen hat, dass er immer wirreres Zeug redet?«

»Dafür bin ich dir ja auch dankbar ...«

Willy ist so in Fahrt, dass er mich nicht ausreden lässt. »Wer hat denn mit dem Arzt geredet? Wer kümmert sich um alles? Wer besucht ihn denn?«

Marija nickt. »Haben wir nichts gegen ihn, war er ein guter Ehemann, besser als der polnische Mann.«

»Na ja, besser ist ein großes Wort.« Wenn es um seinen eigenen Vater geht, ist Willy empfindlich.

»Ist er dein Stiefvater.«

»Aber eben nicht mein Vater. Kümmern muss sich schon die Tosca um ihn.«

»Aber Willy. Kann sie doch nicht. Wohnt sie doch gar nicht hier.«

»Wenn er aus seinem Koma aufwacht, kann der alte Schierlinger doch zum Sepp in die Wirtschaft ziehen. Da fühlt er sich sowieso am wohlsten.« Niemand außer Ted lacht über diesen Vorschlag.

Sepp ist davon ganz und gar nicht begeistert. »Der alte Schierlinger? Bei mir? Das kommt überhaupt nicht infrage. Ich habe immer gesagt, die Mama hätte auf die Oma hören sollen.«

Oma Mathilde, die Mutter von Mama, habe ich nie kennengelernt. Sie ist kurz nach meiner Geburt gestorben. Ob sie also wirklich so garstig war, wie Willy und auch Mama oft erzählt haben, kann ich nicht beurteilen.

»Euren Vater konnte die doch auch nicht leiden«, sage ich.

»Die hat alle Polen gehasst«, sagt Willy.

»Weil die sie vertrieben und ihr alles weggenommen haben«, erklärt Sepp.

»Dafür ist sie entschädigt worden.«

»Geld kann die Heimat nicht ersetzen.« Ausgerechnet Sepp, der Parade-Bayer, mutiert plötzlich zum Vertriebenen, der eine Heimat verloren hat, in die er niemals zurückwollen würde.

»Arme Mama Ella, hat sie es nicht leicht gehabt, nicht mit Familie, nicht mit Männern«, erinnert sich Marija. »Erster Mann hat sie betrogen, zweiter Mann auch, eigene Mutter hat ihr nicht geholfen, hat sie Krieg überlebt, in Polen sie war deutsch, in Bayern sie war polnisch. Arme Mama Ella. Jetzt sie hat Frieden.«

In Kurzform ist das tatsächlich eine zutreffende Zusammenfassung der Schwierigkeiten, mit denen meine Mutter in ihrem Leben zu kämpfen hatte. Oma Mathilde hatte mit manchen ihrer Prophezeiungen recht behalten. »Erster Mann«, der Pole, der Vater meiner Brüder, hat Mama sitzen lassen. »Zweiter Mann«, der Bayer, also mein Vater, war auch nicht der treu sorgende Familienvater, den sie sich gewünscht hatte.

»Amen«, sagt Ted. »Der alte Schierlinger ist auch arm dran. Hat ihn seine letzte Freundin nicht abserviert? Die Fissler oder Pfitzler heißt die doch.« Er versprüht schon wieder Aerosole. Sophia dreht schützend ihren Kopf weg.

»Pfister heißt sie«, kläre ich auf. »Und ja, zu ihr kann er nicht zurück.«

»Allein kann der aber nicht mehr wohnen«, stellt Willy fest. Darauf wäre ich nie gekommen! »Schau dich doch in Berlin nach einem Pflegeheim um. Da wäre er in deiner Nähe.«

»Danke für den Tipp. Aber ich glaube nicht, dass das eine gute Lösung wäre.« Lieber wäre mir, Willy hätte einen wirklich konstruktiven Vorschlag parat, aber den hat keiner meiner Brüder.

»Der alte Schierlinger in Berlin«, lacht Sepp. »Du weißt, dass man alte Bäume nicht verpflanzen kann, und schon gar nicht einen Bayern nach Berlin.«

Die Vorstellung, meinen Vater nach Berlin zu verfrachten, finden alle drei Brüder dann wiederum sehr lustig. Wie meine Mutter zu sagen pflegte: *»Pack schlägt sich, Pack verträgt sich.«* Sie malen sich gegenseitig aus, wie der alte Schierlinger in einer Berliner Eckkneipe sitzt. »Ja, gibt's denn hier koa Bier, bei euch Saupreißn?«, äfft Ted meinen Vater nach. »Das soll ein Bier sein? Ja, pfui Deifi.«

»Lass uns jetzt wirklich gehen«, flüstere ich Ron ins Ohr. »Bevor es schon wieder viel zu lustig wird.«

Mozart in Kindergröße

Das Album mit den Schallplatten aus der Jukebox liegt immer noch auf der Tagesdecke des Himmelbetts. Die Frau mit der Federboa und dem Diadem lächelt mich verführerisch an und prostet mir mit dem Sektglas zu. Als ich mich zu ihr lege, sehe ich die Dreckschlieren auf ihrem Gesicht. Der Plastikeinband riecht nach Weichmacher und Moder. Wer weiß, wo sie die letzten Jahre verbringen musste. Als ich mit dem Finger über den Schriftzug »Polydor« fahre, ist hinterher eine helle Spur auf dem Einband erkennbar. Meine Fingerspitze ist danach fast schwarz. Mit einem weißen T-Shirt, das in der Nähe liegt, wische ich über ihr Gesicht. Der Stoff ist dunkel verschmiert.

Ich schlage das Album auf. Auf jeder Seite ist Platz für zwei Platten, die übereinander in durchsichtigen, aber vergilbten Plastikhüllen stecken. Die Ränder sind aufgeplatzt, die Seiten kleben teilweise zusammen, lassen sich jedoch mit einem sanften Zug voneinander lösen. Die meisten der Platten stecken ohne ein Cover aus Papier in den Hüllen. Die Rillen auf dem schwarzen Vinyl sind zerkratzt. Kein Wunder, sorgsam bin ich nie mit den Platten umgegangen.

Ich versuche, mich an die Lieder zu erinnern. Manchmal sind mir die Stimmen der Sängerin oder des Sängers sofort wieder präsent, dann summe ich die Melodie vor mich hin, an viele Titel erinnere ich mich jedoch nicht mehr. Mir fällt aber ein, dass ich mir die Songtitel auf dem Handy heraussuchen und anhören kann, also lege ich gleich mal eine Playlist an mit meinen Lieblingsschlagern und nenne sie »Die Jukebox von Ella Novak«.

In diese Tätigkeit bin versunken, wie damals als Kind, wenn ich die Platten auflegte. Irgendwann spüre ich, dass Ron sich zu mir setzt, und ich lege das Handy beiseite.

»Das fühlt sich wie ein Schatz an«, erkläre ich. »Du kannst das wahrscheinlich nicht nachvollziehen, aber für mich als Kind bedeuteten diese Lieder das Eintauchen in eine heile Welt.« Auch wenn das Kitsch ist. Herz und Schmerz.

»Tut mir leid, dass ich so ein Schlagerbanause bin.«

»Mir tut leid, dass du diesen Abend erleben musstest, *inklusive* meines Auftritts als Schlagersängerin.«

»Warum hast du deinen Brüdern nichts von dem Album erzählt?«

»Du hast doch gesehen, wie ignorant sie sind.« Ich klappe das Album zu und lege die Hand darauf, als müsste ich es sogar vor Ron schützen. »Es lag in einer Kiste *meines* Vaters. Hätte ich sie nicht abgeholt, wäre das Album nie wieder aufgetaucht, dann wüsste auch keiner, wo es ist.«

»Trotz meiner fehlenden Erfahrung in der Welt des Schlagers kann ich mir das übrigens gut vorstellen, wie du mit einer Haarbürste geübt hast, ein Star zu werden«, sagt Ron.

»Es war kindisch und dumm.«

»Ich fand deinen Auftritt vorhin süß.«

»Meine Stimme ist furchtbar.«

»Das würde ich nicht sagen.«

»Aber auch nicht wirklich gut.«

»Wozu gibt es Gesangsunterricht. Ein Musikinstrument muss man doch auch lernen.« Wenigstens ist er ehrlich. Meine Singstimme findet er also nicht gerade bezaubernd.

»Ich kann kein Instrument.«

»Du könntest eins lernen.«

Könnte ich, aber das ist auch eine meiner Misserfolgsgeschichten. Ted wollte mir Gitarre beibringen, da taten mir die Fingerkuppen weh, und das gefiel mir überhaupt nicht.

Klavierunterricht war Mama zu teuer, erst recht die Anschaffung eines Klaviers. Ich hätte von Margot das alte Akkordeon ihrer Oma haben können, aber das war für mich das denkbar uncoolste Instrument. Mein Vater meinte, er könne einen Dudelsack organisieren, das hielten Mama und ich für einen seiner schlechten Scherze. Für meine zeitweilige Idee, Xylofonistin zu werden, weil ich das Xylofon- und Glockenspiel im Orff-Unterricht gelernt hatte, waren beide Eltern nicht zu haben.

»Blockflöte kann ich ein bisschen.«

»Darauf kann man aufbauen.«

Das bringt mich zum Lachen. »Du bist in deinem Optimismus echt unerschütterlich.«

»Wir hatten doch alle Träume als Kind.«

»Stimmt, du wolltest ja bestimmt mal ein Mini-Mozart werden.«

»Was mein Klavierlehrer verhindert hat.«

»Was mir sehr leid für dich tut.«

»Ich bin einigermaßen drüber weg.«

»Meinst du, du hättest als Mini-Mozart eine weiße Perücke getragen?«, frage ich Ron. »Und so eine Rüschenbluse?«

»Ich bin mir nicht sicher, ob mir das gestanden hätte.«

»Vielleicht auch Schnallenschuhe und natürlich ein eigener Flügel«, fantasiere ich weiter. »In Kindergröße.«

»Ich habe schon als Kind an einem richtigen Flügel gespielt. Diese kleinen Kinderflügel sind nur Spielzeug.«

»Das habe ich nicht gewusst.«

»Und du – wie sieht ein kindlicher Schlagerstar in der *Hitparade* aus?«

»Schlaghosen in Orange und ein gelber Pullover. Das trug ich damals. Aber mir ging es ja mehr um eine Botschaft als um reine Optik. Ich wollte eigene Texte schreiben.«

»Wie lautete deine Botschaft?«

»Ich wollte darüber singen, dass es auch Vorteile haben kann, sich scheiden zu lassen. Anders als Andrea Jürgens, die unter der Scheidung ihrer Eltern litt, wollte ich darüber singen, dass meine sich endlich scheiden lassen sollen.«

»Es tut mir leid, ich habe schon wieder vergessen, wer diese Andrea Jürgens ist.«

»Ein Kinderstar der Schlagerszene.«

»Was ist aus ihr geworden?«

»Ich glaube, sie ist schon tot.«

»Kinderstars haben es oft schwer.«

Ich nicke.

»Bestimmt müsste ich heute als abgehalfterte Schlagersängerin bei Kaufhauseröffnungen auftreten, und du wärst nie von dieser Mozart-Masche losgekommen und würdest jetzt noch mit Perücke am Klavier sitzen.«

»Flügel.«

»Natürlich. Am Flügel.« Ich streiche ihm übers Haar. »Ich hoffe, ich hätte früh genug den Absprung aus der Schlagerszene geschafft.«

»Das hättest du bestimmt. Von dieser Mozart-Masche wegzukommen, ist viel schwieriger, wenn man sich da erst mal drauf eingelassen hat«, sagt Ron. »Denk nur an Liberace.«

»War das auch ein Pianist?«

»Du kennst Liberace nicht!« Er scheint sich fast zu freuen, dass er mir mal was erklären kann. »Liberace trat in Las Vegas im Chinchillapelz auf, trug dicke Ringe an den Fingern und brachte durch sein Klavierspiel viele Frauen regelrecht in Ekstase, war aber schwul. Ich kenne ihn durch den Film mit Michael Douglas in der Hauptrolle.«

»Hört sich interessant an. Wie eine Mischung aus Roy Black und Ivan Rebroff, nur am Klavier.«

»Flügel.« Er küsst mich auf die Stirn, und wir sinken aufs Bett. Am Oberschenkel spüre ich den harten Rand des Albums und schiebe es weg. Es fällt hinunter, und für einen Moment habe ich Sorge, dass die Platten zu kleinen schwarzen Vinyl-Krümeln zerbrochen sein könnten.

Flimmerndes Herz

Als ich aufwache, ist mein Mund trocken, und meine Augen brennen, weil ich vergessen habe, die Kontaktlinsen herauszunehmen. Irgendwo auf dem Boden klingelt mein Handy. Ich tappe mit der flachen Hand auf dem Teppich herum, bis ich es neben dem Album finde. Die Frau vom Cover liegt mit dem Gesicht nach unten da wie ein verstoßenes Kind, für das kein Platz mehr im Himmelbett war, aber die Platten sind nicht zerbrochen.

Noch im Halbschlaf drücke ich die grüne Taste am Display und höre die Stimme des Pflegers aus dem Handy schallen.

»Gut, dass wir Sie erreichen, Frau Schierlinger.«

»Ist was mit meinem Vater? Ist er aufgewacht?«

»Ich muss Ihnen leider sagen, dass er Vorhofflimmern hat.«

»Was bedeutet das denn schon wieder?«

»Es wäre vielleicht nicht schlecht, wenn Sie gleich vorbeikommen. Man kann nie wissen.«

»Okay«, sage ich und lege auf.

Hinterher überlege ich, was der Satz »Man kann nie wissen« genau bedeuten soll. Warum habe ich nicht nachgefragt? Eben noch sterbensmüde, bin ich durch den Anruf aufgeputscht wie sonst nach drei Espressos. Ich springe auf und gehe ins Bad.

»Ich muss sofort los«, sage ich zu Ron, der gerade aus der Dusche steigt. »Es ist was mit meinem Vater. Sein Herz flimmert.«

»Ich komme mit.«

»Brauchst du nicht.«

»Gib mir fünf Minuten, dann fahren wir los.«

»Frühstücke du in Ruhe. Ich nehme mir ein Taxi und rufe dich an, sobald ich weiß, was das alles schon wieder bedeutet.«

Als ich das Zimmer meines Vaters betrete, habe ich keine Erinnerung daran, wie ich den Weg vom Hotel hierher geschafft habe. Die Maschine, die seine Funktionen überwacht, piept. Von Hektik keine Spur. Dr. Fritsche gibt sich im Gegensatz zum Pfleger gelassen.

»Das Vorhofflimmern ist kein gutes Zeichen, aber wir tun unser Bestes«, erklärt er.

»Am Telefon hat es sich dramatisch angehört. Der Pfleger hat gesagt, man kann nie wissen.«

»Das stimmt auch. Man weiß nie, was kommt. Und wenn der Motor stottert, müssen wir eben nachjustieren, so gut es geht. Sie wissen doch: Immer positiv denken, Frau Schierlinger.«

Das mit dem stotternden Motor hört sich beruhigend an und passt auch vom Bild her. Der alte Mercedes, den mein Vater früher fuhr, sprang morgens auch oft nicht an. Dann musste er mit dem Startkabel einen Wiederbelebungsversuch an der Batterie durchführen, damit der Dieselmotor endlich losratterte. Er brachte die Karre immer wieder zum Laufen, trotz Rost und Getriebeschaden. Alles ganz einfach. Jedenfalls bei alten Autos.

Sein Zimmernachbar, der demente Herr Preller, ist weg. Wohin sie ihn gebracht haben und ob er immer noch das blühende Leben ist, weiß ich nicht. Ich habe nicht nachgefragt. Bis auf das Piepen der Maschine ist es jetzt, da Dr. Fritsche gegangen ist, still im Zimmer. Ich schaue auf die Uhr. Keine halbe Stunde ist vergangen. Da ich nicht gleich wieder gehen kann, muss ich mich beschäftigen, statt nur rumzusitzen und mich nutzlos zu fühlen.

Auf die Handy-Nachricht einer Freundin tippe ich eine vor Selbstmitleid triefende Antwort, die ich gleich wieder lösche und umformuliere. Ron schreibt mir, dass er einen Stadtbummel machen wird und ich mich melden soll, wenn ich loskomme. Ich schicke ihm die Telefonnummer von Ted und schlage vor, dass er sich mit meinem Bruder und Sophia zusammentut, um die Sehenswürdigkeiten der Stadt zu besuchen. Das war doch sowieso ein Vorschlag von Ted, und der könnte nach dem durchzechten Abend bestimmt ein spätes Frühstück und einen Spaziergang an der frischen Luft gebrauchen.

»Ich komm dann nach«, schreibe ich ans Ende der Nachricht und schicke noch ein Herz hintendrein. Ohne darüber nachzudenken, warum ich das tue, tippe ich anschließend den Namen »Manuela Klötzl« ein.

Eigentlich habe ich mir geschworen, Leute, an die ich mich vage von früher erinnere, nicht mehr in Suchmaschinen einzugeben. Rein aus Selbstschutz. Solche Suchen sind fast so schlimm wie das ewige Nachdenken meiner Mutter darüber, was gewesen wäre, wenn alles ganz anders gekommen wäre. Das macht nicht glücklich. Immer wenn ich erfahren habe, was aus Leuten geworden ist, die ich mal kannte und nicht mochte, blieb hinterher ein fahler Nachgeschmack des eigenen Versagens. Ehemaligentreffen meide ich grundsätzlich. Warum also tippe ich wie unter Zwang diesen Namen ein?

Die Suche nach »Manuela Klötzl« liefert keine Ergebnisse. Ich probiere die Variante »Manu Klötzl«. Nichts. Erst dann fällt mir ein, dass die meisten Frauen natürlich ihren Mädchennamen ablegen, wenn sie heiraten. Gestern hat sie doch erwähnt, wie sie jetzt heißt. Irgendwas mit R.

Rubner. Regner. Rebner. Rösner. Oder schreibt sich das doch eher Roesner? Vielleicht auch Rößner.

Bei »Manuela Rösner« tauchen aber gleich mehrere Fotos und Einträge auf. Manuela Rösner beim Kuchenbacken für den Kindergarten, Manuela Rösner ist neues Mitglied des Elternbeirats. Manu's Mode-Stüberl für Kids. Inhaberin Manuela Rösner. Das ist eindeutig das Gesicht der Hundebesitzerin. Der Apostroph beim Stüberl wundert mich nicht. Rechtschreibung war schon in der Schule nicht ihre Stärke.

Das Mode-Stüberl bietet Secondhand- und Neuware für Kinder der Altersgruppe null bis vierzehn Jahre an. Die Fotos von ihr auf der Website müssen älter sein, die Kampfhunde sind nicht zu sehen, aber ihr Mann und der Nachwuchs. Herr Rösner hat kurze graue Haare und eine Brille mit Goldrand. Die drei Kinder stehen wie Orgelpfeifen vor einem Haus mit Garten. Ich betrachte den Ehemann genauer. Ein Allerweltsgesicht. Nicht wahnsinnig gut aussehend, aber auch nicht direkt unattraktiv. Erst nach einer ziemlich langen Weile dämmert mir, wer er ist. Ingo Rösner. Polit-Rösner.

Er war zwei Klassen über mir und schrieb für die Schülerzeitung regelmäßig Artikel über die bevorstehende Weltrevolution und wie sie seiner Meinung nach aussehen müsse. Die Artikel waren so kompliziert verfasst, dass kaum jemand kapierte, ob er den Marxismus, den Leninismus oder doch den Stalinismus einführen wollte. Die Schulleitung war trotz der mangelnden Verständlichkeit seiner Artikel alarmiert und untersagte es, die Zeitung in der Schule zu verkaufen, wenn Rösners Artikel darin erschienen. Ab und zu wurden in der Schülerzeitung auch Gedichte von ihm gedruckt. Die waren der Schulleitung egal.

Ich war vierzehn, hatte die Träumerei von der Schlagerkarriere schon abgelegt, fand Schlager inzwischen peinlich und hatte angefangen, ganz andere Musik zu hören. Rachmaninow und David Bowie zum Beispiel. Für Bowie entwickelte ich eine regelrechte Obsession und begann mir einzubilden, er und ich wären Seelenverwandte. Das Schwärmen aus sicherer Distanz ist in dem Alter eben sehr reizvoll. So ging es mir auch mit Polit-Rösner. Er war unerreichbar und eigentlich sowieso nicht mein Typ, mehr Wolfgang Petry als David Bowie. Wegen seiner Gedichte kam er mir allerdings wie ein Star vor. Geheimnisvoll und sagenhaft klug. Er hatte schulterlange braune Haare und band sie zu einem Pferdeschwanz zusammen.

In meiner recht beschränkten vierzehnjährigen Weltsicht nahm ich an, dass jemand, der sich traut, seine Gedichte in der Schülerzeitung abdrucken zu lassen, später mal Dichter oder ein berühmter Schriftsteller werden würde. Wie ich mit ein paar Klicks herausfinde, ist Rösner jedoch Journalist geworden, nicht fürs Fernsehen oder irgendein renommiertes Blatt, sondern für die Lokalredaktion der hiesigen Zeitung. Irgendwie bin ich erleichtert, dass er es nicht mal aus der Kleinstadt herausgeschafft hat. Aber dass er mit Manu Klötzl verheiratet ist, schockiert mich ein bisschen, bis mir einfällt, dass Arthur Miller schließlich Marilyn Monroe geheiratet hat und mein Vater meine Mutter. Wobei sich das natürlich alles nicht miteinander vergleichen lässt. Manu galt jedenfalls in unserer Klasse als Sexbombe. Den Begriff fanden wir damals alle nicht diskriminierend. Schon gar nicht für die Klötzl.

Gegensätze ziehen sich bekanntlich an. Meine Mutter relativierte den Spruch dann später und behauptete: »Gegensätze ziehen sich magnetisch an, aber stoßen sich wieder ab, wenn Plus und Minus an der falschen Seite zusammen sind.«

Ich fand das reichlich kompliziert ausgedrückt. Physik

war aber auch nie meine Stärke. Beziehungen schon gar nicht. Ich verstehe es so, dass Gegensätze sich zwar anziehen, aber es nicht so bleibt, wenn sich die Menschen eben verändern oder bald schon erkennen, dass sie sich den Falschen ausgesucht haben. So wie bei meinen Eltern.

Wie das bei den Rösners war, ob sie sich in ihrer Gegensätzlichkeit angezogen haben oder die Gemeinsamkeiten viel größer sind, als das damals sichtbar war, weiß ich nicht, und das kann mir auch echt egal sein. Ich sitze hier schließlich im Krankenzimmer meines Vaters und habe andere Probleme. Aber eben auch Zeit, in der ich darüber nachdenke, dass die Klötzl offensichtlich in der Lage ist, eine langfristige Beziehung mit Polit-Rösner zu führen. Das reibt Salz in meine Wunde. Ich habe es eben nie zu Ehemann und Kindern gebracht. Nicht, dass ich solch ein Leben hatte führen wollen, aber irgendwie hängt mir das Versagergefühl vom gestrigen Abend noch nach.

Das verflixte Handy kommt erst mal weg, und ich schaue lieber meinen Vater an, wie er schläft und atmet. Ein Wunder, dass Menschen überhaupt am Leben sind, wo uns nur ein Atemzug vom Tod trennt. Ein Wunder, dass mein Vater und meine Mutter einander fanden und dachten, der anfängliche Magnetismus zwischen ihnen würde für eine Ehe ausreichen.

Manchmal, wenn ich ihr beim Einräumen der Bügelwäsche half, zeigte mir meine Mutter ihre alten Kleider aus den Fünfzigern und Sechzigern. Viele hatte sie sich von einer befreundeten Schneiderin nähen lassen. Sie sahen edel aus, waren aber oft nur aus Kunstseide und Polyester. Manchmal schneiderte ihr die Freundin alte Kleider um, und Oma Mathilde bestickte sie mit Perlen, um sie aufzupeppen. Sie konnte auch häkeln und stricken, und zwar so gut, dass die Kleidungsstücke wie in einer Modeboutique gekauft aussahen. Mode machte Mama glücklich. Sie fühlte sich dann schön und jung, sagte sie. Später, nach der Scheidung, kauften ihr die »Motten« Klamotten. Das waren dann oft wirklich teure Stücke.

Sie war fast vierzig, als ich geboren wurde, und manchmal fragte sie mich, ob andere Eltern oder Kinder sie schon mal für meine Oma gehalten hatten. Darüber konnte ich nur den Kopf schütteln, denn allein die Idee, dass jemand meine schöne Mutter für alt hätte halten können, irritierte mich.

Auf der Schrankseite meines Vaters sah es magerer aus. Da hingen nur ein paar Anzüge aus Polyester, vergilbte Hemden, Trachtenstrickjacken, Bundhosen, Krawatten, die er so gut wie nie trug, und sein gestreifter Morgenmantel. In den Regalfächern lagen gebügelte und akkurat zusammengelegte Feinripp-Unterhosen, Pyjamas, Unterhemden und sorgsam gefaltete Socken.

Die Kleidung meiner Mutter roch pudrig nach Parfüm, die meines Vaters herb nach Rauch und Leder. Auf seiner Schrankseite war noch so viel Platz übrig, dass meine Mutter auf einigen Regalbrettern gebügelte Handtücher und Tischdecken unterbrachte.

Wenn ich allein oben in der Wohnung war, schlich ich mich gerne ins Schlafzimmer und schaute mich in den Schränken um. Ich probierte Sachen meiner Mutter oder meines Vaters an und stellte mir vor, wie sie früher ausgesehen hatten, bevor sie meine Eltern wurden.

Einmal entdeckte ich auf der Schrankseite meines Vaters unter einem Stapel Handtücher eine Musikkassette. Sie hatte keine Hülle mehr und auch keine Beschriftung. Ich nahm sie mit in mein Zimmer und spielte sie auf meinem Kassettenrekorder ab. Der Gesang klang kratzig und schleppend. Zuerst dachte ich, die Kassette wäre kaputt, aber die Stimme war wirklich so tief, dass ich mir nicht sicher war, ob der Gesang von einer Frau oder einem Mann stammte.

Eines Nachmittags kam meine Mutter in mein Zimmer, um mir einen frisch gebügelten Wäschestapel zu bringen. Sie klopfte nicht an. Ich hörte gerade mal wieder die »gefundene« Kassette, das Lied konnte ich inzwischen mitsingen, so oft hatte ich es gehört. Meine Mutter stutzte kurz, ging mit schnellen Schritten zum Rekorder und drückte alle möglichen Tasten, bis der Gesang stoppte und die Klappe aufging. Mit spitzen Fingern pulte sie die Kassette heraus und steckte sie in die Tasche ihrer Kittelschürze. Sie schimpfte nicht und erwähnte den Vorfall nie.

Ich ahnte, dass es an den besungenen raufenden Freudenmädchen liegen musste, dass ich die Kassette nicht hören sollte. Auch der Name, der da immer wieder vorkam, passte meiner Mutter nicht. Aber erst viele Jahre später, ich wohnte längst nicht mehr zu Hause, war ich auf einem Chanson-Abend, und der Interpret sang ausgerechnet dieses Lied. Da fiel mir die Kassette wieder ein und ich fand heraus, dass Hugo Wiener das Chanson komponiert hatte.

Es gibt im Netz einen *Spiegel*-Artikel aus den Sechzigerjahren über die Münchner Polizei, die Schallplatten, auf denen dieses Lied zu hören war, wegen Jugendgefährdung konfisziert hatte. Später mussten die Platten mit dem Vermerk versehen werden, dass der Verkauf an Jugendliche verboten sei.

Kein Wunder, dass mein Vater die Kassette unter Handtüchern versteckt hatte. Ich habe immer gerätselt, woher er sie hatte. Eine vage Ahnung, was passiert sein könnte, habe ich natürlich schon.

Brüderschaft bei Sekt und Bier öffnet dir nicht gleich die Tür

»Eine Frau in deinem Alter! Was dieser Mann für Absichten hat, brauche ich dir wohl nicht zu sagen, du stehst mit drei Söhnen ohne Vater da. Da solltest du langsam wissen, wie Männer sind«, hatte Mathilde Kregel geschimpft, als sie erfuhr, dass ihre Tochter mit Ade Schierlinger ausgehen wollte. Theatralisch hatte sie sich beide Hände an den rechten Rippenbogen ihres dicken Leibes gelegt. Angeblich bekam sie es sofort mit der Galle, wenn sie sich aufregte. Ihr kunstvoll aus weißen Haaren gedrehter Dutt hatte oben auf dem Kopf gewackelt.

»Der will doch nur das Eine, und hinterher lässt er dich auch wieder sitzen. Schau dir seinen versoffenen Vater an, dann weißt du Bescheid. Diese Bayern haben keinen Anstand. Scheinheilig wie alle Katholen sind die. Sagen zu uns Polacken, dabei haben uns die Polen und Russen alles weggenommen. Mit nichts sind wir hier angekommen. Mit nichts!«

Das Gerede kannte Ella zur Genüge. Ihre Mutter hatte es nie verkraftet, dass sie den Bauernhof und ihre Heimat verloren hatten, um dann als Vertriebene in Bayern zu landen. Genauso wenig konnte sie sich die ewigen Vorwürfe verkneifen, dass Ella in Schlesien einen Polen geheiratet hatte. Wo die Polen ihnen doch die Heimat genommen hatten!

Einmal hatte sich Ella so mit ihrer Mutter gestritten, dass ihr ein Satz rausgerutscht war, der ihr seitdem immer wieder vorgehalten wurde: »Wenn der Hitler nicht Polen überfallen hätte, dann wären wir heute alle Polen und hätten unseren Bauernhof noch.«

Da hatte der Dutt der Mutter wieder sehr gefährlich gewackelt. »Du bist vielleicht eine Polin, hast ja auch einen Polen geheiratet, ich bin deutsch, durch und durch.« Wütend hatte Mathilde Kregel die Tür zugeworfen und mit Ella wochenlang nicht mehr geredet.

Als Ella damals durch das Rote Kreuz eine Suche nach ihrer Familie gestartet hatte, war ihr nicht im Entferntesten klar gewesen, wie verbittert und unbarmherzig ihre Mutter in der Zwischenzeit geworden war. Als sie die Nachricht erhalten hatte, dass ihre Familie nun in Bayern lebte, hatte sie sich gefreut und ihren Mann, der zuerst gar nicht so begeistert gewesen war, überredet, dort hinzureisen. Offiziell nur, um die Familie zu besuchen, aber sie wusste, sie würden bleiben. Das Leben in Polen war hart, dort gab es kein Wirtschaftswunder, und Ella war in Schlesien immer eine Fremde geblieben, trotz Mann und Kindern. Viele ihrer Freundinnen träumten davon, auszureisen, und hatten ihr geraten, die Chance zu ergreifen. »Deutschland, Ella, da gehörst du doch hin! Da ist es besser als hier.«

Kaum waren sie zu viert angekommen, das war nun bald zehn Jahre her, war die Mutter bei der Begrüßung sehr kühl geblieben. Nur Vorwürfe hatte sie ihr gemacht, sogar dass Ellas Fluchtversuch über die Oder nicht geklappt hatte, hielt sie ihr vor. Als Älteste hatte Ella sich auf den Weg nach Westen machen sollen, damit die Russen und die Polen sie nicht umbrachten. Man hatte ja gesehen, was sie mit jungen Mädchen, und nicht nur mit denen, machten! Aber Ella hatte Pech und blieb in Schlesien hängen. Sie hatte ihr Bestes versucht, zu überleben und sich zu gewöhnen. Statt sich zu freuen, dass Ella zu ihr zurückkehrte, hatte die Mutter bloß gemeckert: »Ausgerechnet einen Polen schleppst du uns an!«

Ellas Mann war kein einfacher Charakter gewesen und tat sich mit Sprache und Mentalität der Bayern schwer, es hatte auch zwischen ihnen beiden gekriselt, aber manchmal hatte sie das Gefühl, es wären die ewigen Stänkereien ihrer Mutter gewesen, die ihn am Ende vertrieben hatten. Eines Tages war er einfach verschwunden, und Mathilde hatte sich in ihren Überzeugungen vollends bestätigt gesehen: »Was hast du von einem Polen schon erwartet! In der einen Hand die Schnapsflasche, in der anderen ein Weibsstück. So sind sie, die Polen.«

Das Ärgerlichste war, dass die Mutter in beiden Punkten recht behalten hatte. Ellas Ehemann lebte jetzt in Polen mit einer anderen zusammen, und an der Flasche hing er auch. So hatte es in einem der Briefe gestanden, die Ella von einer Freundin aus Schlesien regelmäßig erhielt.

Die Mutter gönnt mir kein bisschen Glück, dachte Ella, als sie sich zum Ausgehen bereit machte. Leider waren ihre Söhne auch nicht besser. Sie wollten partout nicht, dass sie mit dem Schierlinger ausging.

»Dann kannst du auch gleich den Loidl nehmen«, hatte Jozio vorhin gemault. Kaum sprossen ein paar Bartstoppel auf seiner Oberlippe, schon führte er sich wie der Mann im Haus auf. »Der Loidl ist wenigstens älter als der Schierlinger.«

»Was sollen denn die Leute von dir denken, wenn du mit einem jüngeren Mann ausgehst«, hatte Wojciech gemahnt. Der Junge dachte, er hätte die Weisheit mit Löffeln gefressen. »Wozu brauchst du überhaupt einen Mann, du bist doch geschieden.«

Den Buben fehlte ein Vater, der ihnen für die Frechheiten, die sie sich herausnahmen, die Ohren langzog. Was fiel ihnen bloß ein, so über die eigene Mutter zu reden und ihr jedes bisschen Vergnügen madig zu machen!

Margot war die Einzige, die sich für Ella freute. »Geh,

du schaust so jung aus, da fällt das überhaupt nicht auf, dass du a bisserl älter bist als wie er.« Sie hatte versprochen, ein Auge auf Tadeusz zu haben, falls Oma Mathilde wieder mal im Schaukelstuhl über ihrem Strickzeug einnicken würde. Der Junge stellte so viel Unsinn an.

Ella stand vor ihrem Schrank und wählte ein dezentes Kleid mit Hahnentrittmuster und schwarzem Samt am Revers. Sie betrachtete sich im Spiegel. Ihre Haut war immer noch straff und rosig. Sie hatte kaum Falten im Gesicht. Mehr als der Altersunterschied bereitete ihr Ade Schierlingers Körpergröße Sorgen. Er überragte sie höchstens um einen winzigen Zentimeter. Sie hatte die Pumps mit den niedrigsten Pfennigabsätzen heraussuchen müssen. Einen eleganten Fuß machten die nicht, und tanzen konnte sie damit auch nur schlecht. Zur Sicherheit packte sie ein Paar Tanzschuhe mit hohem Absatz in ihre Tasche. Sie schürzte die Lippen und tupfte sie mit einem Stofftaschentuch ab. Die Fingernägel waren im selben Farbton wie ihr Mund lackiert. Rot wie Blut.

Tadeusz kam – wie immer ohne anzuklopfen – in ihr Schlafzimmer. »Ich soll dir ausrichten, dass der Schierlinger in einem weißen Mercedes auf dich wartet. Ohne Dach.«

»Sei nicht so unhöflich«, mahnte Ella. »Es heißt Herr Schierlinger.«

»Eigentlich soll ich Ade zu ihm sagen. Sein Vater ist der Luggi. Und ich bin der Datschi.«

Ella musste lachen. »Seit wann heißt du denn Datschi?«

»Der Luggi sagt, Tadeusz kann sich kein Mensch merken, das ist ihm zu polnisch, deshalb sagt er Datschi zu mir.«

Die unschuldigen Worte ihres Jüngsten versetzten Ella einen Stich. Erst vor Kurzem war Tadeusz weinend aus der Schule gekommen. Die Lehrerin hatte ihn einen »polni-

schen Deifi« genannt. Gut, er hatte mal wieder den Unterricht gestört, aber die Lehrerin hätte ihn deswegen doch nicht gleich einen Teufel schimpfen müssen, und schon gar nicht einen polnischen. Tadeusz konnte kein Wort Polnisch, sie hatte immer Deutsch mit ihm gesprochen. Der Schuldirektor hatte zu Ella auch gesagt, der Junge spräche so gut Deutsch, man merke ihm sein »deutsches Blut« an. Gut, der Mann war ein alter Nazi, das wusste jeder, aber trotzdem hatten Ella seine Worte gutgetan. Er hatte ihr ans Herz gelegt, sich und ihre Buben endlich einbürgern zu lassen, echte Deutsche aus ihnen zu machen, doch der Antrag war so kompliziert, dass Ella einen Anwalt hatte einschalten müssen. Ihr Ex-Mann befand sich hinter dem Eisernen Vorhang und hatte auf keinen ihrer Briefe reagiert. Eigentlich hätte er ihr Unterhalt zahlen müssen, aber einem nackten Mann konnte man nichts aus der Tasche ziehen. Die hatten doch nichts in Polen.

»Mama, du siehst so schön aus!«, sagte Tadeusz. »Deine Haare sind wie Zuckerwatte, nur schwarz.«

»Tadek!«, rief sie halb empört, halb amüsiert. Sie hatte ihre Haare hochtoupiert und aufgesteckt, dann mit ordentlich Haarspray besprüht, die Frisur sollte ja den ganzen Abend halten. »Wenn du mal Friseur wirst, darfst du so was wie ›Zuckerwatte‹ aber nicht zu den Damen sagen. Sonst geben sie dir kein Trinkgeld und kommen nie wieder.«

Alle in der Familie fanden, dass Friseur der passende Beruf für Tadeusz wäre. Er quatschte einem ein Loch in den Bauch und kämmte sich die Haare mit enorm viel Aufwand. Neuerdings benutzte er Pomade und formte damit die dunklen Locken zu einer Tolle.

»Ich will aber gar nicht Friseur werden, sondern Rock 'n' Roller!« Er stellte sich in Position, wackelte mit Po und Hüften und spielte auf einer nicht vorhandenen Gi-

tarre. Dazu schmetterte er: »Ha one fo dä money, two fo dä schoo, sri fo dä pahdi, läts go go go.«

Was sollte aus dem Jungen bloß werden!

»Beeilung, Mama, der Schierlinger wartet doch im Mercedes auf dich!«, riss er sie aus ihren Gedanken.

Ella schnappte sich ihre Jacke, die mit weißen Knöpfen vorne geschlossen wurde. Um die Taille hatte sie einen schmalen Gürtel gebunden. »Ich eile ja schon. Du bleibst brav hier und hörst auf deine Brüder, auf die Oma und Margot.« Sie gab ihrem Jüngsten einen Kuss und verabschiedete sich in der Küche von Margot. »Wie eine Dame vom Film!«, rief ihr die Freundin zu.

Durch den Hinterausgang verließ Ella die Wirtschaft und lief zur Straßenecke, an der ein weißes Mercedes-Cabrio stand. Das Verdeck war offen. Ade Schierlinger saß mit einer Pilotenbrille auf dem Fahrersitz und drehte sich zu ihr um. Fast wie im Film. Was für ein schickes Auto, dachte sie, aber ein bisschen protzig und viel zu auffällig. Der helle Lack glänzte heller als tausend Sterne. Ade stieg aus, um ihr die Beifahrertür zu öffnen. Dunkelbrauner Anzug, frisches weißes Hemd, weinrote Krawatte, die dunklen Locken mit Pomade gewellt. Richtig schick sah er aus.

»Ist das nicht das Auto von der Nitribitt?«, fragte Ella beim Einsteigen und lächelte.

»Das ist der Mercedes von meinem Chef«, antwortete Ade.

Seine Zuversicht, sie mit dem Auto beeindrucken zu können, schwand dahin. Machte sie sich lustig über ihn, oder wusste sie wirklich nicht, dass der Mercedes von der Nitribitt schwarz gewesen war? Nach deren Ermordung war das überall in der Zeitung gestanden, dass die Frankfurter Edelprostituierte einen schwarzen Mercedes mit roten Ledersitzen gefahren hatte.

»Das ist aber großzügig von Ihrem Chef, dass er Ihnen das Auto überlässt.«

»Ich hab halt gedacht, das ist bequemer als mit meinem Kabinenroller.«

In Wahrheit hatte Ade seinen Chef nicht ausdrücklich gefragt, ob ihm das recht sei, dass er sich den Mercedes auslieh. Der hatte sich schließlich auch nicht groß dafür interessiert, ob es Ade passte, am Wochenende einen Getriebeschaden am Privatwagen vom Chef zu reparieren. Das war zum Glück schon erledigt. Nach all der Arbeit hatte Ade sich seiner Meinung nach eine Spritztour im Mercedes verdient.

»Wohin fahren wir?«, fragte Ella. Sie zog aus ihrer Handtasche ein Kopftuch aus Seide und knotete es am Kinn fest. Der Fahrtwind würde sonst ihre Frisur zerstören. Die Sonne schien immer noch recht intensiv. Ella klappte ihre weiße Tasche ein weiteres Mal auf und holte ihre Sonnenbrille heraus.

»Nach Minga geht's«, erklärte Ade. Der Loidl hatte ihm dort ein Lokal empfohlen. Natürlich hatte Ade nicht erwähnt, dass es um ein abendliches Vergnügen mit der Wirtin ging, sondern nur allgemein von einem »netten Abend« gesprochen.

»München?«

»Freilich, Wirtin, wohin sonst.«

»Ich wäre Ihnen dankbar, wenn Sie nicht ›Wirtin‹ zu mir sagen. Wir gehen doch heute miteinander aus.«

»I bin da Ade.«

»Ich bin Ella.«

Sie genoss es, heute mal nur Beifahrerin zu sein. Wojtek war sehr stolz darauf gewesen, dass seine Mutter den Führerschein gemacht hatte. Aber wenn sie selbst am Steuer ihres Opel Rekord saß, quengelte er von hinten, dass sie zu langsam fuhr, Tadeusz nervte alle mit seiner Singerei, und

Jozio beschwerte sich, dass sie ihn nicht fahren ließ, weil er noch keinen Führerschein hatte. Es war herrlich, zu zweit in einem Cabrio zu sitzen und einfach nur die schöne Landschaft zu betrachten.

»Was sind das für komische Gerüste?«, fragte sie und zeigte auf Holzrahmen, an denen sich Grünzeug hochrankte.

»Da wird der Hopfen für unser gutes bayerisches Bier angebaut«, erklärte Ade. »Wir in Bayern haben das größte Hopfenanbaugebiet der Welt. Die Holledau.«

»Interessant«, sagte sie. Insgeheim dachte sie jedoch, dass die Bayern immer so taten, als ob sie in allem die Größten seien. Dabei sollten sie lieber Gott danken, dass sie ihre Heimat nicht verloren hatten und nach dem Krieg nicht die Russen, sondern die Amerikaner zu ihnen gekommen waren.

Wenn der Krieg nicht gewesen, wenn ihre Familie nicht vertrieben worden wäre, würde sie heute vielleicht in Posen, Warschau oder gar Berlin wohnen und hätte bestimmt einen reichen Mann geheiratet. Freiwillig wäre sie jedenfalls nie in die bayerische Provinz gezogen.

»Dauert nimmer lang, dann san ma da«, sagte Ade.

Ella nickte. In München war sie mal auf dem Oktoberfest gewesen. Mehr als die Bierzelte und die Fahrgeschäfte hatte sie allerdings nicht gesehen. Die bayerische Hauptstadt war nicht vergleichbar mit Städten wie Posen oder Berlin. Dort war sie zwar auch nur jeweils kurz gewesen – lang war es her –, aber hier in München sah es eben auch nur bayerisch wie in der Kleinstadt aus, lediglich die Straßen waren ein bisschen breiter.

Ade stellte das Coupé ab und half ihr aus dem Wagen. Sie liefen an vielen Baustellen vorbei, bis sie endlich da waren. Auf einem Leuchtschild über dem Eingang stand: »Bei Gisela«.

Drinnen roch es vertraut nach abgestandenem Rauch, Bier und Schnaps. Ade zog Ella hinter sich her und sprach mit jemandem an der Theke, der ihnen zwei Stühle an einem Tisch zuwies, an dem schon ein anderes Paar saß. Es war so dunkel, dass weder die Bilder an der Wand noch die Menschen im Lokal richtig zu erkennen waren. Der Kellner brachte zwei Gläser Sekt und ein Bier. Ella, als erfahrene Wirtin, sah sofort, dass schlecht eingeschenkt worden war. Sie sagte aber nichts.

Mit den Sektgläsern stießen sie an und tranken Brüderschaft. Ein Küsschen auf die Wange besiegelte, dass sie per Du waren. Als der Sekt getrunken war, nahm Ade einen tiefen Schluck aus dem Bierglas. Die lange Autofahrt hatte ihn durstig gemacht.

»Sekt und Bier, des lob ich mir«, sagte er und hielt sich schnell die Hand vor den Mund, um seinen Rülpser ein bisschen zu kaschieren.

Ella blickte sich noch mal um und wunderte sich, dass mitten in diesem Lokal eine Laterne stand. Sie war verbogen, als wäre jemand mit dem Auto dagegengebrettert. Aber auch dazu sagte sie nichts. Bei ihr in der Wirtschaft war der Boden jedenfalls sauberer.

»Nachher singt die Gisela«, sagte Ade. »Das ist hier die Wirtin.«

Der Loidl hatte ihm gesagt: »Bei der Gisela sitzens alle im Nachtlokal, die ganze Prominenz in München verkehrt da. Die singt Lieder, mei Liaba, da tät sich deine Mutter bekreuzigen, wenns ned glei ein Herzkaschperl kriagat.«

Nur dort, wo die Puppen für den Loidl tanzten, sei es noch aufregender. Da hupften die Weiber barbusig auf den Tischen herum. Dorthin zu gehen, war Ade allerdings nicht ganz passend für ein erstes Rendezvous erschienen.

Ella kam sich fehl am Platz vor. Ihre Tanzschuhe hatte sie umsonst eingepackt, nach gepflegtem Tanzlokal sah es wahrlich nicht aus. Die Ausgelassenheit der anderen Gäste verschlimmerte ihre Laune eher noch. Die waren doch alle schon angetrunken. Sie nippte an einem weiteren Glas Sekt und suchte die Toilette auf, um den Lippenstift nachzuziehen und sich frisch zu machen. Als sie zurückkam, unterhielt Ade sich mit dem Paar am Tisch. Das Bairisch, in dem sie miteinander redeten, verstand Ella nicht.

Dann wurde das Licht auf die Frau gerichtet, die an der Laterne stand. Sie war in Ellas Alter, hatte kurze Haare und trug eine wild gemusterte Bluse zu einer dunklen Hose. Die Leute klatschten, schrien »Gisela!« und jubelten, noch bevor sie den Mund aufmachte und zu singen begann. Ihre Stimme war tief. Kein Wunder, Ella hatte gesehen, dass diese Gisela Kette rauchte.

Bei den ersten Liedern tat Ella noch so, als ob sie die obszönen Anspielungen nicht genau verstand, aber dann fing die Frau plötzlich an, ein Lied zu singen, in dem ständig das Wort »Novak« vorkam.

Die anderen Gäste, auch das Paar an ihrem Tisch, schienen es zu kennen und sangen ganze Passagen mit, besonders den Refrain: »Ich hätt schon längst ein böses End genommen. Aber der Novak lässt mich nicht verkommen.«

Immer wieder Novak, Novak, Novak. In Ella kochte es. War das Absicht? Fand Ade das lustig?

Als Gisela endlich eine Pause einlegte und Ade sich sein fünftes Bier bestellte, wäre Ella am liebsten aus dem Lokal gestürmt. Aber sie dachte daran, wie teuer ein Taxi wäre, und ein Zug ginge um die Uhrzeit bestimmt nicht mehr, ihr blieb wohl nichts anderes übrig, als mit ihm zu fahren.

»Ich möchte gehen«, zischte sie.

»Die Gisela singt glei noch was.«

»Mir egal. Ich will sofort weg hier.«

»Ja dann fahrn ma halt los.«

Versteh einer die Weibsbilder, dachte Ade. Vorhin, als

die Gisela losgelegt hatte, hatte Ade an seine Schwester Liesel denken müssen. Die hätte gelacht und applaudiert. Ella Novak schaute dagegen schon die ganze Zeit griesgrämig drein. Verstand die Wirtin überhaupt keinen Spaß?

Schweigend gingen sie zum Auto zurück. Als sie davorstanden, sah er, dass jemand eine Zigarettenkippe auf den Fahrersitz des Coupés geworfen hatte. Im Leder war eine Verfärbung zu erkennen. Es war ein Fehler gewesen, das Verdeck offen zu lassen. Jetzt konnte er schauen, wie er den Brandfleck aus dem Leder rausbekommen würde.

Die Rückfahrt über kam er sich wie ein Schüler vor, der alles falsch gemacht hatte. Setzen, sechs! Ella strafte ihn mit Missachtung. Ab und zu krachte das Getriebe, und es ruckelte komisch. Da würde er doch noch mal den Mercedes in der Werkstatt aufbocken müssen. Er war erleichtert, dass sie es ohne Panne bis zur Kleinstadt schafften.

An der Straßenecke stellte er den Mercedes ab, sprang heraus und öffnete Ella die Beifahrertür. In Romanen oder in Filmen war es immer so einfach. Da erfanden die Männer eine Ausrede, wegen der sie noch mit hoch mussten. Die Frauen taten reserviert, um später in den Armen des Mannes zu schmelzen wie Kerzenwachs.

»Ich könnt noch einen Kaffee brauchen«, sagte Ade.

»Um diese Uhrzeit wollen Sie Kaffee?«

»Du«, korrigierte er. »Wir sagen uns doch du. Die Brüderschaft.«

Ein Fehler, dass sie sich vorhin darauf eingelassen hatte, dachte Ella. Für sie war der Abend eine tiefe Enttäuschung. Das fehlte ihr noch, dass sie ihm jetzt einen Kaffee kochte!

Ade war müde und schläfrig vom Bier. Seine Arbeitswoche war hart gewesen, er wäre liebend gerne ins Bett gegangen, aber es musste ja nicht das eigene sein.

Ella dachte daran, dass alle fragen würden, wie der Abend mit dem Schierlinger verlaufen sei. Nur Margot konnte sie die Wahrheit erzählen, dass der Schierlinger ein echter Kindskopf war und sie nichts mehr mit ihm zu tun haben wollte.

»Also das geht nicht«, sagte Ella. »Ich muss ins Bett. Morgen stehe ich wieder den ganzen Tag in der Wirtschaft. Lassen Sie sich doch von Ihrer Mutter einen Kaffee kochen!«

Das saß. Ade gab sein Bestes, gelassen zu reagieren, wie ein echter Gentleman eben. »Mei Muadda schlaft scho. Aber ich bring dich noch zur Tür.«

Ein völlig überflüssiges Angebot. Sie standen ja schon vor der Wirtschaft. Ella tat, als ob sie ihn gar nicht bemerkte, und suchte in ihrer Tasche nach dem Schlüssel. Er wartete. Sie drehte sich um und schaute ihm direkt in die Augen. Er missverstand die Geste, nahm ihr Gesicht in beide Hände und drückte ihr einen Kuss auf die Lippen. Sie stieß ihn weg, zögerte kurz, holte aus und verpasste ihm eine Ohrfeige.

»Für wen halten Sie sich!«, flüsterte sie, denn um die Uhrzeit konnte sie nicht schreien, ohne die Nachbarn und die ganze Familie aufzuwecken. »Gehen Sie«, zischte sie. »Und kommen Sie am besten nie wieder!«

Ade rieb sich die Backe. Mit einer Watschen hatte er nicht gerechnet. Aber das zeigte halt, dass die Wirtin heißblütig, jedoch nicht leicht zu haben war. Er ging zum Mercedes und stieg ein. Das brennende Gefühl auf seiner Wange verblasste zu einem süßen Schmerz, der ihn noch eine ganze Weile an diesen Abend erinnern würde.

Im Grunde seines Herzens war Adolf Schierlinger ein unverbesserlicher Optimist. Als er in die Straße zu seinem Elternhaus einbog, war er bereits sicher, dass das schon alles wieder gut werden würde. Als Erstes, gleich am Nachmittag, würde er den Brandfleck aus dem roten Leder polieren, damit sein Chef keine Fragen stellte. Dann würde er sich das Getriebe vom Mercedes anschauen und einen Plan entwerfen, wie er Ella Novak doch noch für sich gewinnen konnte. Die Watschen zeigte, dass er ihr im Prinzip nicht egal war, sonst hätte sie sich nicht so über ihn aufgeregt. An seiner Liebe für sie hatte das alles jedenfalls nichts geändert, sondern ganz im Gegenteil.

In der Raucherecke

In den Sechzigerjahren durfte man hier im Krankenhaus überall rauchen. Das hat mein Vater vor einem halben Jahr jedenfalls behauptet, als wir gemeinsam nach draußen zur Raucherecke gingen. Er schwärmte mir vor, wie er sich als junger Mann bei einem Arbeitsunfall mehrere Finger gequetscht hatte und operiert werden musste. Eine ganz wunderbare Zeit sei das gewesen. Die Krankenschwestern gaben ihm Feuer, das Krankenhauspersonal rauchte selbst Kette, und in der Cafeteria konnte man Zigaretten kaufen, so viel man wollte. Das war nicht so wie heute, wo Raucher wie Aussätzige bei Wind und Wetter draußen herumstehen müssen und auf den Zigarettenpackungen Abbildungen von Raucherlungen oder amputierten Beinen zu sehen sind.

Im Arztbrief, mit dem mein Vater letztes Mal entlassen wurde, stand der Satz: »Wegen seines hohen Alkohol- und Nikotinabusus wurde der Patient auf notwendige Veränderungen seines Lebensstils hingewiesen.« Leider ohne Erfolg. Läge mein Vater nicht im Koma, stünde er bestimmt auch bei den verlorenen Gestalten in der Raucherecke des Krankenhauses herum. Die meisten tragen Morgenmantel und Schlappen und sehen so aus, als ob sie lieber nicht gesehen werden wollen. Einer der Männer hat einen Schlauch in der Nase und eine Zigarette in der Hand, ein anderer sticht aus der Menge heraus, weil er so gesund wirkt. Er trägt eine Brille mit dunklem Kunststoffrahmen und zieht an einer Zigarette. Vielleicht ein Arzt.

Erst nach ein paar Sekunden dämmert es mir, dass ich

das Gesicht vorhin auf meinem Handydisplay gesehen habe. Mann mittleren Alters, graue Haare, nur eine goldgerahmte Brille statt des dunklen Rahmens, aber drei Kinder und eine Ehefrau, die sich von drei Chihuahuas unterbuttern lässt. Das ist doch Polit-Rösner!

Einen Grund, stehen zu bleiben, gibt es nicht. Ich weiß zwar, wer er ist, aber er hat mich zu Schulzeiten keines Blickes gewürdigt, und wir hatten nie was miteinander zu tun. Geschwärmt habe ich nur von der Ferne.

Doch statt wortlos an diesem Fremden vorbeizugehen, höre ich mich wie fremdgesteuert sagen: »Hallo, ich glaube, ich kenn dich.« Fehlt nur, dass ich wie Peter Cornelius, ein österreichischer Liedermacher, lossinge: »Du, entschuldige, i kenn di, bist du ned der oane …« Wenigstens diese Peinlichkeit unterlasse ich. Mein Gesicht glüht ohnehin schon vor Scham. Was tue ich hier?

Er schaut kurz von seinem Handy auf, blickt sich um, ob ich wirklich ihn meine, zieht die Augenbrauen hoch und murmelt nicht sehr interessiert ein fragendes »Ja?«.

»Tosca Schierlinger.« Wenn ich jemand anders wäre, könnte ich mich wenigstens fremdschämen für diese Aufdringlichkeit. »Ich habe gestern eure drei Hündchen gesehen.« Der muss mich für verrückt halten.

»Tut mir leid, ich glaube, Sie verwechseln mich«, sagt er und schaut gleich wieder auf sein Handy und dann auf die Armbanduhr.

Normalerweise lasse ich mich durch offen gezeigtes Desinteresse schnell entmutigen, heute bleibe ich hartnäckig.

»Du bist doch Ingo Rösner und warst zwei Klassen über mir.«

Er steckt sein Handy in die Umhängetasche und nimmt einen tiefen Zug von seiner Zigarette. Asche fällt auf den Boden.

»Du hast doch immer diese politischen Artikel für die Schülerzeitung geschrieben«, fahre ich fort. »Für die Weltrevolution.« Er blickt mich irritiert an. »Und Gedichte auch.« Immerhin lacht er jetzt.

»Die Weltrevolution ist lange her, und die Gedichte waren grottenschlecht.«

»So schlimm auch wieder nicht.«

»Doch, waren sie.«

Damit ist unser Gesprächsstoff allerdings auch schon erschöpft, ich kann ihn schlecht wirklich Interessantes fragen, zum Beispiel, warum er mit Manu Klötzl verheiratet ist und mit ihr Kinder und Chihuahuas hat, ob das seiner Lebensplanung entspricht. Das wäre doch arg persönlich. Statt die Chance zu nutzen und einfach zu gehen, bleibe ich in der Raucherecke stehen, obwohl ich nicht rauche. An der guten Luft liegt es bestimmt nicht.

»Besuchst du auch jemanden im Krankenhaus?«, frage ich.

»Ja«, antwortet er. »Einen Kollegen. Geh gleich hoch auf die Station.«

»Ich war bei meinem Vater. Er liegt hier im Koma.« Die Sätze kommen einfach raus, ob ich will oder nicht.

»Das tut mir leid.« Ingo Rösner kneift die Lippen zusammen, das soll wohl so etwas wie Mitgefühl signalisieren, sagt dann aber ganz schnell »Ich muss los«, drückt seine Zigarette aus und setzt sich in Bewegung.

Ich bleibe noch einen Augenblick stehen und atme durch, obwohl ich dabei Rauchschwaden in die Nase bekomme. Irgendwie befinde ich mich seit Tagen in einem Ausnahmezustand, seit Willy mir die Nachricht vom Tod meiner Mutter geschickt hat. Ich muss aufpassen, nicht vollkommen auszuticken. Polit-Rösner anzuquatschen. Einfach so. Wenn mir das jemand prophezeit hätte, als ich vierzehn war, hätte ich gedacht, derjenige hat einen Sprung in der Schüssel. Aber das hätte ich wohl über vieles gedacht, was sich in der Welt und auch bei mir persönlich in letzter Zeit getan hat.

Als ich mich ein bisschen beruhigt habe, gehe ich zur Bushaltestelle. Ich steige in den nächsten Bus ein und setze mich ans Fenster. Nach ein paar Stationen fällt mir auf, dass die Strecke vom Krankenhaus in die Innenstadt an dem Haus vorbeiführt, in dem meine Mutter bis zu ihrem Tod gewohnt hat. Es ist ein Nachkriegsbau. Aus dem Busfenster kann ich schon die Fassade erkennen, den bogenförmigen Eingang und die vier Fenster, die zu ihrer Wohnung im dritten Stock gehören. Als der Bus an der Kreuzung vorbeifährt, erkenne ich die Ampel, über die sie gegangen sein muss, als der Lastwagen ankam und sie überrollte. Ich versuche, das Bild sofort wieder zu verdrängen, aber mein Herz fängt trotzdem an, schneller zu schlagen, weil ich an meinen letzten Besuch in ihrer Wohnung denken muss.

»Als ob du weißt, was schwere Zeiten sind«, hatte Mama verärgert gesagt. »Was meinst du, wie das im Krieg war, und nachher, bei den Russen, und wie die Polen uns wie Dreck behandelt haben.«

Wir hielten es nie lange miteinander aus, ohne uns zu streiten. Sie fand immer schon, ich sei meinem Vater zu ähnlich. Alles, was sie an ihm aufgeregt hatte, kritisierte sie auch an mir. Lieber auf dem Sofa zu liegen und ein dickes Buch zu lesen, statt ihr in der Wirtschaft oder im Haushalt zu helfen. Mit dem Rauchen anzufangen. »Ungepflegt« herumzulaufen. Flausen im Kopf zu haben. Alles Dinge, die sie nicht an mir mochte, als ich ein renitenter Teenager war.

Ich hätte später, als ich erwachsen war, geduldiger sein und einfach nur zuhören sollen, wenn sie über die Männer im Allgemeinen, speziell aber meinen Vater, über ihr Leben und ihre Kinder klagte. Ich hätte mehr Interesse für das Leid, das sie erfahren hatte, zeigen sollen, mehr Verständnis für ihre Anfälle von Bitterkeit und Verzagtheit. Stattdessen fing ich ganz automatisch an, uns zu verteidigen, wenn sie meinen Vater, meine Brüder oder mich kritisierte.

Auch bei meinem letzten Besuch habe ich versucht, dagegenzuhalten.

»Aber Willy und Marija kümmern sich doch um dich. Kasia kommt zweimal die Woche. Deine Wohnung ist warm. Sepp kommt ab und zu vorbei. Ich rufe dich an. Ted auch. Es sind halt schwere Zeiten.«

Daraufhin hielt sie mir vor, dass ich nicht wüsste, was schwere Zeiten sind. Aber gegen das, was Mama schon alles erlebt hatte, war eben alles banal. Ich fand es schwierig, wenn sie ihr eigenes Leben als Maßstab dafür nahm, dass andere sich nicht zu beklagen hatten, während sie sich selbst doch ständig beklagte.

»Nicht alle Menschen sind so stark wie du«, sagte ich.

»Was blieb mir denn anderes übrig! Was meinst du, was passiert wäre, wenn ich mich einfach in eine Ecke gesetzt und geheult hätte.«

Darauf wusste ich keine Antwort und guckte verstohlen auf die Uhr, wann ich endlich gehen könnte.

Als ich dann aufbrach, packte sie die Reste des Frankfurter Kranzes, den sie selbst gebacken und mir zuliebe aufgetaut hatte, in eine Tupperdose. Weder war Frankfurter Kranz mein Lieblingskuchen, noch mochte ich Reste davon mitnehmen, aber die Regeln der polnischen Gastfreundschaft verlangen, dass kein Gast mit leeren Händen gehen darf. Ich wehrte mich nicht mehr dagegen und ließ mir auch weitere Dinge aufdrängen, die ich nicht brauchte: einen Schal »echt Kaschmir«, ein Paar helle Lederhandschuhe »echt Ziegenleder«, einen Ring »Amethyst in 585er Gold«.

Alles Dinge, die sie im Laufe ihres Lebens von den »Motten«, die sie umschwärmten, geschenkt bekommen oder sich von ihrer kleinen Rente zusammengespart hatte. Weder war mir kalt, noch würde ich jemals solche Ziegenlederhandschuhe tragen. Der Ring passte nur an meinen kleinen Finger.

»Nimm es, solange meine Hände noch warm sind.«

Als ich an der Tür stand, erleichtert, endlich gehen zu können, sah ich sie noch einmal an. Zehn Jahre jünger hatte sie der junge Arzt, der sie neulich in der Hausarztpraxis untersuchte, geschätzt, auf achtzig statt auf fast neunzig. Davon hatte sie mir mit leuchtenden Augen berichtet. Früher waren wir gleich groß gewesen, nun ging sie mir nur noch bis zur Schulter. Ihre Füße steckten in flachen Pantoletten mit goldenen Riemchen, sie trug ein T-Shirt mit Glitzerapplikationen und eine Stoffhose mit goldenen Ziernähten und Tigerprint. Ihr Haar war inzwischen weiß. Vor ein paar Jahren hatte sie aufgehört, es zu färben.

Der Amethystring drückte die Blutzufuhr an meinem kleinen Finger ab und fühlte sich wie ein Folterinstrument an. Der Schal kratzte am Hals, und ich war mir sicher, dass ich davon einen Hautauschlag bekommen würde. Die Handschuhe waren viel zu warm und würden in Berlin innerhalb eines Tages so verdreckt aussehen, als hätte ich damit den Ölwechsel bei einem Mercedes durchgeführt.

Ich fühlte mich gestresst, wusste, sie meint es gut, spürte aber auch eine tiefe Genervtheit, und vielleicht lag es an diesem Gefühlswirrwarr, dass es mir mit ihr so ging wie vorhin mit Ingo Rösner. Ich sagte etwas, das ich sonst nicht sagte, weil in unserer Familie Gefühle üblicherweise nicht offen gezeigt werden.

»Ich hab dich lieb, Mama.«

Die Wahrheit ist, dass wir uns oft wie Feindinnen statt wie Mutter und Tochter benommen haben. Sie verstand nicht, warum ich so war, wie ich nun mal war. Ich verstand nicht, warum sie so war, wie sie war. Sie wollte, dass ich Anwältin oder Ärztin werde, schick gekleidet herumlaufe, viel Geld verdiene und auf immer mit ihr verbunden bleibe. Ich wollte mich von ihr lösen, mein eigenes Leben leben und herumlaufen, wie es mir passte. Ich wünschte mir eine modernere, gebildete Mutter, die Wörter nicht falsch aussprach und keine komischen polnischen Gerichte kochte. Sie wünschte sich eine Tochter, die das Gymnasium schaffte, aber trotzdem nicht tat, als ob sie alles besser wüsste, oder Wörter benutzte, die ihr fremd waren.

Nachdem ich den Satz ausgesprochen hatte, blickte Mama mich an, als ob ich etwas in einer Sprache gesagt hatte, die weder Deutsch noch Polnisch war. Das war ein seltsamer Kontrast zu dem Brimborium, das sie kurz davor veranstaltet hatte. Sie schwieg, und da mir auch nichts mehr einfiel, was ich noch hätte sagen können, umarmte ich sie, und sie tätschelte mir den Arm, vorsichtig, als ob ich sie wegstoßen könnte, und dann sagte sie: »Wer weiß, ob wir uns lebend wiedersehen.«

Das war nur eine Floskel, die sie immer von sich gab, so wie kurz davor den Satz »Nimm es, solange meine Hände noch warm sind.« Aber dieses eine Mal behielt sie eben recht.

Halb leeres Glas

Der Bus stoppt an einer Kirche. Es gibt in dieser Stadt so viele Gotteshäuser, dass ich vergessen habe, wie dieses heißt, ich weiß nur, dass ich von hier zum Hotel zu Fuß gehen kann. Den Weg finde ich noch immer intuitiv. Ich streife im Hotelzimmer meine Sneakers ab und lasse mich auf einen der Sessel im Zimmer fallen. Kurze Zeit später kommt Ron. Er ist gut gelaunt.

»Wie war's?«, frage ich. »War der Stadtrundgang mit Ted und Sophia schön?«

Ron nickt. »Sophia musste noch was für ihre Doktorarbeit tun, deshalb sind Ted und ich zu zweit los. Eine sehr beeindruckende Stadt, in der du aufgewachsen bist. Hier ist jeder Stein ein Stück Geschichte.«

»Ja, ja, die Römermauer und die mittelalterlichen Gässchen. Sieht alles hübsch aus, ist aber auch ein bisschen eng hier.« So eng wie der Amethystring an meinem kleinen Finger.

»Dein Bruder hat mich schon gewarnt.« Er lächelt.

»Wovor?«

»Dass du das Glas immer eher halb leer siehst.«

»Meiner Meinung nach ist das die einzig vernünftige Sichtweise. Die Hälfte eines Getränks ist weg. Sich einzureden, das Glas wäre noch halb voll, ist einfach nur dumm.« Aus irgendeinem Grund regt es mich wahnsinnig auf, dass Ted und Ron über mich gesprochen haben. »Positives Denken kann sehr negativ sein. Richtig ungesund. Es gibt viele Studien, die das belegen.«

»Er hat auch gesagt, dass du Bayern hasst.«

»Ich hasse Bayern nicht, vielleicht ist das eher seine Projektion.«

»Ja, das hat er auch gesagt, dass du gerne mit klugen Begriffen um dich wirfst und schon als Kind eingebildet gewesen bist.« Ron lacht. »Und verwöhnt.«

»Und meine Stimme war piepsig, und ich hatte nicht das Zeug zur Schlagersängerin. Schon gut.« Ich rolle genervt mit den Augen. »Wusste nicht, dass mein Bruder neuerdings ganze Psychogramme über mich erstellt.«

»Komm, dein Bruder hält große Stücke auf dich. Er hat auch erzählt, dass du das alles auf eigene Faust geschafft hast, nach Berlin zu gehen, zu studieren, dein eigenes Leben zu leben.«

»Schön, dass ihm noch irgendwas Positives eingefallen ist, wo er mich doch so negativ findet.« Weiß auch nicht, warum ich so sarkastisch auf Lob reagiere. »Ich wüsste auch einiges über ihn zu berichten.« Über seine Jugendsünden redet Ted naturgemäß nicht so gerne, obwohl sie doch sein wildes Musikerimage unterstreichen können. Ich spare es mir, damit anzufangen, ich bin schließlich nicht Willy.

»Ted ist ein netter Kerl.«

»Du kannst ihn gerne haben, wenn du ihn so sehr magst. Du kannst alle drei haben. Nimm meine ganze Familie. Selbst meinen Vater würde ich dir schenken, aber ich fürchte, davon hast du nicht viel.« Geladen wie ich bin, lege ich gleich noch nach. »Du hast keine Ahnung, wie es ist, in so einer Familie aufzuwachsen, von den älteren Brüdern nie für voll genommen zu werden und dann noch in der Schule gemobbt zu werden.«

»Von der Frau mit den Hunden?«

»Genau von der.«

Ron macht eine Bewegung auf mich zu, aber ich verschränke die Arme und murmele irgendwas davon, dass ich mich ans Laptop setzen und Mails beantworten muss.

»Jetzt noch?«, fragt Ron. »Ted und Sophia wollen mit uns nachher essen gehen.«

»Ich hatte gehofft, einen ruhigen Abend zu verbringen.«

Ron hebt ratlos die Achseln. »Setz du dich ans Laptop, ich geh dann noch joggen, ich brauche ein bisschen Bewegung.«

Er ist doch gerade erst mit Ted durch die Stadt gestiefelt. War das nicht Bewegung genug? Ich spare mir einen Kommentar, setze mich demonstrativ an den Schreibtisch und klappe mein Laptop auf. Nach ein paar Minuten fällt die Tür ins Schloss, und ich lehne mich zurück.

Eigentlich habe ich nicht die geringste Lust, noch Mails zu beantworten. Die meisten wissen, dass ich nicht in Berlin bin. In dringenden Fällen können sie sich an meine Chefin Louise wenden. Ich gucke die Flut an Post durch und lösche so viel wie möglich. Das Geräusch, wenn wieder eine Mail im virtuellen Papierkorb landet, klingt befriedigend. Von Louise ist bis auf ein paar Rundmails, die sie regelmäßig an alle Lehrbeauftragten schickt, nichts dabei, was mich direkt betrifft. Aber als ich die Liste weiter durchsehe, fällt mir eine Mail von Pia auf. Meine »Lieblingsstudentin«, die mich für eine Altachtundsechzigerin hält. Ich zögere zuerst, sie anzuklicken, noch mehr schlechte Nachrichten brauche ich nicht, aber dann denke ich mir *Was soll's!* und öffne sie.

»Liebe Tosca, ich habe von Louise erfahren, dass deine Mutter gestorben ist. Das tut mir leid. Meine Mutter ist vor zwei Jahren an Krebs gestorben, das war sehr schwer für mich. Ich weiß nicht, ob es leichter ist, weil deine bestimmt schon älter war, aber es tut wahrscheinlich trotzdem weh. Ich wollte dir noch sagen, dass meine Mutter im Kindergarten gearbeitet hat und alleinerziehend war. Nur zu deiner Information. Ich nehme dir nicht übel, was du gesagt hast, auch wenn das Klassismus war. Viele deiner Ansichten und Methoden …«

Ab da folgt ein langer Sermon mit Belehrungen und Vorschlägen von Pia, der mich eher wieder ärgert, aber sonst ist die Mail eine rührende Geste. Verrückte Welt, denke ich. Ausgerechnet die Studentin, die mir das Leben schwer macht, zeigt Verständnis, während meine Chefin Louise mir signalisiert hat, dass ich ihr bloß Umstände bereite. Bislang dachte ich, ich könne Menschen ganz gut einschätzen. In letzter Zeit zweifle ich zunehmend daran.

Als ich das Laptop zuklappe, merke ich, dass ich hungrig bin und mir kalt geworden ist. Ich habe nur eine Kleinigkeit in der Cafeteria des Krankenhauses gegessen und war heute wohl zu dünn angezogen. Wenn ich nicht aufpasse, kriege ich eine dicke Erkältung. Das Beste, was ich vorsorglich tun kann, ist, mir ein heißes Bad in der schönen großen Wanne des Hotels einzulassen. Ich bestelle mir was zu essen beim Zimmerservice.

Das Badezimmer ist mit bunten Fliesen dekoriert, die auch den Boden verzieren. Es soll wohl wie ein orientalischer Hamam wirken und hüllt sich durch das heiße Wasser langsam in jede Menge Dampf. Ich entdecke eine elegante Karaffe und schnuppere an der smaragdgrünen Flüssigkeit. Es riecht zitronig und sieht nach Badeöl aus. Ich kippe das Zeug ins Wasser.

Es klopft an der Tür, und ich kriege ein Sandwich überreicht. Während ich auf dem Bett sitzend kaue, fällt mir ein, dass ich in der Wanne Musik hören könnte. Meine Klassik-Playlist bringt mich immer gut runter. Also gehe ich zurück in den Flur, um Handy und Airpods zu holen, die in meiner Tasche sind. Auf der Ablage liegt Rons Smartphone. Vielleicht hat er vergessen, es mitzunehmen. Oder er möchte ohne Ablenkung laufen.

Ich kann es nicht lassen, nehme das Handy in die Hand und schaue auf das Display. Rein aus Neugier. Eine Nachricht ploppt auf. Da schreibt eine Kathrin: »Ich vermisse dich und will dich zurückhaben, egal, was war.« Es kann natürlich eine Patientin sein, die sich schon auf die nächste Behandlung bei ihm freut. Das wäre die harmloseste Erklärung. Aber die Nachricht enthält zwei Herzchen. Eine sehr überschwängliche Patientin vielleicht. Oder eine Freundin, die wahnsinnig herzlich ist und ihn vermisst. Aber mein Bauchgefühl sagt mir irgendwie, dass diese Kathrin ihn wirklich zurückhaben will und er sich vermutlich schon die ganze Zeit überlegt, ob er das auch möchte.

»Leg das Handy weg, Tosca«, mahne ich mich. »Du bist nicht der Typ Frau, die einem Mann hinterherspioniert.«

Ich bin eher der Typ Frau, die ganz spontan Rons Geburtsdatum eingibt. Über eine Kathrin haben wir nicht geredet, aber über unsere Geburtstage schon. Es tut sich nichts. Doch ich bin nicht der Typ Frau, die sofort aufgibt, sondern die Zahlen dann einfach in umgekehrter Reihenfolge eintippt. Und siehe da, das Handy entsperrt sich. Wir sind wohl alle nicht sehr einfallsreich mit unseren PINs und Passwörtern.

Zuerst freue ich mich einfach nur über mein Kombinationsvermögen. Es ist ein bisschen so wie damals, als ich im Schrank meines Vaters herumkramte und per Zufall die verbotene Kassette fand. Große Freude, dann ein schlechtes Gewissen. Ich missbrauche gerade Rons Vertrauen. Als ich die Nachricht öffne, fällt mir ein polnisches Sprichwort meiner Mutter ein. Eines von der knallharten Sorte: *»Neugier ist die erste Stufe zur Hölle.«*

Wenn das Profilfoto noch aktuell ist, hat diese Kathrin kupferrote Haare, grüne Augen und einen knallrot geschminkten Mund. Sie strahlt eine gewisse Künstlichkeit aus, aber vielleicht ist das nur der Filter, den sie nutzt. Sie schreibt nicht nur, dass sie Ron vermisst, sondern dass die Zeit mit ihm doch schön war, sie blöd war und warum er sich jetzt gar nicht mehr meldet. Ob er sie denn wirklich nicht mehr liebt?

Ich würde, wenn ich nicht Rons Schritte auf dem Gang hörte, gerne den Rest ihrer Botschaften an ihn lesen. Vielleicht stünde da ja noch was von langjähriger rein platonischer Freundschaft, und alles wäre geklärt. Aber so lege ich das Handy schnell auf die Ablage zurück, als ob ich mich daran verbrannt hätte. Das Display leuchtet noch. Ich hätte die App schließen sollen, doch in der Eile bin ich schon damit überfordert gewesen, die Nachricht als ungelesen zu markieren. Zu spät.

In einem irrsinnigen Tempo laufe ich ins Badezimmer und lege mich in die Wanne, die fast bis zum Überlaufen gefüllt ist. Durch mein ruckartiges Hineingleiten schwappt das Wasser auf den Boden. Die Airpods sind schon in den Ohren. Ich tippe die Playlist »Klassik« an und lege mein Handy auf einen Beistelltisch neben der Wanne. Geschafft!

Das Wasser ist allerdings viel zu heiß. Ich drehe den Hahn auf und lasse kaltes Wasser nachlaufen. Das Zimmer verschwindet immer mehr in dichtem Nebel, und das erste Lied der Playlist ist ausgerechnet Rachmaninows Klavierkonzert Nummer 3 in d-Moll. Am Flügel David Helfgott. Ich habe es auf meine Liste gepackt, als Ron mir auf der Herfahrt von seiner Mutter im Seniorenstift erzählte. Auf Helfgotts Version von Rachmaninow war ich neugierig geworden.

Trotz der Musik in meinen Ohren bekomme ich mit, wie Ron die Tür öffnet. Ich schließe die Augen und tue so, als ob ich schläfrig und völlig auf die Musik konzentriert in der Wanne liege. Meine Gedanken laufen jedoch Amok.

Falls Ron und ich jemals eine Chance gehabt haben, dass sich irgendwas zwischen uns entwickelt, dürfte das vorbei sein. Er wird herausfinden, dass ich eine miese Schnüfflerin bin. Ich habe es mal wieder verbockt.

Genie und Wahnsinn

Durch halb geöffnete Augen sehe ich, wie Ron sich auszieht und dann in die Dusche steigt. Er könnte eigentlich direkt zu mir in die Wanne, aber vielleicht will er mich nicht stören oder ist besonders hygienebewusst. Ich sage nichts und gebe vor, seine Anwesenheit nicht zu bemerken. Ziemlich kindisches Verhalten, ist mir schon klar. Als er dann doch noch zu mir in die Wanne steigt, gerät das Wasser in Bewegung, und ich höre, wie ein weiterer kräftiger Schwall Badewasser überschwappt. Hoffentlich verursacht das keinen Wasserschaden im Zimmer unter uns.

Ich zögere, die Augen zu öffnen und seinem Blick zu begegnen. Warum hat Ron bloß diese Nachricht auf dem Handy? Ich bereue es zutiefst, sie gelesen zu haben. Nun grüble ich, welche Erklärung mir am liebsten wäre. Ron hat eine gute Freundin namens Kathrin, die das weibliche Pendant zu meinem schwulen Freund Flo ist. Oder: Kathrin ist eine Patientin, die ihn stalkt. Das würde auch dazu passen, dass er auf der Herfahrt einen Anruf weggedrückt hat. Oder Erklärung drei: Ron ist polyamor und hatte noch keine Gelegenheit, mir das mitzuteilen. Ging ja auch alles verdammt schnell mit uns.

Am liebsten wäre mir die erste Erklärung. Kathrin, die platonische Freundin. Mit Polyamorie habe ich keine guten Erfahrungen gemacht. Dafür bin ich nicht offen genug und tendiere zu sehr zur Eifersucht.

Warum muss alles früher oder später immer so kompliziert werden? Tosca, mahne ich mich, lass nicht wieder deine Fantasie mit dir durchgehen. Er wird schon irgendwann darüber reden.

Vor Jahren habe ich mir vorgenommen, mich nicht mehr mit voller Wucht in eine Beziehung zu stürzen, sondern meine Zuneigung zu dosieren und sorgfältig auszuwählen, wer sie verdient. Ich hatte vor, die Oberhand zu behalten und diejenige zu sein, die bestimmt, wie weit es geht und wann für mich Schluss ist.

Nele hatte mir auf der Hochzeit einer Freundin mal ihre »Die Guten ins Töpfchen, die Schlechten ins Kröpfchen«-Theorie unterbreitet. Das Talent der Braut, den passenden Mann für ihre jeweilige Lebensphase zu finden, haben wir immer schon seltsam und bewundernswert zugleich gefunden. Als sie sich eine unsanierte Altbauwohnung kaufte, war sie mit einem Tischler zusammen, der ihr die Fenster renovierte. Als sie ein Implantat brauchte, war sie mit einem Zahnarzt liiert, der ihr einen neuen Backenzahn spendierte. Kaum hatte sie sich einen Kleingarten zugelegt, lernte sie einen Landschaftsgärtner kennen, der ihr wunderbare Hochbeete baute und den Garten zu einer Oase kultivierte. Als sie heiraten wollte, lernte sie über eine Dating-App einen älteren Mann kennen, der zwei Stieftöchter mit in die Ehe brachte. Das war dann die Hochzeit, auf der wir über sie lästerten.

Ein Witwer ginge vielleicht gerade noch, erläuterte Nele, aber sonst wären in unserem Alter doch alle, die beziehungstechnisch was draufhätten, in Beziehungen. Die Geschiedenen oder Getrennten dagegen seien, so ihre Meinung, B-Ware. B wie beziehungsunfähig. Ich fand, dass das eine schreckliche und hoffnungslose Theorie war, vor allem, weil Nele und ich ja dann auch B-Ware waren.

Ich öffne endlich die Augen. Zwischen Ron und mir schwimmen Berge von Schaum in der Wanne, und natürlich steht auch diese Kathrin zwischen uns, die Frau, die ihn so vermisst.

»Ich hoffe, ich störe dich nicht«, bricht Ron das Schweigen.

»Nein, nein.« Ich nehme die Airpods aus den Ohren und lege sie weg. »Das Konzert ist sowieso gleich zu Ende.«

»Was hörst du?«

»Rachmaninow. Gespielt von David Helfgott.«

»Meine Mutter liebt die Version von Helfgott auch sehr.«

»Ja, das hattest du auf der Fahrt schon erwähnt.«

»Ein beeindruckender Musiker. Weißt du, dass er viele Jahre als Patient in psychiatrischen Kliniken verbracht hat? Er galt als Wunderkind, als Erwachsener hatte er mehrfach einen Nervenzusammenbruch und musste eingewiesen werden.«

»Das harte Schicksal der Kinderstars.«

»Genie und Wahnsinn eben«, sagt Ron.

»Wahnsinnige Künstler haben mich immer fasziniert. Ich bin zwar mit Schlagern aufgewachsen, aber durch meinen Vater auch früh mit Mozart vertraut gewesen.«

»Wirklich?« Da ist sie wieder, diese vollkommene Naivität bei Ron, von der ich nicht weiß, ob sie ernst gemeint ist, und die mich deshalb automatisch zum Lachen bringt.

»Das ist natürlich ein Witz. Willst du ihn hören?«

»Unbedingt.«

»Warum heißt Mozart Mozart?«

»War das nicht sein Familienname?«

»Es ist eine Scherzfrage für Grundschüler! Willst du die Antwort wissen oder nicht?«

»Doch.«

»Weil die Hebamme bei seiner Geburt gesagt hat: Mei, ist der Mo zart.«

Ron schaut mich fragend an.

»Mo«, sage ich noch mal sehr betont und lasse eine Pause. »Zart.«

Über diesen uralten Witz meines Vaters und darüber, dass Ron ihn nicht kapiert, weil er nicht weiß, dass Mo auf Bairisch Mann bedeutet, muss ich so lachen, dass das Wasser ein drittes Mal überschwappt.

Ich versuche aufzustehen, um zu schauen, wie tief die Wasserpfütze auf dem Badezimmerboden ist, rutsche aus, und falle kniend auf Ron, sodass eine weitere Welle des Badewassers über den Wannenrand fließt. Irgendwann wird es durch die Altbaudecke tropfen.

Ron stöhnt vor Schmerzen auf, weil ich halb auf ihm knie und gleichzeitig versuche, nicht unterzugehen. Ich paddle wie ein schwimmender Hund, das ist so erbärmlich, dass es schon wieder komisch ist. Ich lache und fühle mich ein bisschen gelöster. Schließlich finde ich noch eine Position, in der ich mir nicht die Hüfte auskugle oder aus der Wanne falle, sondern die sogar einigermaßen bequem für mich ist. Ich beuge mich zu Ron und versuche, ihn zu küssen. Wir lassen warmes Wasser nachlaufen, und ich denke, ich muss echt verrückt sein, dass ich mich darauf einlasse.

Mit einer ziemlichen Verspätung kommen wir am Abend in dem Lokal an, in dem Ted und Sophia auf uns warten. Sie sind mal wieder mit sich beschäftigt und stellen zum Glück keine Fragen. Eine überzeugende Ausrede habe ich nämlich nicht parat. Da sie in der Zwischenzeit schon gegessen haben, beschließen wir, in eine Studentenkneipe von früher zu gehen. Mittlerweile sieht es dort eher nach Szenelokal aus. Wir bestellen Bier, und ich frage nach der Speisekarte. Das Sandwich hat nicht lange vorgehalten.

»Hier bin ich mal mit einer meiner ersten Bands aufgetreten«, erzählt Ted. »Gunpowder. Heavy Metal mit Jazzelementen. Kannst du dich daran erinnern, Toschki?«

Ich schüttle den Kopf. »Da war ich noch zu klein und durfte nicht in verräucherte Kneipen. Metal und Jazz in Kombination hört sich außerdem grauenhaft an.«

»Wir waren nicht schlecht. Ich finde es übrigens eine Schweinerei, dass man hier nicht mehr rauchen darf. Das ist so ein Schickimicki-Laden geworden.«

»Ich finde es ganz angenehm, dass es hier nicht mehr so verräuchert ist.«

»Tosca hat früher geraucht wie ein Schlot.« Ted führt demonstrativ Zeigefinger und Mittelfinger an den Mund. »Das war in ihrer wilden Zeit.«

Meine wilde Zeit war natürlich nicht so wild wie seine. Als Jüngste hatte ich *»Was meine Mutter nicht weiß, macht sie nicht heiß«* zum persönlichen Sprichwort erkoren. Wenn sie mich fragte, warum ich nach Rauch stank, beschrieb ich ihr ausführlich die starke Nikotinabhängigkeit meiner Freundinnen und dass ich deshalb leider Passivraucherin sein müsse. Mama schüttelte den Kopf und meinte, ich solle mir bessere Freunde suchen. Aber wo sollte ich die in der Kleinstadt finden? Ich war froh, dass ich überhaupt welche hatte.

»Ted war früher ein langhaariger Politrocker.« Ich tätschle ihm den Kopf mit den immer noch schönen, aber doch inzwischen kürzeren und dünneren Haaren. »Er hat Batikhemden getragen und ist auf Festivals aufgetreten. Das Politgetue war ziemlich aufgesetzt.«

»Ich weiß noch, wie du nach deiner Schlagerphase eine Zeit lang nur noch mit Baskenmütze rumgelaufen bist und französische Liedermacher gehört hast.«

»Also doch Existenzialistin«, mischt Ron sich ein.

»Wie süß«, sagt Sophia.

»Das mit den Chansons und der Baskenmütze war nur

eine Phase. Mein Herz gehörte doch bereits David Bowie.«

Das ist Teds Stichwort. »Genau. David Bowie. Ihr großes Idol.«

»Sie hat immer noch einen Klingelton von ihm auf dem Handy«, sagt Ron.

»Wundert mich nicht. Sie dachte ja, sie würde ihn mal heiraten oder er sie, aber er hat sich dann doch für dieses Model entschieden.« Ted bricht ab. »Wie hieß die noch mal?«

»Iman«, ergänzt Sophia. »Ich folge ihr auf Instagram. Tolle Frau.« Ted hebt sein Weizenglas. »Auf tolle Frauen! Auf Ella Novak.«

Mein Lieblingsbruder hat dunkle Ränder unter den Augen und wirkt insgesamt sehr müde. Die letzten Tage, der Tod unserer Mutter, die Streitereien unter den Brüdern, aber auch das Älterwerden, die enormen Mengen an polnischem Spiritus und vielleicht auch die Nächte mit seiner Sophia sind nicht spurlos an ihm vorübergegangen.

»Nur noch zwei Tage«, sagt Ted. »Dann haben wir es hinter uns.«

»Du vielleicht«, stöhne ich. »Ich hänge hier wegen meines Vaters fest. Morgen steht auch noch das Aussortieren von all dem Kram in Mamas Wohnung an.«

»Wozu willst du da überhaupt hin? Willy hat sich bestimmt schon alles unter den Nagel gerissen, was von irgendeinem Wert ist. Und die Jukebox kriegst du sowieso nicht.«

»Ich habe vorhin übrigens eine Nachricht erhalten«, sagt Ron. »Hätte ich beinahe vergessen.«

Für einen kleinen Augenblick zucke ich zusammen, aber er kommt nicht auf Kathrin zu sprechen, sondern seinen Freund, der sich mit Jukeboxen befasst. »Auf den ersten Blick wirkt die Jukebox noch ganz gut in Schuss, schönes Modell, er hätte Interesse, aber für eine Schätzung müsste er sehen, wie sie innen aussieht.«

»Sie funktioniert doch noch, das hat Tosca jedenfalls gesagt.«

Ron nickt. Er konnte es ja selbst hören, als Jan die Jukebox angeschaltet hat.

»Zehntausend Euro hält mein Freund für so gut wie ausgeschlossen. Dafür gibt es noch zu viele auf dem Markt.«

»Ich kenne eine Kneipe in Hamburg, die auch eine hat«, sagt Sophia.

»Immerhin ist die von Mama ein Wurlitzer«, wirft Ted ein.

»Sepp wird sie sowieso nicht hergeben«, sage ich. »Das hast du doch gerade selbst gemeint.«

»Ich rede noch mal mit ihm.« Ted nimmt einen Schluck aus dem Weizenglas und wirft mir einen Blick zu, der vor Entschlossenheit nur so trieft. »Sicherheitshalber komme ich dann doch morgen in Mamas Wohnung.«

Eine weitere Runde Streit ist damit vorprogrammiert.

Ich beobachte Ron, der mit seinem Handy beschäftigt ist. Vielleicht liest er noch mal die Nachricht von seinem Freund durch – oder die Nachricht von dieser Kathrin. Falls er das tut, lässt er sich nichts anmerken. Als er hochblickt, könnte ich schwören, dass ich Verliebtheit in seinen Augen sehe, aus seinem Lächeln lese ich, dass er auch an das überschwemmte Badezimmer denkt, das wir mühsam mit ein paar Handtüchern trocken wischten, bevor wir losgingen.

Ich klammere mich inzwischen schon an die Vorstellung, ich hätte mir die Nachricht nur eingebildet oder mich gar verlesen. Vielleicht habe ich in eine kleine, harmlose Mitteilung zu viel reininterpretiert. Es gibt bestimmt eine ganz vernünftige Erklärung. Ich bin doch eigentlich der Typ Frau, die sehr tolerant und offen ist, selbst in Sachen Beziehung.

Aber dann höre ich eine Stimme in meinem Kopf, die wie eine Mischung aus Nele mit ihrer »B-Ware-Theorie« und meiner Mutter mit ihrem Spruch »Männer sind wie Motten« klingt und die in einem ziemlich barschen Tonfall sagt: »Träum weiter, Tosca.«

Im Reich der Puppen

Als meine Mutter damals in diesen Nachkriegsbau an einer dicht befahrenen Straße zog, war sie Mitte siebzig und hatte sich gerade von Jorgos getrennt. Das Angebot, zu Willy und Marija zu ziehen, schlug sie empört aus. In die alte Wohnung über der Wirtschaft wollte sie auch nicht mehr zurück. Da wohnte mittlerweile ihr Jozio. Die beiden wären sich bei aller Liebe bald an die Gurgel gegangen.

Eine altersgerechte Wohnanlage mit Aufzug und Gemeinschaftsräumen für Senioren mit angeschlossenem Pflegeservice, zu der Willy und Marija rieten, kam überhaupt nicht infrage. Als ich den beiden recht gab, sprach Mama ein paar Wochen lang nicht mehr mit mir und ließ später hin und wieder den Satz fallen: »Tosca wollte mich ja damals auch ins Altersheim stecken.« Sie tat, als ob sie mich damit aufziehen wollte, aber ich wusste, dass sie gekränkt war und es mir nachtrug.

Sie suchte sich dann diese kleine Wohnung, anderthalb Zimmer, ein Minibad, eine Miniküche, kein Aufzug, dafür dritter Stock. Mit ihrem Rollator wurde es später ein bisschen mühselig, aber den ließ sie sowieso am liebsten stehen. Ihre generelle Abneigung gegen jegliche Veränderung ihrer wohnlichen Situation mündete früher oder später immer in den Satz: »Ins Altersheim bringen mich keine zehn Pferde. Da müsst ihr mich schon mit den Beinen voran aus meiner Wohnung tragen.« Nun, das musste dann niemand tun, weil sie – irgendwie makaber – an der Straßenkreuzung vor ihrem Haus überfahren wurde.

Im Hausflur riecht es nach Essen. Die Nachbarin im Erdgeschoss benutzt ein Gewürz, das – so fand jedenfalls meine Mutter – nach dem Schweiß von alten Männern riecht, die sich nie waschen. Sie meinte Kreuzkümmel. Andere Menschen fanden manche Leibgerichte meiner Mutter auch eher gewöhnungsbedürftig. Ihre Satschirken aus Schlesien zum Beispiel. Sie hatte uns erzählt, dass sie das in Polen manchmal sogar schon zum Frühstück aß. Als sie es für meinen Vater und mich kochte, stellte es sich als mit Sahne und Röstzwiebeln aufgemotzte Armeleutesuppe heraus. In der Brühe schwammen pappige Mehlklöße. Mein Vater bezeichnete es von da an als »polnische Brennsuppn« und riet ihr, lieber was Gescheites zu kochen. Dazu gab er seinen Lieblingsspruch zum Besten: »D'Katz mog Meis, i mogs ned«, dass der Bauer also nicht frisst, was er nicht kennt. Das trifft auch auf bayerische Autobahnbauer zu. Mir schmeckte die Suppe allerdings ebenfalls nicht.

Oder ihre selbst gekochte Leberwurst. Dafür besorgte sie sich vom Metzger einen Schweinekopf, der in einen großen Topf wanderte, wo er vor sich hin köchelte, damit das Fleisch vom Schädelknochen fiel. Aus diesen ausgekochten Gewebefetzen fertigte sie mit Hilfe eines Fleischwolfs und diverser Gewürze eine Masse, die sie in Gläser füllte. Leider war die fertige Wurst sehr grob und hatte Knorpel drin. Ich probierte sie erst gar nicht, weil ich den Kopf des Schweines, die toten Augen und die ekligen Zähne immer noch vor mir sah.

Oder Grützwurst. Meine Mutter kochte sie aus Eimern voller Schweineblut, die bei der Schlachtung anfielen. Ihr Bruder mästete jedes Jahr ein Schwein. Sobald es erwachsen und dick genug war, wurde es vom Metzger erschossen. Es wurde im Keller ausgeweidet, und aus dem Blut kochte meine Mutter Grützwurst, nach der sich angeblich alle Menschen die Finger leckten, nur ich nicht. Ich fand, es sah aus, als ob jemand blutigen Durchfall bekommen hätte.

»Du bist verzogen wie ein französisches Hündchen«, sagte Mama und erklärte, dass so in Polen die Kinder bezeichnet wurden, die nicht aßen, was auf dem Tisch kam. *Francuski piesek*. Ich malte mir daraufhin einen schön frisierten Pudel mit Schleifchen im weißen lockigen Fell aus, der statt Grützwurst ausschließlich vornehme Törtchen mit Sahne und Erdbeeren aß. Der französische Hund hatte ein Traumleben.

»Woran denkst du?«, fragt Ron, als wir fast oben sind.

»Nichts Besonderes.« Es wäre zu umständlich, ihm zu erklären, was Satschirken, Leber- und Grützwurst mit meiner Mutter zu tun haben und warum ich mich gerade hier im Hausflur daran erinnere, wo es nach Kreuzkümmel riecht. Dieses Gewürz, das ich persönlich gerne mag, muss sie nun nicht mehr ertragen.

Ich drücke die Klingel, auf der immer noch »Ella Novak« steht, obwohl es meine Mutter nicht mehr gibt.

Kasia, die polnische Haushaltshilfe, öffnet, und als wir im Flur der Wohnung stehen, wird mir bewusst, wie eng dort alles ist. Das Hotelzimmer, in dem Ron und ich wohnen, ist ein ganzes Stück größer als Wohn- und Schlafzimmer meiner Mutter zusammengenommen. Kasia drückt mich. Aus der Küche kommt Marija und umarmt mich auch noch mal. Beide Frauen haben rot geweinte Augen. Sie räumen gerade in der winzigen Küche, in der nicht mal Platz für einen Esstisch ist, die Schränke aus. Beide sind sportlich und schlank. Marija ist allerdings bereits ergraut, Kasia, die ein Stück jünger ist, färbt sich die Haare blond. Sie unterhalten sich auf Polnisch und wechseln nur für mich immer wieder ins Deutsche.

Auch meine Mutter hatte für Gäste einige Paare von diesen Lammfellpuschen angeschafft, aber ich laufe auf

Socken ins Wohnzimmer und deute Ron, dass er ebenfalls nicht noch mal zum Hobbit werden muss. Dann stehen wir im Allerheiligsten meiner Mutter, dem Wohnzimmer, in dem jeder Quadratmeter mit Möbeln vollgepackt ist.

Da ist die Vitrine mit dem »guten« Porzellan und den Folklorepüppchen, die ihre Freundinnen aus Polen mitgebracht haben. In den Regalen der Schrankwand stehen Bücher, die meine Mutter nie gelesen hat: Bildbände, Kochbücher, ein paar alte Romane. Sie sind reine Dekoration. Auf der anderen Seite sitzen Sophia, Ted, Jan und Malik aufgereiht wie Vögel auf einer Couchlandschaft aus rosageblümten Velours. Sie scheinen erleichtert, dass wir da sind, und begrüßen Ron und mich herzlich.

»Wo ist Willy?«, frage ich.

»Der kommt später«, sagt Sepp, der auf einem der zwei Sessel sitzt, der andere wird von kindsgroßen Puppen mit Köpfen aus Porzellan eingenommen. Sie tragen altmodische Kleidung mit Spitzenbesatz oder Selbstgestricktes und starren wie tote Kinder mit künstlichen, lang bewimperten Augen vor sich hin.

Sophia hat sich eine der Puppen genommen und lässt sie auf ihrem Schoß tanzen wie ein Kleinkind. »Irgendwie gruselig«, sagt sie. Da kann ich ihr nur zustimmen. Malik lacht und nimmt sich auch eine der Puppen. Er fuchtelt mit ihr herum, bis ihr der Kopf samt Spitzenhäubchen abfällt. »Ahhh, ich verliere Körperteile und werde zum Zombie«, schreit er. Sophia spielt mit und kreischt, als wäre sie die Hauptdarstellerin in einem Horrorfilm. Der riesige Flachbildschirm neben dem Fenster beginnt zu wackeln. Der Kopf der Puppe rollt auf den Orientteppich. Sophia hebt ihn auf und schnürt ihn mit Mühe wieder auf dem Rumpf fest.

Ted gibt sich unbeteiligt und tippt in sein Handy. Sepp trinkt aus einer Bierflasche. Es ist noch nicht mal Mittag.

Ron und ich setzen uns auf zwei Stühle an dem kleinen Esstisch, den meine Mutter auch noch in ihr Wohnzimmer gequetscht hat. Im Schlafzimmer gibt es zwei weitere Stühle, die sie für Gäste dazustellen konnte.

Ron blickt sich um. »Die Bilder sind interessant.« Er deutet auf die Wand über der Couch.

»Ja, meine Mutter war eine leidenschaftliche Kunstsammlerin«, sage ich. »Nicht wahr, Jan?«

Mein Neffe nickt. »Auf jeden Fall.«

»Die Pinakothek in München ist ein Dreck dagegen.« Sepp prostet uns mit seiner Bierflasche zu.

»Das, ähm, Werk links in der Ecke ist auch erstaunlich.«

Das Gemälde, das Ron meint, hängt ein bisschen verloren neben dem Fernseher und zeigt einen weinenden Jungen im Alter von etwa fünf Jahren. Mama hat es bei Woolworth gekauft. Später hat sie mir einen Bericht aus einer ihrer Klatschzeitschriften, von denen ein Stapel unter dem Couchtisch liegt, nach Berlin geschickt. Darin ging es um das in England kursierende Gerücht, in ausgebrannten Häuserruinen seien unversehrte Bilder dieses Jungen gefunden worden. Lag ein gefährlicher Fluch auf dem Bild? Zündete der abgebildete Junge womöglich selbst die Häuser an? War er ein Dämon? Damals beruhigte ich meine Mutter. »Der Fluch des weinenden Jungen« sei eine ausgedachte Geschichte, reiner Aberglauben. Sicherheitshalber verbannte sie das Bild aber doch in diese dunkle Ecke an der Wand. Trennen wollte sie sich nicht, der Junge weinte so schön.

Der weitaus bedeutendere Teil der Kunstsammlung, gegen die laut Sepp die Pinakothek ein Dreck ist, hängt über der Couch. Von links nach rechts sind es Botticellis »Die Geburt der Venus«, da Vincis »Mona Lisa«, Vermeers »Das Mädchen mit dem Perlenohrring« und die »Sitzende Frau mit Schal« von Picasso. Alle sind golden gerahmt. Die Signatur bei allen vier Ölgemälden lautet »A. Seidel«.

»Die Mona Lisa sieht ein bisschen anders aus, als ich sie in Erinnerung habe«, sagt Ron.

»Bist du dir sicher?«, fragt Sepp. Er hat eine so behäbige Art, dass selbst mir nicht klar ist, ob er wirklich einen Witz macht oder Rons Kunstexpertise ernsthaft infrage stellt. »Hast du die Frau schon mal in echt gesehen?«

»Im Louvre lächelt sie«, beteuert Ron.

»Das kann schon sein, die Mona Lisa von der Mama hat immer a bisserl böse geschaut. Blöd grinsen kann jeder.«

Wenn man genau hinschaut, lächelt nicht nur die Mona Lisa nicht, sondern die Frau mit dem Perlenohrring hat ein leicht verzogenes Gesicht und schielt, und die Venus hat eine Himmelfahrtsnase. Die Frau mit Schal sitzt im Dunklen, ihr Gesicht ist nicht zu erkennen. Viele Details hat Anton Seidel jedoch erstaunlich gut hinbekommen: den Perlenohrring und die Kopfbedeckung, die Muschel, in der die Venus steht. Ihr Haar ist windumtost und hüllt den nackten Körper perfekt ein, die Brauntöne des Gewands der schielenden Mona Lisa sind warm. Die Blautöne der sitzenden Frau mit Schal kühl.

»Meine Mutter hat sich auch geärgert, dass die Augen so schief geworden sind«, erkläre ich.

»Ein Silberblick stört doch niemanden an einer schönen Frau«, meint Sepp. »Das Bild wirkt dadurch nur echter.«

Am Ende hält er die Bilder tatsächlich für große Kunstwerke und will sie alle haben. Von mir aus.

»Der Seidel hat lieber abstrakt gemalt«, kläre ich die Anwesenden auf. »Picasso war sein Vorbild, aber alle wollten immer nur irgendwelche alten Meister von ihm kopiert haben. Das hat ihn frustriert, und deswegen hat er die Frauen alle ein bisschen schräg aussehen lassen. Aus Rache. Das hat mein Vater mir erzählt.«

Jan lacht. »Der alte Schierlinger und seine Geschichten immer! Wer's glaubt. Wert sind die Bilder jedenfalls mit oder ohne Schielen nichts.«

»Ideell schon«, sage ich. »Aber ich will trotzdem keins. Die könnt ihr alle haben.« Das einzige Bild, das einen gewissen Reiz für mich hätte, wäre die Frau mit dem Trägerhemdchen. Sie fehlt mir, und ausgerechnet mein Lieblingsbild rückt die Pfister nicht raus.

»Der Picasso ist dem Künstler ganz gut gelungen«, findet Ron.

»Damit hat er sich richtig Mühe gegeben«, stimme ich zu. Kein Wunder, das Original ist zwar auch gegenständlich, aber Picasso war vermutlich kurz davor, nur noch abstrakt zu malen. Das kam dem Seidel entgegen. »Schade, dass er nicht echt ist, sonst wäre er Millionen wert.«

»War das dieser Maler, der gegen Essen und Getränke Bilder lieferte?«, fragt Ron.

»Genau. Ein Gast meiner Mutter, gelernter Maler und Lackierer und Kunstmaler aus Leidenschaft.«

Marija bringt Tee und Kaffee, wirft Sepp wegen der Bierflasche in seiner Hand einen missbilligenden Blick zu, sagt aber nichts. An der Wand neben dem Esstisch hängen zwei weitere Bilder, allerdings Kunstdrucke. Sie zeigen alpenländische Landschaften aus einer lang vergangenen Zeit, in der auch ohne den Einsatz von Schneekanonen noch eine weiße Schicht die Berge bedeckt und der zugefrorene See bläulich schimmert.

Marija nimmt sich eine Tasse Kaffee und setzt sich auf die Kante der Couch. »Mama Ellas Schmuck ist weg«, seufzt sie. »Wir können ihn nicht finden.«

»Das darf doch nicht wahr sein!«, meldet sich Ted zu Wort und legt sein Handy beiseite. »Alles, was Geld bringt, verschwindet oder ist angeblich nichts wert.«

Er wirft Sepp einen Seitenblick zu, doch der ignoriert

ihn. Besser so, bevor es gleich wieder zwischen ihnen kracht, dass die auf den Wandtellern fein skizzierten Jagdszenen aus Niederbayern am Ende noch zu Scherben zerfallen.

»Was ist mit Kasia? Die war doch heute Morgen als Erste hier in der Wohnung«, fragt Ted.

»Tadeusz«, ruft Marija aus. »Was du sagst! Kasia würde niemals stehlen.«

Die Beschuldigte eilt aus der Küche herbei und ruft empört: »Ich habe nichts damit zu tun.« Sie ist erst vor ein paar Jahren aus Polen hierhergezogen, spricht aber besser als Marija und mit einem milden Akzent. Eigentlich hatte sie bei Mama nur vorübergehend gejobbt, ist ihr aber treu geblieben und kam vorbei, als sie schon längst woanders arbeitete. Ich hatte manchmal den Verdacht, dass die beiden in erster Linie zusammen Kaffee tranken und über die Nachbarn klatschten, denn bis auf die gröberen Arbeiten, das Putzen der Fenster und das Mangeln der Wäsche erledigte Mama das meiste in ihrem Haushalt noch selbst.

»Gelegenheit macht Diebe«, sagt Ted.

»Das musst du grad sagen«, meckert Sepp. Keine Ahnung, das wievielte Bier er sich heute schon genehmigt hat.

Ted beugt sich vor, und ich habe Sorge, dass er Sepp gleich wieder theatralisch am Kragen ziehen wird. Der stellt sein Bier schon mal präventiv auf dem Boden ab. Sophia fasst Ted am Arm, und da springen die Zeiger der Kuckucksuhr auf Punkt zwölf, und der Vogel, der seit vielen Jahren in dem Häuschen wohnt, schnellt heraus und rettet die Situation. Er schreit die einzigen Worte, die er kennt: »Kuckuck, Kuckuck.«

Zwölf Mal lässt der Vogel seinen Ruf ins Wohnzimmer schallen, dann verzieht er sich hinter die Miniatur-Holztür. Die vier Tanzpaare in Tracht drehen sich noch eine Weile im schnörkelverzierten Holzkasten weiter um die eigene Achse. Das Schauspiel ist so bizarr, dass wir alle lachen.

»Die Kuckucksuhr kannst du auf jeden Fall haben, Ted«, sage ich. »Oder will die wer anders bei sich aufhängen?«

Sepp schüttelt den Kopf. »Nimm das Kastl mit nach Hamburg.«

Als es an der Tür klingelt, stürmt Marija in den Flur. Sie begrüßt ihre Tochter auf Polnisch.

Von ihrer schönen Großmutter hat Ola die dunklen Augen und seidigen Haare geerbt. In ihrer Umstandsjeans und der weißen Bluse wirkt sie makellos frisch. Sie blickt vorsichtig ins Wohnzimmer, als ob sie ein bisschen hofft, dass ihre Großmutter noch da ist und sie gleich empfangen wird.

Als sie jedoch kapiert, dass Oma Ella nie wieder hier sein wird, fängt sie an zu weinen, so herzzerreißend, dass sie uns alle damit ansteckt. Wir heulen fast so schön wie der Junge auf dem verfluchten Bild. Sogar Sepp und Ted tupfen sich die Augen.

Familienporträt in Wasserfarbe

Sepp fasst sich als Erster wieder und kündigt dann auch gleich an, dass er gehen muss. In der Wirtschaft ist angeblich einiges zu tun, obwohl er doch dieses Schild »Wegen Trauerfall geschlossen« an der Tür hängen hat.

Als er weg ist, lässt sich Ola auf den frei gewordenen Sessel plumpsen, und wir stellen ihr Malik, Sophia und Ron vor. Falls sie es eigenartig findet, dass wir ihr in der Wohnung ihrer verstorbenen Großmutter gleich drei neue Partner präsentieren, lässt sie es sich zumindest nicht anmerken.

»Wir brauchen große Kartons«, ruft Kasia aus der Küche. »Da kommt alles rein, was behalten wird, den Rest kann man verschenken oder verkaufen.«

»Gute Idee«, stimme ich ihr zu. An Umzugskartons hätte einer von uns mal denken können. Ted bietet an, beim Baumarkt welche zu kaufen. Der entflieht solchen emotionalen Ausbrüchen genauso gern wie sein Bruder.

»Ich kann dich fahren«, bietet Ron an.

Als sie losgehen, schaue ich ihnen ein bisschen neidisch nach. In der Wohnung meiner Mutter kommt man sich schon nach kürzester Zeit eingezwängt vor. Die Bilder und Porzellanteller übersättigen einen optisch, und die Wände scheinen nach einer Weile regelrecht auf einen zuzukommen.

»Will eigentlich jemand die Möbel haben?«, frage ich. Keiner will. Hätte mich auch gewundert, wenn Ola und Jan auf die Polstermöbel oder die Schrankwand in Gelsenkirchener Barock Wert gelegt hätten.

»Vielleicht den Zeitungsständer oder die Lampe«, sagt Jan. »Die sind Midcentury. In Berlin ist das immer noch angesagt. Und ein paar von den Klamotten.«

Ich schlage Jan vor, Mamas Schränke zu sichten. Sie hat gleich zwei im Schlafzimmer stehen. Sophia und Malik folgen ihm dorthin, Ola und ich haben keine Lust auf Modenschau und bleiben im Wohnzimmer.

»Schaut noch mal im Schrank nach«, ruft Marija aus der Küche. »Vielleicht der Schmuck ist doch irgendwo.«

»Guck mal lieber unterm Bett«, rate ich Jan. Schließlich hat Mama schon mal Bargeld unter der Matratze versteckt.

Hier im Wohnzimmer warten zwei große Schrankfächer, drei Schubladen und eine Kommode darauf, ausgeräumt zu werden. Ola behauptet, trotz Babybauch fit zu sein, aber ich lehne ihre Hilfe ab. Ich stelle Kisten mit alten Fotos und Fotoalben auf den Couchtisch. Auf dem Boden bildet sich bald ein hoher Stapel mit Papieren und Zeitungen.

Ola durchstöbert begeistert die Fotoalben.

»Seht mal her, was ich gefunden habe!«, ruft sie nach einer Weile euphorisch. Kasia und Marija kommen angelaufen, weil sie natürlich denken, es ist der Schmuck. Ola hält ein Foto hoch. »Wie schön Oma damals war.«

Die Fotografie zeigt meine Eltern in der Wirtschaft. Die Aufnahme ist ein bisschen unscharf, aber schon in Farbe. Hinter ihnen stehen Margot und Oma Mathilde, mit am Tisch sitzen Onkel Gustl, der ältere Bruder meines Vaters, und ein Gast vom Stammtisch. Alle Männer rauchen.

»Ella sah aus wie Sophia Loren!«, sagt Kasia.

»Eher wie Gina Lollobrigida«, wende ich ein. Genau genommen sehen ihre Haare und Augen nach Gina und der Mund nach Sophia aus.

»Und der hübsche junge Mann neben ihr?«, neckt mich Ola.

»Der schöne Sohn vom schönen Luggi.«

Ola kichert über meine Antwort.

»Wie Frank Sinatra, dein Vater«, meint Kasia. »Genau wie Sinatra.«

»Eher wie Dean Martin«, sage ich. »Dem war er auch charakterlich sehr ähnlich.«

Dean Martin kennt Kasia aber nicht.

»Auch ein Sänger aus Amerika, noch schönere Stimme als der Sinatra«, erkläre ich.

Wir gucken ein Weilchen alte Fotos an, aber dann wollen Kasia und Marija zurück in die Küche. Sie sind noch lange nicht fertig mit dem Ausräumen der vollgestopften Küchenschränke.

»Wie geht es deinem Papa denn?«, fragt Ola. »Mama hat gesagt, der Arzt ist optimistisch.«

Dr. Fritsche und sein positives Denken. Heute Morgen, als ich auf dem Weg zur Wohnung kurz im Krankenhaus vorbeischaute, hatte er noch keinen Dienst. Mein Vater lag da und schlief. Alles wie gehabt.

»Gestern hatte sein Herz plötzlich Aussetzer, aber heute geht es wieder«, erkläre ich.

»Vorhofflimmern?«, fragt Ola. Ihr Ehemann ist Chirurg, und ihr Vater war Krankenpfleger. Obwohl sie selbst Jura studiert hat, kennt sie sich medizinisch ziemlich gut aus.

»Ja, aber sie haben es in den Griff bekommen. Wenn er aus dem Koma aufwacht, werden wir sehen. Wahrscheinlich muss er in ein Heim.«

Ola seufzt mitleidig und macht sich dann wieder an die Fotoalben. Ich setze mich auf den dicken Teppich und widme mich dem Stapel der Klatschzeitschriften, die eigentlich gleich in die Altpapiertonne wandern könnten.

»Kann ich mal Omas Kassettenrekorder ausleihen?«

Jan steht vor mir. Er hat sich einen rosa Strickpulli mit

weißen Streifen aus Angora angezogen. »Guck mal, der ist nicht schlecht.«

»Den fand ich schon in den Achtzigern scheußlich«, sage ich. »Da beim Fernseher, wo der traurige Junge hängt, steht der Rekorder.«

Jan schnappt ihn sich. Ich gebe ihm auch die Kiste mit den Kassetten. Kurze Zeit später höre ich, wie er sie durchprobiert. Aus dem Schlafzimmer tönt schließlich Freddy Quinn mit »Junge, komm bald wieder«.

Ich schaue weiter den Papierstapel durch. Lauter Ausgaben von Zeitschriften, die alle irgendwas mit »Frau« und »Herz« im Titel zu haben scheinen, dazu die Apothekenzeitschrift, die ein Freund von mir nur die »Rentner-Bravo« nennt. Ungefähr in der Mitte all der illustren Zeitschriften finde ich ein Schulheft mit blauem Einband. Darunter liegt weißes Papier. Als ich das oberste auseinanderfalte, sehe ich ein Gemälde aus Wasserfarben. Unten rechts die Signatur: »Tosca Schierlinger, 2c«. Das Papier ist in der Mitte geknickt und hat Eselsohren. Die Wasserfarbe ist verblasst. An das Bild erinnere ich mich aber noch gut.

Wahnsinn, dass Mama diese Sachen aufgehoben hat! Das Schulheft ist mit »Gesamtwerk von Tosca Schierlinger« beschriftet und eher dünn, wie mein damaliges Gesamtwerk eben auch. Ich schlage es auf. Da stehen alte Schlagertexte von mir drin. Die schnörkelige Handschrift hatte ich mir zugelegt, als ich gerade aufs Gymnasium gekommen war.

Ich blicke zu Ola und überlege, ob ich ihr den Fund zeige, stecke das Heft aber doch schnell in meine Tasche. Weitere Frotzeleien über meine Schlagerkarriere mag ich nicht hören. Ich werde es mir heute Abend anschauen.

Aus dem Schlafzimmer ertönen Gelächter und Schlager der Fünfziger- und Sechzigerjahre.

Ich falte das oberste Bild noch mal auseinander. Die Lehrerin hatte uns den Auftrag erteilt, ein Familienporträt in Wasserfarbe zu malen. Aus mir unerklärlichen Gründen hatte ich mich bemüßigt gefühlt, ihr lang und breit zu erklären, dass meine Mutter zwei Ehemänner hatte, den polnischen und dann noch meinen Vater, den bayerischen Mann. Müsste ich nicht beide malen? Die Lehrerin riet, ich solle mit meiner Mutter sprechen, aber ich fragte lieber Ted. Er meinte, ich müsse nur »den alten Schierlinger« malen. Der polnische Ehemann wäre schon längst wieder in Polen, nicht mal er würde ihn kennen, warum sollte der also mit auf das Bild. Die Erklärung leuchtete mir ein. Ich ließ ihn weg.

»Guck mal, Ola«, sage ich. »Das ist der Beweis, dass in unserer Familie früher alle wie Filmstars ausgesehen haben.«

Meine Mutter trägt auf dem Bild ein rosafarbenes Kleid, die Haare sind in sanfte Wellen gelegt, die Lippen blutrot. An den Füßen trägt sie hochhackige Damenschuhe. Mein Vater ist einen Kopf kleiner als sie und ganz in Blau gekleidet. Vielleicht sollte das seine Arbeitskleidung sein, oder es war der Anzug, den er sich gekauft und den meine Mutter als »billig« kritisiert hatte. Er trägt klobige braune Schuhe, die nicht recht zu seinem Outfit passen.

»Kinder sind die wahren Künstler«, lacht Ola. »Oma und Opa sehen da aber echt aus wie Sophia Loren und Dean Martin. Wer sind die anderen?«

»Na, das erkennt man doch!« Ich tue entrüstet. »Ted ist Elvis. Sepp ein Wikinger. Dein Vater sieht aus wie Konstantin Wecker. Diesen Wollpullover, den hatte er immer an, der ist auf dem Bild nur ein bisschen zerlaufen.«

Ich hatte nie ein Händchen für das Malen mit Wasserfarbe und wenig Geduld für Details.

»Die Kleine da in der Ecke mit Schleife im Haar und einem Hund, das bist du?«

»Ich war Heidi. Und das sollte ihre Ziege sein.«

»Die Heidi mit dem Almöhi und dem Geißenpeter?«

»Genau. Ich habe das Buch und die Zeichentrickserie geliebt.«

»Sensationell gut getroffen. Du warst echt fast genauso begabt wie der …«, spöttelt sie, »… wie euer Familienmaler, dieser Anton Seidel.«

Wir lachen und schauen weitere Bilder an. Auf einem laufen wir alle Schlittschuh. Mama, mein Vater, meine Brüder und ich. Meine Mutter trägt keine Wollmütze, sondern einen Hut mit großen Federn. Ich kann mich nicht erinnern, dass wir je mit ihr beim Schlittschuhlaufen waren, aber wenn, dann hätte sie bestimmt so elegant dabei ausgesehen und sich die Fingernägel genauso rot lackiert wie auf dem Bild.

Die Musik aus dem Schlafzimmer wird immer lauter. Jan kommt ins Wohnzimmer und hat den Nerzmantel meiner Mutter an. Den Rekorder trägt er wie einen Gettoblaster auf der rechten Schulter. Freddy Quinn singt »Brennend heißer Wüstensand«. Malik und Sophia laufen wie bei einer Polonaise hinter ihm her. Alle drei tanzen rhythmisch zur Musik, haben sich geschminkt und umgezogen, man könnte meinen, sie spielen Kindergeburtstag: Malik hat sich einen weißen Plüschmantel angezogen und eine goldene Abendtasche um den Hals gehängt. Sophia trägt ein eng anliegendes lila Kleid und hat sich einen Schal im Schlangenmuster um den Kopf gebunden. Unter Jans Nerzmantel kommt ein Kleid aus roséfarbenem Lurexstoff zum Vorschein. Der Halsausschnitt und der Saum sind mit Perlen und Strass bestickt. Es ist viel zu kurz, man sieht die behaarten Oberschenkel. Seine Füße stecken in hochhackigen silbernen Sandaletten, die zu klein sind. Die Zehen schauen vorne raus. Als das Lied zu Ende ist, stellt sich Jan noch einmal für uns in Pose und ruft: »Alles Vintage, Baby.«

Ola wirft ihrem Bruder eine Kusshand zu. »Oma wäre stolz, dass du so perfekt in High Heels laufen kannst.«

»Allerdings nicht so gut wie sie«, sage ich. »In dem Kleid ist sie übrigens das erste Mal mit meinem Vater tanzen gegangen.«

Nach Vino, Pizza und Tiramisu schlägt das Schicksal zu

»Ist das nicht zu festlich?« Ella stand vor dem Spiegel und drehte sich um die eigene Achse. Das Kleid, das sie trug, war aus rosafarbenem Lurex. Als besonderer Pfiff waren Saum und Halsausschnitt mit Perlen und Strass bestickt. Ein Cocktailkleid nach der neuesten Mode. Der Schnitt stammte aus einem Modemagazin, und Ella hatte es sich erst vor Kurzem nähen lassen.

Margot blickte sie bewundernd an. »Guad schaugst aus, wie die Königin von Persien.«

»Meinst du die Farah Diba? Die ist doch Kaiserin!«

Das Kleid war wirklich zu schick, aber Ella hatte keine Zeit mehr, sich noch mal umzuziehen. Er wartete doch seit einer halben Stunde auf sie.

»Mal sehen, wo der Schierlinger mich heute hinschleppt.«

»Bestimmt geht er mit dir zum Tanzen.«

»Das hoffe ich, ich gebe ihm nur dir zuliebe eine zweite Chance!«

Für Ella Novak war Ade Schierlinger eigentlich längst abgehakt gewesen. Hätte Margot nicht ein gutes Wort für ihn eingelegt, nie wäre sie bereit gewesen, es noch mal mit ihm zu versuchen. Nicht nur wegen des verpatzten Abends in München und des unverschämten Kusses danach war sie sauer gewesen, sondern weil er die Frechheit besessen hatte, sich einfach nicht mehr zu melden. Auch sein Vater, der alte Herr Luggi, war der Wirtschaft plötzlich ferngeblieben. Irgendwann hatte sie dann doch mal beim Stammtisch nachgefragt, was denn mit den Schierlingers sei.

Der Loidl war natürlich bestens informiert gewesen. »Den schönen Luggi hätt beinah der Boandlkramer gholt, Wirtin, den hams mitm Sanker ins Krankenhaus einliefern müssen. Und sei Bua, da Ade, den hat's auch erwischt. Dem hams seine Finga zamflicka müssen. I sog bloß: fünf Bier für die Männer ausm Sägewerk.« Loidl hielt die Hand hoch und knickte vier Finger ab, dass sie wie abgesägt aussahen. Ella kannte den Witz jedoch bereits und sparte sich deshalb ein Lachen.

Als der alte Herr Luggi dann doch wieder aufgetaucht war, sah er blass aus wie ein Gespenst und hatte dunkle Schatten unter den Augen. Er orderte gleich wieder etliche Halbe und dazu sein geliebtes Sauers Lingerl.

»Darauf hab i mi scho die ganze Zeit gfreit, Wirtin. Im Krankenhaus gibt's ja nix Gscheids zum Fressen.«

Ade, der Wochen später auch wieder mit am Tisch seines Vaters saß, hatte den Daumen der linken Hand einbandagiert. »Is aber no alles dran, Wirtin.«

Einen neuen Versuch, Ella zu einer weiteren Verabredung zu überreden, hatte er sich erst mal nicht zu starten getraut. Dann aber war ihm in der Stadt die Margot über den Weg gelaufen. Sie hatten ein paar Worte miteinander gewechselt, und er nutzte die Gelegenheit, sie um Rat zu bitten. Die Wirtin war bestimmt noch böse wegen München. Er wolle das alles wiedergutmachen. Aber wie?

Margot hatte den dicken Verband angeschaut und seine reuevolle Miene bemerkt. Sie empfand Mitleid und riet ihm, Ella diesmal zum Tanzen auszuführen.

»Ein eigenes Auto hat er sich gekauft«, hatte Margot hinterher Ella berichtet. »Einen Opel. Schau, der Schierlinger Ade ist doch eigentlich ein anständiger Kerl.«

»Anständig? Na, ich weiß nicht. Also das Lokal, in das er mich in München ausgeführt hat, das kannst du dir gar nicht vorstellen, wie verlottert das war.«

Doch, das konnte Margot sich schon vorstellen, Ella hatte ihr mehrfach sehr ausführlich davon erzählt, wie schlimm es dort zugegangen war.

Als Ade sie dann jedoch ein paar Tage später eingeladen hatte, mit ihm essen zu gehen und hinterher zum Tanz, hatte Ella beschlossen, ihm doch noch eine zweite und letzte Chance zu geben.

Immerhin trug er wieder seinen besten Anzug, die Haare waren mit Pomade in Wellen gelegt, und auf der Nase saß eine Pilotenbrille. Galant hielt er ihr die Beifahrertür des dunkelblauen Opel Kapitän auf.

»Heute mal nicht der Nutten-Mercedes?«, entfuhr es ihr.

Ade wunderte sich zwar über die Wortwahl der Wirtin, blieb aber gelassen. »Den Mercedes hat der Chef verkauft.«

Dafür hatte Ade den Wagen auf Vordermann bringen sollen und sich beim Rumschrauben prompt fast den Daumen amputiert. Den hatten sie ihm im Krankenhaus wieder angenäht. Der Chef hatte gedrängt, es als Arbeitsunfall auszugeben, obwohl es in der Freizeit passiert war. Darüber hatte sich Ades Bruder Gustl furchtbar aufgeregt.

»Der Kapitalist und seine Luxuskarosse, und du Depp lässt dich ausbeuten und ruinierst dir die Hand! Schmerzensgeld hättst fordern sollen. Blechen hätt dem seine Versicherung müssen!« Der Gustl war halt Gewerkschaftler.

Ade verschwieg dem Bruder, dass ihm der Chef ein bisschen Geld aus dem Verkauf des Mercedes zugesteckt hatte. Eine Hand wäscht die andere, selbst wenn seine nun einbandagiert war.

Mit dem Geld vom Chef und ein bisschen Erspartem hatte er sich den Opel Kapitän kaufen können. Der war zwar gebraucht, aber schnurrte beim Fahren wie ein Kätzchen. Einer Frau wie Ella Novak musste man was bieten. Das hatte die Margot auch gesagt.

Die Pizzeria »La Gondola«, in die er Ella nun ausführte, hatte ihm wiederum seine Schwester empfohlen. Nicht nur in Italien, sondern auch in Amerika aßen die Leute gerne Pizza. Die Liesel kannte sich aus, denn nachdem der Joe sie hatte sitzen lassen, war sie noch mit einigen anderen Amis verbandelt gewesen. In die USA hatte sie keiner mitgenommen. Verlobt war die Liesel jetzt mit einem Metzger aus der Nähe von Hof.

Ade hätte nicht gedacht, dass es im »La Gondola« so voll sein würde. Es sah dort aus wie in einer normalen Wirtschaft, nur dass überall Bilder aus Italien an den Wänden hingen und mit Bast umwickelte dickbäuchige Weinflaschen und Miniaturgondeln herumstanden. Hinten im Lokal war ein gemauerter Ofen. Dort hantierten Männer, die weiße Kochhauben trugen, mit langen Holzspaten herum.

Der Kellner hatte noch mehr Pomade als Ade im Haar und war für seinen Geschmack ein bisschen zu aufdringlich.

»Bitte schön, Signora.« Er schob Ella den Stuhl zurecht. In ihrem glitzernden Kleid sah sie aus wie eine Prinzessin, ach was, wie eine Königin. Ade war stolz, mit einer solch schönen Frau am Tisch zu sitzen, spürte aber auch immer wieder einen Stich, wenn der Kellner Ella angrinste und sie zurücklächelte.

»Ein Bier für den Herrn, sehr wohl, und die Signora?«

»Ein Glas Chiantiwein, bitte«, sagte Ella als Frau von Welt.

»Bringens mir auch einen Wein«, zog Ade nach.

»Sehr wohl, der Herr. Dann kein Bier?«

»Doch, das Bier auch.«

Als die Getränke, ein Helles und zwei Gläser Rotwein, auf der rot-weiß karierten Tischdecke standen, schlug Ella vor, noch mal Brüderschaft zu trinken, weil Ade sie vorhin versehentlich wieder »Wirtin« genannt hatte. Er durfte ihr einen Kuss auf die Wange hauchen. Am Hals duftete sie unbeschreiblich gut, und deshalb machte er ihr diesbezüglich ein Kompliment, wie sich das gehörte.

»Ach, das ist bloß ein Parfüm«, sagte sie. »Es heißt Tosca, die Margot hat es mir mal geschenkt.«

Der Kellner hatte ihnen auch schon die Speisekarte gebracht, aber die Auswahl dort war für Ades Geschmack recht einseitig. Nudeln mit Soße oder Pizza gab es. Pizza, so hatte die Liesel ihrem Bruder erklärt, schmeckte sehr gut, aber am ehesten wie warmes Brot mit Käse. Was anderes gab es leider nicht. Keinen Schweinsbraten, kein Lingerl, nicht einmal einen Brotzeitteller.

Da Ella eine Pizza orderte, wählte er einfach dasselbe. Ehe sie sich's versahen, balancierte der Kellner auch schon zwei große Teller und stellte sie ihnen auf den Tisch. Es waren runde Scheiben aus Brotteig, rote Tomatensoße, Salami und zerlaufener Käse drauf.

»Guten Appetit!« Ella schnitt die Pizza mit dem Messer in kleine Stücke und schob sich diese mit der Gabel in den Mund. Ade setzte das Messer an und zögerte. »Das riecht so komisch.«

»Knoblauch«, sagte Ella. »Und irgendwelche Kräuter.«

Ausgerechnet Knoblauch! Erst letztens hatte Liesels Verlobter eine Wurst mitgebracht, die widerwärtig nach Knoblauch roch. Pfui Deifi. Ades Mama kochte nie irgendwas mit dem stinkenden Zeugs, weil sie wusste, dass ihr Jüngster das nicht ausstehen konnte.

»Haben die hier kein Maggi?«, fragte Ade. Das hätte geholfen, den Knoblauchgeschmack zu übertönen.

»Ich glaube nicht«, sagte Ella.

Auch der Kellner, den sie herbeiwinkten, bestätigte, dass sie in diesem Restaurant leider keine einzige Flasche Maggi vorrätig hatten. Wie ärgerlich.

Teller klapperten, Besteck klirrte, ab und zu lachte je-

mand laut. Ade und Ella jedoch aßen schweigsam und konzentriert vor sich hin. Ade kämpfte mit dem Käse, der sich in lange Fäden zog, die Tomatensoße ruinierte ihm beinahe das weiße Hemd, nur die Salami war genießbar. Er orderte ein weiteres Bier, um damit das Essen runterzuspülen. An dem Wein hatte er nur aus Höflichkeit und wegen der Brüderschaft genippt. Er rauchte eine Zigarette nach der anderen, um den Knoblauchgeschmack loszuwerden.

Kaum hatten sie das Besteck beiseitegelegt, kam der Kellner und gab sich mordsmäßig traurig, weil noch so viel von der Pizza übrig war. Ella versicherte ihm, dass es ihr sehr gut geschmeckt habe, nur die Portion sei zu groß. Ade hätte gerne noch was zu dem Knoblauchgestank und dem fehlenden Maggi gesagt, aber er riss sich Ella zuliebe zusammen. Der Kellner empfahl ihnen einen Nachtisch, und sie nickten, obwohl sie den Namen des Gerichts nicht genau verstanden hatten.

Das Dessert schmeckte dann aber erstaunlich gut. Nachspeisen konnten sie, die Italiener, das musste Ade ihnen lassen! Der weiche Biskuit war mit Likör und Kaffee getränkt und mit einer Art Topfencreme in die Dessertschale geschichtet worden. Ganz oben war Schokolade draufgestreut. Ella nahm nur ein paar Löffel und bot ihm den Rest an. So hungrig, wie er noch war, aß er auch gleich ihre Schale leer.

»Ich habe es nicht so mit Süßem«, erklärte Ella. Sie deutete ihm an, dass er noch Schokoreste in den Mundwinkeln hatte, und reichte ihm dann ihre Papierserviette und den Spiegel ihrer Puderdose, damit er sich das Gesicht säubern konnte.

»Mit deinem Sauern Lingerl kann das hier alles bei den Itakern aber ned mithalten«, sagte Ade.

»Mir hat es gut geschmeckt, und Hunger ist sowieso der beste Koch.« Ella nahm einen weiteren Schluck Rotwein. »Bei uns wurde gegessen, was auf den Tisch kam. Auf dem

Hof meiner Eltern haben wir selbst geschlachtet und alles verwertet. Grützwurst mag ich heute noch gerne.«

»Was ist das?«

»Blutwurst.«

»Na«, verzog Ade das Gesicht, »also, na. Blut. Das muass ned sei. D'Katz mog Meis, i mogs ned.«

»Ich esse alles, bayerisch, italienisch, sogar chinesisch würde ich probieren.«

»Obacht, Wirtin«, warnte Ade. »Ich hab gehört, die Schinäsen servieren dir eine Ente, und am End ist es bloß ein Ratz.«

Ella warf ihm einen strafenden Blick zu, weil er sie wieder »Wirtin« genannt hatte. Er bemerkte ihren Ärger aber gar nicht, sondern fragte klopfenden Herzens: »Gehma no a bisserl danzn?« Beinahe hätte er schon wieder ein »Wirtin« an die Frage anhängt.

Ella nickte sofort, denn wegen des Tanzvergnügens hatte sie sich überhaupt nur auf den Abend eingelassen.

Als heißestes Tanzlokal der Stadt war Ade Schierlinger gleich von mehreren das »Tiffany« empfohlen worden. Selbst sein großer Bruder Gustl war früher oft dorthin zum Tanzen ausgegangen, bevor er geheiratet hatte und ein Langweiler vor dem Herrn geworden war. Der Liesel ihr Metzger ging nicht gerne tanzen, aber als sie hörte, dass ihr kleiner Bruder ins »Tiffany« wollte, gab sie Ade Nachhilfe und übte Walzer und Foxtrott mit ihm, zeigte ihm aber auch die moderneren Tänze. Rock 'n' Roll und Twist und so weiter. Im »Tiffany« verkehrten die Amerikaner, und die tanzten so was. Der schöne Luggi hatte zwar gemurrt, als er ihnen zusah, und behauptet, so würden auch die Affen im Urwald tanzen, aber der Vater hatte sowieso keine Ahnung. Liesel hatte ihren Bruder sogar gelobt, dass der sich beim Twist gar nicht so blöd anstellte.

Auf dem Weg zum »Tiffany« machte Ade Ella viele

Komplimente, für ihr Aussehen, ihre gute Figur und ihre Haare, und sie berichtete ihm, wie frech manche Gäste waren, besonders der Loidl. Der war ein Depp und arbeitsscheu obendrein, hatte Ade ihr versichert und betont: »Ein Mann muass a Frau ernähren können.« Beim Loidl bestanden da Zweifel, aber Ade als Facharbeiter brachte gutes Geld heim, und seine zukünftige Ehefrau würde sich nur um den Haushalt und die Kinder kümmern müssen. Für Ellas Geschmack rauchte er zwar ein bisschen viel, aber selbst Margot konnte ihre Finger ja nicht von den Zigaretten lassen. Es war eben eine Sucht.

Als Ella stolperte, hielt er sie fest und zog sie kurz an sich. Das war nicht unangenehm. Er hatte einen muskulösen Oberkörper und zupackende Arme, und dass er eine feste Arbeitsstelle hatte, gefiel ihr auch.

Das Mobiliar im »Tiffany« bestand aus modernen Cocktailsesseln mit Polstern aus rotem Kunstleder. Die Tische waren aus poliertem Metall und die Theke aus Chrom, das mit Neonröhren umrandet war. Natürlich gab es auch eine Jukebox, aber am Wochenende wurde live gespielt. An diesem Abend war eine Band namens »The Tornados« dran. Auf der Bühne standen ein Gitarrist, ein Bassist, ein Sänger und ein Schlagzeuger und unterhielten das Publikum mit einem Medley bekannter Melodien. Alle vier waren Bayern, trugen schnittige hellblaue Anzüge und die Haare so lang wie die Beatles. Auf der Tanzfläche tummelten sich viele Männer in amerikanischen Ausgehuniformen mit ihren bayerischen Fräuleins.

Ade und Ella setzten sich an einen Zweiertisch in einer Ecke. Es war zu laut, um sich zu unterhalten. Ade bestellte Bier und Ella noch einen Wein. Sie beobachteten die Tanzenden.

»Schade, dass die auf Englisch singen«, sagte Ella. »Ich verstehe kein Wort.«

»Mir wär's auch lieber, sie würden mal was Deutsches spielen. Das ist halt wegen den Amis. Die geben mehr Trinkgeld, wenn die auf Amerikanisch singen.«

Die meisten Gäste schienen mit der Musik nicht nur zufrieden zu sein, sie tanzten sogar Rock 'n' Roll, als ob sie jeden Tag nichts anderes machten. Trotz der Unterweisung durch Liesel traute sich Ade die Tanzerei nicht richtig zu.

Ella wären Walzer und Foxtrott lieber gewesen. Wenigstens waren die Leute hier schick gekleidet, kein Vergleich mit dieser Bruchbude in München. Etliche Tänzer hatten allerdings schon glasige Augen und schwankten ein bisschen. Sie sah, wie einer der Offiziere dem Sänger was ins Ohr flüsterte. Daraufhin kündigte dieser an: »Änd now samsing romäntik.« Auf Deutsch wiederholte er: »Jetzt wird's glei a bisserl romantisch.«

Der Gitarrist zupfte die ersten Takte des Liedes.

»Das kenn ich, das ist vom Freddy Quinn.« Ade war ganz begeistert und forderte Ella zum Tanzen auf.

Der Sänger sang zwar doch wieder auf Englisch, aber die Melodie war dieselbe wie in der deutschen Version. Ade brummte auf der Tanzfläche einfach den Text auf Deutsch mit. »Brennend heißer Wüstensand« und dann immer wieder »schön war die Zeit, so schön war die Zeit«. Mehr vom Text wusste er eh nicht. Er versuchte, sich an die Schrittfolgen zu erinnern, die er mit der Liesel geübt hatte. Ella musste ihm hin und wieder signalisieren, in welche Richtung er sie führen sollte.

Insgesamt tanzten sie jedoch sehr harmonisch miteinander. Seine bandagierte Hand berührte ihren oberen Rücken, und ihre zarte Hand mit den lackierten Fingernägeln lag auf seiner Schulter. Genau so, wie es sich gehörte.

Wie es passiert war, wusste er später nicht mehr, aber er musste über die eigenen Füße gestolpert sein und dabei einen schwankenden Amerikaner angerempelt haben. Der

Mann hatte ein blondiertes bayerisches Fräulein über das Tanzparkett in die Richtung geschoben, aus der Ella und Ade angetanzt waren. Der Mann war angetrunken, und Ade winkte ihm sofort entschuldigend zu.

»Excusation, duad ma leid.«

Der Amerikaner verstand ihn nicht oder tat zumindest so. Er ließ ein Donnerwetter los, dass es krachte, und alles natürlich auf Englisch. Ade kapierte nicht im Entferntesten, was der Mann von ihm wollte. Er hob ratlos die Arme, doch der Ami schubste ihn einfach. Die Musik verstummte. Alle starrten die beiden an. Ade schubste den Ami instinktiv zurück. Der holte aus und verpasste ihm einen Kinnhaken, der sich gewaschen hatte. In Zeitlupe fiel Ade zu Boden und spürte, als er unten ankam, dass etwas Warmes an seinem Mundwinkel runterlief.

Andere Männer hielten den Ami zurück. Ade hörte aus der Ferne Ella Novak rufen: »Ade, Ade, was ist mit dir? Sag doch was!« Sie rüttelte an ihm und strich ihm über die Wange, ihm war, als ob sie ihn sogar küsste. Er lag nur da, war vollkommen benommen und konnte nichts mehr sagen.

»Mein Gott, er blutet aus der Nase«, schrie Ella. »Die ist bestimmt gebrochen. Rufen Sie doch einen Arzt. Einen Krankenwagen!« Sprachen die alle nur Englisch oder Bairisch? Verstand sie denn niemand?

Der Ami hat mich umgebracht, dachte Ade. Dann hatte also jetzt sein letztes Stündlein geschlagen, oder er war bereits im Himmel. So fühlte es sich jedenfalls an, als ob er auf Wolken schwebte, wie auf Watte gebettet. Sein Kopf schmerzte, doch sonst ging es ihm gut. Bisserl warm war ihm, und müde fühlte er sich, aber auf eine ganz angenehme Weise. Es roch so gut, als sie sich über ihn beugte. Der Name des Parfüms fiel ihm nicht mehr ein, sie hatte es ihm gesagt, aber das war ja jetzt wurscht, wo seine Nase kaputt und er tot war. Im Grunde fühlte er sich wie im Paradies. Alles war friedlich und wunderbar, wie unter einer weichen Daunendecke, die über ihn ausgebreitet worden war, wohlig und geborgen. Dann wurde es dunkel um ihn.

Vintage, Baby

Ein Parfüm namens Tosca?«, fragt Jan. »Komm. Das hast du dir ausgedacht! Hab ich noch nie bei Oma Ella herumstehen sehen. Sie hat sich doch immer was von Dior zu Weihnachten gewünscht.«

»Das Parfüm gibt es wirklich«, beteuere ich. »Es war in den Fünfzigern und Sechzigern sehr beliebt.«

Ola und ich sind mit den drei Models ins Schlafzimmer gegangen und versuchen, das Aussortieren ein bisschen systematischer und schneller zu betreiben. Was soll zur Altkleidersammlung, was will jemand von uns vielleicht doch behalten?

Sophia und Jan brechen ständig in Begeisterungsrufe aus. Während Malik den weißen Mantel mittlerweile ausgezogen hat, probieren die beiden anderen immer wieder irgendwas Neues an. Klamotten liegen auf dem Boden und auf dem Bett. Jan ruft Sophia jedes Mal »Vintage, Baby« zu, wenn er etwas besonders Schickes findet. Statt im Nerzmantel posiert er nun in einem schwarzen Persianer.

»Mein Gott, fühlt der sich weich und fluffig an.« Er streicht immer wieder über das lockige Fell. »Den würde ich wirklich gerne mitnehmen.«

»Der wird aus neugeborenen Schäfchen gemacht. Die werden gleich nach der Geburt umgebracht und gehäutet«, sagt Malik.

Jan starrt ihn entsetzt an und blickt mit plötzlicher Abscheu auf den Mantel. »Wirklich?«

»Schau bei Wikipedia nach.« Malik zückt sein Handy und zeigt ihm den Eintrag.

»Klugscheißer«, sagt Jan.

»Ich denke nur an deinen Seelenfrieden.«

Jan zieht den Persianer wieder aus und schnüffelt daran. »Der riecht nicht nach Schaf, sondern nach Dior. Oder Opium von Yves Saint Laurent. Nicht nach Tosca!«

»Du weißt ja gar nicht, wie Tosca riecht.«

»Weil es das nicht gibt.«

»Doch. Es riecht leider sehr altmodisch. Aber sie hat es früher benutzt und mich danach benannt.« Das vermute ich jedenfalls.

»Da hast du echt Pech«, kichert Jan, »wenn man schon wie ein Parfüm heißen muss, dann doch lieber Chloé oder Coco.«

»Man wächst mit seinem Namen«, sage ich. »Das Lokal namens ›Tiffany‹ hat es wirklich gegeben, falls du daran auch zweifelst. Mein Vater hat mir das alles ausführlich erzählt, wie das mit den Amis und den Tanzlokalen damals war.«

»Der alte Schierlinger«, ruft Jan. »Das sieht ihm ähnlich, dass er so tut, als ob er ein ganzer Kerl war, der sich mit einem Ami geprügelt hat. Wahrscheinlich war er einfach nur stockbesoffen.«

»Sei nicht so fies. Dein Opa liegt im Koma.«

»Der Schierlinger ist nicht mein Opa.«

»Früher hast du ihn Opa genannt.«

»Das ist mir damals als Kleinkind so eingetrichtert worden, da habe ich es eben nachgeplappert«, behauptet er.

Bis zur Scheidung meiner Eltern hat mein Vater die Opa-Rolle für Ola und Jan übernommen, danach ist er aus ihrem Leben weitgehend verschwunden.

»Mein Vater hat erzählt, dass die amerikanischen Offiziere die schwarzen Soldaten nicht in die Tanzlokale lassen wollten und sie sich dann deswegen geprügelt haben.«

»Hoffe, die haben den Offizieren die Fresse poliert«,

sagt Jan. »Der Schierlinger hat doch bestimmt das N-Wort benutzt, als er das erzählt hat.«

Tief durchatmen, Tosca, reg dich nicht auf! Es ist doch so: Ich bin die oberste Kritikerin meiner Eltern. Mein Vater ist voller Fehler. Wer weiß das besser als ich. Seine Ausdrucksweise lässt zu wünschen übrig. Er hat eine Weltsicht von gestern. Ich finde es nur ein bisschen ungerecht, dass Jan sich ständig an meinem Vater abarbeitet, nie an seiner geliebten Oma. Das war schon immer so.

»Oma musste sich auch erst daran gewöhnen, es nicht mehr zu benutzen«, kommt Ola mir unerwartet zu Hilfe, sie, die sonst eher Konflikte meidet, die Vorzeigetochter der Novaks, mit Einser-Abitur und Jurastudium, mit einem Chirurgen verheiratet, dessen Eltern auch Ärzte waren. Da war nur die eine Sache, dass Jonathans Mutter aus dem Senegal stammt. Damit taten sich Mama und Marija anfangs sehr schwer und nahmen fast zwanghaft und ständig Bezug auf Jonathans Hautfarbe, obwohl sie gleichzeitig so taten, als ob sie ihnen vollkommen gleichgültig wäre.

»Es ist bei uns eben auch nicht anders als im englischen Königshaus gewesen«, gebe ich mich versöhnlich. »Die Queen war überfordert mit der Moderne.«

»Du wirst das doch nicht ernsthaft vergleichen«, sagt Jan. »Oma hat das nicht böse gemeint.«

»Die Queen auch nicht. Deine Oma stammte eben aus einer Zeit, in der deutsche Mädchen das Horst-Wessel-Lied lernen mussten.«

Für Ironie ist Jan manchmal genauso unempfänglich wie sonst seine Mutter. Er stellt das natürlich sofort infrage.

»Woher willst du das wissen?«

»Sie hat es meinem Freund Nigel vorgesungen, als er sie mal nach ihrer Jugend im Bund Deutscher Mädel gefragt hat.«

Mein englischer Ex-Freund Nigel zeigte sich von der

musikalischen Darbietung meiner Mutter beeindruckt, tat aber bei jedem Streit mit mir später so, als ob *ich* das Lied gesungen hätte.

Jan blickt mich entsetzt an. »Oma war kein Nazi!«

»Sag ich doch gar nicht.«

»Sie war noch ein Kind.«

»Zwölf, als die Nazis Polen überfielen, und achtzehn, als der Krieg aus war. In ihrer Familie waren sie nicht gerade Widerstandskämpfer. Oma Mathilde, na, das muss ich dir ja wohl nicht sagen, was die so vom Stapel gelassen hat. Frag deinen Vater.« Der hat sie ja auch noch leibhaftig erlebt im Gegensatz zu mir.

»Papa hat Oma Mathilde nie leiden können.«

»Kein Wunder, weil sie eine Polenhasserin war.«

»Die waren doch selbst Polen.«

»Deutsche Auswanderer in Polen, die von den Nazis als Volksdeutsche anerkannt worden waren. Keine sehr beliebte Bevölkerungsgruppe im Nachkriegspolen.«

»Die Bayern haben Polacken zu ihnen gesagt.«

»Die hatten Angst, die Vertriebenen aus dem Osten würden ihnen was wegnehmen. Das war damals nicht besser als heute. Der Mensch ist gut, die Leut san schlecht.«

»Hört doch mal auf mit dieser Nazi-Debatte«, sagt Ola. »Was viel wichtiger ist: Wer nimmt die Lampe?«

Sie zeigt auf das Bett meiner Mutter. Wie immer liegt eine Tagesdecke aus rosa Chintz darauf. Kissen aus dunkelrotem Samt sind dekorativ zurechtgelegt. Am Kopfende hängt eine Lampe an der Wand. Die Muttergottes aus Lourdes wird von einer Glühlampe beleuchtet. Zieht man an der Schnur, beginnt das Kreuz im Inneren der Glühbirne lila zu strahlen. Meine Mutter, die Protestantin aus Polen, bekam die Lampe von einer Freundin aus Schlesien geschenkt und hat sie aus mir unerklärlichen Gründen behalten.

»Mir ist sie zu katholisch«, sage ich.

Jan tippt auf seinem Handy und seufzt. »Gibt es schon ab zwanzig Euro auf dem Kleinanzeigenmarkt. Katholikenkitsch. Vielleicht was für meine Mutter.«

Er ruft nach Marija, die aus der Küche eine Kiste voller Porzellanfiguren mitbringt. In Berlin könnte man sie mit dem Vermerk »Zu verschenken« vors Haus stellen und hoffen, dass irgendwer Gefallen an dem Kram findet.

Ich schaue das Zeug durch.

»Den Porzellanvogel nehme ich vielleicht.«

»Ist aber kaputt«, erklärt Marija.

Das sehe ich, und ich erinnere mich sogar, wann das passiert ist, nämlich als meine Mutter ihn voller Wut gegen die Wand geworfen hat, weil ihn mein Vater ihr zum fünfzigsten Geburtstag geschenkt hatte.

»Hier, Ballerina. Ist sogar mit Melodie«, preist Marija mir ein weiteres Stück aus der Kiste an. Die Ballerina mit einem pinkfarbenen Tutu hat unten eine Schraube, mit der sich die Spieluhr in ihrem Inneren aufziehen lässt. Während »Hänschen klein« ertönt, dreht sie sich um die eigene Achse.

»Warte, ich pack dir ein, dass nichts zerbricht«, bietet Marija an. »Ich hole Geschirrtücher.«

Während sich Marija um Verpackungsmaterial kümmert, beschließe ich, bei Ted anzurufen. Die müssten doch längst zurück sein. Es dauert wieder mal sehr lange, bis mein Bruder sich bequemt, ans Telefon zu gehen.

»Wo steckt ihr denn?«

»Sind unterwegs.«

»Wir warten auf die Kartons. Ich will hier langsam mal los.«

»Reg dich nicht auf, Toschki. Wir sind bald da.«

Im Hintergrund kichern Leute. Sind die in einer Kneipe? Bevor ich noch was fragen kann, legt mein Bruder auf.

Im selben Moment schreit Marija aus der Küche »Mój Boże!«. Ein beliebter polnischer Ausdruck der Verwunderung. So wie auf Deutsch »Ach, du meine Güte!«.

Ich denke an den verschwundenen Schmuck und eile in die Küche. Es wäre Mama zuzutrauen, dass sie ihn irgendwo in einer Zuckerdose oder einem Topf versteckt hat oder im Kühlschrank, weil dort Einbrecher nie nachschauen. Marija steht auf der Trittleiter. Sie ist von der Tür eines Hängeschranks zur Hälfte verdeckt.

»Was ist los?«, frage ich. Kasia hält die Trittleiter fest, die wackelt gefährlich, als Marija absteigt. Sie hält in der Hand eine neue Figur aus Porzellan und überreicht sie mir fast feierlich.

»War Hochzeitsgeschenk für Mama Ella und dem Schierlinger«, sagt Marija. »War verschwunden. Hat sie immer gesagt, wenn wir finden, sollen wir einen Hammer nehmen und es kaputt machen und auf das Grab von Oma Mathilde streuen.«

Die schönste Teekanne aller Zeiten

Wir stehen zu siebt in der engen Küche und gucken uns das wiedergefundene Hochzeitsgeschenk genauer an.

»Ein weiteres Porzellantierchen.« Jan dreht die Porzellanfigur in der Hand von allen Seiten, bevor er sie mir zurückgibt. »Schöner kann Kitsch nicht sein. Passt doch wunderbar zu dem Vogel und der Ballerina.«

»Soll das ein Hund sein?«, frage ich.

Jan nickt. »Ich würde sagen, das soll sogar ein Dackel sein, und es ist übrigens eine Kanne. Schau mal hier.« Er deutet auf die Vorderpfoten des Hundes. »Da kommt Tee raus.«

»Das macht das Ding nicht schöner.«

»Der Kopf müsste der Deckel sein«, sagt Jan.

Wir versuchen, ihn abzunehmen, aber das geht nicht. Der Kopf scheint festgeklebt zu sein. Warum auch immer. Wir schütteln den Dackel, es raschelt ein bisschen, als ob er zur Sicherheit mit Zeitungspapier gefüllt worden ist, aber nach Schmuck klingt da nichts.

»Vielleicht wollte Mama verhindern, dass der Hundekopf abfällt und kaputtgeht«, überlege ich laut. »Hat sie das überhaupt ernst gemeint, dass wir das Teil zertrümmern und auf ihr Grab streuen sollen, wenn wir es finden?« Ich blicke zu Marija, die diese Information exklusiv erhalten haben will.

»Nicht *ihr* Grab, auf Grab von Oma Mathilde. Sie hat so gesagt.«

Ich drehe den Dackel und suche auf dem Boden nach dem Stempel eines Herstellers. Vielleicht ist es ein Sammlerstück, wenn auch ein scheußliches, aber unten ist nichts zu sehen. »Hersteller unbekannt«, sage ich.

Der Hund macht Männchen und hebt bittend die Pfoten hoch, aus denen der Tee oder Kaffee fließen würde. Das wirkt sehr untertänig. Abgesehen davon, dass ich sowieso keine Porzellanfiguren mag, gefällt mir diese hier noch weniger als die Ballerina oder der Vogel.

»Vielleicht sollten wir Mamas Wunsch erfüllen und die schönste Teekanne aller Zeiten auf das Grab von Oma Mathilde legen?«, frage ich in die Runde. »Dann wären wir sie auch gleich los.«

Oma Mathilde ist in dem Dorf begraben, in das es die Familie von Mama nach dem Krieg verschlagen hatte.

»Ist das ein polnisches Sprichwort?«, frage ich. »Oder eine polnische Sitte? ›Zertrümmere eine dackelförmige Teekanne und leg sie meiner Mutter aufs Grab!‹«

Marija schüttelt den Kopf. »Ist doch kein Sprichwort! War sie wütend auf ihre Mutter.« Das überrascht mich nicht, so oft, wie die beiden sich gestritten haben müssen.

»Mal sehen, was der Porzellandackel wert ist.« Jan tippt in sein Handy, aber schüttelt gleich wieder den Kopf. »Auch nicht viel. Auf dem Kleinanzeigenmarkt werden zwischen vierzig und hundert Euro verlangt.«

»Wisst ihr was?«, sage ich. »Ich nehme ihn mit.« Vom Altpapierstapel hole ich mir eine Klatschzeitschrift, zerreiße sie und hülle den Dackel darin ein. Zusammen mit den anderen Figuren, die Marija sorgsam in Geschirrtücher gewickelt hat, lege ich sie zu dem Schulheft und den Bildern in meiner Tasche. Dann blicke ich mich noch mal um.

Die Bilanz unserer Aufräumaktion wirkt bislang nicht sehr beeindruckend. Sophia und Jan versichern, dass sie jetzt ernsthafter an die Sache rangehen werden, aber kaum sind sie mit Malik zurück im Schlafzimmer, dudeln schon wieder alte Schlager aus dem Kassettenrekorder. Ola macht es sich auf dem Sessel bequem und schaut die Fotoalben durch. Ich setze mich an den Esstisch und meditiere über die gefälschten Kunstwerke. Ich stelle mir vor, wie ich die missmutige Mona Lisa bei mir aufhänge und sie bei einer Vernissage in meiner Wohnung als »ein bislang unbekanntes Werk Leonardo da Vincis« ankündige, »lange verschollen und nun wiederaufgetaucht«. Die Gesichter der Gäste würde ich gerne sehen.

Das Türklingeln reißt mich aus meinen Gedanken, ich stehe auf und öffne, aber es sind nicht, wie erhofft, Ron und Ted, es ist Willy. Kaum hat er die Wohnung betreten, blickt er sich um und sagt: »Hier schaut's ja schlimm aus.«

Womit er durchaus recht hat. Die Küche ist mit Geschirr und Kram aus den oberen Schränken vollgestellt. Im Wohnzimmer stehen immer noch die Kisten auf dem Tisch. Der Papierstapel ist auch noch nicht im Altpapier gelandet.

»Ich warte auf Ted und Ron und die Umzugskartons«, entschuldige ich mich.

Die Modenschau im Schlafzimmer ist noch nicht zu Ende. Jan hat nur die Kassette und die Kleidung gewechselt. Jetzt ist Zarah Leander zu hören. Mein Neffe kommt in einem grünen Abendkleid mit silbernen Stickereien ins Wohnzimmer. Sophia trägt eine weiße Stola aus unechtem Pelz und darunter ein knielanges Blümchenkleid. Malik hat einen blauen Mantel mit Goldknöpfen angezogen. Mama hat anscheindend wirklich nichts aussortiert.

»Vintage, Baby«, ruft Jan. Das macht es nicht besser. Willy mustert seinen Sohn. Marija ruft noch mal »Mój Boże!«, aber diesmal nicht wegen eines neuen Fundstücks, sondern wegen ihres Sohnes. »Janek, wie alt du bist? Ist doch kein Fasching.«

Jan bleibt unbeeindruckt und singt lippensynchron mit

Zarah Leander das Lied zu Ende. Ola und ich klatschen, Sophia und Malik schließen sich an. Willy verzieht die Mundwinkel. Früher hätte ich in der Situation eine Grundsatzdebatte über Toleranz und Weltoffenheit angefangen. Aber diese Aufklärungsarbeit leistet Jan inzwischen meistens selbst und öffnet auch gerade den Mund, aber da klingelt es, und die Diskussion wird vertagt, weil Ron und Ted endlich da sind. Willy und ich schleppen zusammen mit ihnen die Umzugskartons herauf.

»Beim Trödler waren wir auch.« Ted lässt sich auf den Sessel fallen und wirkt äußerst zufrieden mit sich. »Der würde die Wohnung komplett leer räumen. Besenrein. Zum Freundschaftspreis.«

»Wie wär's mit umsonst, wenn er die Möbel und all den Plunder haben kann?«, frage ich und schnaufe immer noch von der Anstrengung.

»Das ist viel Arbeit, hier alles auszuräumen.«

»Wie viel will er denn dafür haben?«

»Dreitausend.«

»Der spinnt doch!«, sage ich.

Willy wirft Ted einen seiner giftigen Blicke zu. »Es findet sich bestimmt jemand, der es billiger macht.«

»Dann such doch *du* einen.«

»Kein Problem.«

»Die Jukebox würde er übrigens auch gerne kaufen. Bis zu dreitausend würde er zahlen. Stimmt's, Ron?«

»Er war interessiert«, sagt Ron. »Wir sollten aber noch das Angebot meines Freundes abwarten.« Ted und er wirken seit ihrer Rückkehr wie zwei dicke Freunde und ein bisschen wie Batman und Robin.

»Was du heute kannst besorgen, das verschiebe nicht auf morgen!« Ted gibt sich trotzig. »Wozu warten, wenn wir doch schon einen Käufer haben.« Er wippt unruhig mit dem linken Bein.

»Das hat überhaupt keine Eile.« Ich erkenne den resoluten Tonfall, den Willy früher als Krankenpfleger bestimmt Patienten zukommen ließ, die ähnlich verwirrt waren wie der lebenssprühende Herr Preller.

Ich habe allerdings auch so meine Zweifel und vermute einen von Teds Schnellschüssen. Es würde mich nicht wundern, wenn er da ein krummes Geschäft eingefädelt hat, bei dem er seinen Anteil bekommt. Beim Thema Geld fällt mir der Kuntze wieder ein.

»Du hast doch Einblick in Mamas Finanzen«, sage ich zu Willy. »Gibt es auf ihrem Konto eine Überweisung von Horst Kuntze mit tz? Der Mann hat mich zweimal angerufen und behauptet, er habe ihr Moneten gegeben. Hat er sich bei dir gemeldet?«

Willy schüttelt den Kopf.

»Und wie sieht es generell auf ihrem Konto aus?«

»Wenn wir dem Trödler keine dreitausend Euro in den Rachen werfen, sind die Kosten für die Beerdigung locker gedeckt.«

»Dreitausend ist ein guter Preis«, verteidigt sich Ted. Er hat ganz sicher was zu seinen Gunsten ausgehandelt.

»Ein Wucherpreis«, beharrt Willy. »Find dich mal damit ab, dass du kein reicher Erbe bist. Werd erwachsen!«

»Sag's noch öfter und ich schreie«, sagt Ted und schreit dann aber sowieso los: »Sophia, wir gehen!«

Sie hat wieder ihre eigene Kleidung an. »Sei nicht so laut. Ich bin doch schon da.« Die weiße Kunstpelzstola hängt noch um ihren Hals. »Kann ich die vielleicht behalten?«

»Pack ein, was dir gefällt, Mausibaby«, sagt Ted.

Sophia geht noch mal zurück ins Schlafzimmer, bleibt jedoch bescheiden. Nur zwei Kleider und die Stola hat sie im Arm, als sie sich für den Abschied bereit macht.

»Kann sie für unsere Auftritte gebrauchen«, sagt Ted

und blickt provozierend zu Willy, aber den interessiert das nicht.

»Wir sehen uns morgen.« Ted und Sophia umarmen mich und Ron, dann schiebt mein Bruder seine Freundin aus der Tür, und wir hören, wie sie die Treppen runterstapfen.

Ohne Sophia verlieren Jan und Malik das Interesse an weiteren modischen Experimenten. Sie fläzen sich auf die Couch. Ruhe kehrt ein. Ola ist sogar eingenickt. Willy sitzt schweigend im Sessel und schaut aus dem Fenster. Kasia und Marija unterhalten sich leise auf Polnisch in der Küche und klappern ab und zu mit Geschirr. Jan hat vergessen, den Kassettenrekorder auszuschalten, deshalb dudeln weiterhin Schlager aus dem Schlafzimmer.

Ich denke erneut darüber nach, welches der Bilder ich bei mir zu Hause aufhängen würde, wenn ich dazu gezwungen wäre. Die hochnäsige Venus, die grantig schauende Mona Lisa oder das schielende Mädchen mit dem Perlenohrring? Oder doch lieber den unechten Picasso? Die Frau mit dem Schal sieht meiner Mutter ein bisschen ähnlich. Der Seidel war vermutlich verknallt in sie. Am ähnlichsten war meiner Mutter jedoch die Frau mit dem Trägerhemdchen …

Wahrscheinlich bin ich das letzte Mal hier in dieser Wohnung. Das fühlt sich seltsam an. Morgen wird meine Mutter beerdigt, und dann werde ich zurück nach Berlin fahren, und Ron tritt seinen Retreat im Allgäu an. Keine Ahnung, was aus ihm und mir wird, keine Ahnung, was überhaupt sein wird. Ich muss noch mit jemandem vom Sozialdienst des Krankenhauses sprechen, um zu klären, welche Unterbringungsmöglichkeiten es für meinen Vater gibt. Die müssen mir doch irgendwie helfen können. Den Rest muss ich erst mal von Berlin aus regeln. Ich kann nicht ewig Urlaub nehmen. Vielleicht überwinde ich mich und bitte Willy um Hilfe.

Für heute habe ich erst mal wieder genug von der Familie. »Weiß nicht, was ihr noch vorhabt, aber ich möchte jetzt los«, sage ich. »Vielleicht kann ich am Mittwoch noch mal helfen, den Rest zu verpacken.«

Willy reagiert nicht. Er schaut immer noch gedankenverloren aus dem Fenster.

»Könnt ihr uns mitnehmen und bei der WG absetzen?«, fragt Jan. Können wir natürlich. Der Kassettenrekorder dudelt. Ola räkelt sich und gähnt. Ich blicke noch mal auf die Kunstwerke, die über der Couch hängen. »Will nicht doch jemand einen echten Seidel?«

»Kein Bedarf«, sagt Ola. »Was ist mit dir, Janni?«

»Die sind so schräg, dass sie eigentlich schon wieder gut sind. Ich überlege noch.«

Jan holt aus dem Schlafzimmer einen der kleineren Umzugskartons, in den er Klamotten geräumt hat, die er unbedingt mitnehmen will. Ich greife mir schon mal meine Tasche. Als ich aufstehe, erhebt sich auch Ron vom Stuhl.

»Die Margot ist übrigens tot«, sagt Willy mitten in unseren Aufbruch hinein und blinzelt, als ob er tatsächlich eingeschlafen wäre.. »Du hast doch gedacht, sie würde noch leben, aber mir ist vorhin eingefallen, dass der Schierlinger ein Sterbebild von ihr im Portemonnaie hat.«

Darüber hat Willy nachgedacht, als er die ganze Zeit aus dem Fenster starrte?

»Hier, schau her.«

Er holt aus seinem Rucksack die Geldbörse meines Vaters. Ich wusste gar nicht, dass die bei ihm war. Er drückt sie mir in die Hand. Das Leder ist fettig und fleckig. Hinten im Geldscheinfach befindet sich ein dicker Stapel mit Kassenbons und auch ein paar Sterbebilder. Auf dem von Margot sind auf der Vorderseite die betenden Hände von Dürer und auf der Rückseite ein Foto ihr. Da ist sie grauhaarig und faltig, aber sie trägt immer noch das altmodische Kunststoffgestell mit den dicken Gläsern.

Aus dem Schlafzimmer tönt ein Schlager von Heidi Brühl. Die Melodie klingt wie ein Karamellbonbon, das man zu lange im Mund behält und das eine klebrige Schicht auf den Zähnen hinterlässt.

»Ach Gott, dieses Lied«, stöhne ich. »Das ist einer dieser Schlager, die wirklich ganz unerträglich auf heile Welt machen.«

»Das tun doch alle Schlager«, sagt Jan.

»Das stimmt nicht. Denk an Alexandra und ihren Freund, den Baum. Da waren sogar das Baumsterben und der Klimawandel schon vorweggenommen.«

Jan rollt mit den Augen. »Tante Tosca, die Schlagerexpertin.«

»Dieses Lied ist aber echt speziell«, sage ich. »Wäre es nicht im Radio gelaufen, wer weiß, vielleicht gäbe es mich dann gar nicht.«

Die Welt wird wieder schee, gibt's zum Guglhupf echten Bohnenkaffee

Den ganzen Tag hatte Ade mit einer Fräse unter furchtbarem Lärm Straßenbelag abgetragen, damit die Landstraße Richtung Norden erneuert werden konnte. Als er nach Hause kam, stand schon eine Zinkwanne mit warmem Wasser und Seife bereit.

Frisch gewaschen löffelte Ade gerade den zweiten Teller Pichelsteiner, als sein Bruder Gustl vorbeischaute und sich ganz selbstverständlich mit an den Tisch setzte. Mama Josefine brachte den Guglhupf oder jedenfalls das, was vom Sonntag noch übrig war. Sie selbst hatte mittlerweile Zucker und durfte auf ärztlichen Rat hin nichts Süßes zu sich nehmen, und wegen ihres hohen Blutdrucks sollte sie besser nur noch Malzkaffee trinken. Der Luggi hatte bloß lachend gesagt: »Der schmeckt wie eingschlafene Fiaß.« Also gönnte sie sich auch lieber eine Tasse vom echten Bohnenkaffee.

Nachher holte Gustl noch drei Flaschen Bier und prostete seinem Vater und dem Bruder zu. Er hatte es nicht eilig, denn daheim wartete seine ewig klagende Ehefrau auf ihn. Da blieb er gerne noch ein bisschen hier und ärgerte seinen kleinen Bruder.

»Langsam werds amal Zeit«, sagte er und ließ eine Pause, um sich eine Zigarette anzuzünden. »Die Liesel heiratet auch bald. Du kannst doch der Mama ned ewig am Rockzipfi hänga. Du brauchst a Frau.«

»Und du brauchst an Verstand«, entgegnete Ade.

»Bist eppa immer noch in die Ziesel Mare verliebt?«, frotzelte der Bruder weiter.

Aus der Jugendliebe zur Nachbarstocher war nichts geworden, die Mare hatte ihn verschmäht und war nach Amerika ausgewandert. In dieser Wunde stocherte Gustl gerne herum. Ade ließ den Bruder abblitzen und schwieg.

»Sie war halt ned scharf auf einen, der noch daheim wohnt. Oder der sich ständig prügelt.«

»Du redst einen Schmarrn.« Ades Nase war gut verheilt, und die Mare hatte ihn verschmäht, lange bevor ihm im »Tiffany« der Kinnhaken verpasst worden war.

»Oder stimmt des, was da Loidl erzählt hat?«, mischte sich der schöne Luggi in das Gespräch ein. Er hatte vor Kurzem zwei Vorderzähne eingebüßt und war seitdem noch schlechter zu verstehen. »Host du wos mit der polnischen Wirtin angfangen?«

»Luggi«, fuhr Josefine ihn an. »Was redst denn du da! Mit so einer würd sich mein Ade nie einlassen.«

»Ich hab doch gesehn, wie da Bua ihr immer nachschaugt.«

Unwillkürlich fuhr Luggi sich mit der Zunge über die Oberlippe. Er bekam schon wieder Appetit auf Saures Lingerl. Josefine warf ihm einen der bösesten Blicke zu, zu denen sie überhaupt fähig war.

Ade begriff, dass nun offenbar der Zeitpunkt gekommen war, die Eltern in seine Zukunftspläne einzuweihen, obwohl Ella Novak noch nichts von ihrem Glück wusste und er darauf hätte verzichten mögen, dass der Gustl sich einmischte.

»Ich werd die Wirtin heiraten«, sagte Ade.

Josefine stellte ihre Tasse mit einem solchen Ruck auf den Tisch, dass der Kaffee überschwappte und eine Pfütze hinterließ.

»Du spinnst doch.« Gustl tippte sich an die Stirn. »Dich würd a Frau wie die Wirtin sowieso ned ranlassn.«

»Gustl!«, rief die Mutter.

»Geh, Mama, die Wirtin, die könnt einen jeden haben, ich möcht ned wissen, mit wem die schon alles …« Das entscheidende Wort ließ er seiner Mutter zuliebe aus. »Der Ade is doch no grea hinter die Ohren!« Gustl griff mit seiner Pranke in Ades dunkle Locken.

»Was habts ihr nur alle immer mit der Wirtin!«, seufzte Josefine.

»Ein rassiges Weib ist sie, i wenn jünger wär, i würd auch sofort was anfangen mit der Wirtin, ein so gutes Lingerl, wie sie macht«, erklärte der schöne Luggi.

Josefine schüttelte den Kopf. »Dass du di ned schamst, vor deiner eigenen Frau so was zu sagen, eine Versündigung ist das.«

Seit ihn der Schlag getroffen hatte, wusste sie nie, welche Sicherung im Hirnkastel vom Luggi schon wieder durchgebrannt war und ob er überhaupt ernst meinte, was er da oft Sündiges von sich gab.

»Babba«, fuhr Ade ihn an. »Wie redst du denn über meine zukünftige Ehefrau!«

Der Luggi trank einen kräftigen Schluck Bier und schwieg, dafür goss Gustl Öl ins Feuer.

»Geschieden ist sie auch.«

»Ihr Mann hat sie halt sitzen lassen. Der ist zurück nach Polen. Da kann sie doch nix dafür«, erklärte Ade.

»Dafür vielleicht ned, aber die ist sowieso zu alt für dich. Vierzge solls scho sein.«

»Die ist doch no koane vierzge.« Ade hatte keine Ahnung, wie alt Ella war, eine Dame fragte man schließlich nicht nach ihrem Alter.

»Bub, du stürzt dich ins Unglück.« Josefine schlug die Hände wie zum Gebet über der Brust zusammen. »Host koa andere finden können? A Frau in dem Alter! Die kann vielleicht gar keine Kinder mehr kriegen.«

»Geh, das ist doch kein Problem, die hat scho drei«, fügte der schöne Luggi hinzu. »Da kanns oiwei no mehra kriegn.«

»Das ist wurscht, wie alt die ist, eine Geschiedene heiratest du sowieso nicht.« Gustl mandelte sich vor Ade auf, als ob er einer von den Cartwrights wäre und sie nicht im Häuschen der Schierlingers, sondern auf der Ponderosa Ranch im Wilden Westen säßen. »Ich erlaube nicht, dass du Schande über die Familie bringst!«

»Als ob ich auf die Meinung wos gäbat!«

»Das lass ich nicht zu, dass du dein Leben wegschmeißt für so ein hergelaufenes polnisches Weib.«

»An Scheißdreck geht dich das an, was ich mach.«

»Du bist ein solchenes Arschloch!«

»Und du mit deinem dreckaten Schandmei host mir gar nix zu sagen.«

Es war dann die Liesel, die weitere gegenseitige Beschimpfungen der Brüder verhinderte, als sie nach einem arbeitsreichen Tag im richtigen Augenblick die Küche betrat.

Für den Luggi war ihr Nachhausekommen das Signal, dass es Zeit für seine abendliche Runde wurde. Er stand auf, um sich Stock und Hut zu holen. Josefine bat Ade, den Vater zu begleiten, falls ihm wieder die Füße wegsackten, was in letzter Zeit öfter passiert war. Auf Gustl warteten seine Ehefrau und die Kinder, er ließ es sich aber nicht nehmen, Ade im Hausflur noch mal zu ermahnen, die Finger von dieser Frau zu lassen.

Ade winkte nur ab. »Is scho recht.« Er begleitete den Vater zur nahe gelegenen Wirtschaft »Zum alten Ochsen«. Den dortigen Wirt bat er, den schönen Luggi rechtzeitig heimzuschicken, bevor er die paar Schritte nach Hause nicht mehr geradeaus laufen konnte. Ein Spezl bot sogar an, den Luggi später zu begleiten, also stieg Ade beruhigt in seinen neu erworbenen Opel und machte sich auf den Weg zu Ella Novak. Jetzt oder nie.

Als er am Hintereingang klingelte, kam Ella in Kittelschürze die Treppe herunter und öffnete die Tür. »Was machst du denn hier?«, flüsterte sie, damit die Nachbarn sie nicht hörten. »Wir haben doch heute Ruhetag. Ich bin gerade beim Bügeln.«

»Schalt das Bügeleisen aus«, sagte Ade. »Hol dei Jackn und komm mit. Ich will dir was zeigen!«

Normalerweise hätte Ella protestiert, aber sie hatte sich den ganzen Tag mit Lieferanten und ihren Söhnen herumärgern müssen. Ein bisschen Ablenkung und Aufmerksamkeit konnte sie durchaus gebrauchen. »Wo steht dein Auto?«

»Wie immer an der Ecke.«

»Warte dort auf mich. Ich mache mich schnell fertig.«

Es dauerte eine halbe Stunde, bis sie endlich in den Opel stieg. Sie hatte sich einen frisch gebügelten beigen Rock und eine weiße Kurzarmbluse angezogen. Außerdem hatte sie sich Parfüm hinters Ohr getupft und natürlich die Haare gemacht. Seit dem Vorfall im »Tiffany« war viel getratscht worden. Sie waren noch ein paarmal tanzen gegangen, machten aber seit einiger Zeit lieber heimlich Ausflüge mit dem Auto. Das war unverfänglicher, als in der Stadt oder in den Tanzlokalen beäugt zu werden.

Ella hatte das Gefühl, ihre Jugend nachholen zu müssen, die ihr der Krieg und ihr erster Mann geraubt hatten. In Ades Gegenwart fühlte sie sich wie ein Backfisch, auch wenn das Händchenhalten im Wald ihre Schuhe ruinierte. Die Luft roch warm, und die Sonne würde bald untergehen. Schon war die Landschaft, an der sie vorbeifuhren, die Dörfer, die Wälder in blaues Licht gehüllt.

»Viel Zeit habe ich nicht«, sagte Ella. »Wojtek muss noch

für seine Prüfungen lernen. Er will nicht so lange auf Tadek aufpassen. Und Jozio treibt sich mal wieder rum.«

Ade lächelte ihr von der Fahrerseite zu. Mit ihren Buben kam er inzwischen gut zurecht, besonders mit dem Kleinen, dem schwarzgelockten Datschi, der immer alle um Geld anbettelte. Der Bub würde bestimmt froh sein, endlich wieder einen Vater zu haben. Die Liesel hatte Ade vorhin versprochen, dass sie mit der Mama reden würde. Auf das Gerede vom Gustl konnte man nichts geben, der war ein alter Neidhammel. Über den Verlobten von der Liesel hatte er sich am Anfang auch ständig lustig gemacht. »Mein letzter Wille – ein Mann mit Brille« oder »Mein letzter Gedanke – ein Franke«. Jetzt, wo er sah, wie glücklich die Liesel und ihr Heribert waren, hielt der Gustl auch endlich seinen Mund.

Nach einer Viertelstunde Fahrt kamen sie in das Dorf, in dem Margot wohnte. An dem Haus, in dem die Freundin mit ihrer Großmutter lebte, fuhren sie vorbei, und Ade hielt erst nach weiteren zehn Minuten am Waldrand, bei einer verlassenen Baustelle. Dort sollte eine Reihenhaussiedlung entstehen. Dahinter standen ein paar ältere Häuser, danach kam nur noch Wald.

»Was wolltest du mir denn zeigen?«, fragte Ella, nachdem sie ausgestiegen waren.

»Das Haus«, sagte Ade.

»Welches Haus?«

Ade fasste Ella an der Hand und führte sie an einen Jägerzaun. Es war das letzte Haus in der Reihe. Die Fassade war stellenweise ein bisschen abgebröckelt. Es sah unbewohnt aus, aber der Garten wirkte gepflegt. An den Äpfel- und Zwetschgenbäumen hingen noch Früchte.

»Der Frau ist der Mann weggestorben, und sie ist in die Stadt gezogen. Sie sucht jemanden, der das Haus mietet und ein bisschen in Schuss hält.«

»Wieso verkauft sie es nicht?«

»Die Miete kann sie gut gebrauchen. Und wir hätten ein Haus mit Garten, wenn wir da einziehen.«

»Wir?« Ella blickte ihn überrascht an. »Das Haus mieten?«

»Du, ich, die Buam und, wer weiß, vielleicht kriegt der Datschi noch ein Gschwisterl.«

Trotz ihrer Lebenserfahrung errötete Ella Novak. Ihre Buben waren schon so groß, selbst Tadek. Sie hatte nicht mehr daran gedacht, ein weiteres Kind zu bekommen.

»Am Wochenende fahren wir noch mal her und können es anschauen.«

»Anschauen kostet ja nichts«, stimmte Ella zu.

Der Blick auf die Armbanduhr zeigte, dass es Zeit wurde, zurück zum Auto zu gehen.

Als sie im Wagen saßen, schaltete Ade das Autoradio an. Heidi Brühl sang »Wir wollen niemals auseinandergehn«, und Ella bat ihn, es ein bisschen lauter zu stellen.

»Dazu haben wir doch schon mal getanzt«, sagte sie. Sein Herz machte einen kleinen Hüpfer, weil sie sich an diesen Moment also erinnerte und »wir« gesagt hatte. Er wusste auch noch, wie sie Wange an Wange getanzt hatten. Jetzt oder nie. Das Lied war ein Zeichen. Er griff in seine Brusttasche und holte das Etui mit dem Ring heraus, den er vor ein paar Wochen mit Liesels Hilfe beim Juwelier besorgt hatte. Auch feierliche Worte hatte er sich für diesen Augenblick zurechtgelegt, aber in der Aufregung fiel ihm nur noch die Frage »Mogst mi heiradn?« ein.

Ella blickte auf den Ring, dann wieder zu Ade. In ihrer Fantasie war dieser Moment romantischer, der Ring goldener, der Edelstein darin größer und der Mann stattlicher und älter gewesen. Aber ihre polnische Schwiegermutter hatte immer gesagt: »Lepszy wróbel w garści niż gołąb na dachu. – Ein Spatz in der Hand ist besser als die Taube auf dem Dach.« *Da war was Wahres dran. Die meisten Männer wollten nur das Eine, und sobald sie es bekommen hatten, folgte prompt die Enttäuschung. Manche Verehrer hatten Ella angelogen oder ihr verschwiegen, dass sie verheiratet waren, oder getan, als ob sie wer weiß was wären, und in Wirklichkeit waren sie bloß hoch verschuldet. Ade war ein bisschen zu jung, aber bislang immer ehrlich zu ihr gewesen. Das musste sie ihm lassen.*

Sie atmete tief durch und sagte dann: »Ja.«

Ade fiel ein Stein vom Herzen. Er nahm den Ring aus dem Etui und steckte ihn an ihren Ringfinger.

»Der sitzt ein bisserl locker«, bedauerte er, aber Ella beruhigte ihn. »Das kann man ja beim Juwelier nachbessern lassen.«

Als Heidi Brühl gegen Ende des Liedes erneut »Mag auf der großen Welt auch noch so viel geschehn, wir wollen niemals auseinandergehn« sang, küssten sie sich. Ade roch nach Seife und ein bisschen nach Zigaretten und Teer, Ella nach ihrem Parfüm und ein bisschen nach frisch gebügelter Wäsche. Sie versanken in ihrer eigenen kleinen Welt, und das Auto stand dann noch eine ganze Weile auf dem Parkplatz am Waldesrand herum.

Stier mit Nasenring

Im Auto!«, ruft Jan. »Ausgerechnet!«

Er sitzt vorne neben Ron. Ich habe ihm den Vortritt gelassen, weil er so lange Beine hat. Malik und ich teilen uns die Rückbank. Die Kartons hat Ron im Kofferraum verstaut.

»Du glaubst das doch nicht wirklich, dass du wegen dieses Schlagers auf der Welt bist!«

»Sicher nicht nur wegen dem Schlager. Aber ich muss es dir jetzt nicht näher erklären, oder, das mit den Bienen und …«, ziehe ich ihn auf.

»Nein«, unterbricht Jan mich. »Wirklich nicht.«

»Sei doch nicht so prüde. Alles ganz natürlich.«

»Niemand redet gerne über Eltern und Sex im selben Atemzug«, erklärt Malik, als wäre das eine völlig neue Erkenntnis.

»Oder über Großeltern, die es tun«, sagt Jan.

»Eines habe ich bis jetzt nicht verstanden. Wo bist du eigentlich genau aufgewachsen? Ich dachte, ihr habt in der Wirtschaft gewohnt?«, fragt Ron.

»Natürlich nicht *in* der Wirtschaft, sondern *über*. So schlimm war es auch wieder nicht«, korrigiere ich. »Die ersten Jahre habe ich auf dem Dorf verbracht, dann sind wir wieder in die Wohnung über der Wirtschaft gezogen. Es kam eben alles anders, als es von meinen Eltern geplant war.« Wäre auch ein Wunder gewesen, wenn in meiner Familie mal was nach Plan gelaufen wäre. »Ich bin aber ganz froh, sonst würde ich heute einen merkwürdigen Dialekt sprechen. Den wird man nur schwer wieder los. Mach mal vor, Jan.«

»Ich kann den doch auch nicht.«

»Dann erzähl wenigstens den Witz.«

»Den vom alten Schierlinger? Also gut«, sagt Jan. »Wie bringst du einen Oberpfälzer zum Bellen?« Er lässt eine kleine Pause für die Antwort. »Du rufst einfach: Da hinten gibt's Freibier!«

Da Malik und Ron nicht reagieren, erkläre ich: »Weil Oberpfälzer dann fragen ›Wou, Wou?‹. Statt ›Wo‹.«

»Klingt wie das englische o in over zum Beispiel«, ergänzt Jan. Der Witz zündet trotzdem nicht.

»Waren denn damals wirklich alle gegen die Ehe deiner Mutter mit deinem Vater?«, fragt Malik.

»Begeistert waren sie nicht, was auch verständlich ist. Er war wesentlich jünger als sie.«

»Das ist doch keine große Sache.«

»Heutzutage nicht, in den Sechzigerjahren schon.«

»Das ist fast wie bei uns«, sagt Malik. »Nicht nur der Altersunterschied. Jans Eltern sind nicht begeistert. Das war deutlich zu spüren.«

»Und deine Eltern?«

»Die freuen sich für mich.«

»Mein Bruder und Marija werden sich auch einkriegen«, sage ich. »Du bist doch ein Traum als Schwiegersohn. Jung, schön, klug. Was machst du eigentlich beruflich?«

»Ich studiere Informatik.«

»Viel klüger als mein missratener Neffe also.« Ich schleime nicht nur, ich mag ihn wirklich, stelle ich gerade fest.

Malik wirft mir eine Kusshand zu. »Darf ich Tante Tosca zu dir sagen?«

»Du darfst«, sage ich und pikse Jan von hinten in die Schulter. »Nimm dir mal an dem jungen Mann ein Beispiel!«

Er dreht sich um, ignoriert jedoch, was ich gerade gesagt habe. »Sag mal, diese Margot. Wer war die noch mal?«

»Die beste Freundin meiner Mutter.«

»Und dann nicht mehr?«

»Irgendwann war Funkstille. Du weißt ja, wie schnell das bei uns in der Familie passiert.«

Jan hat nach seinem Coming-out auch eine Zeit lang nicht mehr mit seinen Eltern geredet und sie nicht mit ihm. Ted und Willy waren jahrelang verstritten. Mama und ich hatten auch oft schwierige Zeiten, besonders, als ich nach der Scheidung meiner Eltern nicht Partei für einen von ihnen ergreifen wollte.

»Hier könnt ihr uns rauslassen«, sagt Jan. »Von hier können wir laufen.« Die beiden steigen aus, ich setze mich nach vorne und winke ihnen zum Abschied zu.

»Wollen wir zum Hotel zurück, oder soll ich dir zeigen, wo ich meine ersten Lebensjahre verbracht habe?«, frage ich Ron. »Das Dorf, in dem ich aufgewachsen bin, ist gar nicht so weit weg.«

»Gerne. Vielleicht können wir dort auch was essen gehen.«

»Bestimmt. Hier gibt es doch überall Landgasthäuser. Da finden wir schon was.«

»Hört sich gut an.«

Als Kind kam mir der Weg aufs Land wie eine Weltreise vor. Vorne im Auto schwiegen meine Eltern sich an. Hinten langweilte ich mich auf der Rückbank. Mein Vater rauchte eine Zigarette nach der anderen. Meine Mutter kurbelte demonstrativ das Fenster herunter und dann nach ein paar Minuten doch wieder hoch, damit ich mich nicht verkühlte. Von dem Dorf, in dem wir früher lebten, dauerte es dann noch mal eine Ewigkeit länger, wenn wir meinen Onkel besuchten, den jüngeren Bruder meiner Mutter, der immer noch in dem Örtchen wohnte, wo meine Mutter, ihr polnischer Ehemann und die älteren beiden Söhne damals gelandet waren.

Das Dorf, in dem Oma Mathilde und Mamas Stiefvater nach dem Krieg hatten neu anfangen müssen, lag nicht weit von der tschechischen Grenze. Mamas Stiefvater, an den ich mich noch vage erinnere, sah mit dem breitkrempigen Hut und dem gezwirbelten Bart wie ein echter polnischer Bauer aus. Das behauptete jedenfalls mein Vater, der noch nie in Polen gewesen war.

In Wahrheit dauert die Fahrt aufs Land gar nicht so lange. Ich leite Ron, so gut ich kann, durch das Dorf, in dem ich meine ersten Jahre verbracht habe. Meine Erinnerungen daran sind verblasst wie die alten Fotos in den Alben meiner Mutter.

Wir finden in der Nähe des Rathauses einen Parkplatz. Von dort laufen wir Richtung Wald und stehen dann an einer neuen Häuserreihe, für die offenbar die alten Häuser abgerissen wurden.

»Hier war es.« Ich deute an die Stelle, an der ich das Haus vermute, in dem ich geboren bin. Es soll schwer beheizbar und zugig gewesen sein, wenn man den Klagen meiner Mutter Glauben schenken kann. »Hier hat mich der Storch abgeliefert.«

»Der Storch?« Ron lacht.

»Ja, der muss sich vertan haben, ich wollte eigentlich nach München in eine Villa mit vielen Zimmern und noch mehr Büchern zu sehr reichen Eltern.«

»Du hattest aber sehr genaue Vorstellungen.«

»Allerdings, und dann bin ich ausgerechnet hier gelandet!«

»Bist du traurig, dass es das Haus nicht mehr gibt?«

»Es soll eine Bruchbude gewesen sein. Außerdem ist das Leben eben ein steter Fluss von Veränderung. Hast du das nicht selbst gesagt?«

»Falls ja, stimmt es jedenfalls.«

»Dann schauen wir jetzt noch bei Margot vorbei.«

Ron sieht mich erstaunt an. »Ich denke, sie ist gestorben?«

»Genau, deshalb gehen wir zum Friedhof.«

Auf ihrem Sterbebild habe ich gelesen, dass sie hier im Dorf beerdigt ist. Wo sonst! Sie hat doch immer hier gelebt.

Der Dorffriedhof ist nicht sehr groß. Trotzdem ist es nicht einfach, ein Grab zu finden, wenn man nicht weiß, in welchem Abschnitt es liegt. Ich frage eine ältere Frau, die Blumen gießt. Erst, als ich ihr auch Margots Mädchennamen sage, weiß sie, wen ich meine, und erklärt mir den Weg zum Familiengrab.

In den Grabstein aus rotem Granit sind außer Margots Namen und Geburts- und Sterbedaten auch die von Margots Oma, Margots Mann und einem ihrer Söhne eingraviert.

Die Erde ist mit diesen wachsartigen Blümchen bepflanzt, die ich nur von Gräbern kenne. Sie sehen pflegeleicht aus und haben dicke rote Blüten. Das ewige Licht leuchtet nicht. Die Ölkerze aus Plastik ist schon heruntergebrannt. Vermutlich kommt nicht oft jemand vorbei, um sie anzuzünden.

»Ich hasse Friedhöfe«, sage ich leise zu Ron.

Er legt den Arm um mich, wir stehen eine Weile vor dem Grab, und ich versuche, mir die Margot vorzustellen, die ich kannte, eine rundliche Frau, die bunte Kittelschürzen und eine dicke Brille trug. Aber sie existiert nicht mehr, genau wie davor schon von ihrer Freundschaft mit Mama nicht mehr viel übrig war.

»Arme Margot«, seufze ich. »Erst war sie Mamas beste Freundin, und dann haben sie nicht mehr miteinander geredet.« Ich atme einen kräftigen Schwall Traurigkeit aus und greife an Rons Arm. »Komm, lass uns weitergehen. Ich zeig dir noch den Bauernhof.«

Warum sich Margot und Mama entzweit haben, blieb mir immer ein Rätsel. Vielleicht lag es daran, dass Margot ein paar Jahre nachdem wir aus dem Dorf weggezogen waren, nach einer sehr langen Verlobungszeit doch noch heiratete und dann auf den Bauernhof ihres Mannes zog. Seine Frau war gestorben. Ein Witwer ist nach Meinung meiner Freundin Nele keine B-Ware, trotzdem blickte Mama irgendwie auf ihn herab. Das habe ich sogar als Kind gespürt. Sie sprach immer von dem »Bauern« und hängte manchmal noch Adjektive wie »ungehobelt« oder »dumm« an. Die zwei Stiefsöhne nannte sie »die Bauernburschen«. Schlecht erzogen waren die in ihren Augen und kein guter Umgang für mich.

Im Gegensatz zur Ehe meiner Eltern hat Margots Ehe mit ihrem »ungehobelten Bauern« immerhin bis zu seinem Tod gehalten. Das habe ich seinem Sterbedatum auf dem Grabstein entnehmen können. Margot hat ihn um ganze zwanzig Jahre überlebt.

Meine Mutter dagegen hat zwar lange gezögert, sich von meinem Vater scheiden zu lassen – sie wollte keine Frau sein, die gleich zwei gescheiterte Ehen hinter sich hatte –, aber irgendwann hielt sie es nicht mehr aus mit ihm. Auch wenn ich ihr oft versichert habe, dass ich ihre Entscheidung vollkommen verstand, rechtfertigte sie sich immer wieder. »Woran liegt das nur, dass ich keinen Mann halten kann?«

Dabei war nur ihr erster Mann davongelaufen. Mein Vater, der alte Schierlinger, wäre bei ihr geblieben, wenn sie das gewollt hätte. Den hatte sie loswerden wollen.

Von der Kirche laufen wir erst bergauf, dann wieder nach unten in das Tal in Richtung Bauernhof, in den Margot eingeheiratet hatte. Doch dort, wo der Hof gewesen ist, befindet sich nun ein großes Ärztehaus. Im Erdgeschoss sind eine Apotheke und ein Sanitätshaus, im ersten und zweiten Stock Arztpraxen und ein Physiotherapiestudio untergebracht. Hinten am Haus, wo ein großer Gemüsegarten war, sind Parkplätze.

»Hier gab es ein Gehege mit Hühnern und Hasen und den Stall, in dem ein wilder und gefährlicher Stier lebte. Er war mit einem Nasenring angekettet, damit er nicht ausbricht.«

»Ein Stier?«, fragt Ron. »Werden Kühe nicht künstlich befruchtet?«

»Ich wusste gar nicht, dass du dich in der Landwirtschaft so gut auskennst«, spotte ich.

Dabei hat er recht. Das ist nicht logisch, dass die einen Stier hatten. Eigentlich habe ich das Tier auch nie gesehen. Margots Buben hatten mir von dem gefährlichen Stier erzählt, den ihr Vater in den Stall sperrte. Mir war immer so, als ob ich sein Blöken, das Schnauben der Nüstern, gehört und die Kette, an der er trotz Nasenring unablässig zog, um sich endlich zu befreien, wirklich gesehen hatte. Wenn es ihm je gelungen wäre, auszubrechen, würde er uns alle töten. Das hatten mir Margots Buben eingeschärft.

»Ehrlich gesagt, erinnere ich mich nicht mal mehr, ob ich dort jemals Kühe gesehen habe«, muss ich zugeben. »Und wozu brauchten die einen Stier, wenn sie gar keine Kühe hatten?«

»Ein eingebildeter Stier.« Ron lacht wieder.

»Vielleicht bin ich angelogen worden.«

Margots Stiefsöhne waren damals Teenager, ich war gerade eingeschult worden.

»Der eine von denen hat mir auch versprochen, er würde mich später mal heiraten.«

»Und hat er?«

»Natürlich nicht. Ich habe nie geheiratet. Du?«

»Ich schon«, sagt Ron so beiläufig, dass ich nicht gleich nachfrage, obwohl ich es sollte. Die Frage war spontan, ich hatte nicht mit einer solchen Antwort gerechnet. Er hält anscheinend keine weitere Erklärung für notwendig. Wir schweigen, aber natürlich taucht vor meinem inneren Auge die Frau mit den kupferroten Haaren auf. Bringe ich sie jedoch ins Gespräch, wird es kompliziert zwischen Ron und mir und peinlich für mich, deshalb lasse ich es bleiben.

»Weißt du, was die Söhne heute machen?«

»Nein. Einer ist gestorben. Das stand ja auf dem Grabstein. Der andere lebt also vermutlich noch.« Falls Ron mein pampiger Tonfall auffällt, lässt er es sich zumindest nicht anmerken. »Also es schon kann sein, dass er noch hier irgendwo im Dorf wohnt, aber es interessiert mich nicht besonders.«

»Es hörte sich so an, als ob ihr befreundet gewesen seid.«

»Margots Stiefsöhne waren ein ganzes Stück älter. Meine Mutter hat es nicht gerne gesehen, wenn ich mit ihnen spielte.«

Nachdem die Freundschaft zwischen Margot und Mama in die Brüche gegangen war, waren wir nicht mehr oft zu Besuch bei ihr. Nur einmal, ich muss vierzehn oder fünfzehn gewesen sein, ist mein Vater noch mal mit mir hierhergefahren. Es war ein Samstag. Wir hatten zusammen am Markt eingekauft, und hinterher fragte er mich, ob ich mit zu Margots Geburtstag kommen wolle. Ich solle meiner Mutter nichts davon sagen, was mir nicht schwerfiel, schließlich war ich ein Teenager und hatte jede Menge geheime Gedanken, die ich nur meinem Tagebuch anvertraute. Falls meine Mutter das mit dem Ausflug je herausbekommen hat, nimmt sie das Geheimnis genauso mit ins Grab wie die Antwort auf die Frage, warum Margot und sie sich zerstritten hatten.

Verschwiegene Bratwürste

Manchmal kommt mir die Erinnerung wie einer dieser alten Super-8-Filme vor, die mein Vater drehte. Sie ruckelten, das Bild war verwackelt, stellenweise unscharf, die bunten Farben verblassten mit der Zeit. Manches sehe ich aber noch erstaunlich deutlich vor mir. Den roten Sommermantel meiner Mutter, ihre hochhackigen Pumps, die hochtoupierten Haare, die sie sich kastanienbraun färbte.

Die Wachstuchdecke, die draußen bei Margot mit Metallklammern festgezurrt war, damit der Wind sie nicht wegwehen konnte. Die Thermoskanne und die braunen Plastiktassen, in denen der Kaffee serviert wurde. Bei uns zu Hause stand immer das gute Porzellan auf dem Tisch, wenn Gäste eingeladen waren. Margot dagegen stellte »selbst gebackenen« Kuchen auf den Tisch, der aus einem gekauften Biskuitboden bestand, den sie mit Obst aus der Dose belegte. Die Sahne kam aus einem Siphon. Wenn sie den falsch hielt, war ihre Kittelschürze hinterher versaut. Aber darüber lachte sie dann nur.

Früher, als Mama noch zum Nachmittagskaffee mitgekommen war, saßen wir oft draußen im Garten des Hofes. Die Männer tranken Bier und verzogen sich irgendwann, um Fußball zu schauen. Ich wartete sehnsüchtig darauf, dass Margots Söhne heimkamen.

Wenn sie nicht da waren, war ich das einzige Kind und musste den langweiligen Gesprächen der Frauen zuhören. Mama tupfte sich mit einem Taschentuch den Schweiß ab, der ihr immer wieder über die Stirn und den Ausschnitt ihres gelben Sommerkleids lief. Manchmal flüsterten die Frauen miteinander. Aber mein Gehör war gut, auch wenn ich nicht alles verstand. Ein Wort wie »Totaloperation« zum Beispiel, das Mama aussprach. Keine Ahnung, was das bedeutete, aber sie betonte, dass sie das nicht machen lassen würde. Margot sagte, sie habe keine andere Wahl.

Ich trug damals noch niedliche Kleider, die alle gebügelt waren. Dafür sollte ich mich aber auch nicht dreckig machen. Was schwierig war, wenn Margots wilde Söhne kamen und ich mit ihnen spielte.

»Wir haben viel Unsinn gemacht«, unterbreche ich das lange Schweigen, das sich auf dem Rückweg zum Auto zwischen Ron und mir breitgemacht hat.

»Wer wir?«, fragt er.

»Margots Stiefsöhne und ich. Sie haben sich für mich Mutproben ausgedacht.«

»Mutproben! Worin bestanden die denn?«

»Ich musste mich mit Rollschuhen am Fahrrad festhalten und wurde von dem einen der beiden gezogen. Keine Ahnung, wie lange ich es hätte aushalten müssen, um die Mutprobe zu bestehen. Aber irgendwann habe ich losgelassen und bin in einer Hecke gelandet.«

»Hast du dich dabei verletzt?«

»Ein paar Abschürfungen. Meiner Mutter durfte ich nicht erzählen, woher die kamen, die hätte geschimpft und mich nie wieder mit den Buben spielen lassen.«

»Hat sie das denn nicht gemerkt?«

»Schon. Aber ich habe behauptet, dass ich einfach nur hingefallen bin.«

»Und das hat sie geglaubt?«

»Ich konnte immer schon sehr überzeugend sein.«

Je schlechter die Ehe meiner Eltern lief, desto besser wurde ich im Lügen. Gelernt hatte ich das vom Meister der Ausreden, meinem Vater. Meine Mutter wollte zum

Beispiel nicht, dass ich mitkam, wenn mein Vater seinen Bruder Gustl besuchte. Der Onkel hatte schließlich fast die Ehe meiner Eltern verhindert, in der sie nun so unglücklich war. Ich wollte aber trotzdem mit.

»Erzähl ihr halt, dass wir zum Schwammerlsuchen fahren«, schlug mein Vater vor. Die Tageszeit passte nicht ganz. Zum Pilzesuchen fährt man morgens, nicht am Nachmittag. Als meine Mutter nachfragte, wo die Pilze geblieben seien, hatten wir nicht einfach nur keine gefunden, sondern ich hatte den Korb versehentlich umgekippt, oder wir waren bestohlen worden, oder ich hatte alle Pilze einer armen Frau geschenkt, die wir am Straßenrand entdeckt hatten und die sonst hätte hungern müssen.

»Ach, Tosca«, sagte meine Mutter dann. »Was erzählst du da wieder für eine merkwürdige Geschichte. Gib doch zu, dass ihr zu spät losgefahren seid und keine Pilze gefunden habt. Das ist sehr schade. Wirklich sehr schade. Ich hätte morgen für die Jägersoße Pilze gebrauchen können. Wenigstens ein paar Pfifferlinge.«

Mein Vater und ich standen zwar als miserable Schwammerlsucher da, aber waren davongekommen mit der Geschichte.

Ob ich meiner Mutter wieder was vom Pilzesuchen erzählt hatte, als mein Vater und ich uns auf den Weg zu Margot machten, weiß ich nicht mehr. Da es Frühsommer war, passte die Jahreszeit nicht. In die Schwammerln geht man im Spätsommer oder Herbst. Mein Vater fuhr den Berg hoch, dann ins Tal. Im Garten waren Bänke und Tische aufgestellt worden. Aus dem Kassettenrekorder schallte Blasmusik. Auf dem Grill brutzelten so viele Bratwürste wie normalerweise auf einem Dorffest. Es waren aber nur Margot, ihre Buben und ein paar Freunde von ihnen da. Ihr Mann war nicht da. Das weiß ich noch genau.

»Bei Margots rundem Geburtstag bin ich das letzte Mal

auf dem Bauernhof gewesen.« Der Vierzigste muss das gewesen sein. Sie war zehn Jahre jünger als meine Mutter. »Kurz davor hatte der Vogel seinen Schwanz verloren.«

»Welcher Vogel?«

»Der Porzellanvogel, den mir Marija angedreht hat. Mein Vater hat ihn meiner Mutter zum Fünfzigsten geschenkt. Sie hat ihm vorgeworfen, ihr damit sagen zu wollen, sie hätte einen Vogel.« Ich muss lachen, obwohl der Vorfall zu einer weiteren der vielen Ehekrisen führte, die damals wöchentlich durch irgendwas ausgelöst wurden, was mein Vater tat oder nicht tat. »Mein armer Vater hatte die glorreiche Idee, dass Frauen gerne Porzellanfiguren mögen. Margot hat er ein Reh geschenkt.«

»Ein Reh?«

»Ich fand es ein bisschen peinlich. Aber Margot hat sich sehr darüber gefreut. Sie hat einfach nie so kompliziert über Ecken gedacht wie meine Mutter. Oder ihm einfach nichts Böses unterstellt.«

Bei Margot gab sich mein Vater allerdings auch etwas charmanter. Er überreichte ihr die Porzellanfigur mit den Worten: »Weil du Augen wie ein Reh hast.« Dabei sahen ihre Augen hinter den dicken Gläsern eher wie zwei dünne Mandeln aus und waren, glaube ich, nicht mal rehbraun, sondern eher grün.

Aber auch dieser Moment ist wie im Super-8-Film leicht verschwommen. Ich weiß noch, dass mein Vater eine kurze Hose und ein kariertes Hemd anhatte. In der linken Brusttasche steckte eine Schachtel Zigaretten mit dem Feuerzeug, in der anderen seine Sonnenbrille. Er rauchte eine nach der anderen und gab Margot Feuer. Als die Sonne ihn blendete, setzte er die Pilotenbrille mit den dunklen Gläsern auf.

Die Stiefsöhne und deren Freunde blickten ihn immer wieder bewundernd an, wenn er was erzählte. Sie waren alle »richtige« schwer körperlich arbeitende Männer, die auf dem Bau oder in der Fabrik schufteten. Den Bauernhof betrieben sie schon lange nur mehr als Nebenerwerb. Die jungen Männer waren einfach gestrickt und bellten in ihrem diphthongreichen Oberpfälzer Dialekt. Mein Vater lachte und äffte sie nach, aber auf eine gutmütige Weise. In dieser Runde wirkte er auf einmal wie der klügste Mann auf der Welt.

Margot lud meinem Vater eine üppige Portion Sauerkraut auf den Teller, wo es sich weich, fettig, suppig über die Rostbratwürstl ergoss. Er spießte eine Wurst nach der anderen mit der Gabel auf und schob sie sich in den Mund, bis ihm das Fett vom Kinn tropfte. Meine Mutter hätte ihn längst ermahnt, er solle nicht so viel rauchen, trinken oder essen, sich den Mund putzen und aufpassen, dass das Fett keine Flecken auf dem Hemd oder der Hose hinterlässt. Es mache so viel Arbeit, sie aus dem Stoff herauszuwaschen. Margot dagegen lächelte ihn einfach nur an, und er lächelte zurück.

»Hat das Verschenken von Porzellanfiguren irgendeine nähere Bedeutung in Bayern?«, fragt Ron.

»Nicht, dass ich wüsste.«

»Kein besonderer Liebesbeweis?«

»In den Augen meines Vaters vermutlich schon. Vielleicht ist er aber auch bloß auf eine günstige Einkaufsquelle für Porzellan gestoßen. Meine Mutter hat den Vogel jedenfalls voller Wut an die Wand geworfen. Daher der abgebrochene Schwanz.«

»Aber Margot hat sich gefreut?«

»Ja, die freute sich einfach, dass mein Vater und ich da waren und sich alle vollstopften. Pro Mann wurden bestimmt dreißig Rostbratwürste verdrückt.«

»Alle Achtung.«

»Das waren aber die kleinen Nürnberger Würstl, nicht die großen Thüringer«, präzisiere ich.

»Trotzdem eine beachtliche Leistung.«

»Waren eben alles harte Männer. Ich habe nur eine Bratwurstsemmel mit zwei oder drei Würstl gegessen. Und das Bier floss reichlich. Die Buben hatten ein Fass gekauft.«

»Wie auf dem Oktoberfest?«

»Kein ganz so großes.«

Wir sind fast am Auto. Ich erzähle Ron noch ein bisschen von den Buben, die ich nach dem Grillabend nie wiedergesehen habe. Irgendwann hat mein Vater nebenbei mal erzählt, dass einer von ihnen geheiratet hat und er auf der Hochzeit war. Vielleicht bringe ich da aber auch was durcheinander. Den gefährlichen Stier an der Kette hat es vermutlich ja auch nicht gegeben. Was ich ganz sicher weiß, ist, dass meine Mutter ein halbes Jahr später meinem Vater nahelegte, auszuziehen. Er wohnte dann eine Zeit lang bei seinem Bruder Gustl, der das Haus von meinem Opa geerbt hatte. Mein Vater zog vorübergehend wieder in sein altes Jugendzimmer.

»Ich habe durch deine Erzählung richtig Appetit bekommen«, sagt Ron, als wir am Auto angelangt sind.

»Auf Bratwürste? Ich denke, du bist Vegetarier.«

»Du hast doch was von Landgasthäusern erzählt?«

»Es gibt einen Biergarten in der Nähe, direkt an der Donau. Wunderbarer Ausblick aufs Wasser ist also inklusive.«

»Hört sich gut an. Da gibt's bestimmt auch was für mich.«

Ron tippt die Adresse, die ich ihm nenne, in das Navi ein und startet den Motor.

»In dem Biergarten habe ich mich früher oft mit meinem Vater getroffen. Nach der Scheidung.«

»War das schlimm für dich?«

»Ich hatte es mir leichter vorgestellt. Sie haben nie wieder miteinander, aber ständig übereinander geredet. Mein Vater kam irgendwie nie darüber hinweg, dass meine Mutter die Scheidung eingereicht hatte.«

»Weil er sie so geliebt hat?«

»Ich weiß bis heute nicht, ob das aus ewiger Liebe oder wegen seiner altmodischen Vorstellungen war, dass sich eine Frau nicht zu trennen hat.«

»War er denn sehr katholisch?«

Ich schüttele den Kopf. »Bayerisch katholisch. Ab und zu an Weihnachten oder Ostern ist er mal in die Kirche gegangen.«

»Und deine Mutter? Ich meine, wie ging es ihr damit?«

»So richtig glücklich ist sie nie geworden. Die Sache mit Jorgos habe ich dir ja erzählt.«

Er nickt. »Eine Trennung ist nie einfach.«

»Du wirst wissen, wovon du redest.« Oder wovon er auch lieber nicht redet. Von der kupferroten Frau, die ihm die Nachricht gesendet hat, zum Beispiel.

»Wie meinst du das?«

»Nur weil du vorhin erwähnt hast, dass du auch mal verheiratet warst.« Ich lasse eine kleine Pause. »Oder bist. Du hast dich ja nicht näher dazu geäußert.«

»Wir sind getrennt«, sagt er. »Schon länger.«

Mehr Info kommt nicht, obwohl ich natürlich gerne wüsste, *wie* lange er getrennt ist und warum sie ihn noch vermisst und ob die Kupferrote überhaupt seine Ex-Frau ist oder doch jemand anders, und wie viele Frauen vermissen ihn dann überhaupt noch?

Um ihn mit all den offenen Fragen zu konfrontieren, müsste ich ihm vorher erklären, warum ich von der Nachricht weiß, und das zöge die Frage nach sich, warum ich die Finger nicht von seinem Handy lassen konnte. Selbst wenn mir eine gute Erklärung dafür einfallen würde, was momentan noch nicht der Fall ist, kann es sein, dass er es nicht locker nehmen wird. Eine herbe Enttäuschung wird das für ihn sein, wo er sich sogar die Mühe gemacht hat, mich zu meiner Familie zu begleiten.

Außerdem knurrt mein Magen, und bei Unterzuckerung neige ich dazu, Auseinandersetzungen schnell entgleisen zu lassen. Wir sollten über diesen Beziehungskram lieber reden, wenn ich es ihm in Ruhe erklären kann, warum ich von dieser Nachricht weiß.

Wir finden einen Parkplatz und können gemütlich zum Biergarten laufen. Die Sonne geht gerade unter, die Luft ist aber noch mild, was schön ist, aber auch ungünstig. Wir sind nämlich nicht die Einzigen, die auf die Idee gekommen sind, einen der vielleicht letzten warmen Abende zu nutzen, um draußen zu sitzen. Für morgen ist Regen angesagt. Kein Wunder also, dass der Biergarten voll ist.

Hier finden wir nie einen Platz, denke ich, als wir durch die Reihen gehen. Wir könnten drinnen nach einem freien Tisch suchen, aber da fehlt dann der Blick auf das Wasser, die Schiffe, die Brücke und den Dom. Und jetzt noch einen anderen Biergarten oder eine Wirtschaft zu suchen, dazu fehlt mir die Geduld, dafür bin ich viel zu hungrig.

Aber es gibt überall nette Menschen! Eine Frau winkt mir zu und deutet auf die zwei freien Stühle an ihrem Tisch. Der Vierertisch bietet einen der begehrten Blicke direkt aufs Wasser. Auf einem der freien Stühle liegt ein rosafarbener Mantel über der Rückenlehne, auf dem anderen steht eine braune Umhängetasche aus Leder. Sie hebt ihren Mantel hoch und hängt ihn hinter sich über die Lehne. Von ihrem Mann sehe ich nur die Rückenansicht. Sie sagt was zu ihm, er nimmt seine Tasche hoch, stellt sie neben sich auf den Boden und dreht sich um.

Dann ruft sie »Tosca!« und erklärt, dass wir wirklich gerne hier Platz nehmen können. Der Sitzplatz ist perfekt. Das Angebot verlockend. Wir müssten uns eben bloß zu Manu Klötzl und Ingo Rösner setzen. Das ist der Haken an der Sache.

Sylvia Plath im Biergarten

Tosca!«, ruft Manu Klötzl noch mal lauter, damit ich sie auch wirklich höre. Wenn ich nicht so hungrig und fußlahm wäre, würde ich ihr ausweichen, aber mein Magen knurrt, und wir sind doch alle erwachsen. Die Schulzeit ist lange her. Vielleicht ist sie netter geworden, immerhin bietet sie mir einen Platz an. Wir müssen auch nicht lange bleiben. Also setzen Ron und ich uns dankend zu den Rösners, und wir stellen uns alle vor.

Manu freut sich noch mal gehörig über den »lustigen« Zufall, dass wir ihr und den drei Chihuahuas in der Gasse über den Weg gelaufen sind und uns heute ausgerechnet hier ein zweites Mal treffen. Unglaublich! Ingo Rösner wiederum erwähnt nicht, dass ich ihn gestern in der Raucherecke des Krankenhauses angesprochen habe. Wahrscheinlich hat er mein peinliches Benehmen schon wieder vergessen. Oder er ist ein Gentleman. Also hüte ich mich, irgendwas zu sagen.

»Ein Glück habt ihr!«, betont Manu. »Ohne Reservierung geht hier nämlich nix. Eigentlich wollten zwei Freunde von uns kommen, aber die haben kurzfristig abgesagt.«

»Ganz schön voll«, bestätige ich. »Ich war schon ewig nicht mehr hier.«

»Eure Biergärten sind wirklich einzigartig. Wunderbarer Ausblick hier.« Ron hat mittlerweile den Dreh raus, wie man sich bei den Einheimischen ein paar Pluspunkte sichert.

»Das stimmt«, bestätigt Rösner auch prompt.

Wir tauschen uns kurz über den jeweiligen beruflichen

Werdegang und den aktuellen Wohnort aus. Danach ist der Gesprächsstoff erst mal erschöpft, bis Manu ungefragt aus ihrem Leben mit drei Kindern und drei Chihuahuas berichtet. Nach kurzer Zeit bin ich bestens informiert darüber, dass sie ein wahnsinnig großzügiges Haus gekauft und liebevoll restauriert haben und sie sich ihr Mode-Stüberl nach der Kindererziehungsphase selbstständig aufgebaut hat. Läuft hervorragend bei ihr. Zwei der drei Kinder wohnen noch daheim, der älteste Sohn studiert in München. Irgendwas mit Wirtschaft. Ihr Erzählfluss wird lediglich unterbrochen, als die Kellnerin uns nach unseren Wünschen fragt und kurze Zeit später die Getränke bringt. Wir stoßen an, und es dauert nicht lange, da serviert sie uns das Essen.

Ron lobt, dass selbst in diesem urbayerischen Biergarten vegetarische und sogar vegane Optionen auf der Speisekarte stehen.

»Sei froh. Früher gab es für Vegetarier nur Knödel mit Soße«, sage ich. »Und die Soße war natürlich dieselbe, die es auch zum Schweinebraten gab.«

Nach einer Weile legt Manu ihr Besteck beiseite und beginnt zu meinem Schrecken unsere gemeinsame Schulzeit Revue passieren zu lassen.

»Also die Tosca und ich waren ja zusammen in einer Klasse. Sie war allerdings ein Streber, ich nicht, ich habe dann auch vom Gymnasium runtermüssen.« Sie lacht herzhaft.

Gut, wenn sie so offen über ihren schulischen Misserfolg reden will, mir soll es recht sein, auch wenn ich wahrlich keine Streberin war. Meine Noten in Mathe und Physik waren verheerend.

Manu kommt kaum zum Essen vor lauter Reden. Ingo Rösner widmet sich seinem Wurstsalat, Ron sich einer veganen Platte und ich mich einem Salat.

»Es tut mir übrigens leid, dass dich der Jimmy gezwickt hat«, sagt Manu. »Dafür möchte ich mich noch mal entschuldigen.«

»Der Jimmy?«

»Mein kleiner süßer Wadlbeißer.« Ach so. Ihr Chihuahua. Das Adjektiv »süß« hätte ich mit dem nicht verbunden.

»Schon verziehen.«

»Die sind halt alle drei noch jung.«

»Man sollte früh mit der Erziehung anfangen.«

Manu kneift die Augen zusammen. Mit der Bemerkung bin ich wohl ins Fettnäpfchen getreten. »Hast du Erfahrung mit Hunden?«

Außer, dass ich ab und zu aus Langeweile die Sendung eines Hundecoachs schaue, weiß ich nichts über Hunde. Aber das gebe ich vor Manu nicht zu. »Das ist doch Allgemeinwissen.«

»Hast du Kinder?«

Ich schüttle den Kopf.

»Dann hast du keine Ahnung.«

»Ich bin immerhin zweifache Tante.«

»Und deswegen Expertin für Kinder- und Hundeerziehung, oder was?« Manu mustert mich. »Sag ich doch, dass du eine Streberin warst. Das scheint sich gehalten zu haben. Alles besser wissen, auch wenn man keine Ahnung hat.« Sie wendet sich an Ingo und Ron. »In der Schule ist sie übrigens damals schon immer in Schwarz rumgelaufen. Es hat Leute gegeben, die haben richtig Angst vor ihr gehabt, weil sie so arrogant war.«

»So ein Schmarrn«, sage ich.

»Du warst schon echt eingebildet.«

»Eher schüchtern.«

»Und nach dem einen Referat haben wir ernsthaft überlegt, ob du jetzt total spinnst.« Bei der Bemerkung kichert sie wie ein Teenager.

»Welches Referat denn?«

»Über diese Dichterin. In Englisch war das. Mehr weiß ich aber nimmer.«

»Meinst du Alice Walker? *The Color Purple?*« Das Buch hatte ich mal im Englischunterricht vorgestellt. Danach hatte ich einen Ruf als Radikalfeministin weg und wurde zeitweise »Schwanz ab«-Schierlinger gerufen.

»Die hat sich umgebracht«, ergänzt Manu.

»Dann kann es nicht Walker gewesen sein.« Die lebt noch, ist allerdings wegen eines antisemitischen Gedichts, das sie Jahrzehnte nach ihrem Bestsellerroman veröffentlicht hat, nicht nur in meinem Ansehen tief gesunken.

»Die war echt durchgeknallt.«

Schwer zu sagen, wen Manu meint. Im Lauf der Zeit habe ich mich beruflich mit sehr vielen Dichterinnen und Dichtern auseinandergesetzt, deren Werk grandios, deren Leben jedoch tragisch war. Die meisten davon würde Manu wohl als »durchgeknallt« bezeichnen. Emily Dickinson hat irgendwann das Haus nicht mehr verlassen. Sylvia Plath dürfte nach neueren Erkenntnissen manisch-depressiv gewesen sein. Anne Sexton war ebenfalls mehrfach in psychiatrischen Kliniken. Ingeborg Bachmann starb beim plötzlichen Medikamentenentzug, weil sie süchtig nach Beruhigungstabletten war. Der polnische Kultdichter Rafał Wojaczek war alkoholabhängig und hat die Einnahme eines Medikamentencocktails nicht überlebt.

»Du meinst wahrscheinlich Sylvia Plath«, sage ich. »Über sie habe ich auch mal ein Referat gehalten.«

Manu zuckt mit den Schultern.

Ingo wirft mir zum ersten Mal einen interessierten Blick zu. »Wie bist du denn auf *die* gekommen?«

»Ich hatte mir ihren Roman *Die Glasglocke* gekauft und danach festgestellt, dass sie eigentlich Lyrikerin ist. Ihre Gedichte waren eindeutig schriller als alles von Schiller.«

Manu zieht die Stirn in Falten. »Ich weiß nur noch, dass du ständig vom Tod geredet hast.«

»Dying is an art«, erkläre ich. »Das ist eine Gedichtzeile von Plath.« Und das war die Überschrift des Thesenpapiers, das ich auf der Schreibmaschine getippt hatte, die mir Mama zum Geburtstag schenkte.

Ich bin nicht gut im Auswendiglernen, aber die Zeilen des Gedichts habe ich noch halbwegs im Kopf und zitiere sie aus dem Gedächtnis: *»Dying is an art, like everything else. I do it exceptionally well. I do it so it feels like hell. I do it so it feels real.«* Und dann übersetze ich es ihnen noch schnell ins Deutsche: *»Sterben ist eine Kunst, genau wie alles andere. Ich beherrsche sie außergewöhnlich gut. Wie ich es tue, fühlt es sich wie die Hölle an. Wie ich es tue, fühlt es sich reell an.«* Erich Fried hat Plaths Gedichte ins Deutsche übertragen. Ob da bei mir jedes Wort stimmt, kann ich natürlich nicht mehr sagen. Es ist tatsächlich ein sehr düsteres Gedicht.

Mein kleiner Vortrag im Biergarten hat jedenfalls eine ähnliche Wirkung wie vor vielen Jahren das Referat in der Englischstunde. Alle drei schauen mich an und wissen augenscheinlich nicht, wie sie reagieren sollen.

Damals war der Englischlehrer als Einziger begeistert. Er konnte es gar nicht fassen, dass ich aus eigenem Antrieb eine amerikanische Dichterin vorstellte, von der außer ihm und mir noch niemand in der Klasse gehört hatte. Vielleicht kam daher mein Ruf als Streberin.

»Wir hatten echt überlegt, ob wir der Schulleitung Bescheid geben sollen, dass du selbstmordgefährdet bist.« Manu nimmt einen Schluck Bier. »Immerhin hat sich im Jahr davor doch einer an der Schule erschossen.«

»Die Suizidrate an bayerischen Schulen ist auch heute noch hoch. Fünfundzwanzig Schüler pro Jahr«, sagt Ingo.

»Einer hat sich damals von der Autobahnbrücke gestürzt«, erinnere ich mich. »Das strenge Aussieben an bayerischen Gymnasien fordert eben seinen Tribut.«

»Da stellst du aber jetzt Zusammenhänge her, die so nicht stimmen. Es bringen sich ja nicht alle um, die durchrasseln«, wendet Ingo ein.

Manu stimmt ihm zu: »Ich hab's auch überlebt, dass ich von der Schule geflogen bin. Für mich war's eher eine Erleichterung.«

Ich denke an all diejenigen, die mit mir in der fünften Klasse anfingen. Am Ende blieben zwei Drittel auf der Strecke. Es ist ein Wunder, dass ausgerechnet ich, Tochter einer Wirtin und eines Arbeiters, es bis zum Abitur geschafft habe. Zwar war ich die meiste Zeit ein unglücklicher Teenager, aber die Schule habe ich durchgezogen. Das lag auch an meinem Plan, gleich nach dem Abitur in die Großstadt zu ziehen. Statt Schlagertexten schrieb ich nun Gedichte. Ich plante wahrscheinlich sogar mal, Dichterin zu werden. Eine Art bayerische Sylvia Plath, nur ohne Selbstmord mit dreißig, sondern vielleicht ein kleines bisschen glücklicher.

»Gibt's die Wirtschaft deiner Eltern eigentlich noch?«, will Manu wissen. »Jetzt fällt's mir auch wieder ein. Deswegen haben wir doch zu dir immer ›Schierlinger Roggen‹ gesagt. Wie lustig.« Das findet aber bloß sie. Ich wechsle mit Ron einen Blick von wegen: Da siehst du, was ich mit der Frau mitmachen musste! Dann sage ich ganz ruhig: »Die hat meiner Mutter gehört. Mein ältester Bruder hat sie inzwischen übernommen.«

»Welche Wirtschaft ist das denn?«, fragt Ingo.

»Sie heißt ›Beim Sepp‹.«

»Ah, die alte Boazn. Ich dachte, die wäre längst zu.«

»Boazn?«, fragt Ron.

Ingo und Manu lachen, weil sich die Aussprache nicht sehr authentisch angehört hat.

»Damit ist ein eher heruntergekommenes Wirtshaus gemeint«, erkläre ich. Die Beschreibung trifft auf Sepps Gastwirtschaft inzwischen ohne Zweifel zu.

»Leben deine Eltern noch?«, fragt Manu.

»Mein Vater liegt im Krankenhaus, und es ist unklar, ob er aus dem Koma erwachen wird. Meine Mutter hatte letzte Woche einen Unfall und ist gestorben.«

»Da ist was in der Zeitung gestanden. Stimmt.«

»Morgen ist die Beerdigung. Deshalb bin ich hier.«

»Das tut mir leid. Wie alt war sie denn?«

»Beinahe neunzig.«

»Na ja, dann.«

Es ist schon klar, dass meine Mutter ein hohes Alter erreicht hat, aber das macht es nicht weniger traurig, dass sie morgen beerdigt wird. Ob ich will oder nicht, mir kommen die Tränen. Weiß nicht, ob die anderen sie sehen, ich spüre sie jedenfalls.

Ich greife in meine Tasche, um ein Päckchen Taschentücher herauszuholen, und ertaste die in Papier und Stoff eingewickelten Porzellanfiguren.

»Ich kann euch mal meine Erbstücke zeigen«, sage ich. Wenn sie die sehen, kommt garantiert wieder eine heitere Note ins Gespräch. Die Bilder, die seitlich in der Tasche stecken, nehme ich zuerst heraus, damit sie nicht geknickt werden. Das alte Schulheft, das dazwischenliegt, fällt heraus und landet direkt neben Manus gelben Sneakers. Sie hebt es auf und liest laut den Titel vor, den ich damals mit schwarzer Tinte und in schnörkeliger Schrift notiert habe: »›Gesamtwerk von Tosca Schierlinger‹. Ach Gott, wie süß, diese Kinderschrift!«

Ich bin mir nicht mal sicher, ob das noch meine alten Schlagertexte oder schon meine ersten Dichtversuche waren.

Manu schlägt das Heft auf und liest die Überschrift des

ersten Eintrags vor: »›Die Poesie des Storches‹ von Tosca Schierlinger.«

Dann sagt sie wieder: »Mei, ist das süß.«

Es hat mich schon geärgt, dass sie überhaupt ins Heft hineingeschaut hat, ohne mich zu fragen, aber dass sie jetzt auch anfängt, trotz meines Protestes aus meinem Gesamtwerk vorzulesen. Das macht mich echt sprachlos.

Ein poetischer Storch

Es flog ein Storch über den Bayerischen Wald, im tiefsten Winter, es war saumäßig kalt.«

»Ich möchte das Heft wiederhaben«, wiederhole ich.

»Ach geh, das ist doch witzig«, sagt Manu. »Ich wäre froh, wenn ich noch mein Poesiealbum von früher hätte. Aber einer von uns hat eine ganze Kiste beim letzten Umzug«, sie wirft ihrem Mann einen erstaunlich giftigen Blick zu, »verschwinden lassen.«

Er ignoriert sie und sagt: »Jetzt wollen wir aber schon wissen, wie es mit dem Gesamtwerk weitergeht.«

»Unbedingt«, stimmt Ron zu. »Das ist wahrscheinlich der Storch, von dem du vorhin erzählt hast.«

Von so viel Zuspruch lass ich mich dann doch breitschlagen. »Gut, ich möchte es aber selbst vorlesen.«

Ich überfliege die Zeilen. Diese alte Schnörkelschrift ist leider etwas unleserlich.

»Na dann«, räuspere ich mich schließlich. »Ich fahre fort mit der ›Poesie des Storches‹ aus dem Gesamtwerk von Tosca Schierlinger.« Meine Stimme bleibt leise, um kein Aufsehen im Biergarten zu erregen.

»Es flog ein Storch über den Bayerischen Wald
Im tiefsten Winter, es war saumäßig kalt
Der Vogel hätte eigentlich eine Brille gebraucht
Außerdem hatte er sich den Fuß verstaucht
In seinem Schnabel trug er ein Kind, das war ich
Kurzsichtig war er auch, drum verflog er sich
Eigentlich war sein Ziel die große Stadt

Wo eine gut situierte Familie aufs Baby gewartet hat
Sie hatten mich vor neun Monaten bestellt
Der Storch kreiste über einem Zuckerrübenfeld
Wo fliegt der dumme Storch denn dermaßen lange hin?
Doch bloß nicht nach Bayerisch Sibirien!
Ich wollte nach München, nicht in den Osten
Dieser Storch war überhaupt nicht auf dem Posten
Kurz vor Tschechien legte er eine Landung hin
So kommt es, dass ich in der Oberpfalz geboren bin
Vor dem Haus standen Schubkarre und Mistgabel
Dahin legte er das zarte Kind aus seinem Schnabel
Das Münchner Paar bekam stattdessen einen hochbegabten Sohn
Meine Eltern eine nicht bestellte Tochter. Welch ein Hohn!
Ich machte das Beste aus der verworrenen Lage
Doch ist es für mich überhaupt keine Frage
Sobald es geht, wandere ich aus nach Berlin
Da zieht es alle vom Storch Verwechselten hin«

Eine kleine Pause setzt ein, doch dann klatschen meine Zuhörer, und ich lehne mich entspannt zurück. »Irgendwelche Verständnisfragen? Inhaltlich ist es ja relativ klar, worum es geht.«

»Warum ist der Storch kurzsichtig?«, fragt Ron.

»Dem eigenen Leben der Autorin entnommen«, erkläre ich. »Ich hab da schon ein paar Jahre lang eine Brille getragen.«

»Ein Storch ohne Brille.« Er lacht. »Und wo liegt Bayerisch Sibirien genau?«

»Das ist in Hochfranken, wo meine Tante Liesel wohnte. Die Grenze zu Tschechien ist da wirklich nicht weit«, erkläre ich. »Ansonsten plädiere ich für dichterische Freiheit.«

»Sehr originell«, sagt Ingo. »Klingt aber nicht nach Plath, wenn ich ehrlich sein soll.«

»Das war noch im Übergang vom Schlager zur Lyrik.«

»Tosca wollte früher mal Schlagersängerin werden«, erklärt Ron. »Sie hat als Kind eigene Schlager komponiert.«

»Dieses Thema vertiefen wir jetzt lieber nicht«, wehre ich ab.

»Aber eine Zugabe muss sein!«, bittet Ron.

Ich blättere weiter im Heft. »Hier ist eins, da kommt eine Jukebox vor. Es heißt ›Die Jukebox meiner Mutter‹. Wollt ihr das noch hören?«

»Jaaa«, ruft Manu.

Ingo nickt.

»Unbedingt«, sagt Ron.

Das eine Weizenbier hat wohl gereicht, um mich locker werden zu lassen, also fange ich an:

»Zuerst kamen aus der Jukebox
meiner Mutter

Schlager
über den
Himmel voller Sterne
Melodien
über die
Sehnsucht nach der Ferne

Lieder
über die Leidenschaft
und das Glück
Sie führten unweigerlich
zur Romantik

Es folgten
ein Kuss
und das Versprechen
auf Liebe
für immer
und ewiglich

und ganz am
Schluss
kam
aus der Jukebox
meiner Mutter
dann
ich«

Ich klappe das Heft zu. »Das war der kleine Auszug aus dem dichterischen Gesamtwerk von Tosca Schierlinger. Leider weigerte sich ihr Bruder, die Texte zu vertonen, was ihrer Karriere sehr schadete. Bye, bye, *Hitparade.*«

Ich stecke das Heft in meine Tasche. Die anderen klatschen. Die Sonne ist fast untergegangen. Wie hat Polit-Rösner vorhin gesagt? Originell. Genau. Ich hatte meine Gedichte schlimmer in Erinnerung. Eigentlich fassen sie kurz und knapp meine und die Geschichte meiner Eltern zusammen.

»Ich hätte noch stundenlang zuhören können«, sagt Ron. »Das zweite Gedicht wirkt schon richtig ausgereift.«

»Schleimer.«

»Das Versmaß wackelt, aber der Reim mit *Glück* und *Romantik* und mit *ewiglich* und *ich* ist raffiniert«, sagt Ingo.

»Leider wurde ja nie eins meiner Gedichte in der Schülerzeitung abgedruckt«, klage ich.

»Hast du je eins eingereicht?«

Ich schüttle den Kopf. »Habe ich mich nie getraut. Ich war nicht so mutig wie du.« Ich wende mich an Ron. »Ingo war bekannt für seine Gedichte und seine etwas langatmigen Artikel über die Weltrevolution. Deshalb wurde er auch ›Polit-Rösner‹ genannt.«

»Polit-Rösner?«, fragt Manu. »Daran kann ich mich gar nicht mehr erinnern, dass das sein Spitzname war. Ich habe aber auch nie gelesen, was in der Schülerzeitung stand.«

»Sei froh«, sagt Ingo. »Du hättest eh nichts damit anfangen können.« Manu schaut ihn für einen Augenblick misstrauisch an, lacht dann aber.

»Wie heißt es so schön? Wer mit achtzehn kein Kommunist ist, hat kein Herz, wer mit fünfzig noch Kommunist ist, hat keinen Verstand«, sagt Polit-Rösner.

»Tja, die meisten legen ihre Kindheit ab wie einen alten Hut. Aber nur wer erwachsen wird und ein Kind bleibt, ist ein Mensch«, halte ich dagegen. »Erich Kästner. Ich glaube, das ist aus *Pünktchen und Anton.*«

»Hatte deine Mutter wirklich eine Jukebox?«, fragt Manu.

»Klar. Das gute Stück steht immer noch in der Wirtschaft meines Bruders und funktioniert sogar.«

»Darüber könnte man was schreiben«, sagt Ingo.

»Worüber?«

»Über das Wirtshaus deiner Mutter. Wie ist sie überhaupt Wirtin in Bayern geworden?«

»Knapp zusammen gefasst hat sie ihr polnischer Ehemann mit meinen drei Brüdern sitzen lassen, und da blieb ihr nichts anderes übrig, als Wirtin zu werden.«

»Tapfer«, kommentiert Manu.

»Kann man wohl sagen. Wenn ihre Familie damals nach der Vertreibung aus Polen nicht in Bayern gelandet wäre, wäre sie meinem Vater nie begegnet.«

»Daraus ließe sich echt was machen«, überlegt Ingo.

»Ich würde dich gerne mal interviewen und deinen Bruder auch. Paar Fotos vom Wirtshaus. Das ist Lokalgeschichte im wahrsten Sinne des Wortes.«

»Ich kann den Sepp mal fragen.«

Ingo Rösner greift in seine Ledertasche und reicht mir seine Visitenkarte. »Gibst du mir auch deine Nummer?«

»Ich schick sie dir gleich aufs Handy. Hoffentlich weißt du dann später überhaupt noch, wer ich bin.«

»Wieso sollte ich das nicht mehr wissen?«

»Im Krankenhaus musst du gedacht haben, dass ich spinne.« Ich weiß nicht, warum ich jetzt damit anfange. Vielleicht doch ein bisschen aus gekränkter Eitelkeit.

»Wieso im Krankenhaus?«, fragt Manu.

»Ach, wir haben uns dort vorgestern in der Raucherecke getroffen, und ich habe ihn angequatscht. Aber dein Mann war zwei Klassen weiter. Klar, dass der mich nicht kannte und sich wunderte.«

»Das hast du gar nicht erzählt.« Manus Stimme ist ein bisschen höher und lauter als vorhin.

»Das war ja auch nicht wichtig«, sagt Ingo. »Ich hatte es fast schon wieder vergessen.«

»Ich habe dir doch auch erzählt, dass ich eine alte Schulfreundin getroffen habe. Aber du machst aus allem immer so ein Geheimnis!«

»Du machst aus allem immer gleich eine große Sache.«

»Mach ich gar nicht.«

»Du fängst gerade wieder damit an, aus einer Mücke einen Elefanten zu machen.« Ingo Rösner rollt mit den Augen und trinkt sein Bierglas leer. »Ich glaube, wir gehen lieber. Ist sowieso schon spät.« Er holt sein Portemonnaie hervor, zieht ein paar Geldscheine heraus und wirft sie auf den Tisch. »Time to say goodbye. Ich muss morgen früh raus.«

»Auf einmal hast du es so eilig«, sagt Manu.

»Ganz ruhig bleiben.« Ingos Stimme klingt genervt. »Immer diese Grundsatzdebatten um nichts und wieder nichts«, murmelt er und steht auf.

»Jetzt tut er wieder so, als ob *ich* was falsch gemacht habe«, sagt Manu mehr zu sich selbst als zu uns. Sie greift sich ihre Tasche und sagt: »Also dann, tut mir leid, mein Mann muss plötzlich dringend ins Bett, war aber schön mit euch.«

Sie läuft ihm nach, was bei dem Tempo, das er draufhat, nicht einfach ist. Da kann sich Ingo Rösner nachher wohl auf eine weitere Grundsatzdebatte freuen.

Ron und ich blicken uns an und denken wohl dasselbe: Was für ein Paar, was für ein Abgang!

Unheimliche Heimlichkeiten

Auf dem Rückweg versuche, ich mir einen Reim darauf zu machen, was diese Szene einer Ehe zu bedeuten hat. Mich erinnert sie an meine Eltern, und zwar schon vor dem Zeitpunkt, an dem die Ehe endgültig zu kriseln begann. Meine Mutter nahm berechtigte Vorwürfe zum Anlass, zum Rundumschlag auszuholen: »Du bist genau wie dein Vater! Wie konnte ich mich nur auf dich einlassen!« Mein Vater ließ diese Kritik an sich abprallen. Das reizte meine Mutter erst recht. Meistens so sehr, dass sie irgendwann zu schreien anfing. Er ging dann einfach aus dem Haus und tauchte oft erst am nächsten Tag wieder auf. War er weg, saß meine Mutter resigniert und schweigend da. Sie ähnelte dann der Frau mit dem Schal, die Picasso und später auch Anton Seidel verewigt haben.

Als Ron das Auto im Parkhaus abstellt und wir zum Hotel gehen, lasse ich ihn an meinen Gedanken teilhaben. »Vermutlich ist er ein Heimlichtuer, und sie ist krankhaft eifersüchtig und unterstellt ihm immer Schlimmstes, weil er nie was sagt.«

»Du hast mir übrigens auch nichts davon erzählt, dass du diesen Rösner schon im Krankenhaus getroffen hast«, sagt Ron.

»Ich bitte dich! Eine zufällige Begegnung an der Raucherecke. Er hat nicht mal gewusst, wer ich bin. Da gab es nichts zu erzählen.«

»Für ihn offensichtlich ja auch nicht.«

»Aber er ist mit ihr verheiratet, und sie will an seinem Leben teilhaben.«

»Deshalb muss er ihr von jeder zufälligen Begegnung berichten?«

»Heimlichkeiten sind nie gut für eine Beziehung.«

»Meinst du das bezogen auf *dieses* Paar oder mehr so allgemein?«

»Mehr allgemein.«

»Irgendwie habe ich schon das Gefühl, du willst mir was sagen.«

»Ich wüsste nicht, was. Vielleicht willst *du* mir was sagen.«

»Gerne, aber ich habe keine Ahnung, was du hören möchtest.«

»Ich glaube, du weißt es sehr gut.«

»Leider nicht.«

»Wenn du zum Beispiel noch an deiner Ex-Frau hängst und sie an dir, kannst du mir das jederzeit offen sagen.«

»Wie kommst du denn darauf?«

»Das kannst du dir doch denken.«

Er sieht mich ratlos an. Jetzt bin ich genau in der Situation, vor der ich mich die ganze Zeit gefürchtet habe. Aber hilft ja nichts, ich muss es ihm beichten.

»Ich habe die Nachricht auf deinem Handy gelesen.« Endlich ist es raus. Blöd nur, dass ich keinerlei Erleichterung spüre.

»Welche Nachricht?«, fragt Ron.

»Die von deiner Kathrin. *Ich vermisse dich und will dich zurückhaben, egal, was war*«, zitiere ich. »Ist das deine Ex-Frau?«

Ron guckt ratlos. »Ach herrje, *diese* Nachricht. Die hat nichts zu bedeuten.«

»So hat es sich aber nicht angehört.«

»Ich kann es nicht fassen, dass du in meinem Handy herumspioniert hast.«

»Es tut mir leid. Es lag da, und ich habe auf das Display geschaut und die Nachricht gesehen und …«

»Ich glaube nicht ...«, unterbricht er mich und bringt den Satz nicht zu Ende. Er lässt eine Pause, die lang genug ist, mir alles Mögliche vorzustellen, was er sagen will. Zum Beispiel, dass sich zwischen uns nichts mehr kitten lässt und er mir nie verzeihen kann. So was in der Art, schätze ich.

»Ich verstehe ja«, setzt er erneut an, »dass du dich in einer Extremsituation befindest, der Tod deiner Mutter, dein kranker Vater, die Streitereien mit deinen Brüdern, aber das gibt dir nicht das Recht, mich zu kontrollieren. Am Allerschlimmsten finde ich aber ...« Er unterbricht erneut und bleibt stehen. Wir befinden uns an der Ecke, an der Manu und ihre Chihuahuas uns überfallen haben. »Am Allerschlimmsten finde ich, dass du es bis jetzt verheimlicht hast.«

Seine Anklage wehre ich mit einem Gegenangriff ab. »Mit dem Verheimlichen kennst *du* dich ja auch sehr gut aus.«

»Ich weiß nicht, was du meinst.«

»Die Nachricht? Deine Ex-Frau? Überhaupt dass du schon mal verheiratet warst?« Das ist ungerecht. Sehe ich selbst ein. Schließlich bin ich mit meinen Ex-Freunden auch nicht hausieren gegangen.

»Ich möchte nicht darüber reden.«

Ich möchte nicht darüber reden! So einen Satz hört man gerne in dieser Situation. Wahrscheinlich stürmt er gleich los und verschwindet auf Nimmerwiedersehen. Aber er bleibt stehen und sieht mich ratlos an. Vielleicht überlegt er, dass seine Sachen im Hotel sind. Die muss er schon noch abholen, bevor er Leine zieht.

Nach ein paar Minuten gehen wir weiter. Schweigend legen wir die restlichen Meter bis zum Hotel zurück. Wir schweigen, als wir die Treppen hochsteigen, und als wir die Tür aufsperren, schweigen wir immer noch. Auch im

Flur fällt kein Wort. Ich habe gefühlt noch nie mit jemandem so lange zusammen geschwiegen.

Dann spricht Ron den ersten Satz, nach einer Ewigkeit. »Du kannst gerne vor mir ins Bad.«

Wow. Ich würde am liebsten mit einem pampigen: »Pack deine Sachen und hau ab!« antworten, aber ich gehe wie in Trance ins Badezimmer. Vielleicht packt er, wenn ich eine Weile hier in diesem Raum bleibe, und verschwindet aus meinem Leben. *»Lieber ein Ende mit Schrecken als Schrecken ohne Ende«*, wie meine Mutter zu sagen pflegte.

Ich kann Ron dann auf meine Liste der Beziehungspleiten setzen. Nicht mal eine Woche, und ich habe es geschafft, dass er geht. Rekord!

Mein Kopf fühlt sich leer an, während ich mir die Zähne putze und automatisch beginne, die Kontaktlinsen herauszunehmen, sie einzeln mit dem Ringfinger, denn die Haut dort an der Fingerspitze ist am weichsten, zu reinigen und sie danach in den Desinfektionsbehälter zu geben.

Nachdem ich das getan habe, suche ich meine Brille und setze sie mir auf die Nase, damit ich wieder scharf sehe. Als ich das Wasser in der Dusche aufdrehe, ärgere ich mich, dass ich die Reihenfolge durcheinandergebracht habe. Ich hätte zuerst duschen sollen. Jetzt regnet warmes Wasser aus dem Duschkopf über Gesicht und Brillengläser. Ich sehe nur noch Umrisse, aber der Dampf und die Wärme machen mich angenehm schläfrig.

So stehe ich eine ganze Weile da, bis sich meine Fingerspitzen schrumpelig anfühlen und ich rausmuss, bevor ich mich komplett auflöse. Ich steige auf den kalten Fliesenboden und wickle mich in ein Handtuch. Ein kleineres schlinge ich mir um die nassen Haare. So schreite ich frotteeumwickelten Hauptes ins Hotelzimmer.

Mein Stolz ist dahingeschmolzen. Ich würde am liebsten heulen und ihn auf Knien um Verzeihung bitten, wenn ein solches Verhalten nicht doch unter meiner Würde wäre.

Ron sitzt im Dunklen auf dem Bett. Er sagt nichts und schaut mich nicht an. Ich setze mich dazu. Wenn man mich ignoriert und mir die kalte Schulter zeigt, ist es immer am schlimmsten für mich. So, wie für Ron wohl am schlimmsten ist, dass ich ihm nicht gleich meine Spioniererei gebeichtet habe, sondern das schlechte Gewissen einen ganzen Tag mit mir herumgeschleppt habe.

»Ich könnte es dir verzeihen, dass du die Nachricht gelesen hast«, bricht er als Erster das Schweigen. »Wir machen alle mal einen Fehler.«

»Es tut mir leid«, sage ich, »aber versetze dich doch mal in meine Lage ...«

»Stopp, lass mich ausreden«, unterbricht er mich. »Ich sagte, ich *könnte* es dir verzeihen, aber ich kann mir ehrlich gesagt keine Situation vorstellen, in der *ich* einfach dein Handy nehmen und Nachrichten lesen würde. Das ist ein so enormer Vertrauensbruch, dass ich nicht weiß, was ich tun soll.«

Ein Teil von mir würde es gerne runterspielen. Meine Güte, es war nur ein kurzer Blick aufs Handy! Aber wenn ich mir vorstelle, er hätte es getan, wäre ich auch sauer und verärgert.

»Ich weiß nicht, was in mich gefahren ist«, sage ich. »Normalerweise bin ich nicht so. Das Handy lag einfach da, als du joggen warst, die Nachricht ist aufgeploppt. Ich bin im Moment total neben der Spur.« Ich mache einen zweiten Entschuldigungsversuch. »Es tut mir wirklich leid.« Er reagiert immer noch nicht. »Wenn du noch was mit dieser Kathrin am Laufen hast, hättest du mir das einfach sagen können.«

»Du lenkst ab.«

»Ich habe mich entschuldigt.«

»Kathrin ist meine Ex-Frau, und wir sind getrennt.«

So weit habe ich mir das auch schon zusammengereimt.

»Sie will dich zurück.«

»Das Komische ist, dass *sie* es war, die sich trennen wollte. Wir wollten Freunde bleiben.«

Im Dunklen kann ich nur noch Rons Umriss erkennen. Ich traue mich nicht, das Licht anzumachen. *Freunde bleiben.* Bei mir waren alle Versuche, mit Ex-Beziehungen befreundet zu bleiben, zum Scheitern verurteilt. Flo ist die einzige Ausnahme. Uns verbindet immerhin die gemeinsame Liebe zu alten Hollywood-Schinken.

»Warum habt ihr euch denn als Paar getrennt?«, frage ich.

»Sie wollte Kinder, ich nicht. Ihr lief die Zeit davon.« Auf einmal spüre ich eine gewisse Solidarität mit seiner Ex. Die tickende biologische Uhr ist eine Zumutung für uns Frauen. Ron kann immer noch versuchen, Kinder zu bekommen, wenn er den Wunsch plötzlich verspüren sollte. Er muss sich nur eine jüngere Frau suchen.

»Und hat sie dann noch den passenden Mann gefunden?«

»Den Mann schon, aber mit ihm hat es auch nicht geklappt. Und dann war es zu spät.«

Ganz schön bitter für Kathrin.

»Meine Mutter war fast vierzig, als sie mich bekam«, sage ich und warte darauf, dass Ron mich unterbricht und fragt, warum ich jetzt *damit* anfange, ob ich schon wieder ablenken will. Aber er hört zu, und deshalb erzähle ich weiter.

»Meine Oma väterlicherseits hatte große Sorge, dass die schöne polnische Wirtin in ihrem hohen Alter meinem Vater vielleicht kein Kind mehr schenken könnte. Ich find's ja merkwürdig, dass das für sie so wichtig war. Noch dazu hatte meine Mutter doch schon drei Söhne, ich bin mir gar nicht sicher, ob sie noch unbedingt ein weiteres Kind hatte haben wollen. Aber Nachwuchs gehörte zu einer Ehe eben unbedingt dazu. Die Sechzigerjahre halt, und dann noch im katholischen Bayern! Aber wie wir heute wissen, hätte sich meine Oma keine Sorgen machen brauchen. Die Ausflüge im Opel Kapitän erwiesen sich nämlich schon bald als fruchtbar.«

Von Schnaps und Bier die Finger lassen, sonst wirst du die Hochzeitsnacht verpassen

Ein langes weißes Hochzeitskleid wäre Ella Novak unpassend erschienen, also hatte sie sich ein knielanges Ensemble schneidern lassen. Ein Etuikleid aus beiger Seide mit passendem Jäckchen. Sie legte noch ein bisschen Puder auf und zog das Rot der Lippen nach. Auf ihrem Haar war ein Hütchen mit einem diskreten kleinen Schleier festgesteckt. Natürlich hatte sie Handtasche und Pumps farblich auf die Kleidung abgestimmt.

Draußen schien die Sonne, das Wetter war zum Heiraten ideal. Es klopfte, und Margot kam herein. Auch sie war inzwischen Gott sei Dank verlobt. Man hatte ja schon Angst haben müssen, sie würde eine alte Jungfer bleiben. Ihr Verlobter war wesentlich älter als Margot und ziemlich einfach gestrickt für Ellas Geschmack. Ein Bauer – von Beruf und vom Benehmen her – und Witwer mit zwei Söhnen. Margot war froh gewesen, endlich unter die Haube zu kommen, wählerisch hatte sie da nicht sein können.

»Mei, schaust du gut aus«, bemerkte Margot.

»Trägt das Kleid nicht auf?«

»Ah geh, dir sieht man ned einmal die drei Buben an. Da denken die Leut' eher, bei mir ist was unterwegs.« Sie kicherte und klopfte sich auf ihre Speckrollen am Bauch. Das gelbe Kleid aus Synthetik ließ sie doppelt so breit wirken, wie sie war.

»Margot!«, rief Ella. »Bist du etwa …?«

»Ah geh, was du immer denkst.«

Dabei wäre Margot mit ihren dreißig Jahren eigentlich noch jung genug gewesen, um Mutter zu werden. Der Bauer wusste doch hoffentlich, wie man das anstellte!

Wie auch bei den vorherigen Schwangerschaften war Ella morgens oft übel, und sie fühlte sich schnell müde und schlapp. Ein wenig Sorge hatte sie gehabt, wie Ade die Nachricht aufnehmen würde, aber er hatte gejubelt wie ein kleiner Junge, der bald ein Weihnachtsgeschenk erhalten würde. Passenderweise sollte das Kind Ende Dezember zur Welt kommen.

Trotz des zu erwartenden Enkelkinds war Josefine nicht allzu begeistert, dass ihr Jüngster nun doch die Polin heiraten musste. Erst als Ella die Schwiegereltern in spe zu Kaffee und Kuchen eingeladen hatte und Josefine sich mit eigenen Augen davon überzeugen konnte, dass ihr Sohn eine hervorragende Hausfrau und Mutter ehelichen würde, war sie ein bisschen beruhigt gewesen. Die Wohnung über der Wirtschaft war so sauber, man hätte vom Boden essen können. Sogar die polnischen Söhne hatten sich sehr höflich und gut erzogen benommen.

Ades ältester Bruder, der Gustl, war jedoch sofort in die Wirtschaft gestürmt, nachdem er von den Heiratsplänen erfahren hatte. Breitbeinig wie ein Cowboy hatte er sich vor Ella hingestellt und sie beschimpft. »Du stürzt mir meinen kleinen Bruder nicht ins Unglück!«, drohte er mit erhobenem Zeigefinger. »Hast ihm ein Kind angehängt, damit er dich heiraten muss!«

Ella hatte mit Tränen in den Augen Ade davon berichtet, und er hatte ihr versichert, dass sein Bruder sowieso nichts zu melden hätte. Auch die alten Schierlingers hatten den Gustl zurückgepfiffen. Immerhin war ein Enkel unterwegs, und Ade würde die Mutter des Kindes selbstverständlich heiraten, wie sich das gehörte und wie Gustl das auch bei seiner Ehefrau getan hatte.

Eine kirchliche Trauung war wegen Ellas vorheriger Scheidung nicht möglich. Außerdem war sie evangelisch und wollte auch nicht katholisch werden. »Wir beten alle zu demselben Gott«, hatte Ella ihrer Schwiegermutter in spe erklärt. »Ich habe den Krieg, die Polen, die Russen und die Scheidung von meinem ersten Ehemann nicht überlebt, um jetzt doch noch meinen Glauben aufzugeben.«

Der Pfarrer gab zwar zu bedenken, dass Katholiken bekanntlich zügiger in den Himmel kämen. Das beeindruckte Ella jedoch nicht. Da sie partout nicht übertreten wollte, hatte Ade versprechen müssen, das Kind katholisch zu erziehen, um nicht der ewigen Verdammnis anheimzufallen. Ella kannte das Spiel schon, auch ihr erster Ehemann, der Pole, hatte darauf bestanden, die Kinder katholisch taufen zu lassen. Bekam sie eben noch einen weiteren kleinen Katholiken.

Die Trauung erfolgte deshalb standesamtlich und im kleinen Kreis. Die Augen des Bräutigams leuchteten, als er seine schöne Braut abholte. Auch er hatte sich in Schale geworfen und trug einen neuen schwarzen Anzug, ein weißes Hemd und eine elegante Fliege sowie eine Nelke im Knopfloch. Die Haare hatte er sorgsam mit Pomade in sanfte Wellen gelegt.

Die Zeremonie dauerte nicht lange. Gustls jüngste Tochter streute aus einem Weidenkörbchen Blumen auf den Weg zum Auto. Während das Paar zum Fotografen fuhr, wurden die Gäste von Margot schon mal zur Wirtschaft geleitet.

Ein paar Frauen aus dem Dorf halfen in der Küche. Liesel und Margot hatten außerdem eine Reihe von Kuchen gebacken, darunter auch einen Frankfurter Kranz, auf dem ein Brautpaar aus Marzipan steckte. Das war der Hochzeitskuchen.

Ted hatte sich um die Dekoration gekümmert. Auf den

weiß gedeckten Tischen standen kleine Vasen mit Blumen. Über der Jukebox hing eine selbst gebastelte Girlande, auf die er in bunten Buchstaben »Happy Marriage« geschrieben hatte.

Ein paar Stammgäste erschienen, unter anderem auch der Loidl. Er hatte sich nicht lumpen lassen und schenkte dem neuvermählten Paar einen Dekanter, der wie eine Gebärmutter geformt war. Drum herum rankten sich Weinblätter aus Schmiedeeisen.

»Da kann man einen Rotwein reintun, aber natürlich auch einen echten amerikanischen Whiskey«, erklärte der Loidl und zwinkerte dem Ehemann zu, als der das Geschenk erstaunt auspackte.

Das scheußlichste Geschenk war eine Teekanne in Form eines Dackels, dessen Kopf sich abnehmen ließ. Mathilde Kregel hatte sie ausgesucht. »Eines Tages wirst du noch an mich denken, wie ich dich gewarnt habe. Vor die Hunde wirst du gehen mit diesem Mann«, flüsterte sie ihrer Tochter zu.

Ella hätte die Kanne am liebsten zertrümmert, aber sie machte gute Miene zum bösen Spiel und beschloss, das Teil bei nächster Gelegenheit verschwinden zu lassen. Vielleicht bei Margots Polterabend, wenn ihr Bauer sie endlich heiratete.

Zum Mittag gab es Schweinsbraten und Reiberknödel, am Nachmittag wurde der Kuchen angeschnitten und der Kaffee serviert. Abends wurden den Gästen bayerische Brotzeitplatten auf den Tisch gestellt, dazu frische Brezen und Semmeln. Spät am Abend freuten sich die unermüdlichsten Gäste noch über eine Ochsenschwanzsuppe aus der Gulaschkanone.

Ellas Stiefvater hatte mehrere Flaschen selbst gebrannten Kartoffelschnaps mitgebracht. Der alte Kregel sagte dazu »Spiritus«. Das Rezept stammte aus Polen. Der

Schnaps hatte es in sich, das stellten auch die hartgesottensten bayerischen Gäste fest. Die Stimmung stieg.

Ted bediente die Jukebox, und die Leute tanzten sogar zu den Songs der Beatles, ohne sich wie sonst über seine Musikauswahl zu beschweren.

Jozio zapfte Bier wie ein Weltmeister. Er hatte schon angekündigt, endgültig in die Gastronomie einzusteigen. Nach dem Abbruch einer weiteren Lehre blieb ihm auch kaum was anderes übrig. Margot hatte angeboten, in Zukunft lieber bei Ella in der Küche zu arbeiten, statt in der Fabrik zu werkeln. Ihr Zukünftiger hatte nichts dagegen, und so würde die Freundin sich mit Sepp zusammen um die Wirtschaft kümmern, damit die schwangere Ella entlastet war.

Willy hatte eine Krankenpflegeausbildung in Memmingen begonnen und war dort ins Wohnheim gezogen. Sobald Ade und Ella in das Häuschen aufs Dorf übersiedelt waren, würden sie die zwei Zimmer in der Wohnung oben vermieten und hatten dadurch zusätzliche Einnahmen. Im ehemaligen Bubenzimmer über der Wirtschaft würde Jozio wohnen bleiben. Ted würde mit ihnen aufs Dorf ziehen. Er jammerte jetzt schon, dass er dann mit dem Bus in die Schule fahren musste.

Ella sah ihn vor der Jukebox stehen und rief: »Tadek, Schätzchen, leg doch mal was von früher auf, du weißt schon.« Er überflog die Liste und drückte eine Taste. Zarah Leander tönte mit ihrer tiefen, rauchigen Stimme und dem rollenden R aus dem Lautsprecher der Jukebox. Ella stellte sich zu ihrem Jüngsten und sang fröhlich mit. »Er heißt Waldemar und hat schwarzes Haar, er ist weder stolz noch kühn, aber ich liebe ihn.« Ihre Bäckchen waren gerötet. Ab und zu spielte ihr Kreislauf verrückt. Der Arzt hatte gesagt, sie solle ruhig ein Gläschen Sekt trinken, um den Blutdruck stabil zu halten.

Irgendwann, weit nach Mitternacht, waren dann so gut wie alle Gäste gegangen. Tadek schlief im Zimmer der Buben. Willy war noch am frühen Abend mit dem Zug nach Memmingen zurückgefahren. Jozio trieb sich herum und hatte das Rauswerfen der Schnapsleichen und das Aufräumen Margot überlassen.

Ella und Ade gingen nach oben ins Schlafzimmer, dessen Mobiliar sie sich neu angeschafft hatten. Die beigefarbenen Schleiflackmöbel, das Doppelbett mit den beiden passenden Nachtkästchen, der Frisiertisch und der große Schrank würden bald in das neue Haus umziehen, wenn es fertig renoviert war. Ade und sein Bruder arbeiteten am Wochenende dort, um die Wände nach einem Wasserschaden neu zu tapezieren.

Die Kombination aus Spiritus und Bier hatte Ade nicht gutgetan, er war fast schon beim Hochgehen umgekippt. Sobald er sich ins Bett legte, sank er in einen tiefen Schlaf. Die Hochzeitsnacht fiel daher aus.

Ella starrte in das Dunkel der Nacht. Sie war müde, konnte aber trotzdem nicht einschlafen, so aufgewühlt war sie beim Gedanken an die Zukunft. Ade hoffte sehr, dass sie ihm einen Stammhalter schenken würde. Einen Namen hatte er schon ausgesucht. Er wollte seinem Vater eine Freude machen und den Buben Ludwig nennen. Der schöne Luggi hatte inzwischen drei Schlaganfälle erlitten. Viel Zeit blieb ihm wohl nicht mehr, um den Enkel kennenzulernen, der nach ihm heißen sollte.

Als sich Ella vorstellte, wie Ade mit dem kleinen Luggi um die Häuser ziehen würde – so hatte er das aus seiner eigenen Kindheit berichtet –, wurde ihr mulmig. Sie meinte schon zu hören, wie er den anderen Männern in der Wirtschaft stolz verkündete: »Das is mei Bua, da Luggi, der ist mit dem Bierduzl aufgewachsen und schafft eine Halbe ganz allein.«

Und der Kleine würde antworten: »Freilich, Babba, i schaff scho a ganze Mass, und a Zigarettn mog i a.«

Ella sah diesen rauchenden und saufenden Buben vor sich, eine Mischung aus Großvater und Vater, nur in Miniaturausgabe. Sepplhut, Lederhose, rote Bäckchen und Haferlschuhe. Alles in ihr rebellierte dagegen. »Das ist nicht mein Junge!« Ihr jüngster Sohn sollte doch später mal nicht in der Wirtschaft herumlungern und Bier trinken wie Jozio. Nein, er würde als Erwachsener höchstens mal ein vornehmes Glas Wein in guter Gesellschaft zu sich nehmen.

Im Halbschlaf hörte sie Zarah Leander erneut singen. »Er heißt Waldemar, und er ist kein Star, seine Heimat ist Berlin, aber ich liebe ihn.«

Jetzt dämmerte es ihr. Sie sollte ihn lieber Waldemar nennen. Vielleicht wird er auch mal nach Berlin ziehen. Mit den dunklen Locken und den blauen Augen würde er allen den Kopf verdrehen, aber Waldemar legte keinen Wert auf Flittchen, ihr Junge blieb anständig. Er würde auch nicht wie Ted der Musik verfallen und erlaubte sich keine Frechheiten wie Wojciech, der vor der Hochzeit zu ihr gesagt hatte: »Ich wünsch dir alles Gute, wirklich, Mama, aber du wirst schon sehen, was du dir mit dem Schierlinger antust.«

Der Junge konnte es an Bösartigkeit mit seiner Großmutter Mathilde aufnehmen. Waldemar dagegen würde ein fabelhafter Tänzer sein, da käme er ganz nach ihr und nicht nach seinem Vater, der kein Taktgefühl hatte und ihr immer auf die Zehen trat. Auf die höhere Schule gehen würde ihr Junge, Anwalt oder Arzt werden und als Doktor in eigener Praxis viel Geld verdienen. Er würde sich eine schöne Wohnung oder eine Villa kaufen und sie bitten, zu ihr zu ziehen, weil er seine Mutter so vermisste, und vielleicht würde sie das dann tun, egal, ob Ade das passte oder nicht, denn Waldemar brauchte seine Mama, so eng wäre *das Band zwischen ihr und ihrem Jüngsten, das spürte sie jetzt schon.*

»Mama, dir soll es an nichts fehlen. Du führst mir den Haushalt, die groben Arbeiten macht eine Putzfrau. Du kochst für mich Żur und Bigos, nicht diesen bayerischen Fraß. Ich kaufe dir schöne Kleider und verspreche, mein ganzes Leben lang für dich zu sorgen, weil ich dich so liebe wie keine andere Frau, Mamaaaaaa«, hörte sie ihren Waldemar sagen.

Das »Mamaaaaaa« klang ein bisschen nach Heintje.

Ella sah noch mal Waldemars Wohnung vor sich, einen großzügigen Altbau in Berlin, Holzparkett und riesige Fenster, hohe Wände, an denen sie Bilder aufhängen würden, echte Ölgemälde von echten Malern, das Porzellan wäre englisch und die Sofas mit kostbaren französischen Stoffen bezogen. Teppiche so dick, als ob man auf Moos wandelte. Ihr Waldemar hatte keine Augen für diese kleinen Friseusen oder Verkäuferinnen, die Jozio immer anschleppte, diese Mädchen in viel zu kurzen Kleidern und mit Plateauschuhen an ihren dicken Beinen. Nein, solche Frauen mochte Waldemar nicht, er hatte nette, junge Freunde, höfliche, gut aussehende Männer, die bezaubernd zu Ella waren und sie verehrten, als ob sie ihre eigene Mutter wäre.

Tanztees würde Waldemar für sie im Wohnzimmer veranstalten, das so groß wie ein Ballsaal war. Die bezaubernden jungen Männer würden sich darin überbieten, eine so schöne Frau und gute Tänzerin wie Ella Novak aufzufordern.

Die ganze Nacht würde Zarah Leander sich durch ihr Repertoire an Chansons singen, in denen die Welt nicht unterging oder der Wind einem ein Lied erzählte, während Ella wie eine Feder in den Armen attraktiver junger Männer durch die hochherrschaftlichen Räume ihres Traumes schwebte.

In Wahrheit lag Ella Novak in ihrem Doppelbett in Bayern. Neben ihr schnarchte Ade Schierlinger und sägte Baum für Baum den gesamten Bayerischen Wald ab. Noch konnten sie nicht wissen, ob sich überhaupt wirklich ein Ludwig oder ein Waldemar in Ellas Bauch befand. Die Medizin war damals noch nicht so weit, das Geschlecht ungeborener Kinder per Ultraschall vor der Geburt bestimmen zu können. Vielleicht wäre es also klug gewesen, sich vorsichtshalber auch noch einen Mädchennamen zu überlegen. Der Storch war jedenfalls schon bestellt, aber wohin die Reise ging, wusste keiner.

Schlaflos im Himmelbett

Waldemar«, sage ich, aber es ist mal wieder die falsche Antwort. »Nein, Voldemort muss es heißen«, versuche ich, mich zu korrigieren, und ernte trotzdem Gelächter. Immer gebe ich so dumme Antworten in Physik. Vorsichtshalber blicke ich an mir herunter. Nicht, dass ich auch noch nackt an der Tafel stehe, aber nein, zum Glück habe ich meine schwarze Jeans und das selbst bemalte T-Shirt an. Lila Buchstaben, die ein Gedicht von Sylvia Plath namens »Paralytic« wiedergeben. Paralysiert. Genau. Das bin ich. Gelähmt stehe ich vor dem Lehrer und der Klasse.

»Volt! Ich glaube, man muss es in Volt rechnen«, schreie ich aus Verzweiflung über diese ausweglose Situation. Außerdem zittere ich an Armen und Beinen, als ob ich aus Wackelpudding bestehe. Der Physiklehrer, ein haariger, alter Mann mit Stahlbrille und Cordhose, guckt resigniert. »Mit solch dummen Schülerinnen muss ich mich Tag für Tag herumschlagen, und deshalb trinke ich schon morgens einen Obstler.«

Über seinen Hang zum Alkohol wird schon lange gemunkelt, weil er wie ein Spirituosengeschäft riecht, wenn man direkt vor ihm steht. So wie ich jetzt.

»Wir haben keinen Physikunterricht, sondern Mathe, Fräulein Schierlinger«, sagt er. »Wo haben Sie bloß Ihren Kopf!«

Wo habe ich den bloß? Mathematik und Physik machen für mich keinen großen Unterschied. In beiden Fächern bin ich eine Niete.

Der Lehrer streicht mit der linken Hand über seinen Vollbart. An der Cordhose sind die Knie ausgebeult, und auf seinem karierten Hemd ist ein Fleck. Sieht nach eingetrocknetem Eidotter aus.

»Rechnen Sie dann halt wenigstens ein Integral und unterstreichen Sie das Ergebnis, sonst muss ich Ihnen eine Sechs geben.« Er zieht das Geodreieck von der Tafel ab. Die Saugnäpfe ploppen laut auf, als wollten auch sie mich verhöhnen. Am liebsten würde ich weglaufen, aber das geht nicht, ich bin ja paralysiert, und ich brauch doch das Abitur.

»Wie wollen Sie denn ohne ein Integral jemals im Leben weiterkommen, Fräulein Schierlinger?«, fragt er und dreht sich wie ein Showmaster zur Klasse. »Was sagt ihr dazu?«

In der ersten Reihe sitzt Manu Klötzl und stiftet die anderen dazu an, rhythmisch immer wieder »Integral, Integral, wir wollen ein Integral!« zu schreien.

Ich habe keine Ahnung, was ich machen soll. Unter den Achseln und an den Handflächen fange ich zu schwitzen an. Das Geodreieck gleitet mir aus den Händen und fällt zu Boden. Ich halte mir die Ohren zu.

»Aufhören!«, schreie ich. »Hört auf damit!«

Aber sie hören nicht auf und schreien »Integral, Integral, wir wollen ein Integral!« und dann immer wieder »Schiache Schierlinger, Schierlingsbecher, Wirtshausschlampe, Schierlinger Roggen, Schwanz ab-Schierlinger« – bis jemand an mir rüttelt und ich die Augen öffne.

Es dauert einen Augenblick, bis mir endlich einfällt, dass ich das Abitur gar nicht mehr brauche. Das Zeugnis ist im Ordner abgeheftet. Alles erledigt. Meine Güte, ich habe doch sogar studiert. Vor Erleichterung könnte ich fast heulen. Erst langsam begreife ich, dass es wirklich nur ein Traum war. Dieser Lehrer ist wahrscheinlich schon lange tot. Manu Rösner weiß vermutlich selbst nicht, was ein Integral ist, wusste es bestimmt nie. Außerdem hat sie Eheprobleme.

Ron rüttelt weiter an mir, bis ich endgültig wach bin.

»Weißt du, wie man ein Integral berechnet?«, frage ich.

»Ganz bestimmt nicht um diese Uhrzeit. Wieso fragst du?«

»Ich habe geträumt, dass ich noch mal zur Abiturprüfung muss. Das war alles wahnsinnig realistisch.«

»Solche Albträume kenne ich.«

»Ehrlich?«

»Ja, die berühmten Prüfungsträume.«

»Genau. Die Angst, es nicht zu schaffen, die sitzt tief.«

»In meinem Fall lief's wirklich nicht gut.«

»Das Abitur?«

Er nickt. »Ich habe die Schule abgebrochen.«

»Du bist ohne Abschluss abgegangen?«

»Na, Mittlere Reife hatte ich schon.«

»Und deine Eltern?«

»Nach längeren Diskussionen mit ihnen bin ich damals einfach ein paar Jahre herumgereist, um mir klar zu werden, was ich will.«

»Und was wolltest du?«

»Mich nicht durchs Abitur quälen. Die Ausbildung zum Physiotherapeuten habe ich zuerst nur meinen Eltern zuliebe angefangen. War aber genau mein Ding. Später habe ich in England auch noch Osteopathie studiert.«

»Brauchte man dafür kein Abitur?«

»Ich hatte doch eine Berufsausbildung.«

»Hat es dich nie gewurmt, am Abitur gescheitert zu sein?«

»Misserfolg und Erfolg liegen im Leben nun mal nah beieinander. Am Ende habe ich einen Beruf gefunden, der mich mit Leidenschaft erfüllt. Sogar meine Eltern waren zufrieden und haben mir verziehen, dass ich kein Pianist wurde.« Er lächelt. »Und kein Abi habe.«

»Meine Mutter wollte unbedingt, dass ich Abitur mache.«

Kein Wunder, dass ich immer noch davon träume, es nicht zu schaffen.

Bloß kein Fabrikmädchen werden, mahnte Mama immer, denk an Margot. Bloß nicht mit schlechten Noten ankommen. Wieso hast du keine besseren Noten in Mathematik und Physik? So schwer kann das doch nicht sein. Eine, die ihre Nase gerne in Bücher steckt, so wie du, der müsste die Schule doch leichtfallen!

Sie hatte in Polen keine höhere Schule besucht und nie Mathe oder Physik lernen müssen, sie hatte keine Ahnung, wie das am Gymnasium lief. Für Nachhilfe war kein Geld da, und außerdem waren sich meine Eltern wenigstens an dem Punkt einig: Wenn man es nicht packte, war man einfach nicht klug genug für die höhere Schule, dann musste man eben abgehen.

»Wenn es nach deinem Vater gegangen wäre, hätte Realschule sowieso für dich gereicht«, sagte Mama. Den fehlenden Ehrgeiz meines Vaters kritisierte sie gern, aber wenn er den auf mich übertrug, wertete sie ihn sogar als persönlichen Angriff. »Meine Tochter geht aufs Gymnasium!«

Sie freute sich, wenn eines der Kinder aus »besseren« Familien, die Professorensöhne oder Anwaltstöchter, auf der Strecke blieben. Das war ihr persönlicher Triumph. »Siehst du! Du bist immer noch auf dem Gymnasium, du bist nicht schlechter als die.«

Auf der anderen Seite durfte ich mir aber auch bloß nichts darauf einbilden, auf dem Gymnasium zu sein.

»Du denkst wohl, du bist was Besseres«, lautete die Anklage dann, wenn wir uns gestritten hatten oder ich zum Beispiel ihr Deutsch korrigierte.

Als ich das Abiturzeugnis endlich hatte, blieb mir die Sorge, mich bloß irgendwie durchgemogelt zu haben oder aus reinem Zufall nicht als Betrügerin enttarnt worden zu sein, erhalten. An dem Gefühl hat im Grunde auch der Studienabschluss nie was geändert.

»Wieso hast du im Traum eigentlich ›Voldemort‹ geschrien?«, fragt Ron.

»Das sollte ›Waldemar‹ heißen. So wollte mich meine Mutter nennen. Ich sollte der gewünschte Stammhalter werden. Mein Vater war dafür, mich nach dem Opa Ludwig zu nennen.«

»Dem widerständigen Grantler?«

»Genau. Ludwig Schierlinger sollte ich heißen.«

»Der Luggi«, wiederholt Ron in seinem aufgesetzten Bairisch.

»Aber damit ich kein bayerischer Säufer werde, wollte Mama mich lieber Waldemar nennen.« Ich stimme die Liedzeile an. *»Er heißt Waldemar und hat schwarzes Haar.«* Das hat sie immer gesungen. »Waldemar wäre ein guter und adretter Junge geworden. Er hätte bestimmt in Schöneberg rund um den Nollendorfplatz gewohnt.«

»Wieso?«, sagt Ron, dann lächelt er. »Ach so.«

»Der Text ist von Bruno Balz und war erstaunlich subversiv für die Zeit. Waldemar ist nicht blond und arisch, nicht stolz und kühn, aber sie liebt ihn trotzdem.«

»Du bist ein wandelndes Lexikon.«

»Aber eben kein Waldemar.«

»Wärst du gerne einer?«

»Manchmal stelle ich mir das Leben als Waldemar leichter vor.«

»In meiner Klasse gab es einen Waldemar, wir haben ihn immer ›Walde‹ genannt.«

»Weißt du, was aus ihm geworden ist?«

»Ich glaube, Zahnarzt.«

»Sag ich doch: Waldemare machen Karriere.«

»Er hatte eine sadistische Ader. Schon in der Schule.«

»Die braucht er als Zahnarzt aber auch.« Schön, dass Ron und ich wieder miteinander scherzen und lachen können. »Als Mann wäre ich bestimmt ein richtiger Arsch geworden«, füge ich hinzu. »Luggi Schierlinger wäre so ein Typ, der Frauen hinterherpfeift, sie ausnutzt, mit seinem Porsche über die Autobahn rast und zu viel säuft. Da bin ich mir sicher.«

»Leuchtet ein, wenn einer der schöne Luggi junior ist.«

»Ja, das liegt in der Familie. Die Männer schön, die Frauen intelligent.« Ich kichere. »Mama war gar nicht unglücklich, dass ich ein Mädchen wurde. Für Fasching hat sie mir Kostüme nähen lassen. Und den Text von ›Waldemar‹ hat sie mir auch beigebracht.«

»War das, als du Schlagerstar werden wolltest?«

»Vorher. Da muss ich fünf oder sechs gewesen sein und war noch nicht mal in der Schule. Davon gibt es ein Foto. Ich in weißem Satin und mit rosa Tüllärmeln.«

»Muss ich unbedingt mal sehen.«

Ted behauptet, ich benähme mich heute noch manchmal wie die Fünfjährige, die alle um den Finger wickeln konnte, die sich weigerte, Schweinebraten zu essen, weil ihr die Kruste zu fettig war, und sich beklagte, dass sich Reiberknödel so schlecht kauen ließen und wie Gummi schmeckten. Stattdessen bekam ich Semmelknödel und ein Stück Hühnchen mit Soße. Und ich musste so gut wie nie in der Wirtschaft mithelfen, weil ich so ungeschickt war, Gläser umfielen oder Teller auf dem Boden landeten. Die Schattenseite all der Privilegien war, dass mich keiner für voll nahm und sie mich eher wie ein kleines Äffchen behandelten, das für sie tanzte und Zarah Leander imitierte.

»Leider habe ich keine Kinderfotos von mir auf dem

Handy, sonst könnte ich zeigen, wie ich da aussah. Ich hätte in der Wohnung meiner Mutter welche raussuchen sollen. Aber die meisten sind in meinem alten Fotoalbum. Das ist in Berlin.«

»Dann hoffe ich, dass du es mir bei Gelegenheit zeigst.«

»Wenn du mich in Berlin überhaupt noch sehen willst«, kokettiere ich ein bisschen, spüre aber auch Angst, dass die Sache mit dem Handy nun zwischen uns steht und sich da nichts kitten lässt. Nach der Beerdigung trennen sich unsere Wege vielleicht für immer. Das lässt mich erst recht mit einem mulmigen Gefühl daran denken, dass ich schon in ein paar Stunden am Friedhof sein werde.

»Natürlich will ich dich noch sehen.« Ron zieht mich an sich und gibt mir einen Kuss. »Und ich bin übrigens sehr froh, dass du kein Luggi und auch kein Waldemar geworden bist, sondern eine Tosca.«

Schlechte Zeiten, gute Zeiten

Der Wecker hat nicht geklingelt, oder wir haben ihn überhört, jedenfalls wachen wir viel zu spät auf und müssen uns in Windeseile anziehen. Für ein Frühstück ist keine Zeit mehr, aber das ist egal. Hunger habe ich sowieso nicht.

Wir laufen in Rekordzeit zum Friedhof und vergessen vor lauter Eile, einen Regenschirm mitzunehmen. Das Wetter ist passend zum Anlass trostlos geworden. Nieselregen. Bleischwere Wolken. Grauer Himmel.

Um 8.55 Uhr sind wir am Friedhof. Aufgewacht sind wir um halb neun. Unser Tempo kann sich also sehen lassen. Außer uns sind alle schon da und stehen vor der Friedhofskapelle. Willy wirft mir einen missbilligenden Blick zu. Selbst Ted und Sophia haben nicht verschlafen und stehen ganz in Schwarz bei den anderen. Ron und ich stellen uns dazu.

Die anderen Trauergäste scheinen hauptsächlich Bekannte von Mama zu sein, von denen sie ab und zu erzählte, die ich aber nicht kenne. Wenn man so alt geworden ist wie sie, leben am Ende nur noch wenige Verwandte. Der Sohn ihres Bruders steht neben Jorgos, den ich wiederum sofort erkenne, obwohl er gealtert ist. Mamas Ex-Freund sieht aus wie dem Ei gepellt: schwarzer Regenmantel, Hut und einen Stock, auf den er sich stützt. Als ich ihn begrüße, drückt er mir weinend die Hände, so lange, bis er sie loslassen muss, weil wir in die Kapelle gehen sollen.

Der enge Familienkreis nimmt vorne in der Nähe des Altars Platz. Wir blicken direkt auf den Sarg aus weiß lackiertem Holz. Darauf liegt ein Blumengesteck aus dunkelroten Rosen mit einer Schleife, auf der »Ein letzter Gruß von deinen Kindern und Enkelkindern« steht.

Ich sitze rechts von Ted, der seine Gitarrentasche auf den Boden zwischen uns stellt. Ron und Sophia haben hinter uns Platz genommen. Als die Orgel zu spielen beginnt, flüstert Ted mir ins Ohr. »Ich hab die Gitarre extra mitgeschleppt, aber der Spießer will ja nicht, dass ich spiele, das würde angeblich alles durcheinanderbringen.«

Willy, der links von ihm sitzt, zischt, dass wir ruhig sein sollen, dabei habe ich nur ein »Schade« gehaucht. Eigentlich bin ich allerdings auf Willys Seite. Mama hätte sich gewünscht, dass alles ordentlich abläuft, wie es auf einer Beerdigung sein soll. Ich glaube nicht, dass sie auf eine Gesangseinlage mit Gitarre Wert gelegt hätte. Die Orgel lässt die kleine Kapelle erbeben, und wir erheben uns.

Ich weiß nicht, ob der Pfarrer Mama wirklich gekannt hat oder nur wiedergibt, was Willy und Marija ihm erzählt haben. Bei einer Bemerkung muss ich jedenfalls stutzen: »Trotz ihrer Zugehörigkeit zur evangelischen Kirchengemeinde hat Ella Novak eher zurückgezogen gelebt und sich den Angeboten der Kirche nicht anschließen mögen.« Das klingt fast nach einem kleinen Seitenhieb. Mama wurde oft zum Seniorencafé der Kirche eingeladen, ging aber nie hin. »Was will ich da bei den alten Leuten!«, pflegte sie als Begründung anzuführen. Sie besuchte weder den evangelischen noch den katholischen Gottesdienst, obwohl sie bei mir immer sehr viel Wert darauf gelegt hatte, dass ich sonntags in die Kirche ging. In der Pubertät wehrte ich mich dagegen, so früh aufzustehen. Mama kannte jedoch kein Pardon. »Du bist katholisch, also gehst du hin!«

Die grundsätzlichen Fakten, die der Pfarrer aufzählt, stimmen. Kindheit und Jugend in Polen. Schwere Zeiten während des Kriegs und der Nachkriegszeit in Schlesien.

Eine Ehe und zwei Söhne in Polen. Umzug nach Bayern. Ein weiteres Kind. Der Verlust eines Ehemanns. Dann die Übernahme einer Wirtschaft. Noch eine Ehe, noch ein Kind. Ich bin froh, dass er das Scheitern der zweiten Ehe nicht vertieft.

Niemand von uns könnte sagen, was der Tropfen war, der das Fass zum Überlaufen brachte, dass meine Mutter sich endlich trennte. Genügend Anlässe, sich von ihm trennen zu wollen, hat mein Vater immer schon geboten. Führerscheinentzug wegen Alkohol. Nächtelanges Fernbleiben ohne Erklärung, wo er genächtigt hatte. Jede Menge Gerüchte über Frauengeschichten. Von Willy fiel öfter mal ein Satz wie »Ich hab es dir ja gesagt.« Das klang sehr nach Oma Mathilde.

Genauso wenig mochte Mama meine spöttischen Bemerkungen darüber, dass sie ihren besten Gast geheiratet habe. Wir stritten, wenn ich meinen Vater verteidigte, weil er nun mal so war, wie er war. Wir stritten, weil ich meine Mutter kritisierte, dass sie ihn doch nicht hätte heiraten müssen. Wir stritten, weil sie sagte, dass ich keine Ahnung vom Leben hätte, ich das aber als Teenager anders sah. Hinterher warf ich meine Zimmertür zu und legte Rachmaninow auf. Oder Bowie. Und ich zählte die Tage, bis ich endlich ausziehen würde.

Jetzt, da ich gedanklich sowieso schon wieder abdrifte von dem, was der Pfarrer erzählt, komme ich auf alles Mögliche. Ich frage mich, wann ich die Seminarvorbereitung für nächsten Donnerstag hinkriege, wenn ich noch länger bleiben muss. Woher Sophia diesen schicken schwarzen Ledermantel hat, würde mich auch interessieren. Und ob Ron mir wirklich verziehen hat, ist noch nicht raus. Vielleicht hat er nur so getan, um des lieben Friedens willen, weil er ein harmoniesüchtiger Mensch ist. Wenn er erst im Allgäu ist, wird er es sich noch mal überlegen, fürchte ich. Die Geschichte mit uns hat merkwürdig genug begonnen, mit dem Konzert und Rons Angebot, mich zur Beerdigung meiner Mutter zu begleiten. Nun sind wir hier. Kann sein, dass das schon das Ende von Ron und mir ist. Der Gedanke macht mich traurig, deshalb konzentriere ich mich wieder auf die Rede des Pfarrers.

In seiner Version ist Ella Novak die tüchtige Wirtin, die Mutter, die den Laden im wahrsten Sinne des Wortes zusammenhielt, die Frau, die das Tanzen und das Leben liebte und sich um ihre Kinder kümmerte. Und nun ist sie tot.

Einmal haben Mama und ich darüber gesprochen, was nach dem Tod passiert. Sie erzählte, dass am Jüngsten Tag alle Toten auferstehen werden. Das hatte ihr der polnische Pastor im Konfirmandenunterricht versichert. Im katholischen Religionsunterricht hatte ich es anders erklärt bekommen. Das Jenseits bestand aus Vorhölle, Fegefeuer und Himmel. Als der Pfarrer uns darüber informierte, dass ungetaufte Babys und Protestanten nicht sofort in den Himmel kommen könnten, war ich einigermaßen geschockt.

»Meine Mutter ist evangelisch«, erklärte ich ihm. »Und die Babys können doch auch nichts dafür, dass sie nicht katholisch getauft waren.«

Der Pfarrer beruhigte mich. Die ungetauften Babys müssten wirklich nicht lange warten, bis es weiter Richtung Himmel ging. Und auch die Protestanten hatten eine gewisse Chance, zügig aus dem Fegefeuer herauszukommen.

Trotzdem taten sich bei mir erste Glaubenszweifel auf. Mir kam das ungerecht vor. Als ich es Mama erzählte, freute sie sich, dass ich sie verteidigt hatte, und nahm es weiter nicht tragisch. Sie glaubte fest an das, was ihr der evangelische Pastor in Polen erzählt hatte. Das mit dem Jüngsten Tag fand ich wiederum eine grauslige Vorstellung.

Später konnte Mama nicht verstehen, warum ich mit der Kirche einfach nichts am Hut hatte.

»Glaubst du denn gar nichts?«, fragte sie.

»Auf meine ungläubige Art bin ich eigentlich sehr gläubig«, versicherte ich ihr. Was ich damit meinte, weiß ich nicht mehr, vielleicht, dass ich zu den Zweiflern gehöre und das eigentlich in Ordnung finde, auch wenn ich es mir weitaus angenehmer vorstelle, einfach glauben zu können.

Ich bin so tief in meine Erinnerungen versunken, dass ich schon wieder nicht merke, dass sich David Bowie in die Orgelklänge mischt. Eigentlich hatte ich den Klingelton abgestellt!

Willy beugt sich vor und dreht den Kopf verärgert zu mir. Ich reagiere aber erst, als Ted mir den Ellbogen in die Rippen schiebt, und wühle hektisch nach dem Handy und drücke den Anruf weg, bis mir einfällt, dass es was Wichtiges sein könnte. Also hole ich es noch mal raus und sehe, dass der Anruf vom Krankenhaus kam. Wir sind länger als eine halbe Stunde in der Kapelle. Ich könnte vielleicht noch warten und dann draußen zurückrufen. Aber was, wenn diesmal wirklich jede Minute zählt?

Als ich mich an meinen Brüdern vorbeiquetsche, mache ich mich wieder sehr unbeliebt. Ich schreite ruhig und würdevoll den Mittelgang entlang. Langsam kriege ich Erfahrung damit, erst zu stören und dann hinauszustürmen.

Draußen ist das Rauschen der Straße zu hören. Der Regen hat aufgehört, die Wolkenfront hat sich verzogen. Ich atme noch einmal durch und drücke auf die Nummer des Krankenhauses. Als mein Handy sich einwählt, sehe ich, dass ich eine Nachricht auf dem Anrufbeantworter habe. Die hätte ich mal abhören sollen. Da meldet sich schon der Pfleger.

»Ah, die Frau Schierlinger.«

»Tut mir leid, ich konnte nicht gleich rangehen.«

»Macht nix. Ich hab's Ihnen aufs Band gesprochen. Es gibt eine gute Nachricht und eine nicht so gute Nachricht. Welche wollens zuerst hören?«

Dieses Spielchen würde mich selbst dann nerven, wenn ich nicht gerade aus der Beerdigungsfeier meiner Mutter gestürmt wäre. »Sagen Sie mir einfach, was los ist.«

»Also, Ihr Vater ist aufgewacht.«

Es geschehen Zeichen und Wunder.

»Das ist sehr schön.« Aber vielleicht zu früh gefreut. »Und die schlechte Nachricht?«

»Er hat schon gesprochen.« Der Pfleger lacht. »Eine Halbe und eine Zigarette wolle er, ha ha. Einen Humor hat er schon, Ihr Vater.« Er klingt fast begeistert.

»Das ist doch gut, dass er sprechen kann?«

»Ja, schon.«

»Was ist dann nicht so gut?«

»Sein Gedächtnis funktioniert nicht richtig. Er weiß nicht mehr, warum er im Krankenhaus ist. Das ist zwar normal nach einem Koma, aber es könnt halt sein, dass er Sie nicht erkennt. Wollte Sie nur vorwarnen. Erwartens nicht zu viel.«

»Tue ich nicht.« Meine Erwartungen sind sogar extrem niedrig. Meine Mutter liegt im Sarg, da bin ich schon froh, wenn mein Vater wach ist und redet.

»Wissen Sie, ich steh gerade am Friedhof. Meine Mutter wird beerdigt.« Einen Seufzer kann ich mir nicht verkneifen. »Aber ich fahr in der nächsten Stunde los. Meinen Sie, das reicht? Oder soll ich sofort kommen?«

Es ist wieder wie früher. Ich sitze zwischen den Stühlen. Mein Vater wacht gerade in dem Moment auf, in dem meine Mutter meine volle Aufmerksamkeit fordert.

»Ach du lieber Gott, Frau Schierlinger«, sagt der Pfleger. »Das tut mir leid. Nein, nein. Ihr Vater ist stabil, kommen Sie einfach, sobald Sie können, rechnen Sie halt damit, dass er nicht gleich weiß, wer Sie sind. Das wird schon. Er ist gut drauf.«

Gut drauf ist mein Vater immer. Die geborene Frohnatur. Einer, der das Leben mit Humor und deshalb nicht allzu ernst nimmt. Ihn haut so leicht nichts um, außer der Scheidung, die hat er nie verkraftet, deshalb bin ich mir nicht sicher, wie er auf den Tod meiner Mutter reagieren wird. »Sagen Sie meinem Vater lieber nicht, dass meine Mutter beerdigt wird«, bitte ich den Pfleger. »Es ist bestimmt besser, ihm das schonend und im richtigen Moment beizubringen.«

Selbst für den größten Optimisten, den ich kenne, könnte das zu viel Wahrheit auf einmal sein.

Der Pfleger stimmt mir vollkommen zu.

Alte Liebhaber rosten

Jeder hat seine eigene Art, mit der Trauer umzugehen. Das zeigt sich auch darin, wie wir uns auf dem Weg zur Grabstelle benehmen. Willy schreitet würdevoll hinter dem Sarg her und hat seinen stoischen Blick aufgesetzt. Marija ist bei ihm untergehakt und schluchzt laut. Sepp hält sich im Hintergrund und tupft ab und zu an seinen geröteten Augen herum, als ob ihm was hineingeflogen wäre. Ola und Jonathan stützen sich gegenseitig, wirken aber sehr gefasst. Ted gibt sich so, als ob ihn das alles nicht berühren würde. Er flüstert immer wieder mit Sophia. Die Gitarrentasche hängt an seinem Rücken. Jan lässt sich von Malik stützen und hat ein verheultes Gesicht. Ich hake mich bei Ron unter und heule zwischendurch Rotz und Wasser.

Als ich am offenen Grab stehe, kann ich mich hinterher nicht mehr erinnern, wie ich den Weg von der Kapelle hierher zurückgelegt habe. Der Sarg wird hinuntergelassen. Der Pfarrer spricht schließlich die Formel »Asche zu Asche, Staub zu Staub«.

Willy ist der Erste, der Sand mit der Hand greift und hinunterwirft. Das Geräusch, als das Häuflein unten auf das Holz prallt, klingt dumpf. Vor lauter Verwirrtheit werfe ich viermal Erde, bis Ron mich beiseitezieht. Wir, die Familie, bleiben in der Nähe des Grabes stehen, damit auch die anderen Gäste Mama die letzte Ehre erweisen können. Einige nicken uns auch bloß zu.

Ich nehme das alles nur durch einen Schleier wahr, bis sich ein Mann mir nähert. Als er sich vorstellt, erkenne ich seine Stimme wieder. Horst Kuntze mit tz. Er trägt eine Brille mit Stahlrahmen und ist schlecht gekleidet. Dunkelbrauner Anzug und rosa Hemd ohne Krawatte. Völlig unpassend für eine Beerdigung. Mama wäre entsetzt.

»Herzliches Beileid«, sagt er und schüttelt mir die Hand. »Wir haben telefoniert. Kuntze mit tz.«

Die meisten gehen nach dem Kondolieren weiter Richtung Ausgang. Eine kleine Gruppe ist unten stehen geblieben und wartet auf weitere Order von Willy. Kuntze jedoch macht keine Anstalten zu gehen, sondern stellt sich abwartend hin und beobachtet uns.

Als Letzter erweist Jorgos Mama die letzte Ehre. Er wirft eine langstielige dunkelrote Rose ins Grab und bleibt so lange vor der offenen Grube stehen, dass die Mitarbeiter schon nervös werden. Sie warten darauf, das Grab zuzuschütten.

Kuntze tritt von einem Bein aufs andere. Schließlich stellt er sich vor mich hin. »Kann ich noch ein Wörtchen mit Ihnen reden?«, fragt er. »Vertraulich.«

»Ich habe keine Zeit.«

»Dauert nicht lange«, sagt Kuntze. »Geht ganz schnell.« Er schiebt sich die Brille, die auf seine Nasenspitze gerutscht ist, wieder hoch. »Können wir unter vier Augen sprechen?«, wiederholt er.

»Warum denn?« Dieser Kuntze hat echt Nerven.

»Na gut, dann sage ich es Ihnen eben hier. Ich hätte gerne das Geld zurück, das ich Ihrer Mutter anvertraut habe.«

»Ich weiß davon nichts.«

Willy tritt einen Schritt auf ihn zu. »Wer sind Sie überhaupt?«

»Ein Freund Ihrer verstorbenen Frau Mutter. Ihre Schwester kann es Ihnen bestätigen.« Raffinierter Schachzug von Kuntze. Zu Willy sage ich: »Er behauptet es.«

Dann wende ich mich wieder an Kuntze. »Wir haben

beim Aufräumen kein Geld gefunden. Und auch sonst nicht.«

»Das kann nicht sein. Es muss da sein. Ich habe es ihr persönlich übergeben.«

»Wofür denn?«

»Sehen Sie, das ist eine delikate Angelegenheit.« Er beugt sich zu mir und flüstert: »Ich kann Ihnen nicht genau sagen, wie ich an das Geld gekommen bin, aber ganz legal, das müssen Sie glauben. Alles ganz legal. Ich konnte es nur nicht auf mein Konto einzahlen.«

»Und wieso nicht?«, frage ich in normaler Lautstärke. Kuntze flüstert noch leiser: »Mein Konto wird gepfändet.« Ich sehe Willy fragend an, ob er die Antwort gehört hat. Sonst würde ich sie wiederholen. Er nickt. Selbst wenn er flüstert, ist Kuntzes Stimme noch sehr schrill.

»Wann soll das denn gewesen sein?«, frage ich.

»Ungefähr vor einem Jahr.«

»Und wie viel?«, fragt Willy.

»Ein paar Tausend waren das schon.«

»Geht's ein bisserl genauer?«

»Fünfzehntausend Euro.«

»Also wir wissen von nix«, sage ich. »Dafür ist der Schmuck meiner Mutter weg. Wissen Sie vielleicht, wo der ist?«

»Nein. Aber das Geld muss da sein!«

»Wir können Ihnen leider nicht weiterhelfen«, würgt Willy ihn in seinem Krankenpflegerton sehr bestimmt ab. »Auf dem Konto meiner Mutter ist keine solche Summe eingegangen. In der Wohnung war nichts. Und die Beerdigung ist wohl nicht der richtige Anlass, um uns mit solchen Anschuldigungen zu belästigen.«

»Dann werden Sie todsicher von meinem Anwalt hören!«, droht Kuntze.

»Aber gerne doch«, sagt Willy.

Wir haben alle nicht bemerkt, dass Jorgos, gestützt auf seinem Stock, sich vom Grab entfernt hat und hinter Kuntze getreten ist.

»Lassen Sie diese Familie in Ruhe! Sie beschmutzen das Andenken von Ella!«, schreit Jorgos und läuft rot an. Die Adern an seinem Hals treten hervor. Er hält sich an seinem Stock fest. Kuntze dreht sich zu ihm um.

»Was geht Sie das denn an?«, fragt Kuntze.

»Sehr viel, ich war mit Ella verlobt.«

»Komisch. Das hat sie nie erzählt. Wie heißen Sie denn?«

»Katzanakis.« Der Name klingt eindrucksvoll, wenn er ausgesprochen wird.

»Ach, der Grieche, den sie hat abblitzen lassen«, sagt Kuntze höhnisch.

»Ich verbitte mir das!«

»Das ist mir egal, ob Sie sich was verbitten.«

»Sie Schwein.«

»Werden Sie nicht ausfallend.«

»Sie Betrüger.«

»Das lasse ich mir nicht bieten!«

Kuntze ist etwas agiler als Jorgos, der sein Alter jedoch vergessen zu haben scheint. Er hebt seinen Stock, um damit auf Kuntze zu zeigen, und verliert dabei fast das Gleichgewicht.

»Betrüger!«, schreit er noch mal.

Ohne Rücksicht auf dessen Gebrechlichkeit schubst Kuntze den alten Mann, der bedrohlich wackelt. Wenn ihn nicht im letzten Augenblick Jan und Malik stützen würden, läge er am Boden. Aber kaum hat er sich gefangen, droht er erneut mit seinem Stock und fuchtelt damit herum wie mit einem Schwert. Kuntze, der sich schon auf der Siegerstraße wähnte, passt nicht auf und stolpert über eine Bodenschwelle. Um nicht zu fallen, macht er ein paar Riesenschritte und übersieht den Erdaushub, den die Friedhofarbeiter gerade schon ins Grab schaufeln. Dort landet er dann, weich, aber mitten im Matsch. Es sieht aus, als ob er sich in Zeitlupe hinknien wollte. In Echtzeit rappelt er sich auf und klopft sich die Erde von der Hose. Trotzdem ist der braune Stoff an den Knien nass und fleckig.

»Verschwinden Sie!«, sagt Willy. »Lassen Sie sich nie wieder blicken.« Den Anwalt könne er sich sparen. Er habe sich das vermutlich sowieso nur alles ausgedacht.

Der Meinung bin ich auch. Aber schon merkwürdig, dass Mama einen solchen Mann überhaupt gekannt hat, sonst hätte sie ihm ja nicht meine Telefonnummer gegeben.

Als Kuntze sich unter wüsten Beschimpfungen verzieht, gehen auch wir endlich los.

»In der Wirtschaft gibt es einen kleinen Umtrunk«, erklärt Willy dem Rest der Trauergesellschaft, der am Ausgang wartet. Ich zupfe ihn am Arm und erkläre, dass das Krankenhaus angerufen hat. Er hat mich ja aus der Kapelle stürmen sehen.

»Der alte Schierlinger ist aus dem Koma erwacht. Ich muss dringend zu ihm. Ihr seid doch bestimmt noch eine Weile da.«

»Mach, wie es für dich passt.«

»Wir kommen mit dir mit«, sagt Ted zu mir. Es wundert mich, aber vielleicht will er sich den Umtrunk einfach sparen. Gibt ja doch immer nur Streit.

»Lieb von euch, mitzukommen«, sage ich zu Ted und Sophia. »Kommst du auch?«, frage ich Ron.

»Wenn dir das recht ist.«

»Ich würde mich sehr freuen, es sei denn, du möchtest zum Umtrunk. Dann komme ich einfach so bald wie möglich nach.«

Aber Ron schließt sich Sophia, Ted und mir an. Ich hoffe nur, es überfordert Papa nicht, dass gleich so viele ihn besuchen wollen.

»Du musst drauf gefasst sein, dass er dich nicht erkennt«, sage ich zu Ted. Die anderen beiden kennt er ja sowieso nicht.

»Glaub ich nicht, dass der mich nicht erkennt«, meint Ted. »Der alte Schierlinger und ich haben uns immer gut verstanden. Wenn er mag, spiel ich was für ihn auf der Gitarre. Musik belebt die Lebensgeister und weckt die Erinnerung.« Er deutet auf die Gitarrentasche, die er auf dem Rücken trägt.

Also dass sie sich gut verstanden hätten, wäre mir neu, aber die Belebung von Lebensgeistern kann ja auch nicht schaden.

Jukebox unplugged

Als wir am Krankenhaus aus dem Auto steigen, fällt mir ein, dass mein Vater, jetzt, wo er wach ist, vielleicht was anderes anziehen möchte als das Krankenhaushemdchen. Ich hole den Schlafanzug und den Morgenmantel aus der Kiste im Kofferraum. Wenigstens hat die Pfister sie frisch gewaschen. Sie duften nach Weichspüler.

Ron, Ted und Sophia wollen in der kleinen Cafeteria am Ende des Ganges warten. Der Pfleger begrüßt mich wie eine alte Bekannte und geht mit mir ins Krankenzimmer.

Mein Vater sitzt aufrecht im Bett und wirkt fast normal, nicht wie einer, der die letzten Tage im Koma lag. Sein Blick ist wach, und er lächelt. In der Armvene steckt immer noch ein Infusionsschlauch.

»Hoher Besuch für Sie, Herr Schierlinger«, scherzt der Pfleger.

»Mei o mei«, sagt mein Vater. »Die oide Goaß ist da.«

Der Pfleger und ich wechseln einen schnellen Blick. An sich ist es nicht weiter besorgniserregend, dass mein Vater mich eine »alte Ziege« nennt. Das ist lediglich seine bayerische Art und liebevoll gemeint, aber auch noch kein definitiver Beweis, dass er begriffen hat, wer ich bin. Ein paar bange Sekunden später wiederholt mein Vater jedoch: »Das ist ja mei Tochter, Herr Doktor.«

Da bin ich echt erleichtert.

»Genau, Herr Schierlinger«, bestätigt der Pfleger. »Aber ich bin der Pfleger, nicht der Arzt. Übrigens haben Sie sogar noch mehr Besuch.«

»Noch mehr! Wen denn?«

»Lassen Sie sich überraschen.«

»Erst a mal ziehen Sie mir das depperte Kabel raus.«

Der Pfleger wirft einen Blick auf die Infusionsflasche. Sie ist fast leer. Er zieht den Schlauch aus dem Zugang am Arm.

»Das Plastikstückerl bleibt aber vorerst noch drin.«

»Wenn's sein muss.« Mein Vater betrachtet seinen Arm mit Argwohn. »Schön schaugt das aber nicht aus.«

Der Pfleger ignoriert die Bemerkung.

»Vielleicht drehen Sie mit Ihrer Tochter eine kleine Runde.« Er wendet sich an mich. »Ein paar Schritte in Begleitung können nicht schaden. Der Kreislauf muss in Schwung kommen. Aber nicht übertreiben!«

Wir helfen meinem Vater, sich seitlich aufzusetzen und dann erst ein Bein und schließlich das zweite auf den Boden zu stellen. Er wackelt, doch der Pfleger hat ihn im eisernen Griff, und es gelingt ihm, zu stehen. Sein Flügelhemdchen reicht bis zu den Oberschenkeln, außerdem ist er barfuß.

»Ich hab dir einen frischen Schlafanzug und deinen Morgenmantel mitgebracht«, sage ich und zeige ihm die guten Stücke. »Kennst du die noch?«

»Fralle, der Morgenmantel!«, lacht mein Vater und wendet sich vertrauensvoll an den Pfleger. »Den habe ich mir für die Hochzeitsnacht angeschafft. Den Pyjama auch.«

Der Pfleger hilft ihm beim Anziehen. Ich gucke diskret weg. Mir hat schon der Anblick der runzligen, haarigen Beine gereicht. Obwohl mein Vater abgenommen hat, passt ihm der Pyjama am Bauch nur leidlich, und die Hosenbeine sind zu kurz. Aber der weinrot-blau-weiß gestreifte Morgenmantel ist weit genug geschnitten, der steht ihm wirklich gut.

Der Pfleger hat ihm Adiletten und Socken aus dem

Schrank geholt. In Berlin könnte der alte Schierlinger in diesem Outfit durch die Straßen laufen und würde modisch nicht weiter auffallen.

Er setzt sich erst mal auf einen Stuhl.

»Ich hol Ihnen eine Gehhilfe«, sagt der Pfleger und verlässt noch mal den Raum.

»Wo sind meine Zigaretten?«, fragt mein Vater und tastet in den Taschen des Morgenmantels nach einem Päckchen, aber da ist natürlich nichts.

»Wir können nachher welche kaufen«, lüge ich und hoffe doch sehr, dass es hier nirgendwo einen Zigarettenautomaten gibt.

Der Pfleger bringt den Rollator, und mein Vater setzt sich mit kleinen Schritten langsam und begleitet von uns in Bewegung. Als wir die Cafeteria betreten, stehen Ron, Sophia und Ted auf und kommen auf uns zu.

»Servus, Schierlinger«, sagt Ted mit deutlich bayerischem Einschlag. »Was machst denn du für Sachen.« Mein Vater deutet auf den Rollator und fragt: »Was sagst du zu meinem Mercedes? Das neueste Modell.«

»Du hättest dir lieber einen kleinen Japaner nehmen sollen oder einen Koreaner, die sind viel wendiger.« Der ewige Streitpunkt zwischen den beiden, welche Automarken besser sind. »Oder einen mit Elektroantrieb, das ist die Zukunft.«

Mein Vater lacht und tippt sich an die Stirn. »Du spinnst doch. Elektroantrieb! Das Getriebe vom Mercedes habe ich grad repariert. Das ist so gut wie neu.«

Ich bin mir nicht sicher, ob das auch wieder einer der »Aussetzer« ist, vor denen mich der Pfleger gewarnt hat, und er deswegen den Rollator mit seinem früheren Mercedes verwechselt.

Wir setzen uns zu fünft an einen Tisch mit freier Sicht auf den kleinen Park des Krankenhauses. Bevor ich dazu komme, meinem Vater zu erklären, wer die beiden Leute sind, die er nicht kennt, blickt er zu Ron und sagt: »Fürs Rumsitzen werden Sie fei ned bezahlt, nehmens doch bitte schön unsere Bestellung auf.«

Ich sehe Ted an, dass er am liebsten loslachen würde, aber ich habe auf der Fahrt hierher allen eingeschärft, vorsichtig zu sein und nichts zu sagen, was meinen Vater aus der Bahn werfen könnte. Auf keinen Fall die Beerdigung meiner Mutter erwähnen! Ted habe ich außerdem gebeten, Provokationen zu unterlassen. Er sagt also nichts.

Ron reagiert gelassen. »Was kann ich denn für Sie tun, Herr Schierlinger?«

»Fragens ned so blöd, bringens mir a Bier.« Sein Tonfall klingt ungeduldig und auch ein bisschen herablassend. Er zwinkert Sophia charmant zu. »Gibt's heute wieder ein Sauers Lingerl, Wirtin?«

Sie wirft mir einen fragenden Blick zu, und ich schüttle den Kopf, weil es hier kein Saures Lingerl gibt. »Ich glaube, es gibt Wiener Würschtl mit Kartoffelsalat. Wie wär's damit? Oder ein Stück Kuchen und dazu eine Tasse Tee?« Die werden hier doch kein Bier ausschenken!

»Also gut, dann Würschtl. Aber ein Bier. Koan Dee.«

Ron eilt zur Selbstbedienungstheke. Mein Vater mustert Sophia von oben bis unten. Sie hat den Ledermantel ausgezogen und trägt eine schwarze Bluse, die obersten Knöpfe stehen offen und geben den Blick auf ihr Dekolleté frei. An ihren Riemchenpumps aus Lackleder klebt noch ein bisschen Lehm vom Friedhof.

»Hoffentlich schenkt der Tschechnbeidl das Bier gscheit ei«, grantelt mein Vater und wendet sich lächelnd an Sophia. »Guad schaust aus, Wirtin.«

Und zu mir sagt er: »Du bist angezogen, als ob du auf einer Beerdigung warst.«

Ich erschrecke im ersten Moment, aber er zwinkert mir

zu. Also will er mich nur aufziehen. Er ahnt ja nicht, wie richtig er diesmal liegt.

»Was hastn da dabei?«, fragt mein Vater und deutet auf Teds Gitarrentasche. »Is that a Maschinengewehr in your bag or what?«

Ich werfe Ted einen ratlosen Blick zu. Davon, dass mein Vater auf einmal Englisch spricht, hat der Pfleger nichts erzählt.

»Eine Gitarre ist da drin«, sagt Ted.

»Das ist ja great. Was spielstn so? An echten amerikanischen Rock 'n' Roll?«

»Kann ich machen.«

Ron bringt einen Teller mit Würstchen, Senf und Kartoffelsalat sowie ein Glas, das wie Bier ohne Schaum aussieht. Er flüstert mir schnell ins Ohr: »Limonade.«

Mein Vater beißt beherzt in das Würstchen, dass das Fett auf seinen Morgenmantel spritzt, und ich überlege, ob ich den Pfleger lieber hätte fragen sollen, ob der Patient überhaupt schon so was essen darf. Aber nach einem Bissen hört mein Vater sowieso auf und trinkt einen Schluck Bier. »Das schmeckt wie ein Almdudler. Was hat der Latzke da scho wieda gemacht!« Er schaut sich nach Ron um, aber der ist schon wieder an der Theke und ordert für uns Kaffee. »A Bier hätt i wolln, koa Limonad.« Und dann zu uns, mit einer gewissen Befriedigung: »Bisserl gschaftiger als sonst ist er scho. Der tuat ja heit richtig wos für sei Geld.« Bloß eins beschäftigt ihn, als er durch die Cafeteria blickt, die fast leer ist. Außer uns stehen nur ein paar Kunden an der Theke. »Viel los ist ned. Wo ist denn die Jukebox hin?«, fragt mein Vater.

»Die ist bei der Reparatur«, sage ich schnell, aber er lässt sich nicht so leicht täuschen. »Zur Reparatur?« Er wendet sich an Sophia. »Hat der von der Plattenfirma sie eppa einkassiert?«

Es hat was ungemein Faszinierendes, dass er in dieser völlig verkannten Realität doch noch logische Zusammenhänge sieht. Wie er da sitzt, vor sich die Würstchen mit Kartoffelsalat, die er kalt werden lässt, und das »Bier«, das er schluckweise trinkt, wirkt er zufrieden mit sich und seiner Welt. Es täte mir leid, ihn da rauszuholen. Den anderen scheint es auch so zu gehen. Wir spielen das Spiel also mit, und irgendwie ergibt auch alles Sinn.

»Ja, der Mann von der Plattenfirma hat die Jukebox mitgenommen«, sagt Sophia. »Aber zum Glück hat Ted die Gitarre dabei.« Sie lügt, ohne mit der Wimper zu zucken, und schaltet ihr bezauberndstes Lächeln ein.

»Welcher Ted?«, überlegt mein Vater laut. »Ach so, der Ted. Ja freilich, Ted, du alter Ami, ja, dann spielst halt du was für uns. Play for us. Was soll er denn spielen, Wirtin?«

»Was willst du denn hören, Papa?«, frage ich.

»What can you play, Ted?« Er macht gleich einen ersten Vorschlag. »Am besten was Romantisches halt. Samsing romäntic.«

»›Der weiße Mond von Maratonga‹ vielleicht.« Das kommt von mir, und ich summe das Lied gleich noch an.

»Treib's nicht zu weit, Toschki!« Ted hebt warnend, aber mit einem Augenzwinkern den Zeigefinger. Als ich noch Schlagerstar werden wollte, musste er den ›Mond von Maratonga‹ oft spielen, damit ich dazu singen konnte. Er packt die Gitarre aus, legt sich den Gurt um und stimmt die Saiten. Dann spielt er auch schon die ersten Akkorde, und ich singe mit: »Eine Sage erzählt, wenn die Liebe dir fehlt und dein Herz wird vor Sehnsucht so schwer, such im Mondlicht am Strand eine Perle im Sand, wirf sie weit in das nächtliche Meer. Der weiße Mond von Maratonga …«

Merkwürdig. Ich kann mir schlecht Texte merken, aber diesen weiß ich noch, obwohl er genauso absurd ist wie die meisten Schlagertexte. Mondlicht am Strand. Perle im Sand. Schön wär's, wenn das Lösen von Beziehungsproblemen so einfach wäre.

»Magst danzn, Wirtin?«, fragt mein Vater.

Sophia blickt mich erneut fragend an. Auch ich zweifle, ob mein Vater mit oder ohne Rollator überhaupt stehen kann. Er hat es gerade mal hierher in die Cafeteria geschafft. Ihn plagen solche Sorgen überhaupt nicht. Er richtet sich so gut es geht auf und signalisiert mir, ihm aus dem Morgenmantel zu helfen. Sophia reicht ihm die Hand, die er galant küsst, dann zieht er sie an sich heran. Sie überragt ihn um einen ganzen Kopf. Er fasst um ihre Taille, und sie hält ihn mit einer Hand an der Schulter fest. Das muss sie auch, weil er sonst vermutlich umkippen würde. Ron und ich stellen uns als weiteres Tanzpaar neben sie, um notfalls einzugreifen.

Langsam fangen sie an, gemeinsam zum Takt der Musik hin und her zu wippen. Das scheint meinem Vater zu reichen. Ohne Sophia würde er umfallen, aber das ahnt er nicht, und sie lässt es ihn nicht spüren.

Er blickt verliebt zu ihr hoch. Fast befürchte ich, sein Verhalten könnte bei Ted Eifersucht auslösen, aber das wäre angesichts der Gebrechlichkeit meines Vaters absurd. Ted spielt weiter, und mein achtzigjähriger Vater tänzelt verliebt im Pyjama, dessen Gelb an einen Kanarienvogel oder Dodo aus der Sesamstraße erinnert, durch die Cafeteria des Krankenhauses. Er schmiegt die Wange in Sophias Halskuhle.

Die Cafeteria ist offensichtlich die Gastwirtschaft meiner Mutter. Und Sophia ist die Wirtin. Ted, den mein Vater vermutlich für einen amerikanischen Gitarristen oder einen GI hält, spielt sich durch ein paar Schlager aus der Jukebox meiner Mutter. Als ihm keiner mehr einfällt, suche ich auf dem Handy weitere Titel heraus und spiele sie kurz an, damit wir uns wieder an die Melodie erinnern. Ron, vorher Kellner, jetzt mein Tanzpartner, passt mit mir zusammen auf, dass mein Vater nicht umkippt.

»Die Wirtin werd ich bald heiraten, da könnt ihr sagen, was ihr wollt!«, ruft mein Vater.

Keine Ahnung, wen er mit »ihr« in dem Moment meint, vielleicht seinen Bruder Gustl oder die alten Schierlingers. Die sind alle längst tot. Ich bin mir nicht mal sicher, ob ich in diesem Moment Tosca sein soll oder doch wer anders.

Keiner von uns hat das Herz, ihm zu erzählen, dass die Sechzigerjahre schon lange vorbei sind und die schöne polnische Wirtin, meine Mutter, seine Ex-Frau, vorhin beerdigt worden ist. Er hat sie in seiner Vorstellung noch nicht geheiratet, will es aber tun, und weiß nicht, dass sie längst geschiedene Leute sind.

Keine Ahnung, ob das richtig ist, ihn in seiner Traumwelt zu lassen. Mir käme es grausam vor, ihn ausgerechnet jetzt mit der Realität zu konfrontieren. Außerdem hat er immer schon gerne Märchen erzählt, nicht zuletzt das vom Storch, der über den gesamten Bayerischen Wald flog, nur um mich bei meinen Eltern abzuliefern.

Landet der Storch ohne Delle, gibt es eine Donauwelle

Der Mond war noch nicht aufgegangen, und für den Storch war es schwierig zu erkennen, wohin er eigentlich flog. Er kreiste ewig lange über dem Bayerischen Wald, verflog sich in Richtung Thüringen und landete fast in der Tschechoslowakei. Der Weg zu dem soliden Lehrerehepaar in München, das eine Villa in Harlaching besaß, der Garten von einem schmiedeeisernen Zaun umgeben, verwunschen und zauberhaft, erschien ihm auf einmal so weit weg. Es war Dezember und bitterkalt. Der Storch fühlte sich müde und ausgebrannt, da fiel ihm ein, dass ganz in der Nähe doch auch ein Ehepaar auf sein Kind wartete. »Bring ich es halt denen.« Er blickte auf das schneebedeckte Dach des alten Hauses, setzte zur Landung an und ließ sich auf dem Fensterbrett nieder, geduldig darauf wartend, dass man ihm Einlass gewähren und das Kindlein abnehmen würde.

Licht strömte aus dem Schlafzimmer, in dem die Frau in den Wehen lag. Sie kamen bereits in sehr kurzen Abständen. Die Hebamme hatte ihre Instrumente sorgsam in der Küche ausgekocht und sprach der Gebärenden Mut zu. Den Vater und den jüngsten Sohn hatten sie ins Wohnzimmer geschickt, damit sie dort auf die Ankunft des Geschwisterkinds warteten.

»Etz kommt gleich der Storch und bringt deinen kleinen Bruder«, erklärte Ade dem Buben. »Über den ganzen Bayerischen Wald hat der fliegen müssen.«

Altklug, wie Tadeusz war, rollte er bloß mit den Augen. »Erzähl doch keine Märchen.«

»Ich lüg ned. Der Storch beißt erst die Mutter in den Fuß oder in den Allerwertesten, und später bringt er das Kind.«

»Wie soll das denn gehen!«

»Der bindet sich eine Windel um den Schnabel, und da drin ist das Kind.«

»Und warum ist dann die Hebamme oben bei Mama?«

»Die nimmt dem Storch bloß das Butzerl ab, damit er weiterfliegen kann.«

Tadeusz konnte den Schierlinger einfach nicht ernst nehmen. Er ließ ihn reden und ging zum Plattenspieler, um Musik anzumachen.

Die Hebamme, eine Frau von kräftiger Statur, ließ das Kind nach der Geburt kopfüber hängen.

»Ist alles dran?«, fragte Ella. Ihr Gesicht war gerötet. Sie fühlte sich erschöpft und aufgeputscht zugleich. »Alle zehn Fingerchen und alle zehn Zehen?«

»Alles dran«, antwortete die Hebamme. »Eine kräftige Stimme hat sie auch. Die wird bestimmt mal eine Sängerin.« Sie wickelte das Kind in eine Windel und zog ihm dann den von Großmutter Mathilde gestrickten Strampler mit Jäckchen und Mütze an.

»Ein Mädchen also?«, fragte Ella.

»Richtig. Ein Maderl haben Sie bekommen. Herzlichen Glückwunsch, Frau Schierlinger.«

Ella spürte sogar eine gewisse Erleichterung, dass es kein Bub war. Nach drei Söhnen war ihr eine Tochter durchaus willkommen. Aber Ade würde enttäuscht sein. Er hatte schon eine elektrische Eisenbahn gekauft. Die lag in Kartons verpackt unter dem Ehebett. Nicht mal Tadeusz hatte damit spielen dürfen. Die Hebamme konnte sich die besorgten Gedanken ihrer Patientin ausmalen und versuchte, sie zu beruhigen. »Hauptsache, das Kind ist gesund. Und als Nächstes kriegen Sie halt dann noch einen Buben, Frau Schierlinger.«

Tatsächlich freute sich Ade Schierlinger jedoch über die Geburt der Tochter, so sehr sogar, dass er noch losfuhr, um mit seinen Freunden aus der Siedlung auf das neue Kind anzustoßen. Die nannten ihn zwar einen Büchsenmacher, aber es gab Schlimmeres, auch wenn er sich über einen Sohn vielleicht noch ein kleines bisserl mehr gefreut hätte.

Seine Freunde lieferten ihn später bei Mama Josefine ab, weil er nur noch wankte. In seinem früheren Junggesellenbett schlief er sofort ein, und erst am nächsten Tag kehrte er heim zu Ella. Sie war verärgert. Er gab sich zerknirscht.

»Ich hab mich halt so gefreut«, erklärte er.

Ella entschied sich, ihm bis zur Taufe die kalte Schulter zu zeigen. Das würde ihm eine Lehre sein!

Margot war die Taufpatin und kümmerte sich um Kaffee und Kuchen, die den Gästen nach der Taufe serviert wurden. Sie hatte ihren viel gerühmten Apfelstrudel gebacken, den Ade so gerne aß, außerdem eine Torte aus Birnen und Schmand, die Ella zu süß fand, und eine Donauwelle mit üppiger Buttercreme. Außer Ades Mutter und seiner Schwester Liesel mit Mann waren auch Ellas Mutter Mathilde und der alte Kregel gekommen. Die Großmütter überboten sich darin, die Enkelin zu herzen.

Als die Frauen kurz mal allein in der Küche standen, erzählte Ella ihrer Freundin Margot, wie kindisch und egoistisch Ade sich nach der Geburt benommen habe, obwohl Margot das doch schon alles wusste. Ein zweites Kind wolle sie ganz bestimmt nicht mit ihm, betonte Ella.

»Ah geh, er hat sich halt gefreut und einen übern Durst getrunken.«

»Ich bitte dich, Margot, man kann sich doch freuen, ohne sich zu betrinken.«

»Er hat es bestimmt nicht böse gemeint.«

»Immer verteidigst du ihn.« Und dann sagte Ella Novak noch einen Satz, der die Freundin ein bisschen kränk-

te. »Wenn du ihn mir nicht so angepriesen hättest, wer weiß, dann hätte ich ihn vielleicht gar nicht geheiratet.«

Margot ließ sich ihre Verletztheit nicht anmerken und wechselte das Thema. »Wie bist du eigentlich auf Tosca gekommen?«

»Gefällt dir der Name?«

»Bisserl fremdländisch ist er halt.«

»Ich mag doch diesen Sänger so gerne. Rudolf Schock heißt er. Ach, ich höre die Platte immer beim Bügeln.« Ellas Augen leuchteten, als sie an den berühmten Tenor dachte. Einen solchen Mann zu heiraten, das hätte ihr gefallen, aber solche Männer waren unerreichbar. »Jedenfalls habe ich zuerst gedacht, ich nenne das Mädchen so, wie die Töchter vom Schock heißen. Dagmar oder Isolde. Bloß die Namen haben mir überhaupt nicht gefallen, so unmodern. Aber die Stimme vom Schock, da krieg ich Gänsehaut, besonders bei ›Und es blitzten die Sterne‹. Da ist mir dann eingefallen, dass das aus einer Oper ist, Tosca *heißt die, das steht auf der Platte, und Tosca ist doch wirklich ein schöner Name.«*

»Oper? So was magst du?«

»Nur wenn der Schock singt.«

Ted unterbrach ihr Gespräch, um mitzuteilen, dass Oma Mathilde sagte, das Kind brauche die Brust. Ella holte die kleine Tochter und brachte sie in die Küche, beobachtet von ihrer gestrengen Mutter. Als das Kind in kräftigen Zügen zu trinken begann, nickte Mathilde Kregel befriedigt.

»Deine braunen Kuhaugen und die dunklen Haare hast du von deinem Vater, aber die Brüste, die hast du von mir. Du hast ja so viel Milch, du könntest sogar Drillinge stillen.« Dann fügte sie hinzu: »Na, einen ordentlichen Zug hat das kleine Ding, hoffentlich säuft es später mal nicht so wie sein Vater.«

Als Mathilde Kregel ein halbes Jahr später starb, musste Ella sehr weinen, wenn sie an dieses Kompliment dachte, aber auch an das Gemeine, was auf den Fuß gefolgt war. Nun würde Tosca ihre Omas nie kennenlernen, weder die polnische noch die bayerische, denn auch Josefine Schierlinger starb bald darauf. Der schöne Luggi war kurz vor der Geburt gestorben. Nur der alte Kregel wurde sehr alt.

Manchmal fuhren sie mit Tosca zu Ellas jüngerem Bruder und dem Stiefvater. Mit seinem gezwirbelten weißen Schnauzbart, dem groben Hemd und der grauen Hose, die von Hosenträgern gehalten und in die Gummistiefel gesteckt war, sah der alte Kregel aus wie Bismarck. Von dem hatte Tosca in einem ihrer Schulbücher ein Foto gesehen.

Als Tosca fünf war, zogen die Eltern mit Ted und ihr wieder in die Wohnung über der Wirtschaft. Die Polizei hatte Ade aufgegriffen, als er in Schlangenlinien heimwärts fuhr und dann noch ein geparktes Auto rammte. Sein Führerschein wurde für ein halbes Jahr einkassiert, die Versicherung kam nur für einen kleinen Teil des Schadens auf. Ade musste vorerst mit dem Fahrrad zur Arbeit. Da er mangels Fahrerlaubnis nicht mehr auf Montage durfte, arbeitete er nur noch in der Werkstatt und verdiente deutlich weniger. Also übernahm Ella wieder die Regie in der Wirtschaft, die bis dahin von Margot und Jozio geführt worden war, weil Ade fand, dass seine Ehefrau zu Hause bei der Tochter bleiben sollte. Natürlich hatte Ella trotzdem oft nach dem Rechten geschaut und den beiden geholfen.

Jozio war es recht, dass er aufhören konnte. Er hatte sowieso vorgehabt, nach München zu ziehen und dort in einer Nachtbar zu arbeiten. Margot wurde endlich von ihrem Verlobten zum Traualtar geführt. Tadeusz zog in das ehemalige Fremdenzimmer und murrte, wenn er wieder zum Gläserspülen oder Kellnern abkommandiert wurde. Er lernte auf eigene Faust Gitarre, und ab und zu haute er ab, weil er es daheim satthatte. Dann brachte ihn auch schon mal die Polizei heim.

Tosca war zum Glück eine gute Schülerin. Die Lehrerin hatte Ella Hoffnungen gemacht, dass man das Mädchen vielleicht sogar aufs Gymnasium schicken konnte. Aber gut, sie hatte Tosca auch in ihre Orff-Gruppe aufgenommen und ihr Flausen in den Kopf gesetzt. Ella hatte dem Kind nur mit Mühe ausreden können, ein eigenes Xylofon haben zu wollen. Dann empfahl die Lehrerin Ballettstunden, weil Tosca eine schlechte Haltung habe. Aber woher sollten sie das Geld für solche Extravaganzen nehmen! Die Wirtschaft war wahrlich keine Goldgrube.

Kurz vor ihrer Erstkommunion kam Tosca in Tränen aufgelöst nach Hause. »Der Pfarrer hat gesagt, für mich gibt es keine Heilige.«

»Wozu brauchst du denn eine Heilige?«, fragte Ella.

»Alle in der Klasse haben eine Heilige, nur ich nicht.«

»Irgendeine wird es doch geben!«

»Nein, weil Tosca kein katholischer Name ist und ihr mich trotzdem so genannt habt.« Tosca rannte nach oben und legte Musik auf. Mal wieder irgendwelche Schlager. Das Kind war immer so theatralisch. Sie wollte Schlagersängerin werden, sang den ganzen Tag und nötigte Ted, sie auf der Gitarre zu begleiten. Statt mitzuhelfen, steckte sie ihre Nase in irgendwelche Bücher, die sie sich aus der Bibliothek lieh oder sich von ihrer Patentante Margot zum Geburtstag wünschte.

Seit sie sich wieder selbst um die Wirtschaft kümmerte, sah Ella die Freundin nur noch selten. Margots Mann passte es nicht so recht, wenn seine Frau zu Ella in die Wirtschaft kam und ihr ein bisschen unter die Arme griff. Sie habe doch genügend mit dem Hof und den zwei Stiefsöhnen zu tun, fand er.

Nur noch selten hatten die Freundinnen Zeit, sich zu be-

suchen, Kaffee zu trinken und sich währenddessen über ihre Sorgen auszutauschen. Die arme Margot konnte keine Kinder bekommen und hatte dafür zwei schlecht erzogene Bauernburschen als Stiefsöhne. »Kleine Kinder, kleine Sorgen. Große Kinder, große Sorgen«, *sagte Ella dann, wenn Margot ihr erzählte, was die Buben schon wieder angestellt hatten.*

Ellas Sorgen waren auch oft so groß wie ihre Söhne. Tadeusz musste die Klasse wiederholen. Ella lag ihm in den Ohren, wenigstens die Hauptschule abzuschließen, aber ob er das schaffte, stand in den Sternen. Willy wiederum hätte auch mehr aus sich machen können, als bloß Krankenpfleger zu werden. Immerhin hatte er eine kleine Wohnung und eine Stelle in Ingolstadt, machte jedoch keine Anstalten, eine Familie zu gründen. Jozio dagegen wechselte seine Freundinnen schneller als seine Unterhosen. Aus der Bar in München war er längst rausgeflogen und daraufhin wieder bei ihnen eingezogen. Tadeusz passte es nicht, sich das Zimmer mit ihm teilen zu müssen, weshalb er sich noch mehr rumtrieb, genau wie ihr eigener Ehemann, der nächtelang nicht heimkam und sich so benahm, als wäre er noch immer Junggeselle.

Tosca hörte stundenlang Platten und träumte dann vor sich hin. Immer stellte das Kind merkwürdige Fragen. Neulich hatte sie von Ella wissen wollen, wo Maratonga liegt.

»Wenn man eine Perle am Strand findet und sie ins nächtliche Meer wirft, fehlt dann die Liebe wirklich nicht mehr?«

Ella fragte sich, wie das Kind auf solche Ideen kam, aber dann hörte sie Lolita singen und zählte eins und eins zusammen. »Leider ist das Leben nicht wie ein Schlager«, erklärte sie ihrer Tochter.

»Aber kann man die Liebe nicht wiederfinden?«

»Ich glaube nicht.«

»Aber was passiert dann, wenn sie weg ist?«

»Dann muss man durchhalten.«

»Kannst du dich nicht scheiden lassen?«

»Wie kommst du denn darauf?«

»Leute lassen sich doch scheiden.«

Andrea Jürgens sang neuerdings darüber. Tosca stimmte auch prompt das Lied an, das in der Hitparade *lief: »Dabei liebe ich euch beide, denn ich bin doch euer Kind.«*

Ella musste sich ein Lachen verkneifen. Das Kind hatte eine solche Piepsstimme. Und dieser lächerliche Ernst, mit dem sie immer dastand und die Haarbürste festhielt!

»Ich könnte singen, dass es nicht schlimm ist, sich scheiden zu lassen«, schlug Tosca vor. »Ted sagt, dass das ein Hit wird. Garantiert.«

»Ich glaube, du machst lieber Abitur und wirst Ärztin.«

»Aber ich kann kein Blut sehen.«

»Dann eben Anwältin.«

»Nein, ich werde Schlagerstar«, sagte Tosca. »Dann kaufe ich dir ein Haus und schöne Kleider, und du musst nicht mehr in der Wirtschaft arbeiten.«

»Das würde mir gefallen«, sagte Ella. »Und du hast auch eine viel bessere Stimme als Andrea Jürgens.«

Die Flausen ihrer Tochter würden sich mit der Zeit schon noch verwachsen. Insgeheim dachte Ella jedoch an das gute alte polnische Sprichwort »Gdyby babcia miała wąsy, toby dziadkiem była«. *Das hieß auf Deutsch so viel wie* »Wenn die Großmutter einen Schnurrbart hätte, wäre sie ein Großvater.« *Oder auch:* »Wenn das Wörtchen wenn nicht wär, wär ich längst schon Millionär.«

Schwammerlsuchen im Wald

Meinem Vater geht die Puste aus. Auf der Stirn haben sich Schweißperlen gebildet. Er scheint es selbst zu merken, dass ihn die Kraft verlässt, und setzt sich vorsichtig auf seinen Stuhl. Ich schlage vor, langsam zurückzugehen. Er nickt, und wir schreiten in gemächlichem Tempo zu seinem Zimmer. Mein Vater legt sich brav wieder ins Bett. Der Pfleger misst seinen Puls und holt den diensthabenden Arzt. Danach betonen beide, dass mein Vater sich jetzt ausruhen muss.

Ich habe sofort ein schlechtes Gewissen. Das war bestimmt alles zu viel für ihn. Er hat sich übernommen.

»Kommen Sie heute Abend noch mal vorbei«, schlägt der diensthabende Arzt vor. Er ist jünger als Dr. Fritsche und spricht ein bisschen forsch, auch wenn er sich freundlich gibt. »Nicht wahr, Herr Schierlinger? Wenn Ihre Tochter heute Abend noch mal reinschaut, sind Sie wieder fit.«

»Das könnt schon sein«, sagt mein Vater. »Ich soll dich übrigens von der Liesel schön grüßen, die war auch da und wartet jetzt auf mich.«

Da weder der Pfleger noch der Arzt wissen, dass Tante Liesel schon vor langer Zeit gestorben ist, nicken beide einfach nur. Ich lasse die Aussage so stehen.

Hinterher, als wir vor dem Zimmer auf dem Gang stehen, frage ich den Arzt, ob das nun dumm war, dass mein Vater sich hat Würstel und Bier servieren lassen und getanzt hat.

»Ihr Vater hat getanzt?«, wiederholt er.

»Eher ein bisschen gewippt.«

»Und Bier? Wirklich?«

»Nein, kein echtes Bier, nur Limonade. Vom Würschtl hat er nur einmal abgebissen, aber vielleicht war das nicht gut für ihn?«

Der Arzt schüttelt den Kopf. »Machen Sie sich keine Sorgen deswegen.«

»Er hat von seiner toten Schwester gesprochen, als ob sie noch lebt.«

»Wann?«

»Gerade eben. Und als wir in der Cafeteria waren, hat er uns alle verwechselt und nicht mehr gewusst, welches Jahr wir haben.«

»Ja, gut, schauen Sie, laut Patientenakte hatte er vorher schon Gedächtnisschwierigkeiten. Wir müssen hoffen, dass er stabil bleibt. Später führen wir noch ein paar Tests durch. Kommen Sie abends vorbei oder rufen Sie an. Dann sehen wir weiter.«

Mit diesen Worten schreitet er von dannen, und wir vier fahren zu Sepp in die Wirtschaft.

Obwohl wir nicht allzu lange im Krankenhaus waren, hat sich die Trauerfeier schon ausgedünnt. Auch Ola und Jonathan sind bereits los. Vom Catering sind noch krümeliger Kuchen und ein bisschen Nudelsalat übrig. An drei zusammengeschobenen Tischen sitzen Willy, Marija, Kasia, Jan, Malik und Sepp.

»Wie lief's bei euch?«, frage ich.

»Jorgos lässt dir ausrichten, du sollst ihn anrufen und mal besuchen«, sagt Willy. »Wie war's im Krankenhaus?«

»Papa hielt Sophia für Mama, Ted für einen Amerikaner und Ron für den Kellner. Aber er wusste wenigstens noch, wer ich bin.«

»Immerhin.«

»Gibt interessante Neuigkeiten«, flüstert Jan, der links von mir sitzt.

»Inwiefern?«

»Die haben sich gestritten, weil Sepp den Mietvertrag hat auslaufen lassen. Bald gibt es keine Wirtschaft mehr.«

»Musst gar ned tuscheln«, sagt Sepp. »Ich hör alles, und ich steh dazu. Für mich ist Schluss. Mein Rücken macht das alles eh nicht mehr mit. Meine Schulter ist im Arsch.« Er reibt sich Nacken und Arme. »Ich werde jetzt endgültig Rentner.«

»Vielleicht kriegt dich Toscas Osteopath wieder hin«, sagt Ted und schlägt Ron auf die Schulter. »Wie wär's?«

»Wie ich schon sagte: Du kannst gerne in meine Praxis kommen, und wir sehen, was ich für dich tun kann.«

Sepp schüttelt den Kopf. »Mich bringen keine zehn Pferde nach Berlin. Höchstens, wenn mir wer Geld dafür zahlt.«

»Darüber lässt sich reden«, sagt Jan. »Malik und ich haben vor, ein Café aufzumachen. Da könntest du mithelfen. Als Rentner hast du viel Zeit.«

»Ihr seids gut! Du hast doch überhaupt keine Ahnung von der Gastronomie.«

»Ich habe viele Jahre in Bars und Clubs gejobbt«, erklärt Jan. »Seh das alles schon bildhaft vor mir. Einrichtung im Midcentury-Stil und eine Tanzfläche.«

»Hört sich nach den plüschigen Tanzcafés an, in die Mama immer ging, da braucht ihr eigentlich nur ihre Möbel reinstellen«, schlage ich vor.

»Gar nicht so schlecht, die Idee.« Jan blinzelt, wie er es immer tut, wenn er aufgeregt ist. »Wir wollen in einer Ecke auch Secondhandklamotten verkaufen.«

»Da habt ihr sogar schon Ware, wenn ihr die Schränke deiner Oma ausräumt.«

»Daran habe ich auch gedacht. Und als Gegenleistung

kümmern wir uns um die Wohnungsauflösung. Da ist nur noch eine Sache.« Er hebt die Augenbrauen und blickt zu seinem Onkel Sepp. »Ich weiß, du hängst an ihr, aber die Jukebox würde perfekt passen.«

»Darüber können wir schon reden.« Ich bin über Sepps plötzliche Großzügigkeit überrascht.

Ted fährt ihn sofort wütend an. »Ich glaub's nicht. Bei Tosca und mir tust du so, und jetzt verschenkst du sie einfach.« Er wendet sich an Jan. »Woher hast du überhaupt das Geld, um ein Café aufzumachen?«

»Ich habe ein bisschen gespart und im letzten Jahr gar nicht so schlecht verdient.«

»Wir haben das durchgerechnet, einen Businessplan erarbeiten wir auch noch«, pflichtet Malik ihm bei.

»Und die Räume?«, frage ich. Die harte Realität des Berliner Immobilienmarkts steht solchen Träumen meistens im Weg.

»Haben wir«, sagt Malik. »Ein kirchlicher Träger sucht einen Nachfolger für ein Nachbarschaftscafé.«

»Das hätte deiner Mutter bestimmt gefallen, dass die gastronomische Tradition eurer Familie fortgeführt wird«, sagt Ron, und Sepp prustet los, weil das so schön geschwollen klingt.

»Sag mal«, fängt Jan an. »Könnte ich mit Malik nicht gleich noch mal in Omas Wohnung fahren? Wollt ihr mitkommen?«

Zu meinem Erstaunen gibt ihm Willy ohne Diskussion den Schlüssel. Ich winke ab, ich möchte mit Ron zurück ins Hotel. Er fährt morgen ins Allgäu und das ist unser letzter Abend zu zweit.

Wir essen zusammen im Restaurant des Hotels noch eine Kleinigkeit und reden über den Auftritt meines Vaters in der Cafeteria des Krankenhauses.

»Dein Vater ist wirklich ein Bayer«, stellt Ron fest. »Wie aus dem Bilderbuch.«

Ich lache. »Was hast du denn erwartet! Ich hatte ihn dir doch beschrieben. Übrigens war der Schachzug mit der Limonade genial.«

»Bier gab es sowieso nicht.«

»Aber selbst wenn, hättest du ihm hoffentlich keines besorgt.«

Wir witzeln über die bayerischen Traditionen, speziell auch den Bierkonsum, und ich erkläre ihm, dass ältere oder magenempfindliche Personen einen Bierwärmer bestellen können, wenn sie das Bier zu kalt finden. Das hat Ron nicht gewusst.

Ich frage ihn nach seiner Mutter und erzähle von meiner Fantasie, dass im Seniorenstift überall Flügel herumstehen und Lang Lang oder David Helfgott für Margaux Lipinski dort gespielt hätten. Das findet er amüsant, aber er schildert mir dann doch die Realität, die viel weniger mondän ist. Ich will noch mal wissen, wie sein Retreat, den er morgen antreten wird, ablaufen wird. Beide vermeiden wir, über den Handyvorfall und seine Ex-Frau zu sprechen. Schließlich gehen wir zurück aufs Zimmer, und ich muss im Krankenhaus anrufen und nachfragen, ob sich mein Vater von Tanz und Limonade erholt hat. Das lässt mir sonst keine Ruhe.

Der Pfleger sagt, mein Vater schlafe. Ich müsse nicht vorbeikommen, aber irgendwie habe ich es ihm versprochen, also will ich noch los. Ron bietet an, mich hinzufahren, aber es würde meinen Vater wundern, warum ich den Kellner aus der Wirtschaft noch mal mitbringe. Und es ist doch unnötig, dass Ron in der Cafeteria oder im Auto auf mich wartet, wo er sonst schon packen und sich auf morgen vorbereiten kann. Nach dem Trubel kann er bestimmt auch ein bisschen Ruhe gebrauchen.

Als ich komme, liegt mein Vater im Bett. Sie haben keinen weiteren Patienten ins Zimmer gelegt.

Ich kann kaum glauben, dass er vorhin wach war und mit Sophia zu Teds Gitarrenklängen getanzt oder besser: gewippt hat. Er trägt immer noch den gelben Pyjama. Ich setze mich ans Bett und beobachte, wie sich sein Brustkorb hebt und senkt.

»Schau, wie der Wald atmet.« Das hat er früher immer gesagt, wenn wir wirklich zum Pilzesuchen fuhren und im Wald der Nebel am Morgen über den Baumspitzen aufstieg. An Herbsttagen war der Boden vom Regen feucht genug, sodass die Pilze im Wald aus dem Boden schossen. Das ist so lange her, dass mir erst nach einer Weile einfällt, dass wir natürlich »in die Schwammerln gehen« und nicht »zum Pilzesuchen rausfahren« gesagt haben.

Manchmal schaute ich abends noch bei meinem Vater in seiner Junggesellenbude vorbei, in der er nach der Trennung irgendwann wohnte. Rauchschwaden hingen in der Luft. Unordentlich war es. Die Gläser waren halbherzig abgewaschen. Die Teller klebten, weil mein Vater sie oft nur unter fließendem Wasser reinigte. Im Herbst fragte er dann am Wochenende oft: »Willst morgen früh mitkommen zum Schwammerlsuchen?«

Mit sechzehn oder siebzehn stand ich am Wochenende gewöhnlich erst mittags auf, auch wenn meine Mutter dann meckerte. Für die Verabredungen zum Schwammerlsuchen mit meinem Vater stellte ich den Wecker auf sechs, damit ich um halb sieben an der Straßenecke auf ihn warten konnte, wo er mich abholte.

Seit ihrer Trennung redeten meine Eltern nicht mehr miteinander. Mein Vater weigerte sich, die Wirtschaft meiner Mutter zu betreten, und sie hatte ihrerseits angekündigt, ihn rauszuwerfen, sollte er es wagen, dort zu erscheinen.

Mein Vater fand inzwischen, dass er auf seinen Bruder Gustl hätten hören sollen. Er hätte sie nie heiraten dürfen, weil »einmal Wirtin, immer Wirtin« und »Polin ist halt Polin«.

Meine Mutter wiederum gab Jahre später ihrer Mutter recht: »Hätte ich bloß auf sie gehört!«

Mir kam das Benehmen meiner Eltern sehr unerwachsen vor. Sie behandelten einander wie Feinde und erhoben ihre ehemaligen Gegenspieler, Onkel Gustl und Oma Mathilde, in den Status von Weisen, die es ja immer schon gewusst hatten.

Mein Vater zog über meine Mutter her und sie über ihn. Doch er war verletzt und hing an ihr. Hätte sie mit dem Finger geschnipst, wäre er sofort wieder eingezogen. Als sie Jahre später tatsächlich mal schnipste, kam er prompt zurück, und ein paar Monate lang verhielten sie sich wie ein Paar in den Flitterwochen. Wiedererwachtes Liebesglück. Ich war genervt, und bald war es auch schon wieder vorbei.

Zu Mamas Leidwesen hatte er sich nämlich kein bisschen geändert. Als er wieder mal wankend nach Hause kam, warf sie ihn zum zweiten Mal raus und schnipste nie wieder.

Im Wald war es immer so schön ruhig, kein Streit, kein Gekeife meiner Mutter, keine Rechtfertigungen meines Vaters, keine Schlager aus der Jukebox, nur das Zwitschern der Vögel. Die Luft war kalt und sauber. Auf dem weichen Waldboden lief es sich wie auf Butter. Mein Vater trug Wanderschuhe, Bundhose und einen Tirolerhut mit Gamsbart. Für ihn, der unter der Woche um sechs Uhr zu arbeiten begann, war es eine normale Zeit, um wach und flott durch den Wald zu schreiten, egal, wann er am Abend davor zu Bett gegangen war.

Das Licht war schön, wenn die Sonne durch die Bäume

flutete. Mein Vater zeigte mir, wie man die Pilze aus dem Boden drehen musste, ganz vorsichtig und sanft, damit ihre Wurzelschicht nicht zerstört wird und weitere Pilze nachwachsen können. Er demonstrierte mir, wie man essbare Schwammerln am Geschmack erkennen konnte. Man schneidet den Pilz auseinander und leckt daran. Hat er einen bitteren Geschmack, ist er giftig. Ich weiß nicht, ob das wirklich alles stimmt oder ob es – wie vieles, was er über das Leben und die Liebe erzählte – nur die halbe Wahrheit enthielt oder sogar gelogen war.

Im Wald kamen mir die Geschichten meines Vaters immer ein bisschen ehrlicher und weiser vor. Wenn wir nach einer Weile auf eine Lichtung kamen, auf der eine ganze Familie von Schwammerln stand, zehn oder zwanzig Gestalten mit gelben oder rotbraunen Hüten, fühlten wir uns, als hätten wir einen Goldschatz entdeckt.

Später dachte ich oft, dass mein Vater im Wald hätte leben sollen, da trank er nicht, und er rauchte viel weniger. Unsere Schuhe sogen sich mit Feuchtigkeit voll, und die Hosensäume strotzten vor Dreck. Das machte uns nichts aus. Er hatte eine Thermoskanne dabei, und wir tranken den bitteren schwarzen Tee, den er viel zu lange hatte ziehen lassen.

Vielleicht hätten wir beide im Wald leben sollen. Das Leben dort war friedlich und ruhig, und nie ist uns ein böser Wolf über den Weg gelaufen. Wir mussten nicht viel reden. Das war etwas, was ich bei diesen Spaziergängen lernte, dass man einander nah sein kann, indem man miteinander schweigt.

Auch nach dem Reaktorunglück von Tschernobyl ging er nach wie vor zum Schwammerlsuchen in den Wald. Die Warnung, dass man mit den Pilzen eine hohe, gar gesundheitsgefährdende Strahlung zu sich nehme, war ihm vollkommen egal. Die paar verstrahlten Schwammerln, was sollten die anrichten? Daran, dass seine Lebensführung etwas hätte ändern können, glaubte er genauso wenig wie an eine Verantwortung für das, was er tat. Für ihn war das eben Schicksal, das lag alles in der Hand vom lieben Gott und nicht in seiner eigenen.

Ich weiß nicht, wie ich ihm beibringen soll, dass Mama tot ist, und ob er mir je eine Antwort darauf geben wird, warum ich das mit dem Bratwürstlessen bei Margot damals eigentlich wirklich verheimlichen sollte.

Um mich abzulenken, erstelle ich im Kopf eine Liste mit all den Dingen, die ich noch erledigen muss: den Sozialdienst im Krankenhaus kontaktieren, das Zugticket, die Seminarvorbereitung, Jan von dem Album mit den Jukebox-Platten erzählen, das ich ihm für das Tanzcafé geben kann, den Porzellanvogel kleben, den meine Mutter an die Wand geworfen hat.

Die Schlager, die Ted vorhin gespielt hat, hallen noch nach. Der Tag war anstrengend. Ich merke, wie ich langsam müde werde, so müde wie damals am frühen Morgen im Wald. Dieser Zwischenzustand, halb wach, halb vor mich hinträumend, ist angenehm. Ich rieche den Wald, das leicht Modrige, Feuchte, Harzige. Mein Vater läuft eiligen Schrittes voraus, und ich schaffe es kaum hinterher, aber wenn ich ihn dann doch einhole, zeigt er mir Pilze: Maronen, Eierschwammerln, Steinpilze, Parasole, Fliegenpilze, Knollenblätterpilze.

»Die aber nicht«, sage ich. »Fliegenpilze und Knollenblätterpilze sind giftig.«

»Oide Gschaftlhuberin.«

»Das haben sie im Fernsehen gezeigt.«

»An irgendwas stirbt man sowieso«, sagt er und rennt los, mitten in den Wald hinein, ganz tief taucht er ab in die Dunkelheit. Bäume stehen dicht an dicht. Tannen, Lärchen, Kiefern. Sie lassen weder das Licht noch die Menschen durch. Ich schiebe immer wieder die dicken Zweige beiseite und rufe nach meinem Vater. Es kommt keine Antwort. Ich rufe und rufe, doch es bleibt still, bis ich ein Piepen höre, vielleicht ein Vogel, dann ein Zischen.

Ich schlage die Augen auf. Es dauert einen kleinen Moment, bis ich begreife, dass ich natürlich nicht im Wald bin, sondern immer noch im Krankenhaus. Das Licht kommt nicht von den Sonnenstrahlen, sondern von der Neonröhre an der Decke. Der Monitor an seiner Seite blinkt und piept. Pfleger und Arzt stürmen herein. Ich stehe auf. Der Pfleger schiebt mich aus dem Raum, und ich muss auf dem Gang warten.

Irgendwann kommt der Arzt heraus, tätschelt mich am Arm und sagt: »Es tut mir leid, Frau Schierlinger. Wir haben es versucht, er ist nicht mehr zurückgekommen.«

Ich verstehe schon. Eigentlich ist es nicht weiter tragisch, aber traurig ist es schon. Er ist in die Tiefen des Waldes abgetaucht. Diesmal für immer.

Überraschung bis zum Schluss

Der Arzt hat nicht genau sagen können, woran mein Vater verstorben ist. Dafür hätten sie ihn obduzieren müssen, aber das erschien mir nicht passend für einen Mann, der schon zu Lebzeiten Untersuchungen wie eine Transösophageale Echokardiografie abgelehnt hatte. Mein Vater, so hat es mir Dr. Fritsche versichert, starb den schönsten aller Tode. Er schlief ein und wachte nicht mehr auf. Friedlich und leicht schied er aus dieser Welt. Vor seinem Tod war es ihm vergönnt, in einer Zeitschleife hängen zu bleiben, und zwar in der Lebensphase, an die er sich vermutlich am liebsten erinnerte, die Zeit, als er noch jung und verwegen war und sich die Freiheit nahm, entgegen dem Rat seiner Familie eine geschiedene und polnische Wirtin mit drei Söhnen zu heiraten.

Es kommt mir ein bisschen arg schicksalhaft vor, dass meine Eltern so kurz hintereinander verstorben sind, als ob er nicht ohne sie oder sie nicht ohne ihn leben wollte, als ob sie aus dem Jenseits mit den Fingern schnipste und er dann unbedingt zu ihr wollte.

Sie liegen in zwei verschiedenen Gräbern, aber auf demselben Friedhof. Willy fand, Mama hätte es so gewollt, und auch damit, so ungern ich es zugebe, hat er vermutlich recht. Es ist genau wie zu ihren Lebzeiten. Sie sind nur ein paar Schritte voneinander entfernt, aber bleiben geschiedene Leute.

Für das Begräbnis meines Vaters habe ich Kleidung aus dem Koffer, den die Pfister meinem Vater ins Krankenhaus hatte bringen lassen, herausgesucht. Den Rest habe ich zur Altkleidersammlung gegeben. Hinterher habe ich überlegt, ob ich irgendwann mal jemandem in einem weinrot-gestreiften Bademantel oder in einem Jogginganzug aus Ballonseide begegnen werde. Jemandem, der das Outfit im Secondhandladen kauft, anzieht und mir per Zufall über den Weg läuft. Aber es ist so, dass ich sowieso immer wieder Menschen sehe, die mich an meine Eltern erinnern. Schick gekleidete alte Frauen, die in Pumps herumstöckeln und mit einem polnischen Einschlag reden, alte Männer in Adiletten, die Kette rauchen. Oder wenn ich Dean Martin singen höre oder alte Hollywoodfilme mit Sophia Loren oder Gina Lollobrigida gucke.

Am Anfang bin ich oft erschrocken, wenn ich in anderen Menschen meine Eltern wiedererkannte, und ich fühlte wieder den Schmerz, dass der Tod, selbst wenn jemand ein hohes Alter erreicht, so plötzlich kommt und so endgültig ist. Inzwischen spüre ich eher Dankbarkeit, wenn ich Menschen sehe, die mich an Ade Schierlinger und Ella Novak erinnern.

Ich denke gerne an diesen Moment zurück, als mein Vater in der Cafeteria seinen ganzen Charme aufbot, um die Frau seiner Träume zu erobern, weil er Teds Freundin für meine Mutter hielt. Ich hatte mir das als Kind oft vorgestellt, wie meine Eltern zu den Schlagern aus der Jukebox getanzt und sich dabei verliebt hatten und dadurch auf die Idee gekommen waren, es könne gut gehen mit ihnen als Paar. Auch Eltern sind eben Menschen mit Träumen, Hoffnungen, Wünschen, Sehnsüchten, Süchten, Fehlern, Stärken und Schwächen.

Als ich vor Kurzem mit Ted telefoniert habe und ihm sagte, dass ich versuche, das Positive an meinem bayerisch-polnischen Erbe zu sehen, fragte er: »Welches Erbe? Ist der Schmuck doch noch aufgetaucht?«

»Nein, ich meine natürlich das immaterielle Erbe.«

»Was soll das sein?«

»Dass ich die Tochter von einem bayerischen Vater namens Schierlinger und der schönen Polin Ella Novak bin.«

»Und?«

»Ich frage mich eben, was das für mich bedeutet.«

»Dass du einen polnischen Hang zum Drama und einen miesen Musikgeschmack hast. Zum Beispiel.«

»Mein Musikgeschmack ist nicht mies.«

»Du magst Schlager.« Bevor ich dagegenhalten konnte, dass mein Musikgeschmack inzwischen sehr weitgefächert wäre, fragte er dann noch: »Hast du dir eigentlich dieses furchtbare Bild wirklich an die Wand gehängt?«

»Na klar.«

Ein paar Tage nach der Beerdigung meines Vaters hatte ich die Pfister angerufen, voller Wut, weil sie nicht mal zum Begräbnis erschienen war. Ich hielt ihr das mit dem Bild vor, kann sein, dass ich auch von Diebstahl sprach. Am nächsten Tag brachte ihr Schwiegersohn mir ein in mehrere Schichten Packpapier gewickeltes sperriges Paket ins Hotel.

Ich schleppte es zusammen mit den zwei Pappkartons meines Vaters und den Porzellanfiguren meiner Mutter, meinen Wassermalbildern und dem alten Schulheft in meine Wohnung nach Berlin. Bisschen materielles Erbe ist also auch da.

Das Album mit den Jukebox-Platten habe ich Jan überlassen. Malik und er mieteten einen Transporter und brachten die restlichen Kunstwerke meiner Mutter, einen großen Teil ihrer Kleider und Schuhe sowie ausgewähltes Mobiliar und Geschirr aus der Wohnung nach Berlin. Ihr Café soll im Frühling eröffnet werden. Sogar Sepp will sich dafür extra auf den Weg machen. Er ist ja jetzt wirklich Rentner. Das Haus, in dem die Wirtschaft war, wird renoviert und bestimmt sehr teuer vermietet oder verkauft werden. Die Jukebox ist hier in Berlin und wird in der Werkstatt von Rons Freund generalüberholt. Die zukünftigen Tanzpartys, die Malik und Jan planen, wären nach dem Geschmack meiner Mutter. Mit ihrem Enkelsohn hat sie eben doch noch einen Waldemar bekommen, der, so wie sie, das Tanzen und das Leben liebt.

Im Sommer wollen Jan und Malik heiraten, wissen aber immer noch nicht, ob in Bayern, in Berlin oder doch auf Bali. Ola und Jonathan haben mittlerweile ihre kleine Babytochter bekommen und sie nach den beiden Urgroßmüttern Ella Isadora genannt. Zum Glück ist ihr Familienname nicht Schierlinger.

Sophia hat sich übrigens, wie ich es fast erwartet habe, bald nach ihrer Rückkehr von Ted getrennt. Sie warf auch als Sängerin in der Band hin, ist aber mit Jan und Malik befreundet geblieben. Mit mir tauscht sie auch ab und zu Nachrichten aus. Gutmütig, wie ich bin, habe ich ihr angeboten, ihre Dissertation zu lesen. Zur Eröffnung des Tanzcafés wird sie jedenfalls kommen. Mal sehen, ob Ted und sie sich bei dieser Gelegenheit wiedersehen und neu verlieben, das würde meinem Sinn für Romantik entsprechen, aber er ist eigentlich viel zu alt für sie.

Die Frau mit dem Trägerhemdchen ist bei mir eingezogen und hängt überm Sofa. Ich musste daran denken, wie wichtig es meiner Mutter immer gewesen war, dass ein guter BH das Bindegewebe einer Frau stützt. Ich habe aus der Zeitung einen BH ausgeschnitten und ihn auf das Bild geklebt. Der Spitzen-BH einer edlen Marke sitzt wie angegossen. Ich habe noch ein paar andere Details hinzugefügt, große Puppenaugen, die zwinkern, und dann ein paar Worte, die ich einfach aus der Zeitung ausgeschnitten habe und die den Satz ergeben: »Baby, jede Begegnung mit einem Echo der Liebe wäre magic.«

Die Frau im Trägerhemdchen hat sich von der erotischen, rassistisch gefärbten Männerfantasie aus den Sechzigern zu einer eigenständigen Persönlichkeit voller Klugheit und Humor entwickelt. Ich mag sie und schaue das Bild gerne an.

Die schönste Teekanne aller Zeiten ist mir leider nach meiner Rückkehr auf den Küchenboden gefallen. Dabei sprang der Kopf des Dackels ab und zerbrach in zwei Teile. Er ließ sich aber wieder kleben. Innen war Papier, das sich als ein gerollter Briefumschlag herausstellte, den ich mühsam herauspulen musste. Darin steckten dreißig Fünfhunderteuroscheine. Sie sahen aus wie Spielgeld. Ich hielt einen gegen das Licht und betrachtete das Wasserzeichen.

Zuerst wusste ich nicht, was ich tun sollte, dann rief ich Willy an. Wir vermuten, dass es das Geld von Kuntze sein könnte. Ironie des Schicksals ist jedoch, dass wir beide seine Nummer nicht haben. Weder im Telefonbuch noch im Internet findet sich ein Horst Kuntze mit oder ohne tz. Er hat sich nach dem Begräbnis auch nie wieder gemeldet. Das mit dem Anwalt war wohl eine leere Drohung.

Kurz danach habe ich bei Jorgos, dem Ex-Verlobten meiner Mutter, angerufen. Er behauptet steif und fest, dass Kuntze ein Betrüger und ein Spieler gewesen sei. Ein Gigolo aus dem Tanzcafé. Immer pleite, aber auf dicke Hose machen. Dieser Typ Mann sei er gewesen, aber da Jorgos altersbedingt schon lange nicht mehr in der Tanzcafészene unterwegs ist, weiß ich nicht, wie verlässlich solche Informationen sind.

Das Geld habe ich ihm gegenüber vorsichtshalber nicht erwähnt. Ich wollte Jorgos' hehres Andenken an Ella Novak, die sich laut ihm nie mit so einem wie Kuntze einlassen würde, nicht trüben. Ich kann ja nur Vermutungen anstellen, ob sie Geld von einem Betrüger angenommen, sich gar als Geldwäscherin betätigt hat, oder die Scheine doch aus einer völlig seriösen Quelle stammen. Vielleicht war es ihr Notgroschen. Ihr Schmuck ist nämlich nicht aufgetaucht. Leider. Kann gut sein, dass sie ihn verkauft und das Geld in der Dackelkanne verwahrt hat. Dieses Geheimnis hat sie jedenfalls auch mit ins Grab genommen.

Wir haben das Geld den beiden Enkelkindern gegeben. Ola hat für die kleine Ella ein Sparkonto angelegt, und Jan konnte die Finanzspritze für das Café gut gebrauchen. »Ellas Jukebox« wird er es nennen.

Ron hat nach dem Tod meines Vaters seinen Retreat im Allgäu kurzfristig abgesagt, obwohl ich ihm das auszureden versuchte. Vielleicht hätte ihm Schweigen nach der Zeit mit mir und meiner Familie sehr gutgetan. Es kann schon sein, dass er wirklich ein Helfersyndrom hat oder einfach nur einen Hang zu komplizierten Frauen, die ihn mit Nachrichten behelligen oder sein Handy kontrollieren. Ich sollte da nicht den ersten Stein werfen, sondern mich an die eigene Nase fassen. Rons Ex-Frau hat jedenfalls aufgehört, ihm Nachrichten zu schicken. Das weiß ich, ohne sein Handy überprüft oder ihn danach gefragt zu haben. Er hat es mir einfach gesagt.

Die meisten in meinem Freundeskreis finden, dass zwei Todesfälle und zwei Beerdigungen innerhalb einer Woche keine schlechte Basis für eine Beziehung sind. Ein Paar, das sich nach so einem Härtetest nicht trennt, kann nicht mehr viel umhauen. Nur Neles Reaktion wunderte mich ein wenig. »Ist ja schön für dich, dass Ron Ferber an deiner Seite war«, sagte sie, um dann gleich nachzulegen: »Aber er klingt wie ein Langweiler. Als du das eben erzählt hast, wie er so ist, sind mir echt fast die Füße eingeschlafen, hätte gedacht, er ist privat ein interessanter Mann, nicht nur so ein netter Typ, der das alles mitmacht. Finde das auch ein bisschen unprofessionell, dass er sich mit dir eingelassen hat. Ich glaube nicht, dass ich noch mal zu ihm in die Praxis gehe.«

Als ich Flo davon berichtete, diagnostizierte er Eifersucht: »Wer weiß, was die für Fantasien hatte, als sie bei ihm auf der Behandlungsliege lag. Außerdem weißt du doch, dass sie auf *bad boys* steht.« Dafür kritisierte er mein Rumspionieren, das in seinen Augen unverzeihlich sei, aber immerhin fand er: »Attraktiv ist er jedenfalls, dieser Ron Ferber, und er weiß, wer Liberace ist.« Eine Spitze konnte er sich dann aber doch nicht verkneifen: »Bist du dir sicher, dass er heterosexuell ist?« Danke Flo, als ob irgendwas im Leben sicher wäre!

Meinem Bruder Ted hat es imponiert, dass Ron bei ihm in der Band eingesprungen ist, als der Keyboarder krank wurde. Ihm hat das Spaß gemacht, und mein Bruder findet, für einen, dem sein Klavierlehrer mangelndes Talent vorwarf, spielt Ron sagenhaft gut. Als ich Ted anbot, als Sängerin bei ihnen anzuheuern, was natürlich ein Spaß war, hat mein Bruder das übrigens sofort abgelehnt.

Vielleicht fange ich trotzdem an zu singen, Schlager mit eigenen Texten, oder mache Rap, ich reime schließlich gerne. Gedichte, so wie früher als Jugendliche, wären auch eine Option, außerdem könnte ich meine Doktorarbeit endlich mal zu Ende schreiben oder eine neue anfangen. Mir fällt bestimmt was ein. Mein Vater hat immer gesagt, an irgendwas stirbt man sowieso. Damit hat er recht behalten. Aber davor hält das Leben jede Menge Überraschungen bereit, sogar bis ganz zum Schluss.

Epilog

Zum Geburtstag hat Ron mir Karten für eine Inszenierung von *Tosca* geschenkt. Die Oper wurde aber nicht in der Philharmonie oder in einem der Opernhäuser aufgeführt, sondern in einer ehemaligen Werkhalle am Stadtrand, in Ahrensfelde, also fast schon in Brandenburg. Die äußerst komplizierte Geschichte über die Hauptfigur Floria Tosca, ihren Liebhaber, den Maler Mario Cavaradossi und den Bösewicht in Form des Polizeichefs Scarpia hatte ich mir vorher extra noch mal durchgelesen. Die Aufführung hielt sich dann aber ganz und gar nicht an Puccinis Vorlage. Floria Tosca trug einen Jumpsuit aus schwarzem Leder und tippte immer wieder auf einem Laptop herum. Daraufhin ertönten jedes Mal laute und merkwürdige Geräusche. Das Bühnenbild war karg und düster. Ich äußerte hinterher den Verdacht, dass Floria Tosca von der Künstlerin gespielt worden war, die wir schon bei unserem allerersten Date, dem Rilke-Abend, gesehen hatten. Ron bestritt das jedoch und sorgte sich, dass ich vielleicht lieber eine traditionellere Aufführung besucht hätte. Aber mir hat es gefallen. Das Ende ist gleich geblieben. Nach dem dritten Akt waren alle drei Hauptfiguren tot.

Über dieses Buch

Diesen Roman widme ich meinen Eltern in dankbarer Erinnerung.

Figuren und Handlung sind frei erfunden. Meine Mutter ist zwar wirklich mal polnische Wirtin in Bayern gewesen und hat auf diese Weise meinen Vater kennengelernt, aber als jüngstes von sieben Kindern weiß ich das alles nur vom Hörensagen. Es gibt ein paar Fotos und Schallplatten aus der Zeit, doch die bayerische Wirtschaft selbst existiert schon lange nicht mehr, und meine Eltern sind inzwischen beide verstorben. Geblieben sind ihre Geschichten.

Ein halbes Jahr vor ihrem Tod habe ich mit meiner Mutter noch mal über ihre Zeit als Wirtin gesprochen und dabei einige Zusammenhänge besser begriffen. Zum Beispiel kapierte ich, dass sich die Wirtschaft meiner Mutter in der Siedlung befunden hatte, in der mein Vater aufgewachsen ist, und nicht, wie ich vorher dachte, in der ländlichen Oberpfalz, wohin es meine Mutter in den Fünfzigerjahren verschlagen hatte.

Geboren und aufgewachsen ist sie in Polen, in einem Ort namens Ariani, der südlich von Toruń (Thorn), östlich von Poznań (Posen) und nördlich von Włocławek (Leslau) liegt. Ab 1918 war dieses Gebiet ein Teil der Zweiten Polnischen Republik, davor war es zeitweilig unter preußischer Verwaltung, heute gehört es zur polnischen Woiwodschaft Kujawy-Pomorze.

Meine Mutter wurde dort 1927 in eine Bauernfamilie hineingeboren, die Teil der deutschen Minderheit und protestantisch war. Wie mein ältester Bruder herausgefunden hat, ist die Familie vor Jahrhunderten aus dem nördlichen Deutschland nach Polen ausgewandert und lebte dort – das ist wiederum meine Vermutung – in einem der sogenannten Hauländer-Dörfer. Das waren Ansiedlungen, deren Bewohner niederländische und deutsche Vorfahren hatten, die ab dem siebzehnten Jahrhundert ins Land gekommen waren, um im Weichselgebiet das Land trockenzulegen und zu bewirtschaften.

Die Familie meiner Mutter besaß einen kleinen Hof, der ihnen ein einigermaßen auskömmliches Leben bot. Meine Mutter war die älteste Tochter und erinnerte sich gerne, wie sie als Mädchen mit dem Pferdefuhrwerk umzugehen lernte und der Mutter beim Verkaufen von Butter und Eiern auf dem Markt half. Da ihr Vater früh starb, hat sie ihn nie kennengelernt. Ihre Mutter heiratete erneut und bekam insgesamt acht Kinder.

Als ich meine Mutter fragte, ob Deutsch überhaupt ihre Muttersprache gewesen sei, behauptete sie, als Kind Plattdeutsch gesprochen zu haben, kannte davon aber nur noch wenige Wörter. Ihr Hochdeutsch hatte einen Akzent, und sie verwechselte ab und zu Wortbedeutungen oder sprach Wörter falsch aus. Sie sagte zum Beispiel »Augenbraunen« statt »Augenbrauen«. Das fiel auf, weil ich solche Wörter übernahm und sie mir in der Schule als Fehler angestrichen wurden. Im Schriftdeutschen haderte meine Mutter mit Rechtschreibung und Grammatik, hatte aber keine Probleme, lange Briefe an ihre polnischen Freundinnen auf Polnisch zu verfassen.

Der Klang der polnischen Sprache ist mir, obwohl ich nie Polnisch gelernt habe, vertraut, denn ich habe meine Mutter oft mit ihren Freundinnen und Verwandten reden hören. Als ich mein Bedauern darüber ausdrückte, dass sie mich nicht zweisprachig erzogen hatte, fand meine Mutter allein den Gedanken absurd. Sie sei doch schließlich deutsch. Kurz vor ihrem Tod jedoch, als sich ihr Bewusstsein trübte, sprach sie auf einmal polnisch mit mir, und ich rätselte, in welche Sphären der Erinnerung sie da gelangt war.

Beim Schreiben dieses Buches begann ich ein bisschen besser zu verstehen, warum sie auf die Frage nach ihrem Deutsch- oder Polnischsein oft so empfindlich und abwehrend reagierte. In ihrem Leben hat sie viele Brüche erfahren müssen: Als sie zwölf Jahre alt war, wurde Polen von Deutschland angegriffen und besetzt. Bis dahin hatte meine Mutter in der Schule Polnisch schreiben und lesen gelernt. Nun wurde der Landstrich, in dem sie aufwuchs, in »Reichsgau Wartheland« umbenannt und sollte ein »Mustergau« der Nationalsozialisten werden. Die deutschstämmige Bevölkerung in den polnischen Gebieten sollte »regermanisiert« und »Reichsdeutsche« aus anderen Regionen neu angesiedelt werden. Gegen die polnische und jüdische Bevölkerung begann ein Vertreibungs- und Vernichtungsfeldzug.

Ein Foto von 1941 zeigt meine vierzehnjährige Mutter bei ihrer Konfirmation. Sie trägt ein weißes Kleid und hat eine Schleife im dunklen Haar, neben ihr sitzt der deutsche Pastor, ein ernst schauender Mann mit Talar und Brille. Wegen der nationalsozialistischen Rassenideologie war meine Mutter als »Volksdeutsche« anerkannt und in den Bund Deutscher Mädel aufgenommen worden. In der Schule wurde sie nun auf Deutsch unterrichtet. Mit sechzehn begann sie ihr Pflichtjahr als Haushaltshilfe in einer deutschen Familie.

Wenn ich meine Mutter später fragte, ob sie die Judenverfolgung und -vernichtung in Polen und die Verbrechen der Nazis nicht mitbekommen habe, reagierte sie mit Relativierungen und Rechtfertigungen. Erst als Erwachsene habe ich verstanden, wie traumatisiert sie durch ihre Erlebnisse als junge Frau war und dass ihr eigenes Leid deshalb für sie im Vordergrund stand.

Von allen Büchern, die ich bei der Recherche für diesen Roman gelesen habe, hat mich Gabi Köpps sehr persönlicher Bericht über ihre Erfahrungen besonders gerührt. Sie stammte auch aus der Gegend, in der meine Mutter aufwuchs, und hat ihr Buch *Warum war ich bloß ein Mädchen? Das Trauma einer Flucht 1945* genannt.

In den Erzählungen meiner Mutter stand immer das emotionale Erleben im Vordergrund. Unklar blieb oft, wie der chronologische Ablauf der Ereignisse genau gewesen war. Warum hatte sie zum Beispiel nicht mit ihrer Familie zusammen nach Bayern ausreisen können? Hatte die Familie zu lange gewartet, weil sie nicht glauben wollten, dass sie ihren Bauernhof und die vertraute Umgebung wirklich verlieren würden? Oder durften sie nicht gehen? Wurde meine Mutter von ihrer Familie getrennt, weil sie einem polnischen Pfarrer als Arbeitskraft zugeordnet worden war? Oder hatte es Streit gegeben? Hatte ihr wirklich ausgerechnet ein russischer Offizier geraten, schnellstmöglich zu fliehen? Meine Mutter hatte immer mehrere Versionen parat.

Fakt ist, sie versuchte, nach Kriegsende zu fliehen, wollte über die Oder nach Deutschland gelangen, aber das missglückte. Sie kam vom Weichselgebiet lediglich nach Schlesien, aus dem die deutschen Bewohner ebenfalls flohen oder vertrieben wurden. Angesiedelt werden sollten dort ethnische Polen, die zum Teil selbst aus den von der Sowjetunion annektierten Gebieten im Osten oder im Baltikum vertrieben worden waren. Aus Angst, was passieren würde, wenn sie als Deutsche erkannt würde, behauptete meine Mutter, sie wäre Polin und zur Zwangsarbeit verschleppt worden. Aus der deutschstämmigen Emma wurde so die polnische Halina.

Ab da führte meine Mutter ein polnisches Nachkriegsleben. Wenn ihre Freundinnen aus Schlesien später bei uns in Bayern zu Besuch waren, gewöhnten sie sich nie daran, dass meine Mutter eigentlich Emma hieß. Als Halina oder Halinka heiratete meine Mutter Ende der Vierzigerjahre einen Mann, dessen Familie aus Litauen stammte, und bekam mit ihm vier Söhne. Irgendwann fand meine Mutter über das Rote Kreuz heraus, dass ihre Mutter, der Stiefvater und ihre jüngeren Geschwister mittlerweile in Bayern lebten. Sie nahm Kontakt auf, und Ende der Fünfzigerjahre erhielt sie die Erlaubnis, mit Mann und Kindern die Familie in der Oberpfalz zu besuchen. Niemand durfte wissen, dass sie nicht vorhatten, wiederzukommen, also stiegen sie mit wenig Gepäck in den Zug gen Westen.

Der Mann meiner Mutter tat sich mit Sprache und bayerischer Mentalität jedoch schwer und hatte Heimweh nach Polen und seiner Familie. Obwohl sie nach vier Söhnen noch eine gemeinsame Tochter bekamen, verließ er schließlich seine Frau und die Kinder und kehrte nach Polen zurück. Meine Mutter musste sich ohne Ehemann und mit fünf Kindern ein neues Leben im Bayern der Sechzigerjahre aufbauen. So wurde sie Wirtin einer bayerischen Gastwirtschaft, und mein Vater wurde Teil ihrer Geschichte, denn meine Mutter heiratete ihn und bekam mit ihm zwei weitere Töchter. Eine davon bin ich.

Mein Vater ist 1938 in Regensburg geboren und aufgewachsen. Er war der Jüngste von acht Geschwistern. Ein Bruder, der nach ihm geboren wurde, starb kurz vor Kriegsende noch im Kleinkindalter an einer Sepsis. Der mittelbairische Dialekt, den mein Vater sprach, ähnelt dem Oberbairischen oder sogar Österreichischen. Natürlich war er katholisch, ging aber selten in die Kirche. Er hat sein ganzes Leben in Bayern verbracht.

In seiner Familiengeschichte spielen mein Opa und dessen jüngerer Bruder, der als Kommunist von den Nationalsozialisten wegen Hochverrat verfolgt wurde, eine wichtige Rolle. Mein Opa soll den jüngeren Bruder per Motorrad an die tschechische Grenze gebracht haben, damit er fliehen konnte. Wegen der Fluchthilfe wurde der Opa mehrfach inhaftiert und aus dem Beamtenverhältnis bei der Post entlassen. Später kam er in ein Strafbataillon nach Frankreich und ist desertiert. Als einer der Ersten in der Siedlung soll er die weiße Fahne geschwenkt haben, als die Amerikaner kamen.

Die Erzählungen habe ich immer eher als Teil der väterlichen Familienlegende empfunden und deshalb an dem Wahrheitsgehalt vieler Aussagen gezweifelt. Als ich, kurz bevor dieser Roman zu Ende geschrieben war, doch noch im Bundesarchiv nach Dokumenten über meinen Opa forschte, um die mündliche Überlieferung und die Fiktion mit ein paar schriftlichen Aufzeichnungen abzugleichen, tauchte nicht der Opa, aber sein Bruder gleich mehrfach in Akten aus der Zeit des Nationalsozialismus auf. Er hatte sich dem sozialdemokratischen Widerstand im Exil angeschlossen und war als Kurier tätig, schmuggelte zum Beispiel aus Tschechien Flugblätter und Aufklärungsmaterial gegen das Naziregime nach Nordbayern. Wegen Vorbereitung zum Hochverrat war er durch die nationalsozialistische Justiz strafverfolgt worden, bis in das tschechische, norwegische und schließlich schwedische Exil wurde nach ihm gefahndet.

Über die Fülle des Materials war ich erstaunt. Einige Akten sind zum jetzigen Zeitpunkt noch nicht freigegeben. Obwohl meine Leidenschaft eher dem Romaneschreiben als der historischen Forschung im Archiv gilt, bin ich neugierig auf die Geschichte dieses jungen Mannes geworden, der 1933 fliehen musste, eine Norwegerin heiratete und nach dem Krieg in die DDR ging.

Wie unterschiedlich das Leben der beiden Brüder doch verlief! Mein Opa blieb sein Leben lang in Bayern, ging gerne ins Wirtshaus und war ein überzeugter Sozialdemokrat – kein leichtes Schicksal in einem Bundesland, in dem jahrzehntelang immer nur dieselbe Partei regierte. Da auf der väterlichen Seite sowohl eine gewisse Sturheit als auch eine ausgeprägte Leidenschaft fürs Wirtshaus und Politisieren vorzufinden sind, ist es also nicht nur Zufall, dass sich meine Eltern in der Gastwirtschaft meiner Mutter kennengelernt haben.

Gegen die Liebe ist man machtlos, gegen romantische Schlager aus der Jukebox sowieso. So habe ich mir das als Kind jedenfalls zusammengereimt, anders hätte ich mir nicht erklären können, wie meine Eltern hatten denken können, sie würden zueinanderpassen. Immerhin betrug der Altersunterschied zwischen ihnen elf Jahre, und sie kamen wirklich aus verschiedenen Welten. Die Ehe lief auch ziemlich schnell spürbar schlecht. Nach fast zwanzig Jahren ließen sie sich scheiden.

Ihre Verschiedenheit zeigte sich selbst in der Art, wie sie von früher erzählten. Meine Mutter hat immer behauptet, aus ihrem Leben könne man gleich mehrere Romane machen. Ihre Geschichten waren voller Tragik. Sie hatte Sinn für Drama und gab lange Dialoge Wort für Wort wieder, als ob der eiskalte russische Soldat oder der fiese polnische Nachbar – um nur ein paar ihrer Lieblingsfiguren zu nennen – direkt im Wohnzimmer stünden.

Mein Vater hat gerne heitere Anekdoten mit trockenem bayerischem Humor und einem Sinn für das Absurde erzählt. Bei ihm gab es tendenziell auch immer die Option auf ein Happy End. Bei Kriegsende schwang der Opa die weiße Fahne, und die Amis verteilten fröhlich und gut gelaunt Kaugummi an die bayerischen Kinder. Meine Mutter dagegen konnte in Polen froh sein, nicht umgebracht zu werden. Das Leben, so habe ich es schon sehr früh durch die Erzählungen meiner Eltern erfahren, ist eben tragisch und komisch zugleich.

Als meine Lektorin Carolin Graehl vorschlug, die titelgebende Jukebox und das Wirtshaus wiederaufstehen zu lassen, war ich zuerst unsicher, ob ich meine Eltern zu Helden in einem Roman machen wollte. Doch sobald ich die erste Szene mit dem Opa und dem pubertierenden Vater geschrieben hatte, gefiel mir die Mischung aus Hollywood und Komödienstadel. Die Figuren sind mir schnell ans Herz gewachsen und entwickelten eine Eigendynamik. Ab einem bestimmten Punkt musste ich »nur« noch zuhören und aufschreiben, was sie mir erzählten. Fast so wie als Kind in meiner eigenen Familie.

Am Ende fasziniert mich immer wieder, dass das Erfundene erstaunlich wahrhaftig klingt, während das Wahre oft so wirkt, als ob ich es hätte erfinden müssen. Ein Satz von Max Frisch bringt es für mich ausgezeichnet auf den Punkt: »*Jeder Mensch erfindet sich früher oder später eine Geschichte, die er für sein Leben hält.*«

Danke

Danke an Carolin Graehl für die Ermutigung, in den Rückblenden eine Zeitreise zu wagen, und für ihren Blick auf die Logik der Handlung und Glaubwürdigkeit der Figuren. Ebenso Dank an Regine Weisbrod für die hilfreichen und konstruktiven Anmerkungen, das Aufspüren von inhaltlichen Lücken und den sprachlichen Endschliff des Romans. Danke auch an alle Mitarbeiterinnen des Verlags Droemer Knaur München, an meine Agentin Vanessa Gutenkunst und die Mitarbeiterinnen der Agentur copywrite sowie an die VG Wort für das Stipendium im Rahmen von »Neustart Kultur«.

Ich danke Sandra, Yvonne, Tina, Mila und Andreas für das Lesen der allerersten Fassung des Manuskripts und ihre wirklich sehr hilfreichen Rückmeldungen.

Großer Dank auch an die bayerische Familie, meine Cousinen und Cousins, meinen Onkel, meinen großen Bruder und meine Schwester für das Teilen von Erinnerungen, Dokumenten und Fotos sowie für dialektale Einsprengsel, die ich manchmal schon vergessen hatte. Danke auch für das Verständnis, dass ich am Ende doch alles frei erfunden und meine eigene »Wahrheit« gefunden habe.

Danke an die Mitarbeiter des Bundesarchivs Berlin für das Nachforschen nach Akten über meinen Opa und seinen Bruder.

Besonderer Dank geht an meine Tochter Mila Lausch und an meinen Ehemann Andreas Lausch, Sänger der Berliner Band SLAVES & BULLDOZERS, für ihre kontinuierliche Unterstützung, Begleitung, Inspiration und Liebe.

Last but not least Dank an meine Kollegin und Freundin Sigrid Wiegand, die meine Buchprojekte mit zielsicherer Kritik zu begleiten pflegte. Sie starb im November 2022. Unter ihre E-Mails schrieb sie immer diesen einen Satz von Voltaire: *»Jede Art von Schreiben ist erlaubt, nur nicht die langweilige.«* Ich hoffe, sie hätte *Die Jukebox meiner Mutter* nicht langweilig gefunden.